Joachim Lehnhoff
Karibikfieber

Joachim Lehnhoff

Karibikfieber

Roman

KARL ■ MÜLLER

Joachim Lehnhoff, Karibikfieber

Sonderauflage für den Karl Müller Verlag –
Silag Media AG, Liebigstraße 1-9, 40764 Langenfeld

Printed in Germany, 2009
ISBN 978-3-940984-86-9

Sehr verehrte Leserin,
sehr verehrte Leser,

gerade in den hektischen Zeiten des Alltags ist ein Moment der Ruhe und Entspannung von großer Bedeutung.

Für mich persönlich ist solch ein Moment meistens mit dem Lesen eines guten Buches verbunden. Eine spannende und gut erzählte Geschichte hilft mir dabei schnell vom Alltag abzuschalten und in fremde Welten & Zeiten abzutauchen.

Die Suche nach einem guten Buch ist dabei gar nicht so einfach. Oft sind es doch die Klassiker, die ihre Leser schnell in ihren „Bann ziehen“ und in keinem Bücherregal fehlen sollten.

Die vorliegende „Karl-Müller-Bibliothek“ ist eine kleine Auswahl an beliebten und interessanten Büchern und beinhaltet die Klassiker der Film- und Literaturgeschichte. Diese 40 von uns sorgfältig zusammengestellten Bücher reichen von historischen Romanen, spannenden Krimis und Horrorgeschichten bis hin zu Liebesromanen. Damit ist eine vielseitige und limitierte Zusammenstellung entstanden, die wir auch gerne an Sie weitergeben möchten.

Ich wünsche Ihnen viel Entdeckerfreude und Entspannung beim Lesen.

Herzlichst
Ihr

Siegfried Lapawa
Verleger Karl Müller Verlag

Allen gewidmet, die Angst haben.

Erster Teil

1

Die ganze zweistündige Fahrt über war es schön gewesen. Ein bayerisch weißblauer Himmel mit Haufenwolken und Sommersonne. Doch bei Nürnberg zeigten die Cumuli plötzlich schwarze Bäuche, und als Hirth hinter der Raststätte Feucht in die weitgezogene Linkskurve ging, die von der A 9 zur A 3 führt, waren plötzlich Pfützen auf der Autobahn.

Er fühlte sich gleiten, war völlig unfähig, irgend etwas dagegen zu tun, und hatte es einzig und allein dem Glück zu verdanken, vom Kurvenschwung mitgenommen zu werden, daß der Golf nicht frontal an der Leitplanke landete, sondern nur längsseits daran entlangschrammte – Meter um Meter und mit durchdringendem Geräusch, wobei die Zierleisten sich selbständig machten, der Außenspiegel, der Plastikschutz auf den Kotflügeln und der auf den Stoßstangenspitzen.

Mehr war nicht passiert, und schon zehn Minuten später war die Polizei zur Stelle. Die Männer konnten nichts dafür; es gehörte zu ihren Obliegenheiten, Umstände zu machen.

„Sie sind Martin Hirth? Am 17. Mai 1947 in München geboren? Von Beruf ...?“

„Studienrat für Mathematik. Oberstudienrat.“

„O Gott.“

„Ach, wissen Sie, das ist wie beim Marathonlauf – wenn man erst einmal den inneren Schweinehund überwunden hat, kommt’s zu einer regelrechten Euphorie. Ich will damit sagen: solange ich selbst noch Schüler war, war mir Mathematik auch ein Greuel, aber beim Studieren hab’ ich richtig Spaß daran gekriegt.“

Der Polizist war nicht weiter interessiert. „Sie kommen ..."

„Aus Weilheim, Oberbayern, zwanzig Kilometer vom Ammersee." Hirth streckte die Hand aus, doch der Polizeibeamte zog die Papiere wieder zurück. Sein Blick wurde skeptisch, und Hirth wußte auch, warum. Er hatte zuviel und zu munter gesprochen.

Doch er konnte nicht anders. Es war ein Ventil. Was sich schon die ganze Fahrt über gestaut hatte und Tage und Wochen vorher, brach jetzt gewaltsam aus ihm heraus.

„Er kann fahren", kam der zweite Polizist heran, der inzwischen den Wagen untersucht hatte.

„Wenn er fahren kann", sagte der erste gedehnt.

Der andere brachte die berühmte Tüte zum Vorschein.

„Sie glauben doch nicht etwa, ich hätt' getrunken?!" entsetzte sich Hirth. „Mein Gott, es ist gerade erst zehn."

Der Beamte, der ihn verdächtigte, lachte: „Wenn Sie wüßten ..." Hirth ergriff seinen Arm: „Hören Sie, ich mach', was Sie wollen. Ich blase oder blas' auch nicht. Ich fahre – oder ich lasse den Wagen stehen. Nur tun Sie mir um Himmels willen einen Gefallen: Halten Sie mich nicht auf! Ich bin auf dem Wege zur Universitäts-Frauenklinik in Erlangen – und während wir hier herumtrödeln, liegt meine Frau vielleicht schon auf dem Operationstisch."

Die Tüte verschwand wieder. Die beiden Polizisten brachten Hirth sogar zum Auto." Wenn Sie uns gleich gesagt hätten, daß Sie ein Kind erwarten ... Das erste, hm?"

„Weder – noch. Ich meine ..." Hirth suchte nach Worten: „Ich soll erst eines" – das nächste Wort kam von selber – „fabrizieren".

Das war es, was ihn gequält, was ihn geradezu verfolgt und, so war er sicher, letztlich auch an die Leitplanke gesetzt hatte. Er stotterte: „Wenn ich jetzt, bitte, fahren dürfte ..."

Es war nicht zu erkennen, ob die beiden, Männer mittleren Alters und wohl auch Familienväter, verstanden hatten, wovon die Rede war. Als das erste außerhalb des menschlichen Körpers gezeugte deutsche Baby zur Welt kam, war die Presse jedenfalls voll davon.

„Fahren Sie nicht auf die B 4 ab, sondern in Richtung Forchheim und von der Abfahrt ‚Erlangen-Nord' aus in die

Stadt. Südostwärts kommen Sie dann direkt ins Universitätsviertel."

Die Polizisten schalteten Blaulicht ein und fuhren voran. –

Das Bild im Spiegel war das einer schönen jungen Frau, und Valerie Hirth haßte es. Das schmale Gesicht mit dem schön geschnittenen Mund und den akzentuierenden Grübchen in seinen Winkeln, die braunen Augen mit den starken Wimpern, die nie getuscht zu werden brauchten, das dunkle Haar, um dessen Fülle man sie beneidete – sie schloß ihre Augen, um es nicht sehen zu müssen. Ihr Hals, die Brüste, straff und hochangesetzt, der flache Bauch, der Schoß und die Scham – sie hätte sie gern gegen Derberes getauscht, und sie erinnerte sich, wie sie kürzlich beim Baden am Ammersee fasziniert einer an sich reizlosen Frau hinterhergeschaut hatte, die etwas besaß, was ihr selbst nie gegönnt zu sein schien: Schwangerschaftsstreifen.

Was nutzte alle Schönheit, was nutzten die fraulichen Attribute, wenn sie nur schöner Schein waren? Wenn man als Frau nicht vollwertig war?

Seufzend schloß sie den Morgenrock wieder, drehte sich weg und trat ans Fenster. Der Himmel, am Morgen noch sommerlich, hatte sich zugezogen. Ein Regenguß prasselte auf die Lindenbäume im Innenhof, auf die parkenden Autos und zwei Ärzte in weißen Mänteln, die zur Ambulanz liefen. Eine Stimmung, die zu der ihrigen paßte. Valerie wandte sich ab.

Es war das typische Krankenhauszimmer, steril und anonym. Das Bild an der Wand nicht von Geschmack bestimmt, sondern von finanzieller Vorschrift, das Mobiliar ein Schrank, ein Stuhl, ein Nachttisch und das alles beherrschende Bett.

Valerie hätte darin liegen sollen, hätte sich entspannen und das zu diesem Zweck eingegebene Medikament zur Wirkung kommen lassen sollen, aber sie mochte nicht. Es widerstrebte ihr und widersprach auch, wie sie fand, dem Optimismus, den man von ihr erwartete. Denn zwar sollte sie operiert werden, doch nicht etwa, weil sie krank gewesen wäre – sie war nur taub; eine hohle, taube Nuß, mit verführerischer Erscheinung.

Sie konnte sich nicht entsinnen, überhaupt je richtig krank gewesen zu sein, von einem Beinbruch und den üblichen Masern abgesehen. Sie war ein gesundes, pausbäckiges Kind im elsäßischen Cornimont gewesen, wo der Papa sich als Koch einen Namen gemacht hatte. Sie war ein kerngesunder Teenager in München, wo Papa später mit seinem guten Namen viel Geld verdiente. Sie war eine gesunde 19jährige Studentin, als sie Martin Hirth kennenlernte. Und zu ihrer prächtigen Gesundheit gehörte nicht zuletzt auch ein gesunder sexueller Appetit. Valerie hatte ein Auflachen unterdrücken müssen, als Professor Schöttle bei der Anamnese danach fragte, und sie ihm am liebsten geantwortet hätte: Immer!

Doch schon die nächste Frage hatte ihr das Lachen vergehen lassen: Wie oft sie denn nun tatsächlich Geschlechtsverkehr habe? – Sie konnte es beim besten Willen nicht sagen. War's einmal pro Woche? Einmal im Monat? Alles was damit zusammenhing, war irgendwie verdrängt. Ihre kleinlaute Antwort war: „Selten".

Von da an war die Befragung eine einzige Quälerei. Natürlich war es nicht *normal,* nach nur zehn Jahren Ehe kaum noch mit seinem Mann zu schlafen. Aber ebensowenig normal war es, in so langer Zeit nicht ein einziges Mal schwanger geworden zu sein – während Schwestern wie Brüder, die älteren wie die jüngeren, den *Chef de Cuisine* der „Vier Jahreszeiten" Jean Erhard mit immer neuen Enkeln beglückten. Was ihr Körper produzierte, waren immer bloß Eileiterverklebungen, Hormonstörungen, Frustrationen und Depressionen.

Ob sie vielleicht keine Lust empfinde?

Sie hatte den guten Professor lange angesehen, der ein so glänzender Gynäkologe war und doch so wenig von Frauen verstand. Denn die Frage war ja doch wohl, ob sie überhaupt das Recht hatte, sexuelle Lust zu empfinden. Eheliche Pflicht, wie Valerie Hirth sie verstand, bedeutete nicht, daß man sich dem Partner zur Verfügung stellte, damit er Lust genieße, und schon gar nicht, daß man sich mit seiner Hilfe selber Lust verschaffte. Eheliche Pflicht hieß für sie, daß man seiner individuellen Geschlechtsrolle gerecht wurde – als Mann wie als Frau, als Vater wie als Mutter.

Niemand, der es nicht selber erlebt hatte, konnte ahnen, wie das war. Bei dem geliebten Mann zu liegen, sich selber und den anderen zu spüren und zuletzt auch noch, heiß wie beim Siegeln, den sich ergießenden Samen – und die ganze Zeit über, in der man spürte und empfand und unsagbar glücklich war, zu wissen, daß alles vergeudet sein würde auf unfruchtbarem Boden.

Du mußt das anders sehen, wurde sie immer wieder beschworen. Gut gesagt, aber was war da zu tun? Wenn man aus dem Elsaß war, eine halbe Französin, aus religiösem Hause und aus einer Familie mit sieben Kindern, dann sah man es eben so.

Valeries Blick fiel auf das Schälchen, in dem das Beruhigungsmittel und ein anderes gebracht worden waren, um Blase und Darm entleeren zu können. Nicht viel anders sollte also ihr Kind gezeugt werden – mit einem bißchen Glas und einem bißchen Chemie. In einer Petri-Schale, wie man sie auch zum Bakterienzüchten nahm, wo Eizellen und Samenzellen vermischt, und in einem Reagenzglas, wo sie dann bei exakt 37 Grad – der Temperatur des *natürlichen Milieus* – dazu gebracht wurden, zusammenzufinden und neues Leben zu bilden.

„In vitro" nannten die Ärzte diese Art Befruchtung außerhalb des menschlichen Körpers – im Glas. Den Ausdruck *Retortenbaby* für das daraus entstehende Produkt mochten sie nicht so gern, sondern sprachen viel lieber vom *Wunschkind.* Aber ein Wunschkind war in ihren Augen ein Kind, welches Eltern sich ausdrücklich wünschten. Das ihrige jedoch – falls es entstünde – war was ganz anderes. Man sagte ja doch auch nicht von einem Ertrinkenden, daß er einen Rettungsring *wünsche.* Er *brauchte* ihn, der arme Hund, brauchte ihn dringend und schrie danach. Die klugen Herren Ärzte wußten vielleicht nicht, daß eine Frau auch nach einem Kind schreien konnte.

Die Retortenzeugung – der *Transfer* des im Labor erzeugten Embryos aus dem gläsernen Leib in den der Mutter, nachdem er zu mindestens acht Zellen Größe herangebrütet war – schien der Ausweg aus dem Dilemma. Und es war höchste Zeit. Sie ging auf die Dreißig zu, und danach verwandte man das Verfahren nur noch ungern.

Im Mai hatte sie damit angefangen, jeden Morgen brav ihre Temperatur zu messen, damit sich der Zeitpunkt bestimmen ließ, an dem in ihrem Eierstock ein befruchtungsfähiges Ei freigesetzt wurde. Als der August kam und in Bayern die Ferienzeit, um die Sache in Ruhe angehen zu können, stand dieser Zyklus fest. Nun mußten vom fünften bis neunten Tag Hormone geschluckt werden, um den Eierstock dazu zu bringen, daß er nicht nur das übliche eine, sondern mehrere Eier produzierte, und auch dies hatte sie ohne Murren getan. Und tapfer und ohne Murren hatte sie sich am zehnten Zyklustag von ihrem Martin hierher nach Erlangen fahren lassen, damit die Universitätskliniker das Reifen dieses Ei-Überangebots mit Hilfe von Ultraschall und Blutanalyse überwachen und den Moment bestimmen konnten, der am günstigsten war, um in einer Operation die Vollreifen, auf Befruchtung wartenden Eizellen entnehmen und mit frisch gelieferten Samenzellen – für welche zum gleichen Zeitpunkt der gute Martin zuständig war – *in vitro* zusammenbringen zu können.

Valerie, in Gedanken das gläserne Schälchen in die Hand nehmend, fiel eine Episode ein von einem Schultag vor vier Wochen.

Sie hatte Französischunterricht gegeben und danach auf dem Weg zum Pausenzimmer die Tür zum Physiksaal offen gesehen – und im zufälligen Ausschnitt all des technischen Zeuges auf dem Experimentiertisch eine Petri-Schale. Was dann passierte, passierte ohne Absicht und Willen; denn sonst würde sie gewiß die Tür hinter sich zugemacht haben. Jedenfalls kam sie erst wieder zu sich, als es klirrte und die Glasschale zerschmettert am Boden lag, eigentlich sogar noch später – als nämlich Martin, nachdem er ihre blutenden Finger verpflastert hatte, unendlich liebevoll ihr Gesicht umfing.

Sie war einfach fertig, fix und fertig. Es war nicht nur diese Sache mit dem Kind, sie war auch überarbeitet. Nie hatte sie Ferien nötiger gehabt, und wenn es nach ihr ginge, würde sie überhaupt nie mehr an die Schule zurückkehren.

Lächelnd stellte sie das Pillenschälchen auf den Nachttisch zurück. Professor Schöttle meinte, einen neuen Menschen zu schaffen, doch das war nicht richtig – es würde zwei neue Menschen geben, denn sie würde, wenn sie Mutter war, nicht mehr dieselbe sein.

Der Gedanke beunruhigte sie. Die Unruhe nahm rasch zu, wurde schließlich zu einer solchen Bedrängnis, daß sie zitterte, und Valerie dachte mit Entsetzen daran, daß ein ganzes Team von Ärzten, Assistenten und Schwestern, daß ihre Mama und noch mehr ihr Papa, daß Geschwister und Kolleginnen und Nachbarinnen, daß nicht zuletzt auch ihr geliebter Martin das genaue Gegenteil von ihr erwarteten.

Als Hirth in der Universitäts-Frauenklinik eintraf, einem vierstöckigen Komplex im neoklassizistischen Stil, war es kurz vor elf. Für Punkt 12.00 Uhr stand der Eingriff an Valerie Hirth auf dem Operations-Programm, und bevor man sie holte, sollte der Ehemann noch ein Weilchen bei der Patientin sein, um sie abzulenken und ihr Mut zu machen. So war es verabredet.

Auf dem Treppenabsatz vor der Privatstation wurde er schon erwartet. Die junge Schwester forderte ihn auf, er möge doch zuerst ins Stationszimmer kommen.

Dort ließ sie ihn mit der Stationsschwester allein. Hirth fiel auf, daß sie beim Gehen die Tür hinter sich schloß.

„Ist etwas mit meiner Frau?“ fragte er beklommen. „Bin ich zu spät? Ich hab’ nämlich unterwegs ...“

Mit einer Geste bat ihn die Schwester, Platz zu nehmen. Auch sie setzte sich. „Ich weiß nicht, wie ich anfangen soll ...“

„Ach so, diese Sache mit der Samenabgabe? Keine Sorge, der Herr Oberarzt hat mich aufgeklärt. Ich dacht’ schon, es handelte sich um meine Frau.“

„Es handelt sich um Ihre Frau – sie ist weg.“

„Weg? Was heißt das?“

„Nicht mehr da. Verschwunden.“

Hirth starrte die Schwester an. Er war froh, daß er saß, denn ihm war regelrecht übel.

„Sie ist aufgestanden wie jeden Morgen, hat sich gewaschen und ist aufs Klo. Und dann hat sie gefrühstückt, und um halb neun hat Schwester Bärbel sie für die Operation rasiert. Aber als sie eine halbe Stunde später die erste vorbereitende Spritze bekommen sollte, da war das Bett leer.“

Hirth schüttelte seinen Kopf. Er begriff nicht.

„Ihre Frau ist uns ausgerückt!“

Sie gingen in das Zimmer. Der Morgenrock fand sich, Wäsche, Nachthemd und Pantoffeln, Wasch- und Schminkzeug sowie der Koffer, in dem alles gebracht worden war, doch kein Brief.

„Wir haben auf Sie warten wollen, Herr Hirth, bevor wir etwas unternehmen. Es kommt ja immer wieder mal vor, daß ein Patient wegrennt, der operiert werden soll, und wenn nicht gerade eine schwere Depression vorliegt oder die Gefahr einer Verzweiflungstat ..."

„Das glaub' ich nicht." Hirth fischte ein Papiertaschentuch aus dem Abfalleimer. „Sie hätt' sich doch dann nicht die Lippen gemalt?!"

Die Schwester war nicht überzeugt. „Nicht daß sie irgendwo herumirrt? Ich meine: Hat sie so etwas ..."

„Aber nein! Nicht meine Frau! So schlimm steht es denn auch nicht mit ihr. Vielleicht hat sie Angst gekriegt. Oder auch Gewissensbisse. Vielleicht kommt sie wieder."

„Sie hat vor sechsunddreißig Stunden fünftausend Einheiten Choriongonaclotropin bekommen, um die Eireifung einzuleiten. Wenn ihr die Eizellen überhaupt entnommen werden können, dann jetzt ... Und zwar sofort."

Hirth faltete Valeries Nachthemd umständlicher zusammen, als nötig gewesen wäre, bewahrte es doch ihren Duft. Er sagte nichts mehr. Er war wie betäubt.

„Tja, Herr Hirth, es tut mir leid. Aber bevor Sie gehen – der Herr Oberarzt möchte Sie sprechen."

Prof. Dr. med. Karlheinz Schöttle war erstaunlich jung für seine Position. Ein schmalgliedriger, freundlicher Mann, der Hirths Hand festhielt, um ihm tief in die Augen zu blicken. „Und Sie schwören mir, mein Guter, daß ich mir keine Sorgen machen muß ..."

„Nein, nein, ich kenne meine Frau. Sie wird nach Hause sein, vermute ich – wenn ich Ihnen auch nicht das geringste darüber sagen kann, warum."

„Ich habe sie heute morgen am Flurfenster stehen sehen. Könnte es sein, daß sie gebetet hat?"

„Sie ist gläubig."

Schöttle ließ Hirths Hand los, um sich das Kinn zu reiben. „Wissen Sie, vielleicht habe ich da einen Fehler gemacht. Ich war gestern abend bei ihr, um noch einmal durchzusprechen, was mit ihr geschehen würde ...“

„Ja?“

„Ich hab' ihr gesagt, daß die Erfolgschancen bei eins zu zehn liegen.“

„Das wußte sie. Das wäre kein Grund.“

„Und daß wir immer noch nicht so weit sind, das Risiko ausschließen zu können, daß ein mißgebildetes Kind zur Welt kommt.“

Hirth verzog das Gesicht. „Das schon eher.“

„Ich mußt' es ihr sagen, Herr Hirth, es war meine Pflicht. Allerdings habe ich ihr dann auch noch gesagt, daß sie es dem Chef zu verdanken hat, wenn wir die Sache machen. Was mich angeht, so bin ich überzeugt, daß die Sterilität Ihrer Frau keine organischen Ursachen hat, sondern seelisch bedingt ist. Es war nur eine Unterhaltung – aber vielleicht hat sie gemeint, ich wollte ihr die letzte Chance nehmen?“

„Im Gegenteil, sie denkt jetzt, sie hätt' noch eine – eine natürliche, um es so auszudrücken.“

Schöttle sah Hirth an und machte eine beschwörende Geste. „Im Ernst, mein Lieber. Immer wieder diese Tubenverklebungen, diese Hormonstörungen – der Körper reagiert, wenn die Seele abblockt. Wie er im umgekehrten Falle auch dazu fähig ist, für eine euphorische Seele eine eingebildete Schwangerschaft zu produzieren.“

„Aber warum sollte ihre Seele abblocken? Valerie will Kinder. Sie ist verrückt danach.“

„Eben. Vielleicht will sie sie zu sehr. Und dazu der Schuldienst, der ja wohl auch nicht so einfach ist. Das alles schaffte Streß, und Streß führt, wie wir von Versuchen mit Mäusen wissen, zu einer verminderten Ausschüttung der fortpflanzungsfördernden Hormone der Hypophyse. Wissen Sie, was ich Ihrer Frau verordnen würde?“

„Was?“

„Schluß machen mit der Schule. Zu Hause bleiben und nichts tun. Und nicht an Kinder denken, und wie man sie kriegt, sondern mal nur an sich selber. So richtig blaumachen, verstehen Sie?“

„Doch, ja. Aber ob meine Frau ... Sie liebt ihren Beruf. Und ob das gerade das Richtige für sie ist, zu Hause herumzusitzen?“

„Es muß ja nicht zu Hause sein. Irgendwo, wo's schön ist! Können Sie denn nicht weg mit ihr? Für länger als nur ein paar Ferienwochen? Für Monate, ein halbes Jahr? Haben Sie mir nicht mal erzählt, daß Sie Segler sind?“

„Mein lieber Herr Professor ...“

„Na ja, es war halt so eine Idee. Was nicht geht, geht nicht. Aber denken Sie einmal drüber nach.“

Hirth zog die Schultern hoch. Beim Abschied sagte er: „Sie wissen nicht zufällig, ob um diese Zeit ein Zug nach München geht?“

„Der Portier müßte einen Fahrplan haben.“

Der Bahnhof lag nicht weit weg. Am Fahrkartenschalter bediente ein Mädchen, das sich an die beschriebene Person erinnern konnte. Das schöne lange dunkle Haar war ihm aufgefallen. Aber diese Frau war fort. Ihr Zug war vor zwanzig Minuten gegangen. In Richtung München hatte er in Nürnberg direkte Verbindung zum Intercity 121, dem *Blauen Enzian.*

Hirth schaffte es, in anderthalb Stunden in München zu sein. Der Zug rollte pünktlich um 13.42 Uhr auf Gleis 18 ein. Valerie entstieg dem zweiten Wagen. Als sie ihren Mann erblickte, nahm sie die Handtasche vor die Brust und begann, ihm entgegenzulaufen.

2

Valerie lag im Garten, die Augen geschlossen, ohne aber zu schlafen. Hirth, der sich in den Erdbeerbeeten zu schaffen machte, sah sie ab und zu zu ihm herüberblinzeln.

Sie hatte nichts gesagt, und er hatte nicht gefragt. Nur als er ihr die Schrammen zeigte an ihrem hübschen metallic-grünen Golf, hatte sie bitter aufgelacht, da gebe es weiß Gott Schlimmeres. Er spürte, sie wollte allein gelassen werden.

Doch als es halb sechs wurde, und sie sich immer noch nicht rührte, ging er zu ihr: „Es wird kühl. Erkälte dich nicht."

„M–m ..."

Sie hatte diesen winzigen Bikini an, den sie nur hier zu tragen wagte, wo niemand sie sehen konnte, und Hirth legte die Hand auf ihren Leib: „Aber du hast schon Gänsehaut."

Als er seine Hand wegnehmen wollte, ergriff sie sie. „Laß sie da!"

Hirth konnte fühlen, wie sie atmete. Ihre Haut war sehr warm.

„Wo hätten sie den Schnitt gemacht?" fragte er.

Sie suchte sich seinen Mittelfinger und drückte ihn in die Nähe ihres Nabels. „Da stecken sie dir eine Art Fernrohr hinein und hier" – sie rückte den Finger einige Zentimeter seitwärts – „eine Saugkanüle. Aber das wirklich Scheußliche ist, daß sie dir den Bauch aufblasen."

Sie verstummte wieder. Hirth, seine Hand auf ihrem Leib von der ihrigen umklammert, ließ sich auf die Knie nieder und küßte sie auf den Bauch. Valerie erschauderte. Sie ließ die Hand los und griff statt dessen in sein Haar.

Die Schauder wiederholten sich in immer kürzeren Abständen, und Hirth merkte, daß Valerie weinte. Er wollte ihren Mund küssen, doch sie hielt ihn auf ihrem Leib fest. Schließlich fing sie an zu sprechen.

„Ich hatt' auf einmal die Idee, an Gottes Ordnung zu freveln. Gut, diese Zeugung im Labor mag noch keine Versündigung sein – doch wer sagt uns, daß es dabei bleibt? Wenn man den Embryo *anbrüten* kann in einer gläsernen Gebärmutter, dann wird man ihn dort wahrscheinlich bald auch *ausbrüten* konnen – *Schwangerschaft in vitro* verstehst du –, und ich, Valerie Hirth, würde zu denjenigen gehören, die die Wissenschaft so weit vorangetrieben haben – und aus purem Egoismus. Da konnte ich nicht mehr. Ich konnte nicht, es war unmöglich. Selbst wenn sie mich schon auf dem Operationstisch gehabt hätten, wäre ich ihnen davongelaufen."

Valerie küßte ihn. Ein herzhafter, heftiger Kuß. „Ach, Martin, was hast du dir da bloß angeheiratet."

Hirth sah ihr nach, als sie ins Haus ging.

Er mochte ihre Kehrseite. Er mochte ihre schwingende Art

zu gehen. Er mochte die zwei Grübchen oben in ihrer Kreuzbeingegend, und er mochte die Art und Weise, in der sich ihre Hüften wölbten – langgezogene, delikate Kurven. Er mochte überhaupt Frauengesäße, die sich als Backen wölbten und nicht ungekerbt in die Oberschenkel übergingen. Er wünschte sehnlich, Valerie würde ein Kind haben können.

Etwas später, als Hirth gerade den Kräutergarten zu Füßen seiner Funkantenne goß, rief Valerie ihn vom Schlafzimmerfenster im Kniestock des alten Bauernhauses, das sie durch ihren Kauf vor dem Abriß bewahrt hatten.

Als er heraufkam, war sie nackt. Nur ein Paar enge hohe rote Stiefel, die sie sonst im Winter trug, hatte sie an.

„Schau", führte sie ihm vor, „alles glatt! Eine ganz neue, verruchte Frau." Sie wandte sich dem Ankleidespiegel zu. „Wenn man bedenkt, daß Araberinnen immer so rumlaufen ..."

Prüderie war nie ihre Art gewesen, aber in den letzten Monaten hatten ihre sexuellen Beziehungen einen Knacks bekommen. Hirth wußte nicht, was er sagen sollte. Sex war vielleicht nicht das wichtigste in einer Ehe, aber er war gewiß auch nicht unwichtig. Was ihn anging, so fehlte ihm nicht so sehr die körperliche Vereinigung als die Liebe, die sich darin ausdrückte, und die Frage, die sich ihm immer wieder aufdrängte, war denn auch längst nicht mehr, warum Valerie sich verweigerte, sondern ob sie ihn überhaupt noch liebe.

Sich mit Schwung vom Spiegel wegdrehend, kam sie auf ihn zu: „Soll ich's so lassen?"

„Ja."

„Wenigstens für eine Zeit?"

„Ja."

„Es erregt dich ...?"

„Ja."

Sie begann sein Hemd aufzuknüpfen. Hirth küßte ihr Haar. Der ungewohnte Anblick zeitigte Wirkung bei ihm, aber irgendwie hatte er auch Angst. Er dachte an Professor Schöttle und was er ihm gesagt hatte über dies merkwürdige Wechselspiel zwischen Körper und Seele, zwischen Hoffnung und Frustration. Seine Angst war, daß er einen Fehler machen könnte. Er wußte ja nicht einmal, ob sie es ernst meinte. Es war lange her, daß sie ihn von sich aus verführt hatte.

Valerie berührte ihn, als er entkleidet war, und ließ sich dann überraschend auf die Knie nieder. Es war still und heiß in der niedrigen Mansarde. Hirth konnte Valerie im Spiegel sehen, und wie sie, nur diese roten Stiefel an den Füßen, vor ihm kniete. Ihn störte, daß sie, was sie tat, mit solcher Inbrunst tat, und seine Angst vor einem Fehler steigerte sich.

Schließlich erhob sich Valerie: „Komm jetzt! Komm ...!"

Sie zog die Knie bis hoch an die Brust und umklammerte ihn, als sie seinen Erguß spürte, als wolle sie ihn nie wieder loslassen, und Martin dachte daran, daß dies falsch war, völlig falsch, genau das Gegenteil von dem, was Professor Schöttle geraten hatte. Er war sich sicher, daß es auch diesmal nicht klappen würde, gar nicht klappen konnte. Valerie wollte etwas erzwingen, was nicht zu erzwingen war. Mitleidsvoll strich er ihr das Haar aus der feuchten, heißen Stirn.

Zum ersten Mal seit langem hatte sie sich wieder einmal gehenlassen und, als es soweit war, geschrien, weil sie so stark empfand. Jetzt waren ihre Augen zu, die Lippen fest geschlossen. Das ganze Gesicht, obwohl heiß und feucht und gerötet, sah wie gefroren aus.

Martin hätte sich gern befreit, wagte es aber nicht. Verdammt nochmal, dachte er verbittert, warum muß sie so verrückt sein nach einem Kind – mir wäre sie auch so genug! Er fühlte sich „benutzt", mußte daran denken, daß Anhängerinnen der Emanzipation den Männern gerne vorwarfen, die Frauen als Sexualobjekt zu mißbrauchen, und ein grimmiges Lachen unterdrücken. Er fragte sich, ob es jetzt immer so sein würde. Wenn ja, dann war das Ende dieser Ehe abzusehen. Er war nicht der Mann, sich benutzen zu lassen.

Valerie, als sie ihn schwinden spürte, begann gewisse Muskeln spielen zu lassen. „Ich bin verrückt", murmelte sie, sich mit einem Lächeln entschuldigend, „aber ich kann mir nicht helfen."

Sie war wirklich hilflos. Sie mußte daran denken, daß der Ausdruck Hysterie von „Hystera" kam, dem griechischen Wort für Gebärmutter, weil die Alten meinten, daß der damit bezeichnete Zustand von dorther resultiere, und überlegte wie schon oft: Darf es das geben, daß sich der Mensch zum Sklaven seines Unterleibs macht?! Und daß er einen anderen, einen, den er liebt, auch noch mitversklavt?!

Die Funkanlage befand sich neben dem Sofa im Wohnzimmer, Sende- und Empfangsgerät, Weltzeituhr, Wattmeter und Antennenabstimmgerät, Feldstärkeanzeiger – im Fachjargon „S-Meter" genannt – und das in geheimnisvoll blauem Licht erstrahlende Steuergerät für den Rotor der Zwei-Element-Quart-Antenne draußen im Garten, dazu noch die Kinkerlitzchen, ohne die ein echter Funkamateur nun mal nicht auszukommen meint. Martin Hirth konnte seinem Hobby nachgehen, ohne seine Frau alleinlassen zu müssen, und in gewissem Umfang teilte Valerie es. Ihr machten diese QSL-Karten Spaß, mit denen Gesprächspartner von ihm das Zustandekommen der Funkverbindung bestätigten, bunte Ansichtskarten, die meisten nach eigenem Entwurf, mit bunten Briefmarken bis aus Australien, Peru, Tahiti, aber auch dem sibirischen Teil der Sowjetunion. Ein Dutzend der interessantesten war über den Geräten an die Wand geheftet.

In den drei Tagen, die seit Valeries Flucht aus der Erlanger Klinik vergangen waren, war alles gutgegangen. Hirth hätte das schöne Wetter gern genutzt, um segeln zu gehen, doch Valerie hatte keine Lust. Sie wollte zu Hause bleiben. Und genau genommen wollte sie nur eines – ins Bett. Sie gebärdete sich nicht anders als vor zehn Jahren in den Flitterwochen.

Auch an diesem Samstagabend lag sie in seinen Arm gekuschelt, war aber einverstanden, daß er sein Rufzeichen DL 3 – MDX hinausschickte: „Delta-Lima-Three – Mike-Delta-Xray ..."

Hirth genoß die leisen, ungezielten Zärtlichkeiten. Sie versetzten ihn in glückliche Zeiten zurück. Schon damals, als sie beide noch auf der Universität waren, hatte Valerie sich ein Vergnügen daraus gemacht, gerade dann mit ihm zu schmusen, wenn er büffelte.

„Laß dich nicht stören." Sie hauchte ihren warmen kitzelnden Atem in sein Hemd. „Tu so, als ob ich gar nicht da wäre."

„QRZ! Delta-Lima-Three – Mike-Delta-Xray ... Delta-Lima-Three – Mike-Delta-Xray, *ich rufe ..."*

Der nächste Hemdenknopf war offen. Valeries Atem zielte auf die Magengrube.

„Mhm, du riechst gut."

„Wonach?"

„Weiß nicht. Nach dir. Nach Mann. Nach Martin Hirth halt."

Hirth hielt ihren Kopf fest. „Moment mal bitte."

Den Kopfhörer abnehmend, stellte er den Empfang auf den Lautsprecher um. „Das mußt du dir anhören. Da behauptet wer, *Charlie Papa* zu sein, aber senden tut er einwandfrei aus der Karibik."

„Woher weißt du?"

Er zeigte auf das Steuergerät des Antennenrotors. „Da! Ich empfange ihn über Bake VP 9 – BA, und die steht auf den Bermudas! *Charlie Papa,* was er zu sein vorgibt, wäre aber das Rufzeichen eines Bolivianers."

Aus dem Lautsprecher klangen, wie eine Litanei, auf Englisch gesprochene Zahlen.

„Was ist das?"

„Code. Irgendwelche Zahlenkombinationen. Das einzige, was ich verstanden habe, war zu Anfang. ‚Big Brother'."

„Großer Bruder ...? Was soll das heißen?"

„Was weiß ich. Stammt nicht aus dem Funkalphabet."

„Hört sich irgendwo politisch an, hm? Nach diesem Roman *1984* von George Orwell." Valerie richtete sich auf. „Du, hör mal, das ist 'n Spion!"

„Ach was."

„Aber wo er doch ein fingiertes Rufzeichen benutzt?!"

„Das tun viele, speziell da drüben. Sie wollen der Registrierung entgehen, weil die Lizenz eine Menge Geld kostet."

„Schreib doch mal mit, was er sagt!"

Die Zahlenkolonnen bedeckten rasch eine Notizblockseite.

„Na?"

„Man kann es herauskriegen, man muß nur hinter das System kommen. Jede Zahl entspricht einem Buchstaben. Bei uns wäre das einfach, denn E ist der häufigste Buchstabe. Hier wäre es schwieriger. Ich müßte erst wissen, welche Sprache der Mann spricht."

„Ach, laß". Valerie zeigte wieder andere Interessen.

Hirth schaltete wieder auf Kopfhörer, und Valerie begann dort fortzufahren, wo sie aufgehört hatte.

„Laß mich wenigstens noch kurz mit Robert sprechen. Val – bitte!"

„Ich könnt' dich auffressen. Weiß der Teufel, was sie mir gespritzt haben, jedenfalls bestimmt nicht nur Eireifungshormone."

„Val! Nur zehn Minuten noch! Du weißt doch, daß er nicht viel andere Abwechslung hat dort in Bombay."

„Kannst ja weitermachen – wenn du kannst." Valerie grinste. „Bitte, mach doch weiter."

Hirth ließ seine Hand dort, wo Valerie sie hinführte, und schaltete mit der anderen aufs Zwanzig-Meter-Band, um sich behutsam auf 14.212,5 MHz einzuspielen. In wenigen Minuten würde es 19.00 Uhr sein, in Bombay, wo die indische Sonderzeit galt, 23.30 Uhr, und also höchste Zeit, Robert Benser zu erlösen, der, wie er bei ihrem letzten Funkkontakt erzählt hatte, schon seit Wochen die Fenster nicht mehr aufzumachen wagte, weil der stickige Wrasen, der über der Back-Bay stand, bis rauf zu seiner Wohnung in der vierten Etage reichte.

„Val, bitte!"

„Du mach weiter! Stört dich doch niemand, oder?"

„DL3 – MDX: *QRZ* ...! DL3 – MDX: *Ich rufe* ...!"

Die Schuhe hatte sie schon abgestreift, jetzt öffnete Valerie den Reißverschluß und stand auf vom Sofa, um den Rock auszuziehen. Sie benutzte nicht die Hände, sondern schlängelte sich verführerisch, damit er herabglitt.

Hirth streckte abwehrend die Hand aus. „Laß mal! Bitte!"

Eine steile Falte begann sich über Hirths Nasenwurzel zu bilden, sein Gesicht spannte sich, während er lauschte. In anderer Stimmung würde Valerie es bemerkt haben. Statt dessen fuhr sie sich über ihre Brüste: „O Martin ..."

Hirths Blick war auf Valerie gerichtet, doch ohne sie wahrzunehmen.

„Es ist kein Spiel mehr", sagte sie unwillig und hielt still.

Doch Hirth reagierte nicht. Vielmehr wandte er sich ab und fing an zu schreiben.

„Martin!"

Sie fand keine Beachtung.

„Martin ...!"

Als Valerie sich auf ihn warf, um ihn zu umschlingen, schob er sie weg. Dann schaltete er auf *Senden.*

„*Roger,* ich habe verstanden. Geht in Ordnung, Robert, kannst dich drauf verlassen. Das ist ja Wahnsinn, einfach verrückt. Aber sofort, natürlich. Die Flughafen-Apotheke in Frankfurt ... Gib mir doch mal die Telex-Nummer von deiner Firma, falls sie dort rückfragen wollen wegen der Bezahlung. Ich rekapituliere: Das Zeug mit der LH-Maschine nach Delhi, die um 10.10 Uhr ankommt, und eure Geschäftsmaschine holt es dort direkt vom Flugzeug ab."

Hirth machte Schluß. Er schaltete die Geräte aus und drehte sich um: „Stell dir das vor – eine Gasexplosion in einem Kindergarten! Lauter Verbrennungen dritten Grades, und die Mittel sind alle!"

Doch er sprach ins Leere, Valerie war fort. Achselzuckend lief er ans Telefon.

Die Frankfurter Flughafen-Apotheke verfügte über das richtige Mittel. Man versprach, es sofort auf den Weg zu leiten. Hirth ging nach draußen, um die Fensterläden zu schließen. Er warf ein Steinchen ans Schlafzimmerfenster, doch nichts rührte sich.

Als er zurückkam, ging das Telefon. Frankfurt. Die Apotheke. Pech, hieß es, aber die Maschine, die in der übrigen Woche um 21.20 Uhr fliege, startete ausgerechnet am Samstag vier Stunden früher. Wenn man das Medikament jedoch sowieso erst morgen abschicken könne, dann sei es besser, es mit der direkten Bombay-Maschine zu tun – dann aber leider erst um 17.35 Uhr.

„Es geht um Kinder", schrie Hirth, „sie müssen sterben!" Er sah förmlich, wie der Apotheker am anderen Ende mit den Schultern zuckte. „Bitte", bat er.

„Ich rufe zurück."

Nie zuvor war Warten so quälend gewesen. Die Uhrzeiger schienen zu kleben.

Bis das Telefon wieder ging, war es halb neun geworden. Es war die Lufthansa. Die besagte Medikamentensendung sollte direkt nach Bombay gebracht werden, doch auf verzwicktem Wege. Sonntags ging eine Air-France-Maschine um 10.30 Uhr über Rom und Tel Aviv nach Bombay, und ihr wollte man auf der ersten Zwischenstation, wo 35 Minuten vorher eine eigene Rom-Maschine eintraf, das dringende Paket übergeben.

Hirth setzte sich abermals ans Funkgerät. Robert Benser mußte ja informiert werden. In Bombay ging es inzwischen auf eins, doch Benser schlief noch nicht. Nicht bei diesem Vollmond, nicht bei diesem Gestank, dieser Hitze und einer Luftfeuchtigkeit zum Ersticken. Dazu noch dem Sirenenlärm. Die Ambulanzen rasten immer noch durch die Stadt.

So war es schließlich halb zehn, als Martin endlich ins Schlafzimmer kam. Valerie lag auf dem Bauch, und als Martin merkte, daß sie wach war, setzte er sich zu ihr auf den Bettrand. „Tut mir leid, Val ..."

„Geh", schluchzte sie ins Kissen, „geh und laß mich!"

„Aber in Bombay ist ein Kinderheim in die Luft geflogen ..."

Sie warf sich herum. „Was gehen mich anderer Leute Kinder an?! Was gehen *dich* anderer Leute Kinder an?! Kümmere dich um ein eigenes!"

Martin starrte sie an. Er wußte, daß sie es nicht so meinte. Aber er wußte auch, daß sie es niemals hätte sagen dürfen. Und die Valerie, die er vor zehn Jahren geheiratet hatte, hätte es auch nicht gesagt. Dies war nicht nur eine Ehekrise, in die man tiefer und tiefer hineinschlitterte und nun vielleicht sogar unrettbar. Es ging um einen Menschen. Es ging um den Menschen, den er liebte, mehr als alles in der Welt. Es war unmöglich zuzusehen, wie er ein anderer wurde, sich kaputtmachte, vor die Hunde ging. Man mußte etwas unternehmen – bloß was?!

Schöttle fiel ihm ein, der Professor mit den guten Ratschlägen. *Sie sind doch Segler, machen Sie blau.* Für Monate weggehen? Unmöglich! Aber – warum eigentlich nicht?

Martin spürte einen Kloß in der Kehle. Mein Gott, warum nicht?!

Hirth hätte die *Albatros* aus dem Gedächtnis zeichnen können. Den gesamten Linienriß mit allen seinen Spanten und Planken, dazu, mit Abweichungen von nur Zentimetern, auch die Inneneinrichtung nach Längs- und Grundriß.

Er kannte jeden Nagel, jeden Bolzen, jeden Zoll Tauwerk der 45-Fuß-Kielyacht, und ihre guten Eigenschaften ebenso wie die schlechten – denn er war sein halbes Leben lang mit ihr gesegelt. Und vielleicht würde er es heut noch getan haben, zumindest in den Ferien, wenn die lieben Mitmenschen es ihm nicht vergällt hätten.

Schon während des Studiums hatte es immer wieder Anspielungen gegeben. Warum er studieren müsse, wo er doch das Geld dazu bei Sturm und Regen auf dem Ammersee zu verdienen habe. Und später, vor allem seiner Mutter gegenüber, Bosheiten wie diese: Was ihr Herr Sohn denn nun eigentlich wäre – ein Rechen- oder ein Segellehrer?

Als Hirth zufällig davon erfuhr, daß die *Albatros*, Flaggschiff der Schulflotte seines alten Segellehrers Simoneit, zum Verkauf stehe, erschien es ihm wie Schicksalsfügung. Was bisher nur ein im Hinterkopf gärender Gedanke gewesen war, Hoffnung, ein Wunschtraum, nahm plötzlich feste Gestalt an: Da war ein Schiff, und das war die Chance. Alles andere mochte sich finden – wenn nur erst dieses Schiff da war, von zwei Leuten zu segeln, hochseetüchtig und vor allem auch erschwinglich. Er schwindelte Valerie etwas von Besorgungen vor für seine Funkerei, nahm den Wagen und machte sich auf den Weg hinüber nach Diessen.

Es galt, diplomatisch vorzugehen, denn die Diessener waren ein eigenes Völkchen. Aus dem Alemannischen eingesikkerte Lech-Schwaben, hatte sie das Zusammenleben mit den robusteren Bajuwaren im Verlauf der Jahrhunderte mißtrauisch gemacht.

Käpt'n Simoneit, wie üblich, stand auf dem Bootssteg, Megaphon in der Hand und auf dem Sprunge, loszubrüllen, sobald in der Flotte der Schulungsboote auch nur ein Segel flatterte.

Martin stellte sich daneben. Simoneit sagte, daß das Wetter sich halten werde, und er stimmte ihm zu. Er würde ihm auch zugestimmt haben, wenn er gegenteiliger Meinung gewesen wäre. Käpt'n Simoneit – wie jeder, der im Dunstkreis des Sees alt geworden war – hielt sich für einen unfehlbaren Meteorologen.

„Der See hat nämlich keine Pfützen."

„Ja, ja, das Wetter hält sich."

Martin bemerkte, daß die *Albatros* nicht wie üblich an der Boje, sondern am Steg lag – und zwar so, daß ein möglicher

Interessent nicht mehr als einen großen Schritt brauchte, um an Bord zu kommen. Wie absichtslos schlenderte er hinüber. Das Deck der Yacht war tipptopp geschrubbt, alles Messing auf Hochglanz gewienert.

Jürgen Simoneit blickte ihm, als er zurückkam, mit schiefgehaltenem Kopf entgegen, und Martin sagte nicht: Was soll sie kosten?, sondern hob an, wie das Ritual es bei solchen Verhandlungen vorschrieb: „Man sagt, daß du sie verkaufen willst ..."

Simoneit sagte weder ja noch nein, sondern antwortete wie vorausgesehen mit einer Gegenfrage: „Wer?"

„Was?"

„Wer das sagt?"

Nach einigem Hin und Her waren sie sich insofern einig, daß es stimmte. Bis Simoneit endlich mit dem Preis rausrückte, dauerte es noch einmal zehn Minuten. Er wollte fünfundzwanzigtausend.

„In Raten?"

„Auf die Hand." Der alte Simoneit legte ihm bedauernd die Hand auf die Schulter. „Junge, ich verkauf sie ohnedies nur, weil ich mich kaum noch rühren kann hier. Der Winterliegeplatz, den sie benötigt, langt mir für zehn Jollen."

„Ich würde damit auf See gehen wollen", deutete Martin an.

„Dazu würdest du sie allerdings überholen müssen." Simoneit hakte sich unter. „Holen wir sie doch mal raus, damit du siehst, woran du bist."

Wie jedesmal, wenn Hirth die *Albatros* auf dem Slip sah, war er überwältigt. Erst außerhalb des Wassers kam ihre ganze Eleganz zur Geltung. Selbst ein Laie konnte ihr dann ansehen, daß sie aus erstklassigem Stall kam. Und in der Tat war sie als „Rennpferd" konzipiert: 13,70 Meter lang, 3,20 Meter breit, 2,10 Meter Tiefgang, der Bug rund wie bei einer Schaluppe, das Heck weitragend wie ein Balkon – und das Deck aus Mahagoni, die Spanten aus kanadischer Pechkiefer, die Beplankung aus dem unverwüstlichen Holz tausendjähriger Zedern.

Als Lord Dunhill, Englands Tabakkönig, sie 1912 in Plymouth bauen ließ, war die Yawl die erste ihrer Art und dazu gedacht, den Amerikanern den *America's Cup* abzujagen. Leider erwischte sie einen Flautenkurs, schlug dann jedoch Wilhelms II. *Germania* bei der Cowes-Woche, und in diesem Zusammenhang – in des Wortes wahrster Bedeutung um des lieben Friedens willen – gelangte sie als Geschenk für den Kaiser nach Berlin und von dort, als Kaffeedampfer irgendeines Parteibonzen, im Krieg nach Oberbayern.

„Kannst jeden Quadratzentimeter abklopfen. Meinetwegen mit dem Stechbeitel. Dieses Zedernholz hält ewig."

„Ich würde es mit *Antifouling* streichen müssen, meinst du nicht?"

„'s gibt schon Besseres, eine Art Plastik zum Aufsprühen."

Sie gerieten ins Fachsimpeln. Simoneit holte Flasche und Gläser: „Also, auf was trinken wir ...?"

„Stopp! So weit sind wir noch nicht. Ich rechne damit, daß ich mindestens fünfzehntausend reinstecken muß. Dazu die fünfundzwanzig für dich – macht vierzig. Und so viel hab' ich nicht."

„Vierzigtausend für ein Schiff wie die *Albatros?* Das ist geschenkt."

„Mag sein. Aber ich hab' sie nicht. Nicht auf die Hand."

Simoneit sah ihn. Sein Blick war sinnend, sein Gesicht ernst. „Du tätest mir einen persönlichen Gefallen ..."

„Wie meinst du das?"

„Ich liebe dies Schiff. Es ist mir ans Herz gewachsen. Und darum liegt mir daran, daß es in die richtigen Hände kommt. Was sich sonst dafür interessiert, sind alles keine richtigen Segler. Erst vorhin wieder war so einer aus München da, für den nichts zählt als Geld. Wenn ich sie dem geb', dann endet sie als schwimmender Puff vor Saint-Tropez. In der Eignerkabine hat mal der Kaiser gehaust, weißt du das?"

„Ich weiß es. Aber ich kann nicht. Ich müßte Schulden machen, alles mögliche verkaufen."

Simoneit lächelte. „Das genau habe ich getan, als *ich* sie mir kaufte."

Als Hirth nach Hause kam, war Valerie im Garten. Hirth faßte den Zipfel des Bettlakens, das sie gerade von der Wäscheleine nehmen wollte, und hielt es so, daß der Wind sich fing. „Was hältst du davon?"

„Segeln gehen? Ja, warum eigentlich nicht?"

„Nicht ‚segeln gehen'. Überhaupt segeln! Nur noch segeln. Wochen, Monate, vielleicht ein Jahr." Er ergriff Valerie bei den Schultern: „Wir lassen uns beurlauben. Oder wir kündigen auch, wenn 's nicht anders geht."

Hirth ließ sich von seiner eigenen Begeisterung mitreißen. Den ganzen Heimweg über hatte er gerechnet. Es würde nur mit Schwierigkeiten gehen, mit Einschränkungen und aller möglichen Pumperei – aber gehen würde es. Und wenn dies die Chance war, dann mußte sie ergriffen werden. Wer konnte sagen, ob es je wieder eine gab.

Valerie holte ihn auf die Erde zurück: „Kündigen?! Bei der Lehrerschwemme, die wir haben? – Martin!"

„Ich muß ja nicht Lehrer sein. Ich könnte auch ins Versicherungswesen gehen. Oder in die chemische Industrie, zu einem physikalischen Institut, einem statistischen Amt. Mich ärgert sowieso, daß ich als Lehrer gerade nur ein Siebentel von dem brauche, was ich alles hab' pauken müssen."

„Und ich?"

„Kämst aus der Tretmühle raus, dem ganzen Streß. Du weißt doch selber, wie kaputt du bist."

„Das heißt – wir fahren meinetwegen?"

„Deinetwegen und meinetwegen. Unsretwegen. Um unserer Ehe willen, um unserer Liebe willen. Und weil wir noch jung genug sind, um es uns leisten zu können. Haben wir nicht immer von einem Königskreuzer geträumt? Von Segelei, die länger dauert als bloß den See rauf und wieder runter? Von Palmenstränden, von Südseeinseln, von den Galapagosinseln, wo nichts lebt außer Urwelttieren, von einem Leben nackt und frei und ungebunden wie Robinson?" Er riß sie an sich und schwang sie im Kreis. „Du, das alles können wir haben! Die *Albatros* ist zu bekommen – für uns, wenn wir bloß wollen!"

Valerie machte sich los. Sie kippte ihren Wäschekorb um. Die Hände vor dem Gesicht, blieb sie eine ganze Weile still sitzen. Als sie aufblickte, war ihr Lächeln scheu und zaghaft und ungläubig: „Du meinst wirklich – wir segeln um die Welt?"

„Du und ich und die *Albatros*."

3

Die Ortsbezeichnung *Southampton* ist auf heutigen Landkarten von Bermuda nicht mehr zu finden. Sie galt einmal für ein Fort auf jenem 73 Meter hohen Hügel, der als *Gibbs Hill* bekannt ist. Das exklusive Hotel *Southampton Princess* hat den Namen bewahrt, welches nun von dort das Meer überblickt, die Funkpeil-Bake VP 9 – BA und ein in einem tropischen Garten verstecktes Cottage im bermudianischen Stil: U-förmig und ebenerdig, mit steilem, aus Muschelkalk stufenförmig gesägtem Dach, um das Regenwasser aufzufangen, dieses weiß bemalt, das Haus blau. Carlo D. Campi, der Besitzer von *Southampton Cottage,* schnitt verblühte Rosen in einen Korb, den ihm ein livrierter Schwarzer zureichte. Ein jovial wirkender silberhaariger Herr in Bermudashorts und Kniestrümpfen, schwarzem Blazer und Krawatte.

„Sie wollen nicht recht, Vic", klagte er seinem Besucher. „Vertragen wohl die Seeluft nicht."

„Deine Sorgen möcht' ich haben! Dieser herrliche Garten, dieser Blick, ein Golfplatz um die Ecke und der Flughafen vor der Tür. Und kein Steueramt weit und breit." Victor Bastian senkte seine Nase über den Korb. „Duften tun sie jedenfalls phantastisch."

„Weil sie sich durchsetzen müssen", sagte Campi belehrend. „Tomaten aus Italien schmecken auch herzhafter als kalifornische."

Carlo D. Campi wußte, wovon er sprach. Er hatte in Berkeley studiert, vom kalifornischen Zweig des *Syndikats* als der Erbe des großen *Don* Carlo unter die Fittiche genommen; er war mit einer Hollywoodschauspielerin verheiratet gewesen, bis er merkte, daß er sich in Männergesellschaft wohler fühlte – nicht aus erotischen Gründen, sondern weil nur Männer wirklich etwas von Geld verstanden.

Bastian zog den Blick ab, den er über den Great Sound hatte schweifen lassen. Ein Mann in seinen Fünfzigern, mittelgroß, beleibt, mit rundem, rosigen Gesicht und runder Stirnglatze, sah er bieder und harmlos aus – ein Mensch, den einzuprägen sich gewiß nicht lohnte.

„Nur wie du von deinem Mercedes auf einen dieser Minis hast umsteigen können, die hier Vorschrift sind, ist mir unbegreiflich."

„Oh, ich gebrauch' ihn gar nicht."

Victor Bastian sah den Älteren fragend an.

Carlo D. Campi amüsierte sich. „Ich benutze ein Moped."

„Himmel! Wenn man bedenkt, daß Carlo Campi I. sich nur hinter Panzerglas durch New York getraut hat – und der Sohn fährt mit 'nem Moped."

„Mein alter Herr war auch ein ehrenwerter Herr in der ehrenwerten Gesellschaft. Was mich betrifft, so bin ich ein honoriger Mann mit einer höchst honorigen Bank-Holding im Hintergrund."

Victor Bastian war von Englisch zu Italienisch übergewechselt, doch Campi hatte auf Englisch geantwortet. Er zeigte nun auf den Neger: „Der ist stocktaub. Wie alle hier hat er mal gehofft, mit einem Wrack am Riff draußen sein Glück zu machen. Alles, was dabei herauskam, ist, daß ihm beim Tauchen seine Trommelfelle geplatzt sind – nicht wahr, Joshua?"

Der Schwarze nickte. Verstanden hatte er nichts.

Campi wanderte zu einem Hibiskus. „Man muß die Spitzen kappen", erklärte er, „dann verzweigen sie sich besser." Er machte eine Pause und fuhr dann im gleichen Tonfall fort: „Deine Geschäfte laufen?"

„Die Zinsrate ist pünktlich an deine Bank in Zürich überwiesen worden – und deine persönliche Beteiligung in einem Koffer, den ich in deinem Studio abgestellt habe."

„Müßte jetzt nicht bald die neue Ernte fällig sein?"

„General Shan hat sie vor zehn Tagen auf den Weg gebracht. Sie hatten ein bißchen Ärger mit dem thailändischen Militär, weil Washington wieder mal härtere Maßnahmen gefordert hat, doch der ist inzwischen ausgestanden. Sie bauen den Mohn jetzt getarnt in Maisfeldern an."

„Und was für ein Weg?"

„Immer noch der alte, den dein Vater aufgebaut hat: Mit Trägern die Berge runter, dann auf Ping-River und Mae Nam Chao Phraya nach Bangkok. Bloß wird es jedesmal teurer, weil die Strafen für Rauschgiftschmuggel ständig erhöht werden. Letzthin haben sie in Bangkok einen verurteilt, weil er ganze zehn Unzen *horse* bei sich hatte. Fünfundzwanzig Jahre Haft und fünf Stockschläge auf die Fußsohlen – täglich!"

„Hör auf! Was sind das für Menschen!" Carlo D. Campi ließ die Schere sinken, „'n guter Mann?"

„Leider."

„Und? Kriegst du ihn raus?"

„Aus Nontabani? Da kriegt niemand einen raus. Zwei Umgänge im Innenhof – und in dem läufst du nicht frei rum, sondern steckst in einer Art Holzkäfig."

Der silberhaarige ältere Herr schüttelte sich: „Erzähl mir was Schöneres"."

„Ich wüßte nicht ... Ach ja, hab' ich dir schon gesagt, daß ich eine Segelyacht gekauft habe?"

„Für dich?"

„Um Himmels willen, Wasser hat keine Balken! Nein, ich will sie einsetzen. Unser Mann in München ist drauf gestoßen. Sie ist aus Holz und ziemlich verschachtelt. Ein Zweimaster. Soll irgend 'nem Kaiser gehört haben."

„Yawl oder Ketsch oder Schoner?"

„Frag mich nicht. Es gibt eine kleine Küche, vier Schlafkojen, zwei WCs und auch noch eine Extrakabine für den Eigner."

„Bei einer Yawl ist das Steuer vor dem hinteren Mast, bei einer Ketsch hinter ihm. Beim Schoner ist der hintere der Hauptmast."

„Ich weiß es wirklich nicht, Carlo. Nur daß sie zwanzigtausend *bucks* kosten soll. Der Mann wird sie mit einer superstarken Maschine ausrüsten, sobald er sie hat. Zur Zeit hat sie nur einen Hilfsmotor."

Campi blickte irritiert auf. „Daß sie dir nicht durch die Lappen geht, Vic! Es gibt niemand mehr, der dir 'ne Holzyacht baut und schon gar nicht eine, die innen verschachtelt ist. Dies ist das Plastikzeitalter – alles kühl, alles glatt, alles überschaubar. Wenn du auf so einer modernen Yacht etwas suchst, fällt's dir entgegen."

„Der Mann ist dran."

Campi schien immer noch unbefriedigt, und Bastian wurde eifrig: „Sie wird in Neapel diese Maschine bekommen und doppelte Wände, dazu Doppelböden in den Wasser- und Treibstofftanks. Aber äußerlich wird sie ein Segler sein wie irgendeiner in der karibischen See. Übrigens ein ausnehmend schönes Schiff, wie der Mann sagt."

„Dann schick's doch mal vorbei. Ein alter Mann wie ich erfreut sich gern an schönen Dingen."

„Mit oder ohne?"

„Bist du verrückt?! Ich will mit deinem verdammten Zeug nichts zu tun haben."

Carlo D. Campi warf dem Schwarzen die Schere zu. Dann hängte er sich bei Victor Bastian ein. „Und jetzt wirst du staunen. Ich hab' seit neuestem auch einen Rubens ..."

„Ach Valerie, es reicht nicht. Es reicht vorne und hinten nicht." Seufzend schob Hirth die Rechnung, die er mit Hilfe eines Taschenrechners entworfen hatte, von sich. „Was wir brauchen, sind fünfzigtausend mindestens – und was wir aufbringen können, ganze dreißig."

„Aber du sagtest doch erst vierzig?

„Für das Boot. Um es kaufen und für eine Weltumsegelung in Schuß bringen zu können. Aber dazu kommen ja noch all die Extras. Mehrere Anker, eine bruchfeste Küchenausstattung, dann natürlich Schwimmwesten und alles mögliche andere für die Sicherheit, zum Beispiel eine Bordapotheke mit den verschiedensten Spritzen und unseren Blutkonserven, ein solides Beiboot nicht zu vergessen und den Motor dazu, vor allem auch eine Navigationsausrüstung. Ich brauch' auch nicht nur einen Sextanten, ich brauche zwei, weil nämlich diese Apparate auf den geringsten Stoß mit Ungenauigkeit reagieren, und dir dann völlig falsche Daten für deinen Kurs sagen. Und was denkst du, was allein die Seekarten und Windkarten kosten, die nautischen Handbücher, der Stromatlas, das Leuchtfeuerverzeichnis? Das geht in die Hunderte! Und wir bräuchten auch eine stabile Selbststeueranlage, wir wollen ja nicht ständig am Ruder stehen. Und leben müssen wir ja schließlich auch von was. Wir brauchen Konserven, Getränke, Kartoffeln, Reis, Mehl, Zucker ..."

„Aber die vierzigtausend hätten wir doch auch nicht gehabt?"

„Aber ich hätt' mit der Bank reden können. Für zehntausend werde ich ihr doch wohl gut sein."

„Tu es trotzdem. Oder soll ich hingehen? Ich glaub', der Direktor mag mich."

„So sehr, daß er mehr als zwanzigtausend Mark locker macht? Meine liebe Dame, da müßt' ich mich aber sehr wundern!"

Sie errötete. „Kommen wir wirklich nicht mit weniger aus? Bei dir muß immer alles perfekt sein."

„Wir brauchen auch ein Nebelhorn. Und wir brauchen eine Persenning an der Reling entlang, um überkommendes Wasser abzuhalten. Wir brauchen eine starke Lampe, um die Segel anstrahlen zu können, weil so ein bißchen Topplicht einem Ozeanliner überhaupt nicht auffällt, und wir brauchen einen Radar-Reflektor, damit wir auf seinem Radarschirm erscheinen. Wir brauchen ..."

Hirth hob seine Schultern. „Das ist nur eine kleine Auswahl von dem, was Weltumsegler für dringend notwendig befunden haben, die ursprünglich gemeint hatten, es brauche nicht alles perfekt zu sein."

Valerie wandte sich ab. Ihre Hände auf dem Tisch ballten sich zu Fäusten, ihr Atem ging schwer. Sie hatte die Idee einer Weltumsegelung zu ihrer eigenen gemacht, die Idee vom Ausbrechen aus dem Alltag, von Freiheit und Abenteuer. Die Vorstellung, in die Schule zurückzumüssen, weil schon gleich die Klippe der Finanzierung nicht zu schaffen war, war ihr unerträglich.

„Verkaufen wir das Auto, Martin. Es stünde sowieso bloß rum."

„Wenn du willst. Das gäb' fünftausend dazu, vielleicht mehr."

„Was ist mit deiner Funkanlage?"

„Die käme an Bord."

„Und eine Hypothek? Wenn wir eine Hypothek aufnehmen?"

„Wir haben eine."

„Wir nehmen noch eine! Und was ist mit unseren Bausparverträgen?"

„Damit wollten wir doch ..." Er brach ab.

„Wir brauchen kein Kinderzimmer", sagte sie fest. „Was wir brauchen, ist das Geld für die Reise."

Hirth sah sie an. Valerie war voller Schwung, völlig verändert. Ohne noch etwas zu sagen, gab er dem Taschenrechner neue Zahlen ein.

„Na, wie sieht es aus?"

„Es kommt hin. Fünfzigtausend! Und wenn Mutter an ihren Sparstrumpf ginge, hätten wir sogar noch etwas als eiserne Reserve."

Valerie ließ die Schultern sinken. Sie lachte, Feuchtigkeit in den Augen. „Ich möchte dich küssen, aber ich kann nicht. Ich komme nicht hoch, so voll bin ich von Glück."

Der Ballastkiel, solides Blei, war über neun Zentner schwer. Hirth hätte sich die Plackerei damit gerne erspart, doch Simoneit bestand darauf, ihn abzumontieren, weil anders nicht an das Totholz heranzukommen war, die bevorzugte Angriffsfläche für den Schiffswurm, der dann von hier aus seine verderblichen Hohlgänge in den gesamten Rumpf vorantrieb. Es genügte auch nicht, diese hölzerne Verklotzung, die einerseits den Achtersteven abschloß, andererseits den Kiel zum Ruder hin verlängerte, nur zu imprägnieren; sie mußte zusätzlich mit Kupferblech abgedeckt werden, nur dann konnte man wirklich sicher sein.

Hirth war dabei, dieses Blech anzupassen, als der Alte zu ihm kam.

Es war noch früh am Morgen, die schönste Zeit am See – das Wasser still, das Licht farblos und Fischerhütten, Bootsstege und Anlegepfähle von der Schwerelosigkeit japanischer Tuschzeichnungen. Hirth arbeitete gern um diese Zeit.

Simoneit kam heran, machte halt, und Hirth, unter dem Schiffsleib hockend, konnte ihn neben ihm stehen sehen.

Schließlich wurde es ihm zu dumm. „Ist was, Kapitän?"

„Das kann man wohl sagen. Ich komme von der Polizei."

Hirth kroch hervor. „Was denn? Hat man bei dir eingebrochen?"

„Ja und nein." Simoneit rieb sich das Kinn. „Ich muß etwas ausholen", sagte er. „Erinnerst du dich, wie unser Segelclub hier abgebrannt ist ...?"

„Man redete von Brandstiftung."

„Meine Meinung war immer, daß ein Tippelbruder einen Schlafplatz brauchte, betrunken war und im Suff Mist gebaut hat."

„Mag sein. Und?"

„So ein Tippelbruder war heute früh auch bei mir – die Taschen voller Zündhölzer und Wachslichter!“

„Nein!“

„Aber – und nun halt dich fest! – er weiß nicht wieso.“

„Das sagt er.“

„Er weiß es tatsächlich nicht. Der Mann ist dermaßen betrunken, der weiß nicht mal seinen Namen. Er weiß weder, woher er kommt, noch, wohin er will. Und schon gar nicht weiß er was darüber, wie er in mein Bootshaus gekommen ist. Das einzige, was er weiß, ist, daß er gestern abend mit jungen Leuten Berührung hatte, Rockern möglicherweise. Aber wo und wann und was die von ihm wollten – Fehlanzeige. Die Polizei meint, daß es diese Rocker gewesen sein könnten, die ihn vollaufen ließen, mit Lichtern und Zündhölzern ausstatteten und dann hierher schafften.“

„Damit er mit Feuer spielt?“

Simoneit rieb sein Kinn, sehr ausgiebig diesmal. „Ich glaub's nicht. Was ich glaube, ist, daß ich ihn finden und erschrecken sollte ...“

„Aber warum um alles in der Welt sollten Rocker ein Interesse daran haben, dich zu erschrecken?“

„Nicht die Rocker – aber jemand, der hinter ihnen steckt. Die waren bloß seine Helfer.“

„Wessen?“

Simoneit sah Hirth zwingend an. „Ich hab' dir doch mal von einem Münchner erzählt, der sich für die *Albatros* interessierte und bei dem ich Angst hatte, daß sie als schwimmender Puff enden würde, kannst du dich erinnern? Er war gestern erst wieder da.“

„Aber du hast doch längst verkauft?!“

„Ich soll den Verkauf rückgängig machen.“

„Er bietet mehr?“

„Nicht so sehr viel. Er bietet mir ein Gegengeschäft an.“

Hirth kratzte sich am Kopf. „Aber das ist doch Erpressung!“

„Nein, nein, nur ein Gefallen. So nennt er es. Ich verschaff' ihm das Schiff – und er mir dafür eine Spezialversicherung für Bootshäuser zu einmalig günstigem Sonderpreis ...“

„Na, wenn das nicht Erpressung ist?! Reine Mafiamethoden sind das. Denn wenn du nicht mitspielst, hast du den roten Hahn auf dem Dach."

„So sieht es sich an. Aber halt nur in der Phantasie. Beweisen läßt sich nichts."

„Was sagt denn die Polizei?"

„Ja, bist du verrückt?! Die weiß natürlich von nichts. Meinst du, daß ich mich lächerlich mache? Ich kann doch niemand anzeigen, bloß weil er mir tausend Mark sparen helfen will. Und das mit den Rockern? Der einzige Zeuge ist 'n Saufbruder, der in die Klapsmühle gehört."

„Also, was willst du nun tun? Soll ich dir das Schiff zurückgeben?"

„Verschwinden, das sollst du! Deine Frau und das Schiff nehmen und zusehen, daß du fortkommst!"

„Und du?"

„Wenn das Schiff weg ist, ist es weg, und dann wird ja wohl Ruhe sein."

Martin streckte unwillkürlich die Hand aus, aber der alte, grauhaarige, schwere Mann schüttelte seinen Kopf. „Da gibt 's nichts zu danken. Vertrag ist Vertrag, das wär' ja noch schöner. Aber du paßt auf dich auf, hörst du? Ich möcht' dich gesund wiedersehen."

Sich umdrehend, stapfte er davon. Es war immer noch die Zeit, in der der See am schönsten war, doch Hirth konnte es nicht mehr wahrnehmen.

Am nächsten Tag fuhr er mit seinem und Valeries Kündigungsschreiben zum Ministerium nach München.

Tags darauf schon holte ein Kranwagen die noch längst nicht fertige Segelyacht ab, um sie im Güterteil des Diessener Bahnhofs auf einen Flachwagen zu hieven. Der Name am Schiffsheck war ein anderer. Aus *Albatros* war *Valmar* geworden, eine Zusammenziehung von „Valerie" und „Martin". Noch am gleichen Tag wurde der Waggon in Richtung Augsburg rangiert, in der Nacht über München nach Rosenheim verschoben und von dort auf den Weg nach Genua gebracht, wo sich die Adorno-Werft der Yacht annehmen wollte.

Hirth hätte nie geglaubt, daß der Ausstieg aus dem bürgerlichen Leben so schwierig sein würde. Daß zwei Beamte auf Lebenszeit diesen Status aufgeben wollten – irgendwie ja doch mutwillig –, war anderen Beamten unbegreiflich. Martin und Valerie hatten Amtsstuben zu stürmen, bürokratischen Argwohn zu zerstreuen, Verdacht auszuräumen. Nein, sie hätten keine Hintergedanken. Nein, sie wollten nur raus aus dem Beamtenverhältnis mit Pensionsanspruch, frei sein und fortgehen. Und dabei sollte doch alles schnell gehen, damit die Yacht in Italien nicht allzu lange allein blieb.

Konten mußten getilgt, Versicherungsverträge gelöst werden – und neue geschlossen, denn das Schiff mußte versichert werden, auch das Haus, welches unbewacht zurückblieb.

Und ein Krankenhaus mußte aufgesucht werden wegen der Bestimmung der Blutgruppen für die mitzunehmenden Blutkonserven, eine Impfanstalt wegen der Vorbeugeimpfungen gegen Gelbfieber, Pocken, Cholera, Typhus und Paratyphus. Hirth ließ sich auch noch einen verdächtigen Zahn ziehen, doch auf das vorsorgliche Entfernen des Blinddarms – Empfehlung der Weltumsegler, deren Bücher sie verschlangen – verzichteten sie. Mein Gott, man war doch nicht aus der Welt!

Aber es schien so. Beim Abmelden auf der Polizei zu guter Letzt wollte der Beamte wissen: „Auf Reisen? Was heißt das?"

„Daß wir unterwegs sein werden."

„Ja, aber wohin? Sie müssen doch irgendwohin? Zu irgendeinem Ziel?!"

„Okay – Tahiti ..."

Draußen sahen sie sich an. „Jetzt weißt du, Martin, was ein Aussteiger ist." Hirth hatte sich noch nie so gesehen, vielleicht auch nicht sehen wollen. Es sollte ja nur eine etwas längere Reise sein. Aber es war wohl doch mehr.

4

Der erste, der ihnen ihr Schiff abkaufen wollte, war der Werftbesitzer selber. In seiner Jugend ein Schiffszimmermann, der noch mit der Handaxt arbeitete, hatte sich der nun siebzigjährige Giuseppe Adorno in demselben Moment in die *Valmar* verliebt, da er sie auf dem Slip erblickte. Als der Alte die Zedernplanken berührte, war es wie ein Streicheln.

Nur der Name mißfiel ihm. Ein Schiff wie dieses habe *Passat, Scirocco* oder *Bora* zu heißen, allenfalls noch *Gavina* – Sturmmöve – oder aber auch *Albatros.*

„Warum lachen Sie, Signora?"

Valerie legte ihm die Hand auf die Schulter. „Nicht, weil ich es komisch fände, Giuseppe – aber so hat sie schon mal geheißen."

Er hatte keine Verwendung für die Yacht, wollte sie nur besitzen. So wie man ein Kunstwerk besitzt. Und wie für ein Kunstwerk, begeisterte er sich mit südländischem Temperament, wollte er ihr einen angemessenen Rahmen geben – einen Glaskiosk am Werfttor.

Giuseppe Adorno war es, der die Selbststeueranlage konstruierte, eine Windfahnen-Selbststeuerung in Kombination mit Steuersegeln, welche allerdings erst funktionieren wollte, als der Bugspriet verlängert worden war, nun ein Klüverbaum, der den Bug um fast zwei Meter überrragte, sich aber bei hoher See oder in engen Häfen einziehen ließ. Giuseppe Adorno war es, der dem Cockpit, wo der Ruderstand untergebracht war, eine elegante, doch robuste Haube aus Plexiglas verpaßte, damit man bei Schlechtwetter im Trockenen war, doch abnehmbar wie der *hardtop* eines Sportwagens. Giuseppe Adorno, der alte, krumm gewordene Schiffsbauer, war es, der die Segel trimmte und sich mit seinen gichtknotigen Fingern an die Nähmaschine setzte, bis auch der Spinnaker, ein riesiges Nylontuch, und der *Yankee,* ein anderes Spezialsegel, ohne jeden Makel waren.

Als nach fünfeinhalb Wochen die Arbeit getan und endgültig nichts mehr zu verbessern war, mußten sich die Hirths regelrecht losreißen. Der alte Mann war ihnen ans Herz gewachsen.

„Wir werden sie umtaufen, Giuseppe", versprachen sie ihm beim Abschiedstrunk auf der weinumrankten Terrasse seiner alten Villa am Berghang. „Sobald uns der richtige Name einfällt, werden wir sie wieder umtaufen. Und natürlich bekommst du aus jedem Hafen eine Karte!"

Das Bild, wie er dann da auf dem Steg stand, klein, krumm, liebenswert, die Arbeiter ehrfurchtsvoll im Hintergrund, war herzbewegend, und Gott sei Dank schob sich ein Frachter dazwischen, bevor es Tränen gab. Hirth stellte den Diesel ab, einen Apparat, der mehr Krach machte, als daß er beschleunigte, und zum ersten Male begann der treibende Wind die Segel zu blähen. Mit den silbrigen Tanks versank der Hafen, mit den grünen Bergen Genua hinter ihnen.

Die *Valmar* war nun wirklich ein imposantes Schiff, und überall, wohin sie kam, erregte sie Aufsehen. In jedem Hafen stellte sich jemand ein, der sie kaufen wollte, ein Passant, dem sie von Land aus aufgefallen, ein Nachbar, dem sein eigenes Boot plötzlich nicht mehr gut genug war. Vor der Île du Levant, der Nudistenkolonie vor Hyères, war es dann sogar ein herbeischwimmender Nackter. Die Hirths gewöhnten sich daran. Es war auch nichts Außergewöhnliches, auch andere Yachten hatten ihre Liebhaber.

Auf der Île du Levant blieben sie vierzehn Tage, nachdem sie die Rivieraküste und die Côte d'Azur abgeklappert und in Alassio, Monte Carlo, dem ‚künstlichen Venedig' Port Grimaud und Saint-Tropez Station gemacht hatten.

Der Sommer war noch einmal zurückgekommen, mit strahlender Sonne und Temperaturen um 25 Grad, die Masse der Nudisten jedoch längst heimwärts entschwunden, und so waren alle die Gartenbars, Feinschmeckerlokale und Diskotheken, dies ganze merkwürdige Städtchen auf der Kuppe des karg begrünten Graniteilands, nur noch für eine Handvoll Unentwegter da, lauter Leute, die so gestellt waren, daß sie sich ihre Urlaubszeit aussuchen konnten, die Mehrzahl Hochseesegler wie sie selber. Daß sie nackt zu gehen hatten, wie auf der Insel üblich, machte ihnen nichts aus; das taten sie ja auch meist an Bord, wenn das Wetter danach war.

Sie hatten *Les Grottes* für sich, eine so kleine Badebucht, daß die *Valmar* darin nicht hätte drehen können, hatten den süß-würzigen Duft der Macchia aus Baumheide und Meerkirsche für sich und, vor allem in den Nächten, das Zirpen von Millionen von Grillen. Sie waren nämlich ins Hotel umgezogen. In ein Zimmer. Ein Bett.

Denn so schön die *Valmar* auch war, wie gut als Segler und

schwimmendes Heim, ein ausgesprochenes Liebesnest war sie nicht. Selbst die Koje in der Eignerkabine war halt nur für einen gedacht, der Rest der Schlafgelegenheiten für Regattasegler, denen Schlafen nur zweitrangig erschien. Auch waren die Küstengewässer selbst nachts viel zu belebt, als daß man die Segelei der Selbststeueranlage hätte überlassen und sich unter Deck zurückziehen können; und war man im Hafen, dann lag man Bord an Bord, Türen offen und Bulleyes offen wegen der Schwüle. Zudem machte die Salzluft die Haut so klebrig, daß man sich irgendwie schmutzig vorkam. Kurzum, man fand weitaus seltener zusammen, als man sich vorgestellt hatte, und begann, von stillen Buchten zu träumen und Südseestränden, an denen man ganz allein war mit sich und seinen Sehnsüchten.

Les Grottes schien so ein Ort. Weißer, warmer Sand, romantisch von Klippen überragt, wie zwischen Theaterkulissen das schimmernde, endlose Meer.

Es war am ersten Tag, in der stillen Stunde nach Mittag, als Valerie ihren Mann versehentlich mit dem Fuß anstieß. Eine kurze Berührung, völlig harmlos. Doch sie summierte sich mit Hirths Empfindungen, welche daraus resultierten, daß sie nackt waren und allein und nichts rundum war als Duft und Stille, jenes ersehnte Paradies.

„Entschuldige."

Es gab keinen Grund, sich zu entschuldigen außer diesem: Daß Valerie eine Verlegenheit überspielen wollte – daß sie genauso empfand.

Martin, auf dem Bauch, war plötzlich erregt. „Oh, es war ganz angenehm. Mach ruhig weiter."

Aber die Zeit verstrich, und es geschah nichts. Er dachte es sich so: Er sollte von der Ungewißheit gequält werden, ob und wann und wo er erneut berührt werden würde, und seine Erregung wuchs.

Als er Valerie endlich spürte, war es im Nacken. Von dort wanderte die Berührung sein Rückgrat entlang, weiter und weiter, ganz sanft und ganz langsam. Es konnte eine Fingerkuppe sein, doch als Martin entdeckte, daß Valerie nicht mehr neben ihm lag, sondern kniete, kam er darauf – sie berührte ihn mit ihrer Brust.

Valeries Knie preßten sich in den Sand, ihre Schenkel waren fest und braun und seidig.

Martin streckte die Hand danach aus.

„Pst! Weg da!"

Gehorsam drehte er seinen Kopf wieder weg. So sacht die Berührungen waren, durchdrangen sie doch fast schmerzhaft seine Lenden.

„Ja", ermunterte Valerie ihn, als er zu stöhnen begann, „ja ..."

Nie zuvor hatte sie ihn Zärtlichkeit so erleben lassen. „Du machst mich verrückt, Val. Hör auf!"

„Im Gegenteil, ich fange jetzt erst richtig an."

Und wie gut sie ihn kannte. Genau in dem Augenblick, da er glaubte, es nicht mehr aushalten zu können, forderte sie: „Dreh dich um ..."

Es war eine Weile später, doch noch viel zu früh, als das Tuckern eines Bootsmotors hörbar wurde.

„Kannst du was sehen?" fragte er Valerie über ihm.

Sie gab keine Antwort. Sie behielt die Augen geschlossen. Drehte sich nicht einmal um nach dem Tuckern.

„Val ...! Beeil dich!"

„Ich denke gar nicht daran.!"

„Aber, Val, wir können doch nicht ..."

„Ich ja. Ich könnte."

Doch im Moment darauf spürte Martin sich alleingelassen. Valerie rannte davon, sich ihr rotes Badetuch als Wickelrock um die Hüften schlingend. Bis Martin sie eingeholt hatte, war sie schon fast am Hafen. Doch wandte sie sich nicht dorthin, dem am Ufer vertäuten Beiboot zu, sondern bergauf zum Städtchen.

„Wo willst du hin?" rief er ihr nach.

Ohne zu antworten ging sie weiter, nicht schnell, doch zielstrebig, und Martin ließ sie schmunzelnd gehen. Die Möglichkeiten für eine Frau ohne einen Pfennig Geld und mit nichts am Leib als einem Badetuch waren beschränkt.

Trotzdem würde er sie dann nicht gefunden haben, wenn er sie nicht hätte leise singen hören. „Ich bin von Kopf bis Fuß auf Liebe eingestellt ..."

Valerie saß auf den Stufen zu dem Tropengarten, der das *La Brise Marin* umgab. Als sie ihn kommen sah, stand sie auf und ging voraus. Erst vor der Hotelrezeption machte sie Halt. „Kein Wettrennen mehr!" sagte sie bestimmt. „Nicht mit irgend einem blöden Boot- und schon gar nicht mit mir selbst."

In Französisch überwechselnd, wandte sie sich an den Portier: *„Une chambre, s'il vous plaît. Pas de grande vue – mais avec un grand lit!"*

Sie blieben, bis das Wetter umschlug. Es war eine schöne Zeit.

Dann begann Tiefdruck, der sich vor der Rhônemündung eingenistet hatte, die herbstlich kalte Luft aus Europa anzuziehen, und der Mistral, der zu blasen anhob, peitschte das Meer so auf die Küste der Île du Levant, daß der Pfad zu *Les Grottes* unpassierbar wurde. Die *Valmar* hatte Mühe, aus dem Hafen zu kommen. Ohne Hilfsmotor wäre sie womöglich auf den Klippen geendet.

Die Wettermeldungen verhießen Schlechtes. Aus allen Himmelsrichtungen schien nun der Winter heranzukriechen, welche man auch erkundete. Hirth hatte seine gesamte Funkanlage auf der Yacht installiert und statt der stationären Antenne vierzig Meter Draht zwischen den Masten verspannt, welche als Richtantenne wirkten, wenn das Schiff sich drehte. Selbst Bombay war dann zu kriegen, der alte Freund Benser.

Das Tiefdruckgebiet war nach Osten gewandert, doch immer neue Schlechtwetterfronten mit Sturm und Dauerregen schoben sich vom Atlantik heran. Das zunächst so erholsame Gibraltar wirkte mehr und mehr als Falle. Als das Radio wenigstens für die Vorhersage-Zonen *Cadiz-Alhoran* und *Canarias* vorübergehend Besserung ankündigte, holte Hirth die Gezeitentafel hervor.

„Morgen früh Punkt sieben. Mit ablaufendem Wasser raus, die Küste entlang bis Punta Marroqui, damit wir's nicht mit der Hauptschiffahrtslinie zu tun kriegen – und dann mit Kurs 240 Grad nichts wie weg. Was hältst du von Silvester auf Madeira?"

Die Wetterbesserung erwies sich in der Tat nur als vorübergehende. Kaum daß Europa zurückgeblieben war, kündigte das Barometer ein neues Tief an. Regenböen liefen ihm voraus, die das kleine Schiff jedesmal wie mit einem Wasserfall zuschütteten.

Das Barometer sank weiter und weiter. Der Wind nahm zu, zunächst auf Stärke 6, dann auf 7. Schließlich stürmte er mit über 35 Knoten pro Stunde einher.

Die Schaumköpfe der großen, wogenden Wellen begannen abzureißen, die Naht zwischen dem blauschwarzen Himmel und dem grünschwarzen Meer verwischte sich immer mehr. Die Sichtweite war schwer zu schätzen, lag jedenfalls unter fünfzig Meter. Als es dunkel war, war jeweils nur noch der Schaumkopf der nächsten Welle zu sehen.

Valerie brachte Martin heißen Kakao mit Weinbrand ins Cockpit, ein Rezept, das sie auf Mallorca unter dem Namen *Lumumba* kennengelernt hatten.

„Hast du Angst?“ wollte er wissen.

„Müßte ich?“

„Nein, noch lange nicht. Es wird Schlimmeres geben. Dies ist nur erst ein Vorgeschmack.“

Sie küßte ihn. „Du kannst segeln, das Schiff ist gut. Ich habe Vertrauen.“

Um Mitternacht herrschte Sturm. Das Tauwerk ächzte, die Schoten, die die Sturmfock und ein kleines Treibersegel achtern am Besan steuerten, sangen vor Spannung. Im Schiffsrumpf war ein gequältes Vibrieren – man konnte richtig spüren, wie die Planken unter dem ungeheuren Druck von Wind und Wellen arbeiteten.

„Sollten wir nicht doch lieber beidrehen, Martin?“

„Nicht so lange ich auch nur ein bißchen steuern kann. Wir sind mitten in der Lissabon-Madeira-Route.“

„Darum also der Scheinwerfer auf die Fock.“

„Ich hoffe bloß, daß der Regen das Licht nicht schluckt. Vorhin ist uns der Radar-Reflektor über Bord gegangen.“

„O Gott!“

„Nicht so schlimm. Früher ist man auch ohne ausgekommen. Aber ich ...“

„Pst!“

„Was ist?“

„Da kommt was. Hörst du's nicht?“

In dem Stöhnen und Jaulen, Ächzen und Singen war plötzlich ein anderer Ton, der auf keinen Fall mit der *Valmar* zusammenhängen konnte. Ein Röhren und Rumpeln – genau das Röhren und Rumpeln, das, wie Hirth wußte, ein Schiffsdiesel in einem Stahlrumpf macht.

„Oh, Scheiße! Alles Licht an, das wir haben!"

„Das Nebelhorn?"

„Heult uns bloß die Ohren voll."

Sie lauschten. Da kam ein Schiff, kein Zweifel, und zwar teuflisch schnell. Das Arbeiten seiner Maschine war schon als deutlicher Takt zu hören. Doch zu sehen war nichts.

„Hoffentlich kommt er von der Seite. Dann müssen sie uns einfach sehen, wenn sie nicht gerade pennen."

„Und wenn er von achtern kommt?"

„Ist er jedesmal, wenn sein Bug Wasser übernimmt, für 'ne ganze Weile blind."

„Kannst du ihn nicht anfunken?"

„Bis ich ihn kriege, ist er längst da."

„Unser Motor ...?"

„Damit kannst du Kaffee kochen, aber keinem Überseeschiff davonfahren."

„Martin ...!"

Schon war der Maschinenlärm so laut, daß sich das Wuchten der Kolben vom Wummern der Kurbelwelle unterscheiden ließ, und im Moment darauf war der Schiffsrumpf, der den Resonanzboden dafür abgab, da – hoch wie eine Felswand und Sturzbäche von Wasser absondernd.

Und tatsächlich von achtern, doch um ein paar Meter versetzt, und Gott sei Dank so, daß Hirth mit der *Valmar* vom Wind abfallen konnte. Die Frage war nur, ob es reichte, bevor sich der Ozeanriese davorschob und der Wind abbrach.

„Lieber Gott, hilf!"

Nun drückte er doch den Anlasser, aber das Tuckern des Diesels war ein gequältes, stotterndes. Der andere war heran, und die nächste Woge war heran, und sie erklommen sie zugleich, der Wal und das Fischlein, und als die berghohe Schiffswand den Segler in den Windschatten geraten und sein bißchen Tuch schlapp werden ließ, wurde er wie von magnetischer Kraft hinübergezogen. Die Gießbäche aus den Speigatts platschten zum Greifen nahe herunter, auch ein dampfend heißer aus der Küche.

Hirth riß die Kunstglashaube auf, damit das Cockpit nicht

zur Falle wurde. Er dachte daran, daß es richtig gewesen war, die *Valmar* nicht nur mit Rettungswesten, sondern mit einer richtigen, sich automatisch aufblasenden Rettungsinsel auszustatten, und hoffte, daß diese Automatik überleben würde. Aber in Wirklichkeit, wußte er, gab es keine Chance. Was übrigbliebe, wenn die *Valmar* an der Bordwand des Riesen zerbräche, würden dessen Schrauben zu Kleinholz hacken.

Er zog Valerie an sich.

Aber in diesem Moment, da es schon aus und vorbei schien, begann der Diesel endlich zu arbeiten, lief rund und auf Touren und brachte Druck aufs Ruder und Fahrt ins Schiff. Alles was die *Valmar* vom andern mitbekam, war die wirbelnde Hecksee und der Abfall aus Plastikflaschen, Klosettpapier, Kartoffelschalen, Salatblättern, die bis ins Cockpit schwappten. Für eine kleine Weile noch war aus der Regenwand die Maschine zu hören und – dahinwehend in geisterhaften Fetzen – schmalzige Geigenmusik.

Die beiden sagten nichts. Aneinandergeschmiegt, die Haube aus Kunstglas über sich offen, blieben sie in der himmlischen Stille stehen und ließen sich den Schweiß der Angst abspülen.

Das Unwetter dauerte zwei Tage. Als am Mittwoch die Sonne aufging, war die Welt eine andere. An einem klaren Himmel segelten vereinzelte Cumuli, wie Blumenkohl und schneeig weiß.

Im Morgengrauen des Montag kam der Leuchtturm von Porto Santo, der östlich gelegenen Vorinsel, in Sicht. Madeira selbst steckte unter einer Nebelhaube, doch als Punta de San Lorenço umrundet und die steile Ostküste mit dem Flugplatz zurückgelassen waren, zeigte sich Funchal in herrlichstem Sonnenschein. Sie fanden einen schönen Platz im westlichen, stadtwärtigen Winkel des Hafens.

5

Die *Valmar* war gut zu erkennen von der Terrasse des *Reid's.* Übergossen von dem verschwenderischen Licht auf den Kreuzfahrtschiffen am Pier, dem Lichte der Lampengirlanden auf der Landungsbrücke unterhalb der Kathedrale und dem in immer neuen Farbkaskaden sich ergießenden Licht des Feuerwerks, war sie der stolze Schwan in der Herde von Barkassen, Fischerbooten, Wanderyachten und Ausflugsdampfern.

„Auf unser Schiff! – Auf das neue Jahr! – Und natürlich auf dich!" Hirths Blick umfing Valerie, die, mit dem gleichen wechselnden Licht auf Gesicht und Dekolleté, dem Segler glich – von all den Frauen, die sich auf der Terrasse drängten, um Madeiras berühmtes Silvesterfeuerwerk zu sehen, die Königin.

„Ich liebe dich. Ich liebe dich sehr."

„Zu sehr." Sie hielt ihm ihr Glas vor. „Mußte es der teuerste sein? Einheimischer Sekt hätt's doch auch getan."

Hirth lächelte und gab ihr einen Kuß.

„Im Ernst, Martin, es hätte kein Heidsieck zu sein brauchen und auch nicht das *Reid's.*"

„Es bietet nun mal den schönsten Blick. Den schönsten Blick – für die schönste Frau."

„Aber wir müssen sparsam sein."

„Gut. Dann also Vorsatz fürs neue Jahr: Weniger Heidsieck, weniger Mousse vom Salm, natürlich auch viel weniger Silvesterbälle und vor allem – weniger Passagierdampfer mit gleichem Kurs! Schau mal, Schatz, es ist ja auch eine Feier unseres zweiten Geburtstags."

Als Valerie erschauderte, legte er den Arm um sie. Das Läuten der Kirchenglocken und Tuten der Überseeschiffe im Hafen begann zu verklingen, das Strahlen von Goldregen, bengalischen Feuern und Leuchtkugeln nachzulassen. Der Sternenhimmel kam wieder zu seinem Recht.

„Komm, Val, laß uns tanzen. Laß uns tanzen und lachen und glücklich sein."

Als sie sich abwandten, trat ein Mann auf sie zu, der bisher in der Tür gestanden hatte. „Ein schönes Bild, nicht wahr?"

Er sah aus wie jemand vom Hotel. Mittleren Alters und

mittlerer Größe, rundlich, freundlich, der Typ des leitenden Angestellten. Hirth wollte ihn an die Brüstung lassen, und da der Mann Englisch gesprochen hatte, sagte er: *„Please."*

„Zigarette?" Das Etui, das zum Vorschein kam, war aus Gold.

Hirth dankte mit einer Geste.

Aber der Mann ließ nicht locker. „Vielleicht erlauben Sie mir dann, Sie beide zu einem Drink einzuladen?"

Er steckte das Zigarettenetui wieder weg, es schien ihm nur darauf angekommen zu sein, es vorzuführen. Auch sein Smoking, bemerkte Hirth, war von erlesener Qualität, die Knöpfe an Hemdbrust und Manschetten zweifellos aus Perlen.

„Na, kommen Sie. Machen Sie mir die Freude."

Wenn es keiner der Hoteldirektoren war, dann war es ein Gast, und es gab eigentlich keinen Grund, die Einladung auszuschlagen. Es war Silvester, und beim Zwölf-Uhr-Schlag hatten sie mit allen möglichen fremden Leuten angestoßen.

In der Bar waren drei Hocker reserviert. Der Fremde ergriff das Körbchen mit Gebäck auf dem Tresen. „Kosten Sie einmal davon – eine Spezialität der Insel: *Bolo de mel,* Honigkuchen. Sie werden vor Weihnachten gebacken und halten sich ein Jahr lang frisch. Und als Drink würde ich eine andere Spezialität empfehlen – *Ponchal.* Wenn Sie sich bisher an Champagner gehalten haben, kann nichts passieren. Grundsätzlich jedoch ist Vorsicht geboten, *Ponchal* ist aus Honig, Zucker und Rum und geht verdammt ins Blut."

Das Zeug, eine bräunliche Mixtur, schmeckte nicht übel. Da er ihr sein Glas entgegenhielt, stieß Valerie mit dem Spender an. Ihr Bemühen, Konversation zu machen, war nicht überaus groß. Irgend etwas an dem Mann mißfiel ihr; sie hätte sich nicht von ihm anfassen lassen mögen.

„Ich wünschte, ich würde mit Ihnen beiden tauschen können – Zeit haben, die ganze Welt durchsegeln, bleiben, wo es einem Spaß macht ..."

Der Mann wandte sich ab und zur anderen Seite: „Kompliment, Mr. Hirth – zur schönsten Frau weit und breit, zur schönsten Yacht!"

„Sie kennen meinen Namen?"

„Ich habe mich erkundigt. Ich habe mich erkundigen müssen – denn ich will Ihnen ein Geschäft vorschlagen."

Wie zuvor das Zigarettenetui kam ein Scheck zum Vorschein. Fünfzigtausend US-Dollar – zahlbar an Mr. Martin Hirth für die Segelyacht *Valmar.*

Der Mann ließ keine Zeit zum Nachdenken: „Lassen Sie mich erklären. Ich bin Geschäftsmann und ständig auf Reisen. Ich habe nicht die Zeit für langwieriges Feilschen. Wenn ich was sehe, das mir gefällt und wovon ich überzeugt bin, dann greife ich zu." Er lächelte. „Daß ich deswegen nicht auf Informationen verzichte, versteht sich. Und was Ihre Yacht betrifft, so besagen meine Informationen, daß sie genau das ist, was mir vorschwebt."

„Aber woher wußten Sie ..."

„Giuseppe Adorno, Ihr Freund in Genua. Ich sage ja doch – ich hab' mich erkundigt. Und der alte Herr war nicht nur so nett, alles Wissenswerte über die Yacht mitzuteilen, sondern auch, wo sie zu finden ist – nachdem er darum gebeten worden war."

Weder die Pause noch der ironische Tonfall wäre nötig gewesen. Hirth hatte begriffen. Dies war kein freundlicher Hoteldirektor und auch kein Gast, welcher Anschluß suchte. Es war ein Geldmann, der über Leichen ging, wenn er anders nicht kriegte, was er wollte. Und was er unbedingt wollte, war die *Valmar.*

Fünfzigtausend Dollar waren doppelt soviel, wie das Schiff gekostet hatte, und trotzdem kein Angebot. Oder jedenfalls nicht mehr. Dies Schiff hatte sie lachen hören, und es hatte sie beten hören, hatte unter der Sonne gestöhnt und im Orkan geschrien. Es war unverkäuflich geworden.

„Ich müßte das erst mit meiner Frau besprechen", sagte Hirth ausweichend.

Valerie hakte augenblicklich ein: „Die Yacht ist nicht zu verkaufen, Mister."

Der Mann beachtete sie gar nicht. Er deckte seine Hand über die von Hirth. „Sie täten mir einen großen Gefallen ..."

Der alte Simoneit fiel Hirth ein. Auch der Mann, der ihn nötigen wollte, den Verkauf der Yacht zu seinen Gunsten rückgängig zu machen, indem er ihm einen zündelnden Saufbruder ins Bootshaus schmuggelte, hatte von ‚Gefallen' gesprochen. Ein unheimliches Gefühl beschlich ihn. Was war das für ein Kerl, der ihn hier bekniete? Und der den guten, alten Giuseppe bekniet hatte, damit er ihm verriet, von wo die letzte ihrer Postkarten an ihn gelangt war?

„Also gut, sagen wir – sechzigtausend *bucks*. Aber das ist mein letztes Wort."

Hirth dachte an daheim. Er dachte an das alte, hübsche Haus, an dem noch so manches zu richten war. Er dachte an seine Mutter, die nach seines Vaters frühem Tod als Halbtags-Buchhalterin einer Autolackiererei zur Witwenpension dazuverdiente und seinetwegen ohne Ersparnisse dastand. Er dachte, daß sechzigtausend Dollar rund hundertfünfzigtausend Mark seien, für die auch jedes andere Schiff zu haben wäre.

Aber Valerie mischte sich ein, in einem bestimmten, endgültigen Ton: „Die Yacht *ist* nicht zu verkaufen!"

Für den Mann war sie Luft. Er lächelte: „Wenn Sie wünschen, Mr. Hirth, dann kann ich Ihnen darüber hinaus ein bißchen gefällig sein. Ich habe Ihnen gesagt, daß ich viel rumkomme in der Welt, und so hat man seine Beziehungen. Ich könnte mich also darum kümmern, daß Sie überall, wohin Sie kommen, auf entgegenkommende Polizisten, Zöllner, Gesundheits- und Einwanderungsbeamte treffen – vorausgesetzt natürlich, daß Sie mit einem anderen Boot als diesem kommen, versteht sich."

Er nahm die Hand weg und stand auf. Das Lächeln war ausgelöscht, die Stimme wie aus Stahl. „Sie haben achtundvierzig Stunden Zeit. Nicht zum Überlegen – zum Ausräumen!"

Martin fühlte sich hilflos und überfordert. Er hatte noch nie eine solche Situation erlebt. Er hatte nicht einmal geglaubt, sie je erleben zu können. Wenn er sich einer wütenden Kobra gegenübergesehen hätte, hätte er nicht entsetzter sein können.

„Sie können hierher umziehen, ein Doppelzimmer ist reserviert und für eine Woche im voraus bezahlt. Bis dahin dürfte der Scheck eingelöst sein. Der Mann, der die Yacht übernehmen wird, kommt am 3. Januar pünktlich um sieben an Bord. Es wäre nett, wenn Sie ihn in die Eigenheiten des Schiffes einweihten. Ach ja – und die Buchstaben *Valmar* können Sie mitnehmen, ich find' *Albatros* schöner."

„Und wenn ich ...“

„Wenn Sie sich weigern? Dann kriegen Sie das Geld nicht. Und natürlich auch nicht jene entgegenkommende Behandlung, von der ich gesprochen habe – sondern ganz im Gegenteil. Und das ist etwas, was ich meinem ärgsten Feind nicht wünsche – in der Karibik schikaniert zu werden. Vielleicht haben Sie nicht die nötige Phantasie, aber Sie sind ja kein Dummkopf.“

Valerie war weiß wie die Wand, als sie, nachdem der Mann gegangen war, Hirths Arm ergriff: „Martin ...! Martin, wer war das?!“

Hirth hob die Hände. Er war sprachlos. In seinem Kopf wirbelte es, sein Herz raste, und was er dringend brauchte, war ein Drink. Er machte sich nichts vor, was ihn so würgte, war die schiere Angst.

„Was sollen wir tun? Das ist eine Menge Geld, aber ... Es ist *mein* Schiff, auf dem ich schon als Zehnjähriger gesegelt bin. Ich kann es nicht hergeben. Es ist ein Stück Heimat.“

„Es ist mehr“, sagte sie. „Es steht ‚Valmar‘ daran, ‚Valerie‘ und ‚Martin‘. Das Schiff sind *wir*.“

Damit nahm Valerie den Scheck und zerriß ihn zu kleinen und immer kleineren Fetzen, die sie in einem Aschenbecher landen ließ.

Als er im Hotel keine Antwort erhielt, befragte Hirth den Barmann, der zwar auch nicht sagen konnte, wer der Fremde war, doch auf den Gedanken kam, die Visitenkarte hervorzusuchen, mit der er ihre drei Plätze schon gleich zu Beginn des Abends reserviert hatte.

Die Visitenkarte nannte nichts als den Namen. Victor Bastian.

„Kurs 210 Grad; Wind aus N bis NW (langsam drehend), 11 Knoten, d. i. Stärke 3, mit gelegentlichen Böen bis zu 20 Knoten, also Stärke 5; Luftdruck in Millibar 1022 (fallend); Bewölkung übergehend von Cirrocumulus zu Cirrostratus – die Sonne zeigt rötlichgelbe Halo-Effekte, vermutlich durch Eispartikel in 30000 Fuß Wolkenhöhe; Temperatur Luft 21 Grad, Wasser 17 Grad; glatte See mit ruhiger, träger Dünung.“

Dies war die Eintragung, die Martin Hirth unter der Überschrift „Der dritte Tag“ ins Logbuch schrieb, jedoch nicht wie sonst morgens um sechs, sondern eine Stunde später, und zwar aus dem Grund, den er der Spalte *Besondere Bemerkungen* anvertraute: „Es ist jetzt sieben – um diese Zeit hätte, wenn wir in Madeira geblieben wären, der Abgesandte dieses Mr. Bastian an Bord kommen und das Schiff übernehmen sollen.“

Er malte ein Sternchen und ein ebensolches über den für persönliche Eintragungen vorgesehenen unteren Teil der Seite und fügte hier hinzu: „Der Ärmste würde verdammt weit schwimmen müssen, wenn er die *Valmar* übernehmen wollte – sie steht schon 190 Seemeilen tief im Atlantik!“

Der leckere Duft von Eiern und Speck stieg ihm in die Nase. Hirth, der am Navigationstisch saß, blickte hoch. „Zur Feier des Tages?“

Als Valeries Antwort nur eine beklommene Geste war, stand er auf.

„Immer noch Angst?“

„Ein blödes Gefühl – das Gefühl, daß etwas auf einen zukommt, man aber nicht weiß, was und woher.“

„Also hätten wir das Schiff hergeben sollen?“

„Aber nein! War schon richtig, einfach abzuhauen.“

Zärtlich griff Martin ihr ins Haar, das aufgesteckt war, damit es nicht so viel Salz aus der Luft aufnahm und dauernd gewaschen werden mußte.

Plötzlich merkte er, daß sie weinte.

„Aber, aber ...“ Er drehte sie herum. „Schätzchen, was hast du? – Nerven?“

Als sie stumm blieb, ihn nur ansah, hob er ihr sacht das Kinn. „Valerie ...?“

Aufschluchzend barg sie das Gesicht an seiner Brust. „Ich hab’ es dir nicht sagen wollen, nicht vor heute ...“

Martin erschrak, von Ahnungen bedrängt.

„Es ist nichts, wieder mal nichts ... Aber es war auch kein Irrtum. Ich war sicher.“ Sie entwand sich. „Man kann sich um Tage verrechnen und auch um ’ne ganze Woche – aber nicht um dreieinhalb Wochen. Und wer wüßte das besser als ich, schließlich bin ich Expertin im Berechnen von so etwas. Es waren drei Wochen und drei Tage, daß ich über meiner Zeit war – bis heute Nacht. Es war dies blöde Gefühl. Ich habe richtig gemerkt, wie es in mir zerrte."

„Oh, dieser Schweinehund! Du hätt'st mich doch zur Polizei gehen lassen sollen, wie ich vorhatte."

„Aber, Martin, mit was denn? Wir haben das doch nun schon zur Genüge durchgekaut. Selbst wenn ich den Scheck nicht zerrissen hätte – was wäre mit ihm bewiesen? Nur daß wer unser Schiff kaufen wollte, und das wollt' auch der gute Giuseppe."

Hirth ächzte. „Ich weiß verdammt nicht, was ich hätte machen können. Das war doch glatte Erpressung. Mehr noch – Nötigung durch Drohung mit Gewalt. Was meinst du, wie der Kerl dabei meine Hand gequetscht hat? Und ich hab's mir gefallen lassen. Ich war völlig konsterniert."

„Schimpf nicht, es hat ja doch keinen Zweck", begütigte sie. „Ich schimpfe ja auch nicht. Alles, was ich wollte, war, dir ins Gedächtnis rufen, wie die Dinge stehen."

Er verdrückte sich an Deck. „Wart noch mit dem Frühstück, bis ich das Sonnensegel aufgespannt habe. Es wird wieder heiß heute."

Zu den Eiern mit Speck gab es aufgebackenes Weißbrot und Kaffee, danach Bananen. Sie hatten in Madeira eine Staude an Bord genommen, grüne Früchte damals, die, an der Saling des Großmasts aufgehängt, nun reif zu werden begannen, dummerweise alle auf einmal.

„Guter Smutje", lobte Martin und gab Valerie einen Kuß. „Hat sich seine Freistunde redlich verdient."

„Was, nur ‚guter'? Der beste weit und breit – soviel ich sehen kann." Hirth warf seine Bananenschale den karpfenähnlichen schwarzen Fischen zu, die die *Valmar* Tag und Nacht begleiteten.

„Um nochmal darauf zurückzukommen. Ich glaub' schon, daß so einer seine Beziehungen hat und sie auch, wenn er's darauf anlegt, spielen lassen kann – aber doch nicht überall. Vielleicht könnte er uns in einem Negerstaat Ärger machen, in Barbados, Antigua, in Haiti oder auf den Grenadinen, aber bestimmt nicht in Martinique, wo wir hingehen. Martinique ist französisch, ist französisches Département. Das heißt, daß wir's dort mit den gleichen Beamten zu tun haben wie in Cannes oder in Saint-Tropez. Wir sollten uns nicht unnötig den Kopf schwer machen."

Er nahm Valeries Hand und tätschelte sie. „Übrigens – nicht nur der beste Koch weit und breit, sondern auch der hübscheste."

„Jedenfalls ausgezogenste ..."

Martin ließ den Blick mit Wohlgefallen über Valeries Körper gleiten. Ihre Brüste waren dunkelbraun, und wie bei einer Farbigen gingen die Brustwarzen in den Hautton über.

„Sage mal – hast du eigentlich deine Großmütter noch gekannt ...?"

„Wieso?"

„Beide?"

„Worauf willst du hinaus?"

„Na, weil du mir einmal erzählt hast, dein Großvater mütterlicherseits sei in seiner Militärzeit im Senegal stationiert gewesen ..."

Valerie sah ihn erst stirnrunzelnd an. „Ach, jetzt verstehe ich! Aber Senegalesen sind schöne Menschen. Und nicht nur das. Sie sind leidenschaftlich und unverbildet und phantasievoll. Zum Beispiel könnte ich mir vorstellen in meiner Phantasie ..."

„O Gott, auf was für ein Schiff bin ich geraten?! Bananen zum Frühstück – und als Nachtisch den Koch."

Sie warf sich so flink auf ihn, daß er gerade noch das Geschirr in Sicherheit bringen konnte. Als sie mit den Fäusten auf ihn eindrang, packte er ihre Handgelenke, als sie ihn daraufhin beißen wollte, bog er sich zurück. So standen sie tief atmend Leib an Leib.

Valerie schloß ihre Augen. „Küß mich ..."

Als er es tat, schlang sie die Arme um ihn. Madeira war nicht nur Hunderte von Kilometern entfernt. Es gab es nicht mehr.

Die Sonne hatte immer noch einen roten Hof. Der ganze Himmel war irgendwie orangefarben. Hirth wußte keine Erklärung. Es war ihm bisher nicht bekannt gewesen, daß der durch Lichtbrechung an atmosphärischen Eisteilchen bewirkte Halo-Effekt vier Tage lang andauern konnte. Wenn er Flugzeuge auf der New York-Dakar-Route ihre Kondensstreifen hinterlassen sah, hätte er sie gern befragt, ob es dort oben tatsächlich so bitter kalt sei.

Die nördlichen Winde waren eingeschlafen, nachdem sie mehr und mehr auf West gedreht hatten. Eine Flaute ließ die *Valmar* rollen – von einer Seite zur andern und zurück und wieder von vorne, Stunde um Stunde. Schließlich war beiden so übel, daß sie an Essen nicht einmal denken mochten.

Die Segel wurden eingeholt, da sie doch nur an den Wanten scheuerten, was Segeltuch viel ärger zusetzt als Sturm, und der Großbaum wurde festgezurrt, weil er durch sein Hinundherschlagen nur Tauwerk und Blöcke strapazierte und dem Schlingern zusätzlichen Schwung gab. Als einziges war eine Genua aus hauchdünnem Nylon gesetzt, die gerade so viel Wind einfing, daß der zum Steuern notwendige Druck auf dem Ruder erhalten blieb.

Trotzdem war es mehr die Strömung – der von den Azoren südwärts dringende kalte Kanarenstrom –, die den Kurs bestimmte. Wenn das Log überhaupt Fahrt anzeigte, dann waren es ein, zwei Knoten.

Den Diesel zu benutzen verbot sich. Er war ein ausgesprochener Hilfsmotor, für Dauerbelastung nicht gedacht. Man hätte nur Treibstoff verbraucht und einen Defekt riskiert, und das hätte gerade noch gefehlt: auf einem schwankenden Schiff mit leerem, revoltierendem Magen in den engen, ölverdreckten Schacht unterm Cockpit hinabzusteigen und nach der Ursache einer Motorpanne zu forschen.

Nach drei Tagen wurde der Wind zwar nicht stärker, aber sie kamen in wärmeres Wasser und konnten wenigstens schwimmen gehen.

Die Delphine, die schon seit geraumer Zeit fiepend um das Schiff gespielt hatten, kamen neugierig heran. Mit ihren merkwürdig blauen Körpern, der gummiartig wirkenden Haut, sahen sie aus wie in Taucheranzügen steckend. Als Valerie auf einen zuschwamm, der sie mit schiefgehaltenem Kopf und einem Ausdruck wie Grinsen begleitete, flüchtete dieser nicht etwa, sondern kam entgegen; sie konnte ihn sogar berühren. Aber das Erlebnis verstörte sie so, daß sie an Bord zurückging.

Als Hirth ihr eine Viertelstunde später folgte, bemerkte er, daß die Boje, die sie hinter sich her zogen, um sich daran festhalten zu können, falls das Schiff überraschend Fahrt aufnähme, eine deutliche Spur im Wasser hinterließ – die Leine war auch nicht mehr schlapp, sondern gespannt. Am Schiffsheck zeigten sich gekräuselte Schlieren. Die *Valmar* war in Fahrt gekommen.

„Wind! – Wind!"

Es frischte rasch auf. Nach einer Stunde war Windstärke 5 erreicht, und dabei blieb es. Die frische Brise kam aus Nordnordost. Es konnte eigentlich gar nichts anderes als der erhoffte Passat sein.

Hirth, wie immer skeptisch, zog dennoch das Seehandbuch zu Rate. Er war davon ausgegangen, daß man mindestens bis zum Nördlichen Wendekreis hinuntermüsse, um diesen Schiebewind ausnutzen zu können. Der stärkste Nordostpassat – verursacht durch das übliche Winter-Hoch über den Azoren – war sogar erst in einer Luftdruckrinne um 1015 Millibar zu erwarten, jetzt im Januar zwischen 18. und 20. Breitengrad.

„Was machst du dir Sorgen? Wind ist Wind."

„Die Wolken gefallen mir nicht. Passatwolken sollen anders aussehen. Keine Cirrostratus, um die zehn Kilometer hoch."

Die Genua wurde eingeholt, an ihrer statt ein Paar Passatsegel gesetzt – zwei Stagsegel, mit Hilfe von Bäumen rechts und links zur Seite gespreizt, und diese angedirkt, damit sie bei einem eventuellen Schlingern des Schiffes nicht mit den Enden ins Wasser tauchten. Danach war nichts mehr zu tun, Giuseppe Adornos ausgeklügelte Selbststeuerung hielt das Schiff auf Kurs.

Sie betteten die blauen Segeltuchmatratzen, die zu den nie benutzten Kojen im Vorschiff gehörten, beiderseits des Luks zur Segellast und ließen sich von der Sonne bescheinen. Für eine Weile noch beobachtete Hirth die Wolken – immer noch irritiert von Form und Farbe –, dann schlief er ein.

Als er wach wurde, war es davon, daß Valerie ihn kitzelte. Er wollte sie über sich ziehen, da fiel ihm etwas auf.

„Was ist das?"

Zwischen ihren Brüsten war Sand – eine Art roter Staub. Ihr ganzer Körper, der doch von Sonnenöl hätte glänzen müssen, war stumpf davon. Und auch seine eigene Haut, stellte er fest, fühlte sich sonderbar rauh an, war mit dem gleichen Staub bedeckt. In den Stagsegeln waren die Nähte in Kopf, Hals und Schothorn durch dieses merkwürdige Zeug nachgezeichnet.

Es war gar kein Halo-Effekt, der der Sonne ihren Hof gab, den Wolken ihr Orangerot – es war Wüstensand. Und auch daß der Passat sich nicht mit Regen und mächtigen Haufenwolken angekündigt hatte, fand so seine Erklärung. Es war kein Passat, sondern ein Harmattan, der aus der Sahara kam und nicht von den Azoren.

Als Wind war er so gut wie der Passat, bloß hatte er einen Fehler: Er konnte ebensoschnell wieder einschlafen, wie er sich erhob.

Der Himmel wurde immer dunstiger, die Sonne fahl. Von den Ecken her, wo es begonnen hatte, begannen sich die Segel immer mehr zu verfärben. Bald war der rote Staub überall. In den Augen, in der Nase, im Mund – erst ein störender Belag auf den Zähnen, dann auch im Rachen, was einen zu ständigem Räuspern zwang. Er legte sich auf die Töpfe auf dem Herd, bedeckte die Seekarte auf dem Navigationstisch, fand sogar seinen Weg unter so wasserdicht verschraubte Gläser wie die von Echolot, Barograph und Chronometer. Um drei am Nachmittag war es fast dunkel, die Sicht gleich Null. Und überall nichts als Staub, Staub, Staub.

Aber der Wind hatte nach wie vor beständige 5 Beaufort, die *Valmar* bis zum Abend – acht Stunden nach seinem Einsetzen – 52 Meilen hinter sich gebracht.

Zur verabredeten Zeit setzte sich Hirth ans Funkgerät, um Bombay zu rufen. Er hatte mit Benser Kontakt aufgenommen, um über dessen Firma, die mit ihren Filialen den Erdball umspannte, in Erfahrung bringen zu lassen, ob es in der internationalen Geschäftswelt einen Victor Bastian gebe, und wer dieser Mann sei. Bisher waren Bensers Erkundigungen allerdings erfolglos geblieben. Niemand war je besagtem Namen begegnet.

Diesmal war die Auskunft interessanter. „Einen Bastian kann ich dir nicht bieten, aber einen Bastiano. Willst du mitschreiben?“ Hirth lief mit dem Zettel zu Valerie.

„Vittorio Bastiano“, las sie. „Ist das unser Mr. Bastian?“

„Benser mag sich nicht festlegen. Die Quelle des Hinweises sind die Justizbehörden von Thailand, und der Fall liegt Jahre zurück.“

„Ein Gangster?“

„Ich weiß nicht. Kann sein, kann auch nicht sein. Der Name ist aktenkundig als der eines Drahtziehers im Hintergrund. Er ist in einer Verhandlung gegen Leute gefallen, die wegen Handels mit *dahdah* verurteilt worden sind, das heißt mit Rauschgift. Ein Vittorio Bastiano soll der Mann sein, der den Pflanzern im Goldenen Dreieck ihr Rohopium abkauft.“

„Ein Rauschgifthändler also ...“

„Vielleicht.“

„Aber zu was will der unser Schiff?“

„Es gefällt ihm. So wie es vielen anderen auch gefallen hat. Nur daß er keiner ist, sich damit zufrieden zu geben, daß wir nicht verkaufen. Ein Typ wie der meint doch, alles sei käuflich.“

Valerie sog bestürzt an ihrer Unterlippe. „Macht es das schwieriger für uns?“

„Wieso? Aber nein! Ganz im Gegenteil, könnt’ ich mir denken. So einer will doch mit der Polizei als letztem zu tun haben. Und nach der schreie ich, sobald ich auch nur seinen feisten Nacken sehe, das sag’ ich dir.“

„Aber er hat überall seine Leute. Sie sind bei Giuseppe gewesen. Sie sind sogar am Ammersee bei Simoneit gewesen, wie du mir erzählt hast. Er selber war persönlich in Madeira. Warum? Alles wegen so eines bißchens Segelboot?“

„Manche Leute machen eine Expedition in den Urwald nur wegen eines Schmetterlings. Oder fliegen um die halbe Erde, um ein bestimmtes Bild zu ersteigern. Was wissen wir, was im Kopf eines Millionärs vorgeht, der sonst nichts zu tun hat.“

Sie sah ihn an, von Sorge bedrückt.

„Ach, mach dir doch keine Gedanken. Nichts auf der Welt kann uns zwingen, etwas herzugeben, was wir nicht hergeben wollen.“

Hirth kehrte an sein Funkgerät zurück. Er hätte gern noch gewußt, ob Robert Benser mit Wüstenstürmen Erfahrungen hatte; er war ja viel herumgekommen in der Welt. Doch Bombay meldete sich nicht mehr.

Beim Suchen fing sich jemand im Empfänger, der Hirth schon einmal daheim in Deutschland aufgefallen war – jener Funker, der sich als Bolivianer ausgab, obwohl er in der Karibik stationiert war. Wieder war der Funkspruch verschlüsselt, wieder mit Hilfe von Zahlenkombinationen, für die *Brother* das Codewort war – *Brother dreiundsiebenzighundert.*

Nur aus Langeweile schrieb Hirth mit. Die Entschlüsselung war eine Art Denksportaufgabe, und vielleicht würde er sich daran setzen, wenn er einmal viel Muße hatte. Es waren ja gut 3000 Seemeilen von Madeira nach Martinique, und das bedeutete eine Fahrzeit von mindestens drei Wochen.

6

Der Harmattan wehte eine Woche lang. Er schob die *Valmar* von Mittag zu Mittag, dem Zeitpunkt, an dem täglich die Position bestimmt wurde, um die 150 Seemeilen südwestwärts voran. Für Hirths Geschmack ein wenig zu sehr süd-westwärts, der direkte Kurs nach Martinique lag um einige Strich näher an 250 Grad. Doch wann war es je einem Segler gelungen, direkten Kurs zu segeln.

Nicht vor dem Wind einherzufahren, sondern so, daß er schräg von achtern kam, als Backstagbrise, hätte jedoch bedeutet, die starke Strömung zu schneiden und ständig Gischt zu übernehmen, die die Segel durchnäßte. Das hätte ein Risiko bedeutet, denn durch den Saharastaub waren sie schwer und steif geworden, wie mit roter Farbe getränkt.

Unterhalb des 20. Breitengrades würde es besser werden. Die Segelstellung bei Kurs 14,36 Nord/60,52 West ergäbe dann zwar raumen Wind, doch da die Strömung nach Westen schwenkte, würde sie nicht länger mehr stören. Hirth wollte

Martinique im Süden umfahren, durch den St. Lucia-Kanal, denn im Norden, über einem Korallensockel, der 20 Seemeilen weit ins Meer reichte, gab es eine Strömung von unberechenbarer Stärke.

Als der Harmattan erstarb, war es aus. Wieder Flaute. Am 15. Januar notierte Hirth ins Logbuch: „Wenn man am Bug ein Stück Holz ins Wasser fallen läßt, dann wandert es nicht etwa zum Heck hin, wie anzunehmen wäre, sondern legt sich längsseits und schwimmt mit – nicht anders als ein Lotsenfisch."

In vierundzwanzig Stunden wurde die *Valmar* von der Meeresströmung um 17 Seemeilen versetzt – nach Süden, der gefürchteten Zone der windstillen Kalmen näher. Ohne Wind gab es den Staub nicht mehr, diese orangefarbene Pest, die sich in alle Ritzen stahl, dafür setzte das Schlingern wieder ein, dieses Übelkeit erzeugende Taumeln von einer Seite zur anderen, das Rucken und Schlagen der Blöcke, das nervtötende Klappern der Drähte, mit denen die Segel gehißt wurden, an den Masten.

Ohne Wind gab's auch keinerlei Erfrischung. Das Salz in der Luft bedeckte die Haut wie eine Lauge, die das Sonnenöl ranzig und stinkig machte. Gnadenlos warf sich die grelle Sonne auf Schiff und Menschen. Zu Mittag war der Schatten, den das Sonnensegel überm Cockpit spendete, nicht viel größer als dieses selber. Wenn man die Hand hinausstreckte, legte sich die feuchte Hitze wie ein Umschlag darum.

Martin und Valerie versuchten, einander aus dem Weg zu gehen. Sie wußten, daß sie weder gut rochen noch gut aussahen. Martin war unrasiert und grindig, Nase und Augen waren entzündet von der ständigen Reizung durch den Wüstenstaub. Valerie war mehr von der Sonne in Mitleidenschaft gezogen, überall schälte sich die verbrannte Haut.

Ein Boot auf offenem Meer ist der schlechteste Ort, einander aus dem Weg zu gehen. Nach einer Woche Schwitzen und Dulden und Warten, in der sie sich benahmen, als ob alles in bester Ordnung wäre, war es dann soweit.

Als ihr Martins Blicke kindisch zu werden schienen, fauchte Valerie ihn an: „Was ist? Noch nie 'nen nackten Busen gesehen?"

„Keinen, der aussieht wie Mohrenköpfe mit Schlagsahne." Hirth lachte zwar, doch verkrampft.

„Das ist Hautcreme."

„Wovon ich rede, ist die Menge. Warum hast du nicht gleich die ganze Büchse draufgestülpt?"

„Weil es gerade so richtig ist. Ich hab' Sonnenbrand."

„Dann zieh dir was an."

„Ich kann nicht. Selbst meine leichteste Bluse klebt und brennt, daß es nicht zum Aushalten ist." Sie verzog die Mundwinkel. „Hab' ja nicht ahnen können, daß dich mein Busen stört."

„Blödsinn! Warum sollte er?"

„Ich weiß, nicht er ist es, der dich stört – ich bin's."

Hirth sagte nichts.

„Du hast's dir anders vorgestellt. Du hast dir vorgestellt, daß ich immer verfügbar sein würde. Köchin und Rudergänger und Ausguck und Aufklarer, dazu auch Blitzableiter, wenn der Herr schlechte Laune hat – aber vor allen Dingen und jederzeit willige Geliebte."

„Sag ruhig: Sexualproviant. Ich kenne das Wort."

„Und? Trifft es etwa nicht zu?"

„Es gibt Frauen, die sich grundsätzlich als *Objekt* vorkommen – selbst wenn immer nur sie es sind, die dem Mann an die Hose gehen. Aber ich weiß bei Gott nicht, was das mit uns zu tun haben soll? Wozu diese Verallgemeinerungen?"

„Weil es kein spezieller Fall ist. Weil du um keinen Deut anders bist als jeder Skipper mit weiblicher Crew! O ja, ihr seht uns gerne an Bord, sehr gerne – solange wir ansehnlich sind. Aber wehe, wenn das schöne Bild nur ein klein bißchen angekratzt ist, oder wenn ihr euch satt gesehen habt. Dann, husch, in den Kettenkasten! Ich habe nicht voraussehen können, daß ich nach fünf Monaten in der Sonne noch einmal einen solchen Sonnenbrand kriegen würde. Und noch weniger, daß ich dich anwidern würde, bloß weil ich 'n bißchen viel Hautcreme auf dem Busen habe."

„Anwidern? Wie kommst du denn darauf?"

„Durch deinen Blick. Was besagt er denn anderes?!"

„Ich habe doch lediglich ..."

„Ja, aber mehr als deutlich! Ich nehme dir sogar ab, daß du

dich noch zurückgehalten hast – und drum kann ich mir auch ausmalen, wie es tatsächlich in dir aussieht. Da ist nicht bloß Ekel. Da ist – Haß."

„Valerie ...!"

„Ach, Valerie?! Guck an! Warum nicht Val? Immer bin ich Val, aber wenn was ist, dann heißt's Valerie ..."

„Also schön, dann Val. Schau, Schatz, ich meine doch nur ..."

„Und bilde dir nur nicht ein, einen erfreulicheren Anblick zu bieten – stoppelig und skrofulös, wie du aussiehst. Aber lasse ich dich was merken? Sehe ich dich so an? So verächtlich, so herabsetzend, so ..."

„Val! Jetzt ist aber Schluß!"

„Ah, du befiehlst! Das kannst du meinetwegen als Kapitän tun. Segel rauf, Segel runter! Klar zur Wende! Ree! Aber nicht als mein Ehemann. Und auch als *Käpt'n* würde ich an deiner Stelle etwas vorsichtiger sein, wenn ich uns in diesen Schlamassel gebracht hätte. Warum stecken wir in der Flaute, he? Wenn ich einen so miserablen Kurs ausgerechnet hätte wie du, dann würde ich mich hüten, Befehle erteilen zu wollen."

Hirth stieg wortlos aus dem Cockpit.

„Du kommst nicht weit. Nicht mal so weit, daß ich die Stimme heben müßte."

Hirth ging bis zum Bug, öffnete das Luk und stieg ins Vorpiek, wuchtete den CQR-Anker an Deck und knotete ein Tau daran und bugsierte das schwere Ding in das unter dem Klüverbaum aufgespannte Netz.

„Ich weiß nicht, ob's was hilft", kam er zurück, „aber eigentlich müßte sich die Verlagerung des Schwerpunkts günstig auswirken." Valerie starrte ihn an. „Was bist du nur für ein Mensch ..."

„Wieso? Was ist denn nun schon wieder?"

„Erst den anderen reizen, bis er explodiert, und tut er es dann – denkst du schon wieder drüber nach, wie sich dieser Scheiß-Schwerpunkt korrigieren läßt."

„Ich habe nicht darüber nachgedacht. Es ist mir eingefallen."

„Sicher. Weil dir egal ist, was ich sage."

Valerie kämpfte mit den Tränen. Sie fühlte sich innerlich so aufgerauht und entzündet wie außen.

„Nun wein doch nicht! Mir ist nicht egal, was du sagst. Und

das weißt du.“ Martin, zunächst noch zögernd, strich ihr über den Kopf.

„Ich habe die Atmosphäre bereinigen wollen“, sagte Valerie unter Schluchzen. „Ich habe nicht zulassen wollen, daß sich dieser gegenseitige Haß in uns festsetzt. Aber vielleicht ist Haß ja auch zuviel gesagt – ich meine: Abscheu, Widerwillen.“ Sie packte Martin bei den Schultern und schüttelte ihn: „Mein Gott, warum nimmst du mich nicht in den Arm? Bin ich dir denn wirklich so widerwärtig?“

Alles in Martin wehrte sich dagegen. Er fühlte sich verletzt und gekränkt – mit Absicht gekränkt, denn sie mußte wissen, daß sie ungerecht war. „Dein Busen“, sagte er lahm. „Ich denk’, er tut weh?“

Valerie nahm seinen rechten Arm und seinen linken Arm und legte sie sich auf ihre Schultern. Ihre Brüste taten weh, sehr weh, und ihre Augen brannten, und Martins Hände in ihrem Nacken ließen sie spüren, daß sie auch dort nicht ohne Sonnenbrand davongekommen war. Doch schlimmer als alles war der Schmerz in ihrem Innern.

„Da du mich sowieso nicht küßt, kann ich ja auch gehen.“

„Ich hab’ nicht gewußt, daß du geküßt werden wolltest.“

„Das ist“, sagte sie seufzend und machte sich los, „wovon ich die ganze Zeit rede.“

Valeries Rückenansicht war so reizend wie eh und je. Hirth wollte einlenken: „Leg dich am besten zwischen Mast und Kajütaufbau, da schaukelt’s am wenigsten.“

„Es schaukelt überhaupt viel weniger“, rief Valerie, schon auf der Matratze, zurück. „Das mit dem Anker war ein guter Einfall.“

Verflucht, dachte sie, warum mußt du ihm jetzt auch noch in den Hintern kriechen?! Und eben jetzt – es hätte dir tatsächlich nichts ausgemacht, von ihm gevögelt zu werden. Sind wir Weiber denn total verrückt? Das schlimmste ist, es auch noch *Versöhnung* zu nennen.

Sie fühlte sich unverstanden und verlassen, regelrecht krank, und wie immer in solcher Gemütsverfassung hatte sie das Bedürfnis, sich selbst Gutes zu tun. Als sie mit sanften Fingerspitzen die Hautcremekleckse auf ihren Brüsten einzumassieren begann, wurde sie gewahr, daß es sinnliche Gefühle hervorrief, ein bißchen aufregend und ein bißchen beruhigend, vor allem aber angenehm. Valerie, sich dem Wohlgefühl überlassend, schickte ihre Hand zwischen die Schenkel auf die Suche, fand, was sie suchte und erlebte, wie das Eis der Verhärtung in ihr zusehends schmolz. Als die Entspannung kam, umfaßte sie sowohl Körper wie Seele. Verrückt, dachte Valerie, aber vielleicht ist's ja doch *Versöhnung,* wie man immer sagt, und nicht nur eine fromme Lüge ...

Mit diesem Gedanken schlief sie ein.

Hirth benagte seine Unterlippe. Dies Gewitter war vorauszusehen gewesen. Es konnte nicht ohne Zusammenprall abgehen, wenn zwei Charaktere wie sie beide auf ein paar wenige Quadratmeter beschränkt waren. Was nicht nur an der Enge lag, sondern auch an der Weite rundum. Das Meer war so groß, der Himmel so weit, und nicht jeder Mensch bereit, seine eigene Winzigkeit anzuerkennen. Auf wieviel Schiffen war es nicht sogar zu Mord und Totschlag gekommen.

Um auf andere Gedanken zu kommen, nahm sich Hirth die Liste mit den Zahlen-Verschlüsselungen des geheimnisvollen karibischen Funkers vor, die er zum Zeitvertreib angefertigt hatte. Der Code erwies sich als kniffliger als angenommen, offenbar war eine zusätzliche Schlüsselzahl eingeschaltet. Außerdem hatte man eine Menge Umschreibungen benutzt. Wer immer dahintersteckte, er hatte sich Mühe gegeben.

Hirth, von zerknäueltem Papier umgeben, war so vertieft, daß er Valerie nicht kommen hörte.

„Na, hast du was rausgekriegt?"

Er ließ den Kugelschreiber sinken. „Nicht viel. Wenn es hochkommt, einen Satz. Dieser Bursche macht's spannend."

„Ist er ein Spion?"

„I woher! Wahrscheinlich ein illegaler Buchmacher, der ohne Erlaubnis ein Wettbüro betreibt. Er gibt nämlich irgendwelche Namen durch, Namen und Zahlen. Hör mal zu: ‚Rainbow bringt fünfundzwanzig, Einlauf zwanzig, Platz drei.' Hört sich doch nach Rennbahnjargon an, findest du nicht?"

„Sag noch mal."

Hirth wiederholte den Satz. *„Rainbow"*, erklärte er, „könnte doch der Name eines Pferdes sein, oder?"

Valerie nickte. „Spion wäre aufregender gewesen", sagte sie.

Hirth nahm den letzten seiner Zettel zur Hand. „Ist ja auch nur eine Annahme, daß es sich um einen Buchmacher handelt. Da ist nämlich ein Haken: Er sendet immer zur gleichen Zeit. Warum? Wenn es sich um Schiebungen im Zusammenhang mit Pferdewetten handelt, dann muß er es doch dann tun, wenn die Rennen stattfinden – aber nicht immer nur zwischen eins und zwei?"

Er machte sich daran, das Papier vom Boden zu klauben. „Nun ja, soll er machen. Jedenfalls habe ich meinen Spaß gehabt." Damit warf er das Papier über Bord.

„Schau mal da!" Valeries Tonfall war völlig unbetont.

„Wo?"

„Das Papier ..."

Auf der trägen Dünung schwebend, trieben die weißen Kleckse ab und ließen das Schiff hinter sich.

„Menschenskind – Wind! Hurra, wir haben wieder Wind!"

Es war nicht der Rede wert. Nur gerade 3,1 Meter pro Sekunde zeigte das Log an – *leiser Zug*. Doch er genügte, um Druck auf das Ruder zu geben. Unter seinem Spinnaker, einem gewaltigen blau-roten Nylonballon, ging die *Valmar* brav auf Kurs, und als Hirth wie üblich um sechs das Besteck nahm, um mit einer letzten Positionsbestimmung den Tag zu beschließen, waren in den zurückliegenden sechs Stunden immerhin 18 Seemeilen zurückgelegt. Dabei blieb es – alle vierundzwanzig Stunden rund 70 Seemeilen. Nicht grandios, aber besser als gar nichts.

Am dreizehnten Tag entdeckte Valerie eine Kokosnuß im Wasser. Der unansehnliche braune Ball kam zunächst heran, drehte dann aber südwärts ab – mit einer veränderten Strömung, die nunmehr von Ostnordost kam. Am Nachmittag desselben Tages fand sich ein schwarzer Vogel als Besucher ein, ein merkwürdiges Tier, das mit seinem gelben Schnabel wie eine Amsel aussah, auf dem Masttop des Besan Platz nahm und dort Stunde um Stunde immer nur den gleichen Ton pfiff und dies stets dreimal.

Am Abend schließlich zeigten sich Wolken am Horizont, weiße, wattige Haufenwolken, die weder Standort noch Form änderten – Wolken, wie sie aussehen, wenn sie von Bergen festgehalten werden.

„Das wär's denn", sagte Martin. „Zwar nicht gerade mit Rekordzeit, aber immerhin gefunden. Es sollen auch schon welche dran vorbeigesegelt sein."

„*Wenn* es Martinique ist ...?"

„Es ist! Da: alle fünfzehn Sekunden ein dreifacher Blitz – der Caravelle-Leuchtturm auf Pointe du Diable."

Es dauerte dann noch einen vollen Tag, bis die Insel erreicht und umrundet und auf ihrer Leeseite die Bucht von Fort-de-France erreicht war. Die Barkasse der Hafenbehörde kam entgegen, um die *Valmar* im letzten Licht einzuholen. Der Beamte hob die Hand zum Gruß an den Mützenschirm, als er bemerkte, daß die Trikolore als Gastlandflagge gehißt worden war.

„Na, siehst du, er ist weiß", machte Hirth Valerie aufmerksam, „ein weißer Franzose, wie ich dir gesagt habe. Wir sind in Frankreich und brauchen keine Angst zu haben."

Der Seglerhafen befand sich an der Ostflanke des alten Backsteinforts St. Louis. Die gegenüberliegende Seite des Hafenbeckens war begrenzt durch den Bananen-Pier – selbst im Dunkeln noch voller Lastautos, deren Fracht von schwarzen Dockarbeitern in den Kühlhallen verstaut wurde.

Um 19.30 Uhr war die *Valmar* verankert. Zwanzig Minuten später, nach einem bißchen Katzenwäsche, saßen sie, ein komisches Gefühl in den Knien, bei *Abencotier* direkt neben der Seglerbrücke. Das Nationalgetränk war Rumpunsch, *Ti-punch* genannt und aus jungem weißen Rum und Zuckersirup bestehend. Er schmeckte herrlich.

Irgendwann – inmitten dieses ständigen Kommens und Gehens von Seglern, die von ihnen hören wollten, wie es gegangen sei, und ihrerseits loswerden, daß sie selber alles anders und natürlich besser gemacht hätten, mal in lautstarker Debatte, mal in Plauderei, jedenfalls einem Geschwätz, das noch betrunkener machte als der in dieser Hinsicht unterschätzte *Ti-punch* – erregte jemand ihre Aufmerksamkeit, weil er darauf bestand, sie allein zu sprechen.

„Ihr seid doch die, denen dieses wunderschöne Holzschiff gehört?" erkundigte er sich auf Englisch.

„Sagen Sie bloß nicht, daß Sie's kaufen wollen!"

„Ich? Warum sollte ich? Ich habe selbst auch kein übles Boot. Eine Bermuda-Ketsch, Rating 36, aus Aluminium, und zwar blank poliertem. Nein, nein, ich wollt' euch nur einen Tip geben."

„Nämlich?"

„In der neuen Marina drüben an der Pointe du Bout wird übermorgen – also am Ersten – ein Platz frei. Ein riesiger Zufall, da der Karneval vor der Tür steht."

Er sah sich um, beugte sich dann vor und senkte die Stimme: „Piekfein mit Wasser- und Stromanschluß. Ich selber lieg' auch drüben, und wenn ihr wollt, dann sag' ich Bescheid. Der Mann, an den ihr euch wenden müßt, heißt Legrand. Ein Schwarzer, ‚Stokey' genannt."

„Aber das kost' doch was?"

„Nicht mehr als üblich. Dazu natürlich Wasser und Elektrizität, je nachdem wieviel ihr verbraucht." Er grinste: „Dafür spart man sich lange Wege. Die Hotels *Bakoua* und *Méridien* sind gleich nebenan – mit Strand und Bar und Restaurant, Telefon und Fernschreiber, Taxistand und Bank ..."

Hirth blickte Valerie fragend an.

„Und du liegst direkt am Steg, Skipper, dein Heck an den Planken! Brauchst also nicht mal 'ne Gangway."

Das war ein Argument. Um hier in Fort-de-France an Land zu kommen, mußte man das Beiboot benutzen, und einer der Ratschläge, mit denen sie so ausgiebig versorgt worden waren, lautete, ja darauf achtzugeben, weil diese kleinen Dingis das bevorzugte Objekt von Dieben seien.

„Außerdem gibt es ein Extrahaus mit WCs und Duschen und Waschautomaten und was weiß ich. Auch rund 250 Apartments, um sich mal wieder richtig auszustrecken."

Martins Blick kreuzte sich mit dem von Valerie, und beide, an das hübsche Hotel auf der Île du Levant denkend, begannen zu lächeln. „Überredet", sagte er. „Wir kommen."

Sie sahen dem Mann nach, als er ihren Tisch verließ. Er sah gut aus, und er wußte sich zu bewegen, selbst noch in dieser drangvollen Enge. Zu weißer Hose und weißen Slippern trug er ein weißes T-Shirt mit blauem Aufdruck ‚Moana II'.

„Weißt du, wie er aussieht ..."

„Wie Paul Newman. Mindestens."

„Nein, aber wie Ellwood Page! Du kennst doch Henry Fonda, John Wayne, Ellwood Page – die alte Garde der Westernstars. Genauso sieht er aus, nur älter als im Film. Ich möcht' sogar wetten, er ist's."

Der Mann, von dem die Rede war, ging zum Telefon in der Ecke. Er wählte eine vierstellige Ortsnummer und drehte sich, während er dies tat, mit dem Gesicht zur Wand. Als am anderen Ende schweigend abgenommen wurde, sagte er, die Muschel mit der Hand schützend, langsam und betont nur dies: „Valmar Einlauf Eins, Platz Charlie."

Dann, nachdem er ohne ein weiteres Wort aufgelegt hatte, verließ er rasch das Lokal, auf nichts und niemand achtend, am wenigsten auf das ihm nachgerufene: „Beehren Sie uns wieder, Monsieur Page."

Zweiter Teil

7

Das Haus war das schönste auf Saint Barthélemy.

Weithin über die Bucht blickend, erhob es sich auf einem Felsplateau, welches einmal eine Insel gewesen, aber durch die Aufschüttung des Dammes, über den nun eine Privatstraße führte, zur Halbinsel geworden war. Rechts lag die tiefere, von Klippen geschützte Hälfte der St. Jean's Bay, mit ein paar Yachten besetzt – darunter die, die den Hausgästen zur Verfügung stand –, auf der anderen Seite die flachere sandige Hälfte mit dem Flughafen, der angelegt wurde, als *Capitaine Lucky* sich hier im Knie der Karibik zwischen Großen und Kleinen Antillen niederließ, nach dem Kriege der größte Schmuggler mit Zigaretten der Sorte *Lucky Strike.*

Ellwood Page war immer wieder versucht, ihn so anzureden, doch Victor Bastian hörte es nicht gern. Er mochte nicht mehr *Capitaine Lucky* sein und nicht mal mehr Vittorio Bastiano. Diese Zeiten seien vorbei. Er erinnere ihn ja doch auch nicht daran, daß der Westernheld Ellwood Page dereinst als Enzo Pagano ein besserer Zuhälter gewesen war.

„Wie war dein Flug?"

„Bis Guadeloupe angenehm, von da an über den Inseln das übliche Gewackele. Womit ich nichts gegen deinen Piloten oder dein Flugzeug gesagt haben will."

„Tut mir leid, dich im Urlaub gestört zu haben", sagte Bastian, eine mit Rumpunsch gefüllte Kokosnußhälfte aus dem Eisbehälter hebend, der von einem dunkelhäutigen Mädchen auf die Terrasse gebracht worden war, „aber ich glaube, du kannst mir helfen. Vielen Dank übrigens für deine prompte Benachrichtigung."

Page wehrte mit einer Geste ab. „Ich habe mir", sagte er und nahm Bastian die Kokosnußhälfte ab, „diese *Valmar* angesehen, aber ich kann nichts Besonderes daran finden."

„Sie ist aus Holz ..."

„Davon gibt's Hunderte."

„Und hat extrem niedrige Aufbauten."

„Aber riesenhafte Segel. Die siehst du am Horizont, Stunden bevor sie ankommt. Als sie einlief, habe ich sie sofort erkannt."

„Mit Segeln ja – aber nicht, wenn sie mit der Maschine fährt." Bastian wirkte ungeduldig.

„Du hast mich nicht ausreden lassen. Das Schiff ist aus Holz – also schlecht zu orten. Es hat niedrige Aufbauten – ist also auch schlecht zu sehen. Aber vor allem ist es innen völlig verschachtelt und dazu nach einem Grundriß gebaut, der längst nicht mehr üblich ist. Die WCs, die Duschen und Wassertanks, diese Kabine mit eigenem Waschbecken sind Gold wert. Wer auf diesem Schiff fündig werden wollte, mein lieber Woody, der müßte es dazu erst abbrechen."

„Trotzdem. Das alles ist nicht einmalig und hätte sich bestimmt auch in Amerika finden lassen."

Victor Bastian überlegte. Vielleicht war es besser, mit der Wahrheit herauszurücken. Was er sich erhoffte, war nur ein kleiner Gefallen, und so war es nicht nötig, deswegen gleich Daumenschrauben anzusetzen. Mit den Zeiten des Enzo Pagano waren auch die vorbei, da man ihn als Gigolo zu einer Filmparty nach Beverly Hills schicken und Marihuana-Zigaretten verteilen lassen konnte, um neue Kundschaft zu werben.

„Mag ja sein, daß es Yachten gibt, die dieser gleichen, ja vielleicht noch besser sind, und trotzdem bliebe sie was Besonderes – Carlo kennt sie. Oder zumindest weiß er davon."

„Oh, *shit*! Aber wie das? Ich denke, der kümmert sich um all so etwas gar nicht mehr? Sitzt auf Bermuda und züchtet Rosen?"

„Ha, von wegen! Aber es ist meine eigene Schuld. Ich hab' ihm dummerweise davon erzählt, als ich im letzten Herbst bei ihm war – und seitdem löchert er mich, wann immer wir zusammenkommen. Ich hab' das Gefühl, für ihn ist das 'ne Art Prüfstein, ob ich die Yacht kriege oder nicht."

Ellwood Page zupfte sich am Ohr. Auch mit fünfzig noch ein jungenhafter blonder Mann mit Lachfältchen und breitem, vollippigem Mund – der Typ des Sonnyboys, der gar nicht anders konnte als siegen –, wirkte er jetzt betreten. „Was hast du vor?"

„Ein bißchen *Bermuda-Dreieck* spielen. Ein Schiff läuft aus und kommt nie an – und niemand weiß, wo es geblieben ist."

Page erschrak. Was Bastian vorbrachte, lachend und im plaudernden Ton, als wäre es ein Scherz, war nichts anderes als Mord. Und dabei sollte er helfen? Und hatte sogar schon geholfen?

In seiner Bestürzung fiel ihm nichts anderes ein als: „Diese Frau ist eine Schönheit."

„Ich weiß."

„Und verteufelt sexy."

„Auch das weiß ich. Ich kenn' sie." Bastian sah den anderen erstaunt an. „Was soll das? Soll ich die Sache deswegen vielleicht fallen lassen? Wegen 'ner Mieze, wie sie Paolo in ganzen Kompanien auf den Strich schickt?"

„Ich meinte ja nur ..."

„Und ich meine: Ich will diese Yacht haben – und du hilfst mir dabei!" Er fiel in den alten Ton zurück: „Noch so 'n Rumpunsch?"

Page, den Kopf schüttelnd, stand auf und trat an die Balustrade. Nach einer Weile drehte er sich um. „Was habe ich zu tun?"

„Nur diese Leute zu Freunden von dir zu machen – und sie dann zu einem bestimmten Zeitpunkt an eine bestimmte Stelle zu lotsen."

„Wohin?"

„Das müssen wir noch sehen. Da, wo es am wenigsten auffällt, wenn wer verschütt geht. Vielleicht zu den Grenadinen oder den Tobago Cays. Vielleicht auch nach Marigot Harbour in St. Lucia. Ich verlass' mich da auf Bruno Chinaglia. Nur in Martinique möchte ich's ungern haben. Das ist mir zu wichtig als Markt und Umschlagplatz, um unnötig die Polizei aufzuscheuchen."

„Aber vielleicht wollen sie schon nächste Woche weiter ...“

„Dann mußt du dich halt beeilen.“

„Ach, hör auf! Du hast gut reden. Zu Freunden machen ... Weißt du überhaupt, wie es in so einer Marina aussieht? Das ist wie in einem Hafen. Du kennst vielleicht deine unmittelbaren Nachbarn, aber Leute, die auf der anderen Seite liegen, selbst nach Monaten noch nicht.“

„Dann ist also deine erste Aufgabe, Nachbarn zu werden.“

„Wie, Victor? Wie?“

„Bestich den Hafenmeister oder wer sonst dafür zuständig ist. Er soll dir den Platz daneben verschaffen.“

„Damit dieser Deutsche mißtrauisch wird? Das ist nämlich völlig unüblich – Reservieren, Platz frei halten, Tauschen und so, denn dann herrschte nur noch Chaos. Nein, nein, das will denn doch etwas behutsamer angepackt werden, als du es gewohnt bist.“

Bastian kratzte sein Handgelenk und blickte grinsend auf: „Kannst du nicht irgendwas deichseln, damit er in die Werft muß? Das würde dir Zeit verschaffen, etwas zu arrangieren, und wir brauchten uns keine Gedanken zu machen, ob der Mann weiter will.“

„Weißt du eigentlich, daß du mir da ganz schön was zumutest?“

„Eine Gefälligkeit, die sich auszahlen wird, wenn du einen neuen großen Film brauchst.“ Bastian klopfte dem anderen auf die Schulter. „Du kennst meine Beziehungen, du kennst die Beziehungen, die Don Campi in Hollywood hat. Und ich werd’ ihm nicht verschweigen, daß Ellwood Page immer noch zu seinen Freunden zählt.“

Ton und Ausdruck änderten sich jäh. „Und stehst du nicht auch noch wegen dieses Films *South Fork Ranch,* bei dem du selber den Regisseur gemacht hast, bei uns in der Kreide? – Könnt’ sein, daß sich das glattstellen läßt.“

Ellwood Page blieb eine Zeitlang still. Dann sagte er: „Wenn du sie kennst, kennst du ja wohl auch ihn. Was ist das für ein Mann? Ich meine: Gibt es da irgendetwas, das ich wissen sollte?“

„Ein *college man,* Lehrer für Mathematik. Ohne jede Phantasie, sich auszumalen, was ihm blüht, wenn er sich quer legt.

Ich glaube, der hat nicht die geringste Vorstellung, mit wem er es zu tun hat. In Madeira hab' ich's ihm klar zu machen versucht, aber er hat nicht kapiert. Ein sturer, an Gott, die Gerechtigkeit und sich selbst glaubender typischer Deutscher."

„Ah, daher ..."

„Wovon sprichst du?"

„Die gesamte Kneipe war der Meinung, daß er sich versegelt hätte, doch er bestand darauf, nie tiefer als 16. Grad geraten zu sein. Und er wüßte, wie man einen Sextanten gebraucht."

„Ein schlechter Segler, meinst du?"

„Ein guter" – Page machte eine abschätzige Bewegung aus dem Handgelenk – „hätt' keine dreißig Tage gebraucht. Ich selber habe Casablanca-Miami auch schon in siebzehn geschafft." Er kam aufs Thema zurück: „Und die Frau?"

„Auch Lehrerin."

„Was du nicht sagst! Oh, Boy, da muß aber was los sein bei der in der Klasse."

Man hatte ausgetrunken, und Bastian rief: „Encore deux planteurs" ins Hausinnere, bevor er sich wieder seinem Gast zuwandte: „Sage mal – bist du allein?"

„Im Moment ja. Ich hatte mir jemand in Miami mitgenommen, sie aber in Barbados wieder aussteigen lassen. Sie war an sich nicht schlecht, konnte phantastisch Spaghetti kochen."

„Na, dann komm mal mit." Bastian ging voraus.

Ein paar Schritte unterhalb der Terrasse, dem rechten, tieferen Teil der Bucht zugewandt, war ein Absatz in den Klippen mit einem Gärtchen aus Bougainvilleen, Säulenkakteen, Hibiskus und Indischem Blumenrohr. Die nackte Frau, die dort auf einer eleganten weißen Liege lag, richtete sich auf, als die Männer kamen. Sie hatte ein flächiges, von einem großen sinnlichen Mund geprägtes Gesicht, spitze Brüste mit unverhältnismäßig großen Höfen, lange muskulöse Beine und die Hautfarbe einer Antillen-Mulattin.

„Elaine Prévert. – Ich könnte mir denken, ihr kennt euch."

„M–m", sagte Page ohne jede Betonung.

„Ich war in *South Fork Ranch* die Stripperin, Sir, und die tanzende ‚Madam' in *Grand Saloon.*"

„Ah ja." Page ließ eine gewisse Spur von Interesse erkennen.

„Sie ist auf die Schwarze Liste des BNDD* geraten, und so macht sie nun ein bißchen Urlaub hier", erklärte Bastian. „Glaubst du nicht, daß sie dir von Nutzen sein könnte?"

„Aber wenn sie doch Ärger hat?"

„Sie hat keinen Ärger. Und wenn sie welchen hätte, dann hätt' sie ihn in Hollywood. Ich hol mir doch niemand her, der Ärger hat."

„Ich weiß nicht", sagte Page mißmutig, während er um die Liege mit der Frau herumging und auf sie hinabblickte. „Ich weiß wirklich nicht ..."

„Du brauchst ja nichts mit ihr zu haben, Woody, du brauchst nur so zu tun. Ich denke mir halt, daß es leichter ist, mit einem Paar in Kontakt zu kommen, wenn man selbst als Paar auftritt."

Elaine Prévert hörte zu, ohne etwas zu sagen. Sie lag nach wie vor auf ihre Ellenbogen gestützt, kreuzte aber unter Page's musternden Blicken die Beine.

„Möglicherweise", gab Page ohne Begeisterung Bastian recht. Er wandte sich an die Frau: „Es gibt aber keine Kabine auf dem Schiff."

„Sie wird schlafen, wo sich ein Plätzchen findet. Nicht wahr, Elaine?"

Sie lächelte nur.

„Wann geht dein Rückflug von Guadeloupe?" wandte sich Bastian an Page. Für ihn war die Sache abgeschlossen.

„Fünf vor vier."

„Dann sollten wir Josèphe Bescheid sagen, daß er die Maschine fertigmacht."

Bastian, ohne sich umzudrehen, machte hinterm Rücken eine knappe Handbewegung zu Elaine Prévert, die sich augenblicklich erhob, ihre Sachen zusammenraffte und davonging. Erst als sie ins Blickfeld des Hauses kam, schlang sie sich ihr Tuch um.

„Ich hätte wirklich gedacht, ihr kennt euch?"

Page sagte nichts, und Victor Bastian fuhr fort: „Sie ist ein gutes Mädchen, das weiß, worauf es ankommt. Sie wird dir

---

* Bureau of Narcotics and Dangerous Drugs

keinen Ärger machen. Paolo Costa und Bruno Chinaglia stehen beide für sie gerade." Bastian legte Ellwood Page die Hand auf die Schulter. „Viel Glück, mein Lieber. Wird schon schiefgehen."

Page blieb stehen. „Paolo auch? Soll das etwa heißen, daß sie dealt?"

„Was hast du dagegen? Ach, du meinst, daß sie vielleicht süchtig sei? Keine Angst! Die faßt Drogen nicht mit der Kneifzange an. Sie will Karriere machen, und dafür tut sie alles, aber nicht das. Elaine hat Köpfchen, täusch dich da nicht, und ein Gemüt aus Stein."

Arm in Arm stiegen die beiden Männer zur Terrasse hinauf und gingen in das Haus, wo Elaine Prévert in hochhackigen Sandaletten und einem schenkelkurzen Fähnchen, zwei prall gefüllte Luftreisetaschen neben sich, in einem Sessel saß und wartete.

Victor Bastians Privatflugzeug war eine einmotorige *Cessna 210 Turbo,* weißrot lackiert und auf Hochglanz poliert. Page hielt sich hinter Elaine Prévert, als sie über das Flugfeld gingen und als er feststellte, daß das hautenge Kleid das Gesäß umfing, ohne daß ein Slip sich darunter abzeichnete, atmete er tief ein.

Auf Le Raizet, dem Flughafen von Guadeloupe, wo sie nach dreißig Minuten landeten, wartete schon ein Beamter vom Zoll, der sie nach flüchtigem Blick auf das Gepäck über Hintertreppen zum Transitraum geleitete.

Der große, mit schwarzem Leder möblierte Raum war leer, die Bar geschlossen. Der Air-France-Jumbo aus Paris, der nach einem Zwischenstop von hier nach Martinique weiterflog, wurde erst in einer halben Stunde erwartet. Kein Laut drang durch die Scheiben und nicht auch nur ein Hauch der Hitze, die die Luft über dem Rollfeld kochen ließ.

Die von der Klimaanlage verbreitete Kühle ließ Elaine Prévert frösteln. Page, den Blick auf ihren verhärteten Brustwarzen, zog seinen Lederblouson aus und reichte ihn ihr stumm. Elaine hüllte sich hinein und lächelte. Auch sie sagte nichts. Aber sie schlug mit einer trägen Bewegung ihre nackten Beine übereinander.

Plötzlich und ohne ein Wort stand Page auf. Elaine Prévert folgte ihm in demselben Augenblick, da sie ihn die Waschräume betreten sah. Eine der Türen in der Reihe der WCs stand halb offen, und sie schlüpfte hinein. Ellwood Page stand mit dem Rücken an die Zwischenwand der Kabine gelehnt.

„Komm, mach! Du weißt doch, wie ich's mag."

„Und ich dachte, du wüßtest gar nicht mehr, wer ich bin ...?"

Er sagte nichts.

Elaine Prévert kauerte sich vor ihn hin und öffnete seinen Reißverschluß.

„Ja", sagte er, „mach! O Gott ...!"

Er ließ sich völlig gehen, stöhnte und keuchte und griff, als es soweit war, mit beiden Händen brutal in Elaines Haar.

Nachdem sie ihn gesäubert und seine Kleidung wieder in Ordnung gebracht hatte, löste er sich von der Wand, machte kehrt und ging, ohne sich um sie zu kümmern oder auch nur die Tür zu schließen, in den Warteraum zurück.

Als Elaine Prévert nachkam, war die Bar geöffnet. Page, allein am Tresen, trank ein Bier. Da er nicht erkennen ließ, ob er sie bei sich wünschte, nahm Elaine ihren Platz wieder ein. Wenig später füllte sich der Raum mit den Leuten, die den Weiterflug nach Martinique abwarteten. Ellwood Page, nachdem man ihn erst einmal erkannt hatte, wurde rasch zum Mittelpunkt von Autogrammjägern. Erst als sie schon unten auf dem Rollfeld war und zur Maschine unterwegs, tauchte er neben Elaine auf und hakte sich ein.

Sie setzten sich in eine separate Zweierreihe. Als Elaine ihr Knie gegen das seine drückte, nahm Page es nicht weg, sondern schob die Hand unter ihr Kleid und begann, mit Daumen und Zeigefinger ihre Haut zu kneten.

„Garderobe 22, wenn ich nicht irre", sagte er lächelnd, „direkt gegenüber von den Star-Bungalows ..."

„Nur zwanzig Schritt über die Straße ..."

„Oh, ich habe dich nicht vergessen – ganz im Gegenteil."

Er kniff grob zu, seine Stimme kam heiser und heftig. „Du bist gut, verdammt gut. Die Beste von allen, die mir 's je gemacht haben."

Elaine Prévert sagte nichts. Dann deckte sie die Hand über die seine und wandte sich ihm voll zu: „So komme ich also doch noch auf deine Yacht, von der du mir immer erzählt hast. Die *Moana,* nicht wahr?"

„*Moana II.* Es ist vier Jahre her, Schätzchen."

Die Marina lag in einer kleinen Bucht östlich unterhalb der Landzunge Pointe du Bout im Süden von Martinique und war umstanden von modernen weißen Häusern, die aber niedrig genug gehalten waren, die Morgensonne die Schiffe erreichen zu lassen. Diese Häuser setzten sich als Zeile an der landeinwärts führenden Straße fort mit Frisiersalons und Wäschereien, Obstgeschäften, Getränkemärkten, Kramerläden und Boutiquen, Rum-Depots, Weinhandlungen und Bäckereien.

Valerie Hirth stand vor einem Regal im *Cellier d'Antilles,* um einen leichten Tischwein auszusuchen, als jemand hinter ihr sagte: „Nehmen Sie den da, den Rosé."

Die Stimme gehörte einer attraktiven Mulattin ihres Alters. Sie nahm die von ihr gemeinte Flasche aus dem Regal: „Es ist ein *Tavel,* aber uns zuliebe hat man auf dem Etikett *Ti Avel* daraus gemacht. *Ti,* müssen Sie wissen, ist die Abkürzung von *petit* und steht in Martinique für alles, was gut, hübsch, nett oder schmackhaft ist." Sie lachte: „Außer wenn es sich um ein Mädchen handelt, das nennen wir dann *Doudou.*"

Sie trug winzige Shorts aus abgeschnittenen weißen Jeans und einen baumwollenen weißen *tube top,* was Beine und Brüste zur Geltung brachte. Das tiefschwarze Haar hing bis zum Gesäß.

Valerie war fasziniert. Die Frau war schlechthin schön, ein erlesenes Exemplar der Gattung Mensch. Es lockte sie, sie zu berühren – die milchkaffeefarbene Haut schimmerte wie Seide.

„Sie sind von hier?"

„Aus St. Pierre gebürtig. Aber schon über acht Jahre in Amerika. Und Sie? Paris?"

„Ich bin keine Französin", stellte Valerie richtig, „ich bin Deutsche, allerdings in Frankreich geboren. Wir sind mit unserem Segelboot gekommen, mein Mann und ich."

„Oh, so wie wir. Dann liegen Sie wohl auch in der Marina?"

„M–m, Platz sechs."

„Platz achtundvierzig!" Die Frau streckte lachend die Hand

hin: „*Couman ou yé,* wie wir hierzulande sagen, hallo, wie geht's. Ich heiß' Elaine."

„Valerie."

Im nächsten Moment war Valerie in die Arme gezogen und mit Küssen auf ihre Wangen bedacht. Sie konnte die festen Brüste der anderen spüren. Es war ein eigenartiges Gefühl.

„Nehmen Sie?" Elaine hielt Valerie die Weinflasche hin. „Er ist wirklich zu empfehlen." Ohne weiter abzuwarten, ließ sie den Wein in Valeries Einkaufswagen gleiten. „Was mich angeht, ich hätt' alles. Wenn Sie auch soweit sind, könnten wir ..."

„Nur noch Obst und Gemüse."

„Das gibt es am Stand draußen frischer. Ich zeig' Ihnen, worauf Sie achten müssen. Was Sie als reife Banane kaufen, kann nämlich, bis Sie an Bord sind, schon faulig sein."

Valerie bekam an der Kasse den Vortritt. Die Frau, die sich Elaine nannte, unterhielt sich währenddessen mit einer schwarzen Verkäuferin – offensichtlich über sie, denn die beiden lachten, während sie sie musterten.

„Was gab es so Interessantes?"

„Sie hat Sie bewundert: *Fout'i bel ti fia.* Und ich habe es bestätigt."

„Was heißt das?"

„Es ist Kreolisch. ‚Was für ein hübsches Mädchen'!" Elaine fuhr Valerie über die Wange. „Bei uns hat man keine Hemmungen, auch von Frau zu Frau zu sagen, daß einem der andere gefällt."

Valerie spürte sich rot werden. Der *tube top* war so dünn, daß die Brustwarzen durchschienen. Valerie blickte weg.

„*An nous allé,* gehen wir." Elaines Gang hatte diesen aufreizenden Hüftschwung, der Valerie auch schon bei anderen Martiniquianerinnen aufgefallen war.

Die Einkäufe waren rasch beisammen. Elaine trug die ihrigen unverpackt – Stangenbrot, Ananas, Käse, eine Flasche Wein. Vor einem Schaufenster mit Bademoden blieb sie stehen. „Welcher wäre nach Ihrem Geschmack?"

„Von den Bikinis? Ich weiß nicht, ich find' sie alle ein bißchen klein."

„Klein? Zu groß sind sie. Hier trägt man Tanga. Und ‚obenohne'. Dieser moosgrüne da müßte Ihnen stehen. Wollen wir mal versuchen, ob sie nur das Höschen hergeben?“

Valerie wich zurück. „Ich habe nicht genug Geld mit“, fiel ihr als Ausrede ein. Sie hatte Angst, daß Elaine mit ihr in den Laden gehen und mit ihr zusammen die Umkleidekabine betreten könne – doch zugleich wünschte sie es sich. Die Kreolin wirkte seltsam erregend auf sie.

Elaine, sich abwendend, wies mit dem Kopf in Richtung der Hotels gegenüber: „Kennen Sie sich schon aus?“

Sie begann zu erklären: „Zum Strand des *Méridien* gehen Sie einfach um das Hotel herum durch den Garten oder aber auch durch dessen Halle. Es gibt einen Swimmingpool, wo Sie Umkleidekabinen und Duschen finden können. Der Badestrand ist ein paar Dutzend Schritte weiter. Sie können von dort aus auch zum Strand des *Bakoua,* über ein paar kleine Klippen hinweg. Der eine Strand hat Palmen, der andere Sonnenschirme. Im *Bakoua* werden Ihnen die Drinks am Strand serviert, im *Méridien* müssen Sie an die Gartenbar. Männer zum Flirten finden sich hier wie dort nicht – lauter Amerikaner, und die verstehen nichts davon.“

Sie setzte sich in Bewegung. „In einer Stunde wollte ich hinüber. Wenn Sie wollen, hole ich Sie ab?“

„Ich“, sagte Valerie und holte Atem, „muß erst einmal sehen. Vielleicht, daß mein Mann ...“

„Na, ich schaue einfach vorbei.“

Die Marina war erreicht. Der schwarze Gehilfe des Hafenmeisters kam, um tragen zu helfen, und Elaine überließ ihm ihre Sachen: „Platz achtundvierzig, Stokey. Und dies hier ...“ Sie wollte Valerie ihre Einkäufe abnehmen.

„Oh, danke, aber ich bin da. Hier in Haus A. Wir haben uns ein Appartement genommen.“

„Nein?! Haben Sie? Das würde ich mir gern einmal anschauen.“

Valerie ließ sie vorausgehen. Elaine brachte es fertig, ihren Hüftschwung selbst beim Treppensteigen beizubehalten. Die Gesäßmuskeln spielten unter den Shorts.

Valerie schloß auf. „Kochnische, Kammer, Bad, Balkon ...“

„Und ein richtiges französisches Bett!“

Elaine warf sich darauf und streckte sich wohlig. „Sie wissen, was unsereins nötig hat nach langer Fahrt."

„Auf der Yacht mußte gründlich rein Schiff gemacht werden nach den vielen Wochen auf See, und da hat mein Mann gemeint ..."

„Er ist gar nicht da?"

Es war plötzlich sehr still. Die Trillerpfeife des Hafenmeisters drang herauf, das scheppernde ping-ping-ping, mit dem Stahldraht an einen Mast schlägt.

„Er arbeitet auf dem Schiff", sagte Valerie.

Sie wünschte, sie hätte geschwiegen. Ihre Stimme war so tonlos, daß sie sich räuspern mußte. Sie wollte sich abwenden – zur Kochecke hin, sie stand immer noch mit den Einkaufsbeuteln in der Tür –, doch etwas Stärkeres zwang sie, zu bleiben und Elaine anzuschauen, deren merkwürdig lange, grün gelackte Zehen in ihrer Richtung spielten.

„Wann kommt er zurück ...?"

Valerie sah Elaine an. Es war klar, was die Frage bedeutete. Sie sagte nichts. Sie konnte nicht.

Es wurde noch stiller. Elaine fuhr sich über ihre Brüste. Langsam stand sie auf, langsam kam sie auf Valerie zu. Als sie mit dem Zeigefingerknöchel Valeries Kinn hob, ließ Valerie die Tragebeutel zu Boden gleiten.

Elaine küßte sie. Sie küßte sie auf den Mund, drang zwischen ihre Lippen und ließ die Zunge spielen. Dann schob sie sie sanft von sich, aber nur den Oberkörper, lächelte und sagte: *„Doudou ..."* Valerie hätte sich nicht gewehrt, wenn sie angefaßt worden wäre. Doch Elaine rieb nur noch einmal ihre Nasenspitze an der ihren. Dann ging sie.

Valerie stand wie gebannt, während das Geklapper von Elaines Sandaletten im Treppenhaus verklang. Sie vernahm dieses Geklapper dann auch vor dem Haus die Straße entlang und lauschte darauf, bis es nicht mehr zu hören war. Auf dem Bett war der Abdruck von Elaines Körper zurückgeblieben. Valerie ließ sich seufzend auf der Bettkante nieder und ihre Hände darüber gleiten. Seit ihrer Schulzeit war es ihr nicht mehr passiert, daß eine Frau sie körperlich angezogen hatte.

Das Verlangen, das in ihr geweckt worden war, wurde so

heftig, daß sie die Einkaufsbeutel liegen ließ, wo sie lagen, die Tür hinter sich ins Schloß warf und zur *Valmar* rannte.

Als Elaine Prévert den Liegeplatz der *Moana II* erreichte, befand sich Page im Cockpit. Eine von Kondenswasser beperlte Dose *Carlsberg* neben sich, bosselte er an der Leitschiene, auf der der untere Block beweglich angebracht war, der zusammen mit dem oberen, am Großbaum befestigten, aus der Schotleine des Großsegels einen handlichen Flaschenzug machte.

Elaine trat zu ihm und rieb ihre Schulter an seiner: „Ich hab' sie eingewickelt. Aber auch gleich so – die frißt mir aus der Hand ..."

„Ja, ja, der alte Zauber. Hab' gleich bemerkt, daß sie nicht unbeeindruckt blieb." Page warf sich in die Brust.

„Irrtum, Mister. Von dir war gar nicht die Rede. Das ist eine Sache zwischen Frauen. Wenn ich gewollt hätte, wär' ich jetzt mit ihr im Bett."

Page runzelte irritiert die Brauen.

„Na, na, brauchst nicht gleich eifersüchtig zu sein. Es läuft trotzdem gut auch für dich. Um elf geh' ich die Dame zum Baden abholen. Ich nehme an, daß sie sich unterdessen zu ihrem Mann geflüchtet hat, und den schleppe ich dann gleich mit. Wir werden an den *Méridien*-Strand gehen, und wenn du nach einer halben Stunde oder so dazustößt ..."

Sie ergriff Page bei der Hand und begann, ihn zur Kajüte zu ziehen. „Das heißt, daß wir eine gute Stunde Zeit haben." Sie grinste. „Ich hab' sie heiß gemacht, aber dabei bin ich auch ganz schön heiß geworden."

8

Sie fuhren nach St. Pierre, Elaines Geburtsort am Fuße des Vulkans Pelée, der die Stadt 1902 verwüstete. Sie fuhren nach Ajoupa-Bouillon an seiner jenseitigen, atlantischen Flanke, wo in riesigen Schattenhallen Orchideen und Flamingoblumen gezüchtet wurden. Sie besuchten die von den Luftwurzeln der Teufelsfeige eingesponnenen Ruinen der *Habitation Dubuc,* wo jene Aimée Dubuc de Rivery aufwuchs, die als Dreizehnjährige auf der Fahrt nach Frankreich unter die Piraten, auf einen Sklavenmarkt und schließlich in den Harem des türkischen Sultans geriet, und sie besuchten *La Pagerie,* die Heimat von Napoleons Kaiserin Josephine.

Hier war es, wo Hirth und Ellwood Page, nachdem man eine Woche lang ein Herz und eine Seele gewesen war, unversehens aneinander gerieten. Ein dummer Streit, der sich daran entzündete, daß *La Pagerie,* als Josephine noch ein Kind war, von einem Hurrikan zerstört wurde.

Ellwood Page meinte, daß Hurrikane ausschließlich im Sommer aufträten, zwischen Juni und Oktober. Hirth hielt dagegen, daß sie durchaus auch zu anderen Zeiten auftreten könnten – weil sie nämlich zunächst einmal einfach Wirbelstürme seien, die in dem Moment als Hurrikan gälten, da sie eine bestimmte Geschwindigkeit entwickelten. Page berief sich auf seine praktische Erfahrung, Hirth auf Seehandbücher und Windkarten. Schließlich rieb Page dem anderen die vollen dreißig Tage unter die Nase, die er von Madeira nach Martinique gebraucht hätte, woraufhin Hirth sich mit der Bemerkung revanchierte, von ihm, Page, wisse er bisher noch nicht einmal, ob er überhaupt segeln könne.

„Bisher habe ich dich noch nicht mal auftakeln sehen!"

Sie saßen in dieser wiederaufgebauten Zuckerrohrmühle, die als Foyer, Bar und Kassenhäuschen der Gedächtnisstätte diente, umgeben von den Autogrammfotos so illustrer Besucher wie Clementine Churchill, Christina Onassis und nicht zuletzt auch Ellwood Page, und dieser schwenkte Hirth hitzig sein Rumglas entgegen: „Okay, stoß an! Wir machen eine Wettfahrt. Wer zuerst in Marigot Harbour ist ...! Dann wird sich's ja zeigen."

Es war plötzlich ganz still. Valerie sah, daß Elaine den Atem anhielt. Sie schien ihr irgendwie bestürzt, und so griff sie ein, ihrem Martin in den Arm fallend: „Daß du dich unterstehst! Seid ihr zwei denn noch gescheit?! Von überallher laufen die Boote ein wegen des Karnevals – und ihr wollt raus?! Kommt gar nicht in Frage."

Page schob brüsk ihre Hand weg. „Los!" drang er auf Hirth ein. „Los, schlag ein! – Wer von uns beiden zuerst in Marigot Harbour ist. Ich setze ..."

„Nein!" sagte Valerie, irritiert von dem merkwürdigen Flakkern in Elaines Blick.

Auch Martin ignorierte sie. „Aber, Ellwood! Überleg doch mal! Ich bringe über vierhundert Quadratfuß Segelfläche, du höchstens an die dreihundertundzwanzig. Ich lauf mit fünfundvierzig Fuß Länge, du mit nur achtunddreißig. Das ist doch gar nicht fair."

„Tausend Dollar gegen zehn! Wenn du den Ersten machst!"

„Marigot Harbour ... Wo ist das überhaupt? Da gibt's doch Dutzende."

„Marigot Harbour in St. Lucia. Gleich nebenan. Es sind nicht mehr als fünfzig Seemeilen."

Martin sah Valerie grinsend an. „Tausend Dollar für einen Tagesausflug ..."

„Ich will aber nicht! Ich will nicht wie ein Affe hin und her springen in dieser Hitze. Ich will mir nicht die Fingernägel abbrechen und blaue Flecke an den Schienbeinen holen. Ich bin froh, daß ich wieder halbwegs wie eine Frau aussehe – und davon will ich etwas haben, solange hier Karneval ist."

„Tausend Dollar, Martin! Oder hast du Angst zu verlieren?"

„Dann bleibt ihr Frauen eben da", sagte Hirth zu Valerie. „Wir sind ja schon abends wieder zurück."

„Mit Frauen!" Page schien wie im Fieber.

Hirth tastete unschlüssig über sein Kinn.

„Und ich geb' dir sogar 'ne Stunde Vorsprung ..."

Das war ein Fehler. Hirth ließ sein Kinn los. „Nein, so nicht! Lassen wir's. Du willst nicht glauben, daß ich einfach Pech hatte von Madeira nach hier, doch es ist so. Du willst auch nicht glauben, daß ich mehr vom Segeln verstehe, als in Büchern steht – aber es ist so. Ich habe es dir nicht erzählt, weil ich nicht protzen wollte, aber ich bin seit meinem sechzehnten Lebensjahr Segellehrer, und ich war auch als solcher bei unserer Marine und bin mit einem Segelschulschiff gefahren."

Page hatte nur ungeduldig zugehört. Alles was er nun darauf sagte, war: „Ich will aber. Ich *will,* daß wir fahren."

Hirth stand auf. „Ellwood, du verwechselst mich – ich bin

kein Filmkomparse. Komm, Valerie!“ Er zog sie mit sich, aus der Tür, über den Rasen, zur Straße hin.

Page senkte den Kopf in die Hände. Er sah Elaine an. „Es war ein Versuch“, sagte er und zuckte die Achseln. „Dieser idiotische Streit schien mir eine einmalige Gelegenheit, diese Sache endlich zum Abschluß zu bringen. Victor tritt mir schon dauernd in die Hacken, wann es denn soweit wäre.“

Elaine sagte nichts, legte ihm nur die Hand auf den Arm. Dann erhob sie sich, um Valerie und Martin hinterherzulaufen.

„Kinder, seid doch vernünftig. Er hat es nicht so gemeint. Manchmal kommt halt der große Filmstar bei ihm durch.“

Sie schob sich zwischen die beiden und hängte sich bei ihnen ein. „Ich liebe dich“, küßte sie Valerie; sie küßte auch Hirth: „Und dich liebe ich auch.“

Page, der sich hinzugesellte, gab sich geknickt, um plötzlich loszulachen und Hirth in die Seite zu boxen: „Und irgendwann segele ich doch noch Regatta mit dir. Ich will wissen, was du kannst.“

Er überließ Martin die Schlüssel des Cadillac, den er gemietet hatte, und so wollte auch Valerie sich versöhnlich zeigen und stieg, durch eine Geste eingeladen, mit zu ihm in den Fond. Als Page sie ebenso in den Arm zog wie auf der anderen Seite Elaine, machte sie arglos mit. Sie ließ es auch geschehen, als er, das Schaukeln des Wagens über Schlaglöcher ausnutzend, wie zufällig vom Rücken her ihren Busen umfaßte. Aber er ließ nicht mehr los, auch als die Straße besser wurde, schob vielmehr die Hand unter ihr T-Shirt, und als sie zu Elaine hinüberlugte, sah sie, daß das ihre sogar über ihre Brüste gerollt war, und daß Elaine, Kopf im Nacken, Augen zu, sich Pages Liebkosungen mit Hingabe gefallen ließ.

Sie wußte nicht, wie sie sich verhalten sollte. Page hatte nie verhehlt, daß er sie mochte, doch wenn sie ihn gewähren ließ, sogar ein bißchen ermunterte, dann im Grunde darum, weil ihr Elaine als die weitaus gefährlichere erschien. Sie konnte den Kuß nicht vergessen und auch nicht den fordernden Druck ihres Unterkörpers.

Martin, ohne Ahnung, was in ihr vorging, kam ihr zu Hilfe, als er die Situation mit einem dummen Witz zu entspannen suchte. „Na schön, alter Junge“, drehte er sich um, „ich will dir abnehmen, daß du auftakeln kannst – denn abtakeln, wie ich an Elaine sehe, kannst du.“

Zwei Tage später fuhren sie hinüber nach Fort-de-France. Der Karneval schäumte seinem Höhepunkt entgegen. Auf der *Savanne* – kein sandiger Exerzierplatz mehr, wie Page ihn noch kannte, sondern ein Park mit tropischen Gewächsen, Blumen, Bäumen und Rasenflächen – fand die Wahl der „Königin der Marktfrauen“ statt, und Elaine hatte ihnen eine Überraschung versprochen.

Das Hämmern der Steelbands, das sie empfing, war das erwartete, ihr Repertoire das immer wieder gehörte – vor allem *Ba moin un ti bo* und *En pyjama, levé en pyjama.* Aber was dann vor der Jury defilierte, war in der Tat überraschend – nicht Nacktheit, sondern Eleganz. Die Krone erhielt eine junge, von ihren Sprößlingen umjubelte Schwarze, die sechs Meter Damast in ihrem Rock verarbeitet und vier Petticoats voller Stikkereien, Rüschen und Bänder vorzuweisen hatte. Doch gewonnen hatte sie wegen der Harmonie der Farben und der historischen Echtheit des Kostüms – die Beine nackt, die Strümpfe auf die Knöchel heruntergerollt, so wie sich es einmal für eine Sklavin gehörte.

Anschließend wurde zum Tanz aufgespielt. Natürlich Samba, aber auch, den kostümierten Bewerberinnen zuliebe, Mazurka, Kreolenwalzer und Beguine. Nach etwa einer Stunde zerstreute sich die Menge. Page und Hirth wären gerne noch durch die bunt belebten Gassen geschlendert, doch die Frauen zog es nach Hause. Am Abend sollte im Nachtclub des *Méridien* ein Kostümfest stattfinden.

„Wenn ich bloß schon wüßte, was ich anziehen soll?“, wandte sich Valerie an Elaine.

„Anziehen? Wir ziehen uns aus, Liebling.“

„T-Shirt?“

„Weniger!“

„Bikini?“

„Noch weniger. Nach der Devise: Nichts verstecken, sondern hübsch garnieren. Ich komm’ nachher rüber und helf dir.“

Alles, was sie mitbrachte, waren Philodendronblätter und

etwas schwarze Gaze. „Damit habe ich mal beim *Mardi gras* in New Orleans Furore gemacht."

Während sie vom Karneval in New Orleans erzählte, drapierte sie die Blätter Valerie direkt auf die Haut und vernähte sie an gefährdeten Stellen und solchen, die besonderen Halt erforderten, mit Gazestreifen. Darunter hatte Valerie lediglich einen schwarzen Slip anziehen dürfen.

„Na, was sagst du?"

Das Bild, das der Spiegel zeigte, war toll. Es sah aus, als ob grüne Riesenhände um Valeries Rundungen faßten.

„Ein bißchen sehr gewagt ..."

„Ach was, du kannst's dir leisten." Elaine lachte. „Wenn der gute Ellwood dich so sieht, wird er nur noch an eins denken – dich zu entblättern." Sie legte die Hand in Valeries Nacken. „Was ich auch nicht ungern täte ..."

Die Hand begann Valeries Nacken zu kneten. „Sei ein bißchen nett zu Ellwood, *Doudou*. Und falls du deinen Martin mal eine Zeitlang vermissen solltest – sei nicht gleich eifersüchtig. Kriegst ihn ja wieder."

„Ach, habt ihr schon alles aufgeteilt?"

„Er weiß überhaupt noch nichts von seinem Glück – aber es könnt' ja sein ... Er gefällt mir, dein Martin."

„Ich habe immer gedacht, du seist ..."

„Ich mag Männer, und ich mag Frauen, ich mag auch mich – und nicht bloß ersatzweise. Ich mag überhaupt Sex. Ich finde es herrlich, vom Lustgefühl mitgerissen und davongeschwemmt zu werden. Und ich glaube, es gibt nichts, was mich nicht hochbringen könnte, wenn mir danach ist. Aber damit bin ich keine Ausnahme. Schau sie dir doch an, diese Insel! Die Hitze, die Schwüle, der warme Regen, der alles dampfen läßt, die Orchideen, die Schlingpflanzen, die blubbernden Lagunen, dieser immerwährende säuerliche Treibhausgeruch – alles das ist ja doch ungeheuer sinnlich. Oder spürst du das nicht?"

„Doch, ja. Irgendwie."

Elaine lachte auf. „Und außerdem bin ich furchtbar neugierig. Ein anderer Mann, eine andere Erfahrung, der Reiz des Neuen ... Aber du weißt ja, wie das ist."

„O nein, da irrst du dich aber. Martin ist mein erster

Mann – und bisher auch einziger. Ich war noch nicht einmal zwanzig, als ich heiratete."

„Und bist seitdem nicht ein einziges Mal fremdgegangen? Dann wird's aber höchste Zeit."

Elaine Prévert schürzte die Mundwinkel. „Was Ellwood betrifft – nun ja, ich würde ihn nicht gerade verderbt nennen, aber ein Star wie er bekommt in Hollywood natürlich etliches geboten. Ich meine, du solltest dich auf einiges gefaßt machen. Aber keine Angst, im Grunde ist er brav. Wenn es dir zuviel wird, brauchst du ihm nur auf die Finger zu hauen."

„Also habt ihr doch ..."

„Nein, haben wir nicht! Ehrenwort! Ich weiß nur, was *ich* will. Und ich kenne meinen Ellwood. Ich habe ja nicht ahnen können, daß du eine treue Ehefrau bist. Ich hab' nicht gedacht, daß es so etwas heutzutage überhaupt noch gibt. Und nach meinem ersten Eindruck von dir ..."

Elaine ließ den Satz unvollendet, fuhr mit ihren vollen weichen Lippen sanft über Valeries Gesicht und mit der Hand die Innenseite ihres Oberschenkels aufwärts.

Valerie erschauderte. Es geschah von allein, daß sie Elaines Mund auf den ihren zog. Elaines Hand bewegte sich energischer. Beider Atem begann schneller zu gehen. Aber plötzlich, bevor sie ihr Ziel noch richtig gefunden hatte, trat Elaine zurück. In ihren Augen schimmerte es feucht, sie biß sich auf die Lippen, und das ganze Gesicht war in heftiger Bewegung.

Valerie starrte sie an, von Verlangen durchglüht. „Was hast du?" Sie blieb ohne Antwort. Elaine ergriff sie bei der Hand, schon wieder völlig beherrscht: „Komm jetzt, wir wollen unsere Männer nicht warten lassen."

„Ja, und du? Was ist mit deinem Kostüm?"

Elaine trug ein gestärktes weißes Smokinghemd von Ellwood, das raffinierterweise genau so lang war, daß man nicht sehen konnte, ob noch etwas darunter steckte. „Ich bleib' so", sagte sie knapp.

Die beiden Männer, die an der Bar hockten, pfiffen durch die Zähne, als sie Valerie erblickten. Wieder hatte sie das dumme Gefühl, daß etwas Abgesprochenes im Gange sei, dessen ungefragtes Objekt sie war. Aber dann, in all dem Trubel, vergaß sie es.

Um Mitternacht hielt Martiniques Karnevalskönigin mit ihrem Hofstaat Einzug – kreolisch kostümiert, das Kopftuch mit drei Knoten gebunden zum Zeichen, daß die Trägerin zu jederlei Abenteuer bereit sei. Die „Band des Jahres“ spielte ihre preisgekrönte Beguine und ein aus Haiti eingeflogener Gitarrist hinreißende Reggaes. Ein Limbo-Tänzer von Barbados und ein Schlangenbeschwörer aus dem Inderquartier von Basse-Pointe im Norden Martiniques zeigten ihre Künste.

Danach kündigte der Conférencier eine besondere Überraschung an, den Höhepunkt des Abends überhaupt. „Ich habe die Ehre, Messieurs'dames, Ihnen eine Tochter dieser Insel ansagen zu dürfen, die in Hollywood Karriere gemacht hat. Mit ihrem berühmt gewordenen Striptease aus dem Film *South Fork Ranch* von und mit – auch er ein Gast unseres Abends! – Ellwood Page: die bezaubernde, unnachahmliche – Elaine Prévert!“

Ein zierlicher vergoldeter Stuhl wurde in die Mitte der Tanzfläche gestellt und das Licht gelöscht bis auf ein Spotlight, welches diesen beleuchtete. Trommelwirbel wurden laut.

Elaine trug lange lachsfarbene Handschuhe, eine knöchellange lachsfarbene Robe und darunter lachsfarbene Strümpfe mit lachsfarbenen Strumpfhaltern an einem lachsfarbenen Gürtel. Schon der Kontrast zu ihrer Haut wirkte so aufreizend, daß sie sich gar nicht hätte zu bewegen brauchen.

Doch wie sie dies tat, wie sie die Handschuhe herunterschälte und danach Strumpf für Strumpf, einen Fuß auf dem Sitz des Goldstühlchens, war schlechthin perfekt. Ihr Körper war in ständiger Bewegung, übereinstimmend mit der Musik, doch während sich die Arme träge und Schlangenhaft bewegten, akzentuierte das Becken den Rhythmus durch rasche, harte Stöße.

Am Ende stand Elaine mit einem lachsfarbenen Glitzerdreieck da und lachsfarbenen Fransenbüscheln über den Brustwarzen, die sie durch kreisförmiges Bewegen ihrer Brüste rotieren ließ, und zwar gegenläufig und schneller und immer schneller, bis es aussah wie Flugzeugpropeller. Die Musik brach ab, das Spotlight erlosch.

Applaus setzte ein, doch der Conferencier stoppte ihn: „Pst! – Moment, Messieurs'dames! Just a moment please, folks!“

Plötzlich leuchteten in der Mitte der Tanzfläche, wo Elaine von der Dunkelheit verschluckt worden war, drei grellweiße Flecke auf, zwei runde, die sich nebeneinander befanden, und ein keilförmiger etwas darunter, durch Lumineszenz aus dem Finstern geholt, da aus verborgener Quelle ultraviolettes Licht darauf fiel. Die Flecke verschoben sich und kamen in Bewegung, während die Tänzerin selber unsichtbar mit der Dunkelheit verschmolzen blieb. Sie bildeten alle möglichen geometrischen Figuren, bis zuletzt die zwei runden oben auf die gleiche Art gegeneinander kreisten wie vorher die lachsfarbenen Quasten, so daß klar wurde, worum es sich handelte – um Elaines Brustspitzen.

Der Spuk verschwand und tosender Beifall brach los. Noch während es dunkel war, fühlte Hirth sich in der Nische, in der sie Platz gefunden hatten, beiseite gedrängt: „*Pé la!* Laß mich mal rein, bitte."

Als es gleich darauf hell wurde, saß Elaine neben ihm an die Wand gelehnt. Die Augen zu, schwer atmend und von Schweiß überperlt – und mit nichts am Leibe als drei Pflastern mit Leuchtfarbe.

Page nahm ihre Hand für einen Handkuß. „Großartig, ganz großartig ...!" Valerie reichte ihr mit bewunderndem Lächeln ihren Champagner, Martin aber saß stumm und konnte sie nur immer anschauen, wie gebannt von dem Gefühl, das die Wärme und die Festigkeit ihres Schenkels verursachten, und dem irgendwie animalischen Aroma, zu dem Parfum und Schweiß sich vermischten. Als der warme, feste Schenkel gegen seinen zu pressen begann, mußte er schlucken wie ein Schuljunge.

Die Steelband intonierte den ewig jungen Song *Ba moin un ti bo,* Gib mir einen kleinen Kuß, eine Art Nationallied, der Bandleader animierte zur Damenwahl, das Licht veränderte sich zu Rot.

Valerie spürte, daß dies der Auftakt zu etwas war, worauf sie keinen Einfluß hatte – es wäre denn, sie nähme ihn jetzt und sofort, stünde also auf, packte sich ihren Mann und ginge. Sie mußte an das denken, was Elaine über Sex und Lust und über die Sinnlichkeit der Insel gesagt hatte. Sie mußte daran denken, wie viele Jahre sie vergebens der Empfängnis hinterdreingejagt war anstatt den Lustgefühlen. Sie sagte nichts. Ohne dagegen einzuschreiten, hörte sie zu, als Elaine sich zu Martin wandte: „Darf ich bitten ...“

Er zögerte. „Willst du denn so ...“

Elaine tat, als verstünde sie nicht.

„Aber du hast nichts an!“

„Na, und? Es ist zwar eine Beguine, bei der der Herr die Dame in den Arm zu nehmen und zu führen hat – aber wenn du Angst hast vor mir, kannst du sie auch als Rock'n Roll für dich allein tanzen.“

Hirth blickte zu Valerie, und er blickte zu Ellwood Page, die aber beide nichts sagten, nur grinsten. Elaine erhob sich, um vorauszugehen. Sie sah schön und stolz und unnahbar aus, obwohl sie praktisch nackt war.

Die Tanzfläche füllte sich rasch. Im Gedränge eingezwängt, begnügten sich Martin und Elaine mit ein wenig Wiegen hin und her. Während sie den Unterleib mit ähnlichen Bewegungen wie bei ihrem Auftritt an ihn preßte, ließ sie ihre Lippen an seiner Kehle spielen. Ihre Brüste waren spitz und hart. Als die Musik ausklang, standen sie wie in Trance.

„Komm, wir fallen sonst auf.“

Sie keuchte, hatte Mühe, sich zurechtzufinden. „Ich glaube, ich hätte dich lieben können ...“

Sie löste sich. Ihr Atem ging flach, ihre Stimme war kehlig. „Hinter dem Notausgang rechts – meine Garderobe ... Ich komme nach.“

Während er ging, sann er ihren Worten nach. Er begriff sie nicht, aber es mochte daran liegen, daß er nicht richtig verstanden hatte. Wenn sie aufgeregt war, verfiel Elaine in das schwer verständliche Französisch der Karibik. Und was zählte, war ja auch nur, daß sie mit ihm schlafen wollte. Die Gefühle, die sie erregt hatte, überwucherten seine Gedanken.

In der Garderobe waren ein Schminktisch, ein Kleiderständer, ein Stuhl und ein wüstes Durcheinander von Schminkutensilien, Schuhen, Kostümen. Martin hatte die Tür gerade hinter sich zugemacht, als sie schon wieder aufging. Elaine sprang ihn förmlich an.

„Oh, du ...“

Sie küßten sich wild und hungrig. Elaine wand sich. Sie

faßte Hirth an und wollte von ihm angefaßt werden. Sie stöhnte, schluchzte, lachte, schien wie von Sinnen.

Aber dann bog sie seine Hand weg: „Nein, nicht hier." Sie lief voraus, ohne Martins Hand wieder loszulassen.

Ein unangenehmer böiger Regen empfing sie auf der Straße. Der Wind peitschte die Büsche, der Asphalt war mit abgerissenen Blüten bedeckt, und man konnte hören, daß in der Marina drüben Boote, die schlecht vertäut waren, gegeneinanderschlugen. Obwohl sie rannten, waren sie schon nach wenigen Schritten bis auf die Haut durchnäßt.

„Martin! Wo willst du denn hin?"

„Zum Schiff."

„Aber nein, in euer Apartment!"

„Bloß mal schnell nachsehen, ob alles in Ordnung ist."

Die *Valmar* lag ruhig und rollte nur. Leinen und Fender waren fest, die Nachbarboote in sicherer Entfernung. Aber an der Kajütentür, an einem Reißnagel, fand sich ein Zettel: *„Prenez garde! An vrai tempête ka vini."*

„Von Stokey. Was meint er damit?"

Elaine schwieg, und Hirth nahm ihr den Zettel wieder ab, weil er bemerkte, daß die Vorderseite bedruckt war.

Es war ein Handzettel der *Securité Civile* über das Verhalten bei Hurrikanen und forderte dazu auf, daß man Notbeleuchtungen und Wasser bereitstellen, Strom abschalten und offenes Feuer löschen und die Fensterscheiben kreuzartig mit Klebestreifen bekleben sollte.

Schlagartig ernüchtert war Martin, als er die Empfehlung für die Besitzer kleinerer Schiffe las: Sie nicht im Wasser zu lassen, sondern hoch an Land zu ziehen und an Bäumen festzubinden.

„Warum das? Geht denn das Meer bei Sturm so hoch?"

„Bis fast zum Hotel ... Nach dem Hurrikan *David* 1979 war der Garten voller Boote."

„Was?" Er packte Elaine bei den Schultern und drehte sie um: „Lauf! Hol die andern! Wir müssen raus."

9

Die Sonne war nicht zu sehen. Sie war nicht einmal zu ahnen. Um zwei Uhr am Nachmittag war es so dunkel wie sonst morgens um fünf, doch, ohne jene grüngoldene Hoffnung des neuen Tages am Horizont.

Meer und Himmel waren eins, durch Wasser verwoben – Wasser, das von oben kam, nicht in Tropfen oder Schnüren, sondern als ein dichtes, graues, festes Strömen, und Wasser, das diesem von unten entgegenflog, als Gischt den sich überschlagenden Wellen abgerissen, zu Dunst zersprüht und emporgewirbelt.

Zu dieser Zeit kämpfe die *Valmar* in der zehnten Stunde gegen die entfesselten Elemente. Dies war nicht mehr die Korallensee, die Schnorchelgründe barg, Langusten zu Schenkeldicke gedeihen ließ und paradiesische Sandstrände bespülte, sondern eine chaotische Urlandschaft aus bis zu zehn Meter hohen Brechern.

Der Sturm heulte, und wenn eine Bö heranraste, um sich durch Taue und Drähte zu zwängen, jaulte sie und pfiff. Die See donnerte, ihre haushohen Wellen heranpolternd mit dem Lärm einer Lokomotive. Doch schrecklicher als alles war das Knacken und Knirschen und Stöhnen im Schiff selber durch die Verwindung des Holzes.

Der Windmesser zeigte Geschwindigkeiten um die 45 Knoten, und die *Valmar* lag beigedreht, vorn mit der Sturmfock und achtern mit einer Besanbespannung in Handtuchgröße, wodurch das Ruder nach Lee belegt und das Schiff quer zur See gebracht werden konnte. Denn das war der Trick – durch das Abdriften in der Strömung ergab sich in Luv eine ruhige Fläche, die groß genug war, daß man kaum anderes Wasser übernahm als von Regen und Gischt. Das Manöver war nicht ganz ungefährlich, doch nur wenn eine Welle direkt überm Boot oder kurz davor brach – dann würde das Wasser urplötzlich steigen und mit seiner Wucht von mehreren Tonnen so gewaltig zuschlagen, daß das Schiff kenterte. Hirth meinte, das Risiko stehe tausend zu eins.

Gegen Mittag hatte er, weil ihm die *Valmar* immer noch zu

sehr bockte, einen Treibanker ausgebracht. Danach war nichts mehr zu tun. Im Cockpit zu bleiben, war sinnlos; zudem auch anstrengend, weil die Luft so voller Schaum und Regen war, daß man kaum atmen konnte. Auch in der Kajüte machte sich dieser Sauerstoffmangel bemerkbar.

Hirth hockte am Radio, vor sich die Seekarte 956, auf der er den Weg verfolgte, den *Annie,* der erste Wirbelsturm der Saison, von der Küste Venezuelas her nahm.

Von ihrer Koje aus verfolgte Valerie seine Arbeit mit Bleistift und Gradmesser. Sie hatte sich in Decken gewickelt, denn sie war stracks zum Steg gerannt, als – gleichzeitig mit Elaine – der Hafenmeister mit der Nachricht in das Kostümfest platzte, eine Motoryacht habe sich im Sturm losgerissen, zwei Segler gerammt und sich vor den Apartmenthäusern in Pier D gerammt. Das bißchen Blätterkostüm hatte sich in Fetzen aufgelöst, bevor sie noch an Bord war. Und als das Grünzeug vom Leib war und der Slip, naß zum Auswringen, da fand sich nichts als eine Arbeitsjacke aus Ölzeug, weil man ja alles ins Apartment hinaufgebracht hatte. Doch da man sowieso nicht an Deck zu sein brauchte, war sie in ihren Decken in der Koje gut aufgehoben. Nur daß an Schlafen nicht zu denken war. Mit Kissen verkeilt, die Füße gegen die Wand gestemmt, mußte Valerie ständig achtgeben, beim Bocken des Bootes nicht aus der Koje zu fliegen.

Der Radio-Sprecher, der bisher immer von einem „Cyclone“ gesprochen hatte, benutzte bei den 14.00-Uhr-Nachrichten den Ausdruck „Vrai Cyclone“. Die Geschwindigkeit hatte erschreckend zugenommen, sie betrug nunmehr 140 Stundenkilometer.

„Woher wußtest du es?“

„Ich hab’s mir gedacht. Der Harmattan und die Hitze bei den Kapverden, danach die Flaute und die Schwüle, über ganze Wochen hinweg dreißig Grad – es war offensichtlich, daß sich da was zusammenbraute.“

„Aber daß es ein Hurrikan sein würde?“

„Stokeys Zettel hat mich darauf gebracht. Und es ist ja auch nur logisch. Wenn es sich zusammenbraut, dann muß es auch drehen. So ein Wirbelsturm ist ja doch vom technischen Prinzip her eine Hitzemaschine. Und wenn es sich dreht, dann links herum – und also in die Bucht hinein. Elaine hat mir gesagt, daß sich nach einem Hurrikan Schiffe vorm Hotel wiedergefunden hätten, und du kannst dir ja ausmalen, in was für einem Zustand. Nicht umsonst hat Ellwood gemacht, daß er hinter uns her kam."

Valerie hätte gern gefragt, was davor passierte, unterließ es aber. Es war jetzt nicht wichtig und vielleicht überhaupt nicht. Auch sie würde ja nicht hier gelandet sein, wenn es der Zufall nicht so gefügt hätte.

Hirth kam mit der Karte zu ihr. „Hier, das ist die Bahn des Hurrikans. Und hier sind wir – hoffentlich."

Die Pfeile, mit denen er den Hurrikan eingezeichnet hatte, verliefen über die Insel Grenada und die Grenadinen hinweg auf Barbados zu.

„Wie weit ist das?"

„Hundertzwanzig Meilen ..."

„Aber?"

„Hundertzwanzig Meilen bis zum Zentrum! Aber das gesamte Windsystem ist etwa dreihundert Meilen breit, und wo seine Wirkung mörderisch ist, das ist an zwei Stellen – im Zentrum, weil da Kreuzseen auftreten, die alles kurz und klein schlagen, und ganz außen, weil da der Wind am schnellsten ist und einen immer wieder in das System zurückholt."

Er legte die Karte weg. „Stell dir ein Eislaufballett vor, zwanzig Girls in einer Reihe, und diese Reihe dreht um die Mittlere: die tritt praktisch auf dem Fleck – und macht dabei ungeheuer viel Eis kaputt –, während sich die Mädchen ganz außen die Lunge aus dem Leib rennen müssen, um die Linie zu bewahren."

„Mit anderen Worten ..."

„Wenn das System, wie gesagt, dreihundert Meilen breit ist, dann sind es vom Zentrum bis zum Rand logischerweise hundertundfünfzig – und also sind wir mal gerade noch dreißig Meilen von seinem Rand entfernt ..."

„Und das heißt?"

Hirth zögerte. „Wir hängen von der Strömung ab."

„Die uns an diesen Rand treibt ...?!"

„Du sagst es."

Als er Valerie aufmunternd übers Haar strich, ergriff sie seine Hand und zog sie an ihre Wange.

In diesem Moment gab es einen fürchterlichen Stoß, der Valerie an die Bordwand schmetterte und Hirth so von den Beinen brachte, daß er, über sie hinweg, mit dem Schädel dagegen knallte. Die *Valmar* legte sich über, bekam starke Schlagseite, und Wasser sickerte durch die Ritzen der Bulleyes, obwohl sie von außen zusätzlich mit bruchfestem Kunstglas verschraubt waren. Was ausblieb, obwohl es doch dazu gehörte, war das Knirschen, mit dem ein Boot auf ein Riff rennt – ein erbärmliches, herzzerreißendes Knirschen, von dem Segler, die es erlebt haben, sagen, daß man es nie mehr vergißt.

Hirth rappelte sich auf, das Gesicht voller Blut. „Komm, schnell." Das Knacken und Ächzen im Holz war schrecklich, man konnte förmlich spüren, wie die neun Zentner Bleikiel an den Bolzen zerrten. Aber es brach nicht. Noch hielt der Rumpf.

Doch da war noch ein anderes Geräusch – ein merkwürdiges Rauschen. Was war das nun wieder?

„Warte! Ich seh' erst nach."

Unsicher taumelnd wegen der Schräglage, hin und her geworfen mit dem bockenden Boot, kämpfte Hirth sich auf Deck- und traute seinen Augen nicht: Überall war Laub! Die gesamte Backbordseite bis zum Großmast war zugedeckt mit Zweigen und Blättern, der Bug mit der Sturmfock und die beiden Luken zu Segellast und Kettenkasten völlig unter Grün versteckt.

„Das gibt's doch nicht!" schrie er nach unten. „Da ist Land! Wir müssen gestrandet sein."

Valerie brauchte etwa eine Minute, um zu ihm zu gelangen. In dieser Zeit hatte Hirth sich nach vorn gehangelt und entdeckt, daß das Laubwerk nicht zu Büschen gehörte, sondern zu einem Baum – ein entwurzelter Baumriese, der im Wasser trieb, hatte sich in der Takelage der *Valmar* verfangen.

„Die Axt!"

„Aber du willst doch nicht in diesem Tollhaus ..."

„Ich hab' gar keine Wahl. Wir müssen los von dem Ding. Wie komme ich jetzt bloß an den Werkzeugkasten? Der ist vorn im Bug."

„Nein, das laß ich nicht zu! Du bist voller Blut, kannst kaum was sehen. Und hast überhaupt keinen Halt, um zuschlagen zu können?!"

„Ich muß ...!"

„Nein! Noch leben wir, Martin. Und bis auf deine Stirn sind wir heil. Aber was ist, wenn du dich mit der Axt verletzt?" Sie weinte vor Verzweiflung.

„Aber wir können's nicht so lassen, wir können's nicht. Wir sind manövrierunfähig. Wenn uns jetzt ein Brecher erwischt, drückt uns der Baum unter Wasser, und wir kommen nie wieder hoch."

Auch Hirth wollte verzweifeln. Selber durchnäßt, riß er seine klitschnasse Frau an sich: „O Gott, was sollen wir tun? Dieses Scheißding da muß weg. Es muß so schnell wie möglich weg!"

Sein umherirrender Blick fiel auf die Notaxt in dem Kasten neben dem Niedergang, für den Fall gedacht, daß in Seenot eine verrammelte Tür oder ein Luk aufzubrechen war.

Er holte diese Axt und brachte auch zwei Sicherheitsleinen mit, für Valerie und sich. „Komm mit, um mich festzuhalten."

Der Kampf gegen das Grünzeug war verzweifelt und verbissen, ein Kampf Mensch gegen Ungeheuer. Der Himmel mochte wissen, aus was der Baum war, vielleicht aus Gummi. Die Zweige federten wie Autoreifen. Als er zu den Ästen kam, blieb Hirth nichts anderes übrig, als sein eigenes Deck als Hauklotz zu benutzen – das schöne alte, nie wieder zu ersetzende Mahagoni. Immer und immer wieder schlug er zu, und die Äste mochten nicht brechen, das Deck aber splitterte.

Endlich war eine Gasse geschlagen. Doch war man deshalb den Baum noch nicht los. Hirth mußte erst die Ankertrosse kappen. Und er mußte ein Stück Reling und auch noch den Bugspriet zerschlagen, der dann, als ihn die See mitnahm, nicht nur den verdammten Baum mit sich riß, sondern auch die Takelung des Großmasts, Verspannungen wie auch Leinen, und während es im Mast schon verdächtig krachte, mußte Hirth, schreiend vor ohnmächtiger Wut, auch noch Topp- und Vorstag kappen und die Sturmfock opfern, und augenblicklich brach der Mast, und Hirth mußte mit seiner Axt an die Wanten, weil sie das abgebrochene Mastende, an dem der abtreibende Baum zerrte, noch immer mit dem Schiff verbanden.

Zurück blieb ein Schlachtfeld. Und mehr wie zum Hohn denn als Symbol des Überlebens erhob sich darüber der verbliebene achtere Mast mit seinem zu Handtuchgröße gerefften Treibersegel.

Aber die *Valmar,* so zerschunden sie war, richtete sich auf und schwamm – und sie schwamm wundersamerweise so, wie sie schwimmen sollte: mit der Strömung driftend und in Luv eine Fläche ruhigen Wassers.

Hirth stellte das Radio an. Wenn der Hurrikan weiterhin nach Nordwesten schwenkte, wäre es böse, denn dann geriete die *Valmar* unweigerlich in den Sog seines Randes. Der Sender in Martinique unterbrach sein Programm jede Viertelstunde für Wettermeldungen. Die neueste besagte: „Annie", die bisher auf Barbados zu gekurvt war, hatte die Richtung verändert und brauste nun jenseits des 60. Längengrads hinaus auf den Atlantik. Martin und Valerie fielen sich jubelnd um den Hals.

Zum Glück funktionierte die Antenne noch. Hirth funkte den Seenotrettungsdienst um Hilfe an. Man bedauerte; in der Bucht vor Fort-de-France sei der Teufel los.

„Die Grand-Sèche-Bank ist mit aufgelaufenen Schiffen gespickt wie ein Hasenrücken mit Speck. Wenn Sie bis morgen mittag durchhalten können, Monsieur? Wir rechnen mit einem Abflauen des Sturms gegen Mitternacht."

„Ich werd' wohl können müssen ..."

„Ich drücke Ihnen die Daumen."

Plötzlich war noch jemand anderes auf der Welle – die *Moana II.* Ellwood Page hatte zufällig mitgehört.

„Was denn? Du hast tatsächlich deinen Mast kappen müssen?"

Hirth, froh darüber, das Gefühl des Alleingelassenseins loszuwerden, erklärte, was geschehen war.

„Und was ist mit dem Deck?"

„Sieht aus wie ein Hackbrett, scheint aber weniger Löcher zu haben, als ich zuerst dachte. Jedenfalls kommt kaum etwas durch. Viel schlimmer ist die Sache mit dem Rumpf –, es scheint, der Ballastkiel hängt gerade noch so dran."

„Shit!" Page klang ehrlich besorgt.

„Kurz und gut, ich muß in die Werft. Bloß wie es aussieht,

wird da für Monate nichts zu machen sein. Hast du keine Beziehungen?"

Schweigen. Doch Page war nicht weg, denn sein Atem war zu hören.

„Ich denke, daß ich euch helfen kann", meldete er sich wieder.

„Du meinst wirklich, Monsieur Grant würde mich vorziehen?"

„Nicht Grant, wer anders." Page, auf Hirths Enttäuschung eingehend, fügte hinzu: „Eine Werft, die sich auf Holzboote versteht. Es könnte sogar sein, daß sie Mahagoni auf Lager hat."

„Was? Das gibt es? Wo?"

„In, äh" – in Pages Stimme war ein kurzes Zögern – „in Saint Barthélemy."

Es knackte. Eine Weile lang blieb die Verbindung weg, dann war Page wieder da, mit beschwörendem Tonfall: „Aber fahr da, bitte, nicht alleine hin! Wir treffen uns in der Marina in Martinique und fahren gemeinsam."

„Ist doch klar. Hast du etwa Angst, daß ich an deinen Beziehungen drehen könnte?" Hirth nahm sich die Seekarte vor. „Und jetzt gib mir mal deine Position."

Nach Hirths Berechnungen konnten sie nicht allzuweit voneinander entfernt sein. Sie verabredeten, jeder eine Leuchtkugel in den Himmel zu schießen.

Hirths Rot erlosch, ohne daß ein anderes sichtbar geworden wäre. Aber dann war achteraus etwas auszumachen, das der Schein einer roten Leuchtkugel sein mochte. Es war nicht viel mehr als eine Ahnung, hinwiederum zu deutlich, um eine Täuschung zu sein. Martin Hirth spürte sein Herz im Hals, als er erkannte, was es war.

Er schrie nach Valerie. Eng umschlungen standen sie unter der gischtüberspülten Kunstglashaube im Cockpit und blickten in dies Rot, das sich sogar noch einmal zu einem goldenen Ball formte, ehe es zerfloß – die untergehende Sonne.

„Hasenrücken!" seufzte Valerie in ihrer Koje. „Seit ich's gehört habe, komme ich nicht mehr los davon."

Hirth ging es nicht viel anders. Sie wurden sich klar, seit zwanzig Stunden nichts gegessen zu haben. Aber Kühlschrank und Vorratsraum waren geleert worden, als man in der Marina ins Apartment zog.

„Oder auch Hase am Spieß, wie Papa ihn macht", spann Valerie den Faden weiter. „Mit Senf eingerieben und Speck umwickelt und über Buchenholzfeuer gebraten."

Es stürmte immer noch. Das Boot war in ständiger Bewegung.

„Mir ist richtig übel vor Hunger."

„Dann werden wir wohl an die Eiserne Ration gehen müssen."

Der Schiffszwieback erwies sich als steinhart. Das Wasser von dem in den Tanks verbliebenen muffigen Rest ließ ihn wohl weich, doch kaum schmackhafter werden. Schließlich fiel Hirth ein, daß es irgendwo etwas Wein geben müsse, Rotwein in Dosen, von dem er irgendwann mal im Supermarkt einen Karton voll gekauft hatte.

Der Wein blieb nicht ohne Wirkung. „Ist doch richtig gemütlich, hm? Und wenn wir anfangen sollten zu frieren" – Hirth zeigte grinsend zur Decke – „Kleinholz wär' auch da."

Es war kein besonders guter Witz, doch Valerie begann zu kichern. „Was lachst du?"

Valerie kicherte weiter und sah ihn an, und so wie sie ihn ansah, war klar, daß sie etwas Bestimmtes im Sinn hatte.

„Ist es wegen gestern nacht ..."

„Wir sind vielleicht so zwei Helden", sagte Valerie glucksend. „Wenn's heikel wird, lassen wir uns selbst einen Hurrikan einfallen."

„Das war ja wohl mehr ein Zufall."

„Die Gurus in Indien lehren: Es gibt keinen Zufall – durch Wünsche in seinem Unterbewußtsein begibt sich der Mensch in Situationen, die geeignet sind, Schicksalstendenzen in Realität umzusetzen."

„Na, na! Dann wär' ich aber bestimmt nicht hier gelandet."

„Sondern?"

Hirth machte erst nur eine Geste. Dann sagte er: „Na, wo schon? Im Bett! Du etwa nicht?"

Valerie ließ ihre Mundwinkel zucken. „Ich bin ja kein Übermensch. Paul Newman, George Hamilton, Ellwood Page, Robert Redford – andere können davon nur schwärmen, und mir macht so jemand den Hof!“ Sie lachte in sich hinein. „Er hatte schon eine Suite bestellt im *Méridien* – und Champagner und Chateau Lafitte-Rothschild und ein Büffet mit ...“

„Hasenrücken!“

„Schafskopf! Nein, mit *Crabes farçis, Truffes à la crème* und Languste. Ein Diner zu zweit. Wie im Film.“

Valeries Zunge strich über ihre Oberlippe. Den Blick an die Decke gerichtet, sagte sie: „Aber noch lieber hätte ich gehabt, wenn du dabeigewesen wärest – du und Elaine ...“

„Seit wann träumst du von Gruppensex?“

Valerie ging nicht darauf ein. „Es wäre nicht so direkt gewesen“, sagte sie. „Und ich hätte keine Schuldgefühle haben müssen und keine Angst, später mal Vorwürfe zu kriegen.“

Es war still. Über ihren Köpfen schurrten die Enden der abgehauenen Großmast-Wanten auf dem ramponierten Deck hin und her.

„Du fragst gar nicht, warum ich auch Elaine hätte dabeihaben wollen?“ Es war nur eine rhetorische Frage; Valerie fuhr fort: „Sie reizt mich ...“

„Elaine ist schon eine Frau, die einen reizen kann.“

„Bei Ellwood wäre es Neugier“, sagte Valerie sinnend, „aber bei ihr ist es dieser Reiz.“

„Was macht den Unterschied?“

„Ich würde mich nie in Ellwood verlieben können.“

„In Elaine?“

Valerie zuckte die Achseln. Dann sagte sie: „Aber das ist es nicht, worüber ich mir Gedanken mache.“

„Sondern?“

„Daß sie es, wenn ich mich in sie verliebte, nicht wert wäre ...“

Valeries Tonfall wurde rasch. „Sie kennt nur ihr Vergnügen, ist für alles zu haben. Das hat sie mir selber gesagt. Andererseits dürfte sie eiskalt darauf achten, bei alledem ihren Vorteil zu wahren, denn sonst wäre sie bestimmt nicht so weit gekommen – eine Farbige, eine Fischerstochter aus der Karibik. Warum ist sie mit Ellwood Page zusammen? Doch nicht, weil sie ihn liebt? Weil er ihr mehr geben kann im Bett als andere Männer? Vielleicht hat er mit einem Filmvertrag gewinkt. Wie auch immer – sie versteht sich darauf, Spaß mit Geschäft zu verbinden.“

„Und du hast also Angst, wenn du dich verliebtest ... Ehrlich gesagt, ich verstehe nicht, worauf du hinauswillst."

„Das war bloß der Ausgangspunkt meiner Überlegungen: Mich möglicherweise in jemand zu verlieben, der gar keinen Wert darauf legt – weil ich ihm nämlich nicht von Nutzen sein kann. Was mir Kopfzerbrechen macht ist: Warum legt sie es überhaupt darauf an? Warum macht sie mir – und dir, uns allen beiden – Theater vor? Und nicht nur Elaine, sondern natürlich auch er, Ellwood Page?"

„Du meinst ..."

„Daß die zwei mit uns spielen – und es dafür einen Grund geben muß."

„Das ist Hollywood, das liberale Kalifornien. Lies mal *Penthouse* – Sex in allen Lebenslagen. Sie nehmen es mehr als Spielerei als unsereins. Und dann sehen wir ja auch nicht gerade abstoßend aus."

„Ich glaub' es nicht. Ich glaube viel eher, daß es zu einer Rolle gehört – zu diesem besagten Sex-Theater, das sie uns vormachen."

„Um eines bestimmten Nutzens willen?"

„Eine Elaine Prévert kennt keinen anderen Sex."

„Aber worin sollte dieser Nutzen liegen?"

„Genau das ist der Punkt, über den ich mir den Kopf zerbreche. Was haben wir zu bieten?"

„Hm ..." Hirth dachte nach. „Aber das hieße ja doch, daß Elaine dich nicht bloß durch Zufall angesprochen hätte in dieser Weinhandlung?!"

„Die Frau ist Schauspielerin!"

Hirth stellte an der Öllampe herum, der er als Kajütenbeleuchtung vor modernen Lampen den Vorzug gab, weil ihr Licht Wärme und Gemütlichkeit bewirkte.

Nach einer Weile blickte er auf: „Ich weiß nicht, ob du recht hast. Könnt' es nicht sein, daß sie uns einfach nur mögen? Es macht Ellwood Spaß, den Gönner zu spielen. Und was Elaine betrifft, so ist sie auf der Insel zu Hause, und da liegt es nur nahe, uns herumzuführen. Daß sie sich dabei nicht in die Karten gucken lassen, ist auch zu verstehen – denn morgen sind wir wieder weg."

„Sind wir ...?"

Valerie streckte die Hand aus. „Bitte, Martin, laß uns weiterfahren. Wir wollten doch sowieso in die Südsee. Es ist schön hier, wunderschön, aber ich habe ...“

„Sag bloß Angst?!“

„Doch. Ja.“

Hirth ergriff die Hand. „Wollen wir wetten, daß der gute Ellwood sich inzwischen schon nach ’nem neuen Mast für mich umtut?“ Unvermittelt riß er Valeries Hand an sich: „Pst! Hör doch mal!“

„Was ist da? Ich hör’ nichts.“

„Eben! Ich auch nicht. Alles still und ruhig. Der Sturm hat aufgehört. Kein Grund mehr, sich irgendwelche dummen Gedanken zu machen.“

10

„Du mußt verrückt sein! Den Kerl hierher zu bringen – und auch noch unter meine Terrasse?! Was hast du dir bloß dabei gedacht? Aber was frag’ ich. Wer so was zustande bringt, hat überhaupt nicht gedacht.“

Victor Bastian, im Geschwindschritt den riesigen Wohnraum durchmessend, wollte sich nicht beruhigen und übersah geflissentlich Ellwood Pages Gesten, ihn doch auch einmal zu Wort kommen zu lassen.

„Bring ihn zu den Grenadinen, hab’ ich gesagt, bring ihn zu den Tobago Cays oder meinetwegen auch nach St. Lucia – irgendwohin, wo wir leichtes Spiel haben. Aber nein, nach Saint Barthélemy muß es sein und auch noch die St. Jean’s Bay!“

Endlich blieb er stehen. „Was willst du?“

„Ich hab’ es ja versucht. Vor gut einer Woche. Ich habe mit ihm nach Marigot Harbour segeln wollen. Ich habe ihm sogar tausend Dollar angeboten.“

Bastian sah mit verkniffenem Gesicht auf Page hinab.

„Es hat nicht geklappt. Und jetzt läuft überhaupt nichts mehr. Dem Mann ist nicht nach Segelausflügen, der will nichts als in die Werft und seine Sturmschäden reparieren. Also habe ich ihm gesagt, daß er nirgendwo eine bessere Werft finden kann als hier – und Gott sei Dank ist er darauf eingegangen. Eine andere Lösung gab es nicht."

„Und jetzt? Ich kann doch kein Schiff kapern, das in einer Werft liegt."

„Noch liegt es ja nicht."

Page grinste. „Ich hab ihm gesagt, daß Charlie Barnes zwar ein alter Kumpel von mir ist, es aber trotzdem besser wäre, die Sache vorher in seiner Bar mit ihm zu bequatschen als ihm unangemeldet das Boot vor die Tür zu legen."

Bastian wurde sofort hellhörig. Die Verdüsterung wich. „Barnes' Bar macht erst abends auf ..."

„Und so lange hast du Zeit." Page blickte auf seine *Rolex-Submariner.* „Über zehn Stunden. Wir haben nämlich ausgemacht, daß wir vorher noch irgendwo essen gehen – so gegen 20.00 Uhr."

„Wenn es schon dunkel ist ... Du bist doch nicht so dumm. Und weißt du schon, wohin?"

„Das wollt' ich dir überlassen. Wo es am besten ist."

„Ins *Vielle France.* Oder aber ins *La Ranch,* das ist drüben an der Anse a Galets. Jedenfalls irgendwohin, wo ihr ein Auto nehmen müßt. Dann könnt' ich mir die beiden schnappen, wenn ihr auf dem Weg dorthin seid oder auf zurückzu."

Page machte ein betretenes Gesicht. „Ich dachte, du würdest das Boot in der Zeit entführen, in der wir dort sind?"

„Und die Leute laufen lassen? Damit sie zur Polizei rennen? Sag mal, spinnst du?!"

„Aber wenn du sie kidnappen läßt ..."

„Du möcht'st nicht dabei sein, ich verstehe. Aber keine Angst, ihr seht euch nie wieder."

„Und wenn es zu einem Kampf kommt?"

„Wieso? Könnte das sein?"

„Er schleppt keine Knarre mit sich herum, aber er ist durchtrainiert und mutig."

„Was meinst du, was unsere Jungs sind?! Das wird ruckzuck gehen und absolut lautlos, kannst dich darauf verlassen. Ich bin ja nicht mehr *Capitaine Lucky.* Ich bin ein amerikanischer Geschäftsmann mit Schweizer Paß, der auf Saint Barthélemy einen Wohnsitz hat und eine stets offene Hand für die Kirche, die Armen und den Seenotrettungsdienst."

Er schüttelte den Kopf. „Aber wenn du solchen Schiß hast, warum hast du sie dann hergebracht?"

„Ich habe es dir erklärt. Er fährt nicht zu den Grenadinen oder nach Marigot Harbour. Er wird nie dahin fahren, denn er ist praktisch schon auf dem Weg in die Südsee. Sobald er fertig ist, will er weiter."

Bastian polkte nach etwas Störendem zwischen seinen Zähnen. Dann machte er kehrt und trat an den Schrank mit den Getränken. Während er zwei Whiskys eingoß, sagte er: „Aber wie wär's denn, wenn du es machtest?"

„Ich? Ich denk' gar nicht daran!"

Bastian kam mit den Gläsern zurück. „Ich hab' da eine Idee ..."

„Victor! Laß mich aus dem Spiel. Ich kann das nicht."

„Du hast auch schon mal ‚Pferdchen' abtraben lassen, die nicht spuren wollten – oder irre ich mich?"

Page sagte nichts, nahm ein Glas und trank es in einem Zuge aus. „Ach was!" sagte Bastian bestimmt. „Du kannst Regie führen. Dies hier ist auch nichts anderes."

„Ich mach' das nicht", sagte Page und hoffte, daß es unumstößlich klang.

„Aber Schulden machen beim *Syndikat,* das kannst du?!"

Bastian ließ sich nieder, den Oberkörper vorgeneigt. „Wir haben uns zusammengesetzt, als ich letzthin in Hollywood war – du schuldest uns rund anderthalb Millionen. Dem Gremium ist unangenehm aufgestoßen, daß du allein eine Viertelmillion für Filmmaterial gefordert hast, während du zur gleichen Zeit zweihunderttausend *bucks* für eine werftneue Aluminium-Rennyacht übrig hattest ..."

„Ich hab' das alte Schiff verkauft."

„Haben wir uns gedacht. Bloß hast du was vergessen dabei – nämlich uns zu unterrichten, obwohl du dich zur Offenlegung all deiner Einkünfte verpflichtet hattest. Irgendwer hat das Wort ‚Unterschlagung' gebraucht. Du weißt, was das bedeutet. Aber, habe ich ihn gedämpft, Unterschlagung gibt es nicht zwischen Freunden. Oder sind wir etwa keine?"

Page wäre sein Whiskyglas gern losgeworden. Das darin klirrende Eis verriet, wie sehr seine Hand plötzlich zitterte.

„Wir *sind* Freunde“, sagte Bastian hart, „und Freunde helfen einander.“

Page starrte ihn an. Er dachte daran, daß er ein kleines Würstchen gewesen war, als er, noch als Enzo Pagano, in der Bronx ein Halbdutzend ‚Pferdchen‘ am Laufen hielt, bis ihm das Glück in der Gestalt eines alternden homosexuellen Broadway-Komödianten begegnete, und daß er auch als Ellwood Page, wie er sich nannte, seit er mit dem Schwulen nach Hollywood ging, nie mehr als ein kleines Würstchen sein würde, selbst wenn er den Oscar erhielte, ja, selbst wenn er jenen Mißerfolg *South Fork Ranch,* wo er zum ersten und einzigen Male Regie geführt hatte, durch einen Kassenrenner wiedergutmachte – die *Freunde* hatten nunmal eine eigene Auffassung von Qualität.

Er hielt Bastian sein leeres Glas hin, doch dieser ignorierte es.

„Hör erst mal zu, was ich dir zu sagen habe. Sobald es dunkel ist – sagen wir: Punkt 19.30 Uhr –, lasse ich die Yacht kapern. Du hast nichts weiter zu tun, als die Leutchen abzulenken, damit ’s keinen Lärm gibt. Wie, das ist deine Sache. Es wird dir schon etwas einfallen.“

Bastian gab Page einen leichten Puff. „Und danach unterhalten wir uns über deine Schulden. Bestimmt läßt sich da was machen.“

Der Strand hatte sich geleert bis auf einige Pärchen und kleine Gruppen, die jetzt, da die Sonne untergegangen war, Grillfeuer entzündeten. Die Meeresbrise trug den Rauch landein, ließ aber den Geruch nach brutzelndem Fleisch herüberdringen, und Hirth schnupperte ihn mit Behagen, während er Valerie durch die Kajütentür zusah, wie sie sich zum Ausgehen hübsch machte, und ab und zu an purem Whisky nippte – *Chivas Regal,* dem sagenhaften, von dem er bislang nur immer hatte reden hören und den es hier, infolge uralter Freihafenbestimmungen, vergleichsweise für Pfennige gab.

Dieses Saint Barthélemy gefiel ihm. Die Landschaft gefiel ihm – klippengesäumte Strände, mit blühenden Büschen begrünte Hügel, die Hotels einzeln auf die Hänge verteilt und nicht höher als zwei Stockwerke. Der Ankerplatz gefiel ihm –

mit Vorinseln im Rücken als Wind- und Wellenbrecher und einem Felsen in direkter Nachbarschaft, auf dem, soviel zu erkennen war, eine roséfarbene Millionärsvilla thronte.

Es sollte herrliche Schnorchelgründe geben und die Möglichkeit, Wasserski zu fahren, Felsbrocken mit geheimnisvollen Hinweisen von Piraten und fünfhundert Jahre alte Tonscherben aus der Zeit der Kariben. Ein bißchen tat es Hirth leid, Page dazu gedrängt zu haben, daß er ihm so schnell wie möglich einen Werftplatz für die *Valmar* besorgen solle, denn er hätte sich dies alles gern einmal näher angeschaut. Doch bei den Arbeiten würde er zugegen sein müssen.

„Wie weit bist du?“ rief er in die Kajüte.

„Ist 's denn schon soweit?“

„Nein, nein, hast noch Zeit. Es ist erst zwanzig nach sieben.“ Er nahm einen Schluck und streckte wohlig die Beine. Nicht nur Grillgerüche drangen vom Strand herüber, sondern auch Fetzen von Musik und ab und zu ein Lachen. Wie schön konnte die Welt sein. Valerie kam an den Niedergang: „Hose oder Kleid?“

Hirth grinste. „Bleib doch, wie du bist.“

„Tut mir leid, Monsieur, aber das geht nicht. Hast du nicht die Schilder gesehen? *Nudisme interdit!*“

Valerie kam herausgehuscht, gab Martin einen Kuß und huschte wieder nach drinnen.

„Zünd eine Räucherkerze an“ rief er ihr nach, während er auf seinen Unterarm klatschte, „die Mücken werden rege.“

Wenig später war am Bug vorn ein Plätschern zu hören und gleich darauf die Stimme einer Frau: „*Hi*, Skip ...!“

Hirth erhob sich. Er vermutete eines der Mädchen vom Strand. „Ach, du bist das?“

Es war Elaine, und er wunderte sich, warum sie nicht schon angezogen war, warum sie Englisch gesprochen, die Stimme verstellt hatte und nicht zum Heck gekommen war, wo er im Schein des Lichts, das aus der Kajüte fiel, gut zu sehen sein mußte.

Unwillkürlich dämpfte auch er die Stimme: „Was gibt's? Warum bist du noch nicht fertig? Wir wollten doch um acht Uhr los.“

Elaine hielt sich an der Trosse des Bugankers fest. Im Dunkeln war nicht mehr von ihr zu sehen als Zähne und Augen und die schimmernde Kurve ihres Armes zwischen Wasser und Trosse.

„Ich war plötzlich wie verrückt nach dir", flüsterte sie. Sie kam an die Bordwand. „Küß mich! Laß mich deine Hände spüren."

„Ich reich' gar nicht bis zu dir hinunter."

Hirth ließ sich auf die Knie nieder und bückte sich unter die Reling, um es ihr zu demonstrieren. „Und deshalb schleichst du dich im Dunkeln an?"

„Ich möchte mit dir schlafen! Nachher, wenn wir heimkommen. Wir sagen, wir machten noch einen kleinen Spaziergang, und verdrücken uns, hm? Oder gehen schwimmen. Denk dir irgendwas aus. Der Sand ist weich und warm, wir brauchen nicht mal eine Decke."

Sie streckte die Hand aus, und Martin Hirth beugte sich weit über Bord und tief hinunter, doch obwohl Elaine sich mit Schwung aus dem Wasser hob, konnte er gerade nur ihre Fingerspitzen erreichen. Um ein Haar hätte er dabei das Gleichgewicht verloren.

„Hoppla!"

Plötzlich merkte er, daß das ganze Schiff sich merkwürdig nach Steuerbord neigte. Irgend jemand stand hinter ihm.

„Bist du denn schon ..."

Es war nicht seine Frau. Es war ein Mann. Dieser Mann sagte: „Keinen Mucks! Ich hab' ein Messer – gleich neben deiner Gurgel."

Im Moment darauf war eine Hand an Hirths Hosenbund. „Komm langsam zurück, ganz langsam – und so, daß ich nicht auf die Idee komme, mich gegen einen Angriff von dir wehren zu müssen."

Hirth dachte an Elaine und war befriedigt, als er es im Wasser plätschern hörte. Nur höchstens dreißig Schwimmstöße, dann würde sie bei der *Moana II* sein – und im nächsten Augenblick würde dort der Scheinwerfer angehen.

Er konnte den Mann nicht sehen, der ihn vor sich her trieb, doch er konnte sich vorstellen, was für ein Typ es war, als man den Niedergang zur Kajüte erreicht hatte – denn dort unten war ein zweiter Mann: in einem Froschmannanzug, ein schwarzes Tuch vor dem Gesicht. Die nadelfeine Klinge des Schnappmessers in seiner Hand zielte auf Valeries Kehle, die mit dem Rücken am Kartentisch lehnte, ihr geblümtes Seidenkleid vor den Körper gerafft.

„Martin ...!"

„Pst! *Silence.*" Der Mann sprach ein schlechtes Französisch; es war der, der hinter Hirth stand.

Hirth sagte trotzdem etwas und bewußt auch auf Französisch, um verstanden zu werden: „Keine Angst, es sind keine Piraten – es sind Verrückte. Der Strand ist voller Menschen und die Bucht voller Schiffe, und gleich wird ..."

„*Chut*!" befahl der Mann und schlug mit der Handkante in Hirths Genick. „Ein Wort noch, und ich ..."

Er machte die Kajütentür zu. Als der Riegel in die Nut fiel, war es totenstill.

„So", sagte Hirths Mann und gab ihm einen Stoß, „nun zieh dich aus! Und du" – er meinte Valerie – „zieh dir was an." Als sie sich unsicher umblickte, fügte er hinzu: „Nicht erst noch Wäsche, das Kleid genügt."

Hirth sah jetzt, daß es sich um einen schmalen, knochigen Burschen handelte, inzwischen bis auf die Unterhose entkleidet wie er selbst. Er war blaß wie ein Städter. Und trug keinen kleinen Slip wie ein Franzose, sondern amerikanische Boxer-Shorts. Auf seiner Brust waren zwei dicke Schnittnarben wie von einer Messerstecherei. Was Hirth aber meisten bestürzte, war, daß der Kerl noch keine zwanzig Jahre zählte. Zum erstenmal spürte er Angst.

Auch der Kumpan nahm die Maske ab. Es war das gleiche nichtssagende Knabengesicht, nur daß das Haar nicht blond, sondern dunkel war. Er winkte Hirth, zu ihm zu kommen, während er zwischen Brust und Innenseite seines Gummianzugs ein Paar Handschellen zum Vorschein brachte.

„Nun, paßt gut auf, ihr zwei", sagte der Blonde mit den Narben, in der Zwischenzeit in Hirths weinrotem Polohemd und weißen langen Hosen. „Das Mädel und ich mimen jetzt Yachtbesitzer – und das heißt, daß wir uns ohne viel Worte verstehen, weil wir ja das, was wir machen, schon hundertmal zusammen gemacht haben. Das heißt aber auch: Die Anker kommen ohne jede Schwierigkeit hoch, die Maschine springt an, die Segel gehen präzise nach oben – und nichts, aber auch gar nichts fällt *zufällig* ins Wasser." Er grinste. „Es ist ist zu laut hier, die Moskitos plagen uns – und so haben wir beschlossen, in eine andere Bucht zu verlegen, weil wir befürchten, nicht richtig schlafen zu können. – Und genau dies, Puppe, wirst du sagen, falls irgendwer dumme Fragen stellt, kapiert?"

Zu seinem Kumpan sagte er: „Sperr unseren Freund in die Kabine, aber mach das Bulleye zu. Und ansonsten halt dich bereit für den Fall, daß irgend etwas ist."

Als Valerie sich beim Hinausgehen umblickte, machte Hirth ihr mit den Augen ein Zeichen zu der Seite hin, wo die *Moana II* lag. Er rechnete zwar nicht mehr mit dem Aufflammen eines Scheinwerfers – anscheinend hatte Elaine gar nicht mitgekriegt, was geschehen war –, aber inzwischen war die Zeit verstrichen, zu der man sich verabredet hatte. Also würden Page und Elaine bereits ungeduldig warten, vielleicht sogar schon mit dem Beiboot unterwegs sein, um nachzuschauen, wo sie denn blieben. Auf jeden Fall aber würden sie in dem Augenblick Verdacht schöpfen, da entgegen aller Verabredung die *Valmar* Anker lichtete und in See ging. Er fand es unsinnig, unter solchen Umständen den starken Mann spielen zu wollen, und ließ sich widerspruchslos einsperren.

Das Heraufkommen der Anker war zu hören und, nach dem üblichen Gestotter, das Tuckern des Hilfsdiesels, danach auch das Schurren der Reiter beim Einführen des Segels in die Mastschiene – ein viel leiseres Schurren als früher, als der Mast noch aus Holz und nicht wie der von Page in Miami besorgte neue aus Aluminium war. Zunächst rückwärts, dann voran nahm die *Valmar* Fahrt auf, und die kurzen, harten Wellen der Bucht pochten gegen den Bug.

Hirth begriff es nicht. Das war doch nicht möglich – ein Schiff von einem belebten Strand zu entführen, vor den Augen von Freunden! Aber es gab es doch. Der Diesel hörte nicht auf zu tuckern, und als er es endlich tat, war das Rauschen des Windes in den Segeln zu hören. Das Schlagen gegen den Bug war nun gleichmäßig und geschmeidig – von Wellen auf hoher See.

Hirth hatte die leeren Knabengesichter vor Augen, und die Vorstellung quälte ihn, daß Valerie – mit einem Seidenfähnchen am Leib, das von Spritzwasser naß war – mit diesen Burschen allein sein mußte. Plötzlich ging die Tür auf, und sie stolperte herein, auch in Handschellen. Und schon war die Tür wieder zu. Sie waren allein.

Valerie, durchnäßt wie vermutet, ließ den Kopf an seine Schulter sinken und begann, hemmungslos und immer wieder von Krämpfen geschüttelt, zu weinen. Gefesselt wie er war, konnte er nicht viel anderes tun, als mit seinem Kinn an ihrem Haar entlangstreichen. So standen sie Brust an Brust, während das Schiff voran eilte, in die Nacht hinein und zu unbekanntem Ziel.

Als Valeries Atem endlich langsamer ging, sagte Hirth: „Ruhig, ganz ruhig ... Es wird ja alles gut."

Aber sie schluchzte nur noch wilder auf, und ihr Kopf fuhr hoch. Sie sprach, doch zunächst so tonlos, daß er sie nicht verstehen konnte.

„Bastian?" vergewisserte er sich. „Du meinst diesen Kerl, der uns in Madeira ...? Wieso weißt du? Hast du was aufschnappen können?"

„Nein, nein, die sagen nichts. Aber ich weiß es. Er wollte das Schiff haben – und jetzt hat er es."

Hirth wiegte den Kopf. Auch ihm war diese Möglichkeit in den Sinn gekommen, doch hatte er sie wieder verworfen. Zum Teufel, man befand sich auf französischem Territorium – und nicht bloß in Kolonien, sondern in einem Département, das genauso penibel verwaltet wurde wie Pas-de-Calais oder Ardèche oder Var, das Gebiet um Saint-Tropez. Es konnte gar nicht anders sein, als daß die Behörden stutzig wurden, denn er hatte die *Valmar* ordnungsgemäß bei der *Sous Préfecture* klariert – das hieß, nicht er selbst hatte das getan, sondern Page, weil das Büro am Weg lag, als er gleich nach ihrer Ankunft loszog, um diesen Monsieur Barnes zu suchen, der die Werft betrieb.

Wenn er es getan hatte ...

„Sag einmal", wandte Martin sich ahnungsvoll an Valerie, „hat Ellwood dir heute etwas gegeben ...?"

„Was?"

„Irgendwelche Papiere, behördliche Schreiben ..."

Valerie sah ihn ebenso erschrocken wie verständnislos an.

„Die Bestätigung unserer *Déclaration!* Die Passagierliste, die Zolldeklarierung, diese idiotische Versicherung, weder

Waffen noch Munition an Bord zu haben! Unsere *Déclaration de Partance* vom Hafenkapitän in Fort-de-France und die *Fiche de Control* vom Konsul ..."

Hirth hatte zuletzt geschrien. Jetzt brach er ab. Er war nur so laut geworden, um seine aufsteigende Angst zu übertönen – die Angst, daß Ellwood Page und Elaine Prévert ein abscheuliches doppeltes Spiel mit ihnen getrieben haben könnten.

„Aber er hat mir doch noch den Mast besorgt ... Und ist tagelang mit mir auf Knien rumgekrochen, um die Axtlöcher im Deck auszubessern ..."

Valerie sagte nichts. Sie reagierte überhaupt nicht.

„Das gibt es doch nicht", ächzte Martin entsetzt, „das kann es doch gar nicht geben ... Page, ein Ellwood Page – und spielt uns einem Verbrecher in die Hände?!"

Valerie trat an ihn heran. Sie sagte immer noch nichts. Sie reckte sich und rieb ihr Gesicht an dem seinen.

11

Der Strand lag im Schatten der Morgensonne. Ein handtuchschmaler Sandstrand, von leichten, plätschernden Wellen überspült – auf der Leeseite einer Insel.

Das Land, welches dieser Strand als weißer Gürtel säumte, war ein einziger Hügel, gleichmäßig rund wie der Panzer einer Seeschildkröte und von Kokospalmen, Baumfarnen, Teufelsfeigen und Agaven bestanden, die auf der Kuppe, wo der Wind strich, zu Krüppeln geschoren waren.

Es war 09.10 Uhr, wie Martin Hirth vom Chronometer ablesen konnte, als Valerie und er, kurz nachdem der Anker gefallen war, aus der Kabine geholt wurden. Das hieß, daß man gut dreizehn Stunden unterwegs gewesen war. Schwer zu sagen, wie groß die zurückgelegte Strecke war. Er selber würde in dieser Zeitspanne zumindest St. Martin erreicht haben.

Er gab es auf, darüber nachzudenken, wo man sich befand. Es gab jetzt Wichtigeres zu tun.

Die Segel waren geborgen – unordentlich nur und behelfsmäßig, was den Schluß zuließ, daß man sich nicht lange aufhalten wollte. Die beiden Burschen machten das Beiboot klar.

„Wo habt ihr den Motor dafür?“ wollte der Dunkle wissen.

„Ach was“, sagte der Blonde mit den Messernarben, „das geht ebensogut auch mit Rudern.“ Sie gaben sich keine Mühe mehr, als Franzosen zu erscheinen. Ihr Englisch war mit New Yorker Slang gespickt.

„Also dann – wo sind die Paddel?“

Hirth sagte es ihm, und der Bursche ging nach vorn, um ins Vorpiek zu steigen. Der Blonde war nun zwar allein, doch wäre es zwecklos gewesen, sich mit ihm anlegen zu wollen. Die Handschellen auf dem Rücken ließen kaum Bewegungsfreiheit.

„Warum lassen wir sie nicht einfach schwimmen?“ nörgelte der Dunkle, als das Beiboot, eine flache Nußschale aus Plastik, im Wasser war. „Das Ding reicht mal gerade für zwei.“

„Sie werden auch schwimmen. Was dachtest du?“

Der Blonde schloß ihnen die Handschellen auf. „Hopp – und keine dummen Tricks.“

„So?“

Er begriff erst nicht. „Ach so, du meinst, ob ihr euch nicht erst Badesachen anziehen solltet?“ Kopfschüttelnd gab er Hirth einen Stoß: „Mensch, sieh bloß zu, daß du ins Wasser kommst.“

Die Gelenke schmerzten, Schultern und Oberarme taten weh durch die stundenlange Haltung mit den Händen auf dem Rücken. Hirth sah Valerie, die neben ihm schwamm, besorgt an, doch sie nickte tapfer. Als sie ankamen, zeichneten sich ihre fröstelnden Brustspitzen unter dem nassen Stoff ab. Auch die beiden sahen es. Daß sie nicht die geringste Reaktion zeigten – junge Männer ihres Alters – konnte nichts Gutes bedeuten. Die Handschellen schlossen sich wieder.

„Vorwärts!“

Der eine ging voran, der andere am Ende. Sie schienen sich auszukennen, denn der Pfad, der sich unversehens im Dickicht auftat, lag genau in der eingeschlagenen Richtung. Er schien wenig benutzt. An einigen Stellen mußte man sich erst einen Weg bahnen.

Nach etwa zwanzig Minuten erreichten sie die Luvseite

der Insel. Sie war rauh und zerklüftet, und wo es etwas Strand gab, da war er grau und mit angespültem Unrat bedeckt. Zum Meer hin durch eine Klippe verborgen, stand eine Bretterhütte mit Stangen, Reusen und Langustenkörben davor.

„*Bullshit*!" Der Blonde blieb stehen, der Dunkle drängte nach vorn.

Nur einen Steinwurf vom Ufer entfernt schwammen fünf Einbäume mit zusammengerollten Sprietsegeln auf dem Wasser, einer davon so nahe, daß der Name am Bug zu entziffern war.

„Was wollen denn die hier?"

„Nach Conch-Muscheln tauchen, nehme ich an."

„Dauert das lange?"

„Bin ich Hellseher?!"

„Aber ich denk', hier kommt niemand hin? Der Platz ist absolut sicher, hat man uns doch gesagt?" Der Dunkle verzog das Gesicht. „Es war Blödsinn, erst hierher zu fahren", mäkelte er. „Wir hätten sie heute nacht auf See umlegen und über Bord schmeißen sollen, wie ich gewollt habe. Es gibt genug Haie."

„Und fast noch mehr Segler! Nein, nein, es war schon richtig so. Man hätt' die Leichen entdecken können."

Hirth würgte es, Valerie schluchzte auf. Die beiden trieben sie ungerührt voran, und wenig später befanden sie sich in der dunklen, stickig heißen Hütte, nun auch noch an den Füßen gefesselt und Knebel im Mund.

„Beeil dich", drängte der Blonde. „Ich möchte nicht riskieren, das irgend so ein schwarzer Affe auf die andere Seite gondelt und die Yacht ankern sieht."

Der Dunkle brachte eine Pistole zum Vorschein. „Verdammt, jetzt hab' ich den Schalldämpfer nicht mit."

Der Blonde sah ihn achselzuckend an. „Erwürg sie!"

Der Dunkle spielte mit seiner Pistole. „Mach du's."

Der Blonde wandte sich zum Gehen. „Wir werden die Nigger im Auge behalten und es erledigen, wenn die Luft rein ist."

Die Tür ging zu. Ein Vorhängeschloß schnappte zusammen. Die Hirths blieben zurück.

Als ihre Augen sich an die Düsternis gewöhnt hatten, erkannten sie überall an den Wänden und auf dem Fußboden Kakerlaken, dick wie ein Daumen. Es dauerte zehn Minuten, bis Hirt und Valerie es geschafft hatten, sich so zu setzen, daß sie Rücken an Rücken lehnen und die Viecher mit den Füßen abwehren konnten.

Die Zeit verging. Plötzlich waren Schritte vor der Tür. Der Blonde kam herein, löste den Strick um Hirths Füße und wuchtete ihn hoch. „Komm mit! Dein Scheiß-Motor will nicht."

Martin drehte sich zu Valerie um, die nun allein mit einer Legion fetter, stinkender Kakerlaken zurückblieb. Das einzige, womit er ihr Mut zusprechen konnte, war ein Blick.

„Der Motor läuft nicht, weil er keinen Treibstoff kriegt."

„So schlau sind wir auch, du Klugscheißer. Wir möchten, daß du Abhilfe schaffst."

Hirth betätigte den Anlasser, horchte und zuckte die Achseln. „Vielleicht ist der Tank leer? Oder irgendwas gebrochen? Das ist ja nur ein Hilfsmotor, nicht zum Fahren gedacht, sondern für Manöver, die unter Segel nicht auszuführen sind."

„Der Tank ist voll. Wir haben uns überzeugt."

„Dann weiß ich auch nicht. Vielleicht, daß die Leitung gerissen ist? Das Schiff hatte mit dem Hurrikan zu kämpfen."

Die beiden sahen einander an.

„Wenn es nichts ist, was ein Ersatzteil notwendig macht, kann ich es hinkriegen." Martin war um einen Tonfall bemüht, als handele es sich um eine Kleinigkeit.

Der Dunkle war bereit, auf den Vorschlag einzugehen, doch der Blonde grinste hämisch: „Das könnte dir so passen, was?" Er erklärte es dem andern: „Er ist nur darauf aus, die Bodenklappen aufzumachen. Solange er dann am Motor herumbastelt, ist alles hier blockiert, und wir können nicht weg."

„Schwein!" Der Dunkle warf Hirth einen giftigen Blick zu. Dann wandte er sich an den Kumpan: „Was machen wir nun?"

„Wir segeln. Das klappt schon, wenn er uns dabei hilft."

Hirth rührte sich nicht. Die Vorstellung, Valerie in der Hütte zurücklassen zu sollen, war ihm unerträglich.

„Ja, was ist mit dir?" herrschte ihn der Blonde an.

„Was soll sein?"

„Willst du nicht zupacken?"

„Ich weiß ja gar nicht, was ihr vorhabt. Auf einem Segelschiff kann ja nicht jeder tun, was er will. Sie werden also schon Kommandos geben müssen, wenn Sie den Kapitän spielen wollen."

„Zieh das Segel hoch – das Vorsegel!"

„Nicht den Anker?"

Es war der Buganker, der ausgebracht worden war; die *Valmar* lag mit dem Bug zum Strand. An der Spannung der Kette war zu erkennen, daß eine ziemlich starke Strömung herrschte – gewiß stark genug, um das Schiff, sobald es frei kam, auf die See hinaus zu drücken. Doch gab es, im Windschatten der Insel, keinerlei Wind; die Windfahne wies zufälligerweise sogar auf das Land. Hirth rechnete damit, daß es den Blonden irritieren würde, den Anker lichten zu sollen, während Bug und Windfahne zum Strand hin zeigten.

Der Mann löste das Problem auf die ihm gewohnte Weise. Er holte die Pistole hervor, und drohte: „Wenn du Sperenzchen machst, geht sie los – und das gilt auch, wenn wir auflaufen. Also: Du gehst ans Steuer, wir zwei bergen den Anker."

Der Grund war reiner Sand, der Anker kam sofort frei. Die Strömung ergriff das Schiff und drehte es herum. Die beiden Burschen, die wie gebannt zur Insel geblickt hatten, atmeten erleichtert auf.

„Fahr weiter! Einfach seewärts!", rief der Blonde Hirth zu. „Wir kümmern uns um die Segel."

Der Wind fiel mit Heftigkeit und ohne jede Vorwarnung ein, als die zwei noch mit dem Vorsegel beschäftigt waren. Sie hatten mit dem sich urplötzlich blähenden, schlagenden Tuch zu kämpfen. Die Schotleine verwickelte sich in der Reling, das Segel klemmte mit dem Laufring am Klüverbaum. Es rächte sich nun, daß das Bergen der Segel nur provisorisch geschehen war.

„Die Schot ...!" schrie Hirth, als ihm das Schiff aus dem Ruder zu laufen drohte. „Zuerst diese Leine da losmachen!"

Es geschah unwillkürlich, und er bereute es sofort – der Wind, wenn er ein Schiff von der Größe der *Valmar* breitseits erwischte, war allemal stärker als die Strömung und konnte ihr einen solchen Schwung verleihen, daß er ausreichte, sie auf Gegenkurs und auf den Strand zu setzen. Man hätte viel vorsichtiger zu Werke gehen müssen.

Vermutlich war es genau das, was auch der Blonde dachte, denn er schickte den Kumpan, sobald die Schot frei war, zu Hirth nach hinten: „Schieß ihm die Knie kaputt, wenn du's auch nur ein bißchen knirschen hörst."

Was dann geschah, ging so rasch, daß Martin sich erst bei der Rekonstruktion richtig darüber klar wurde. Als er die Schot belegte und das Vorsegel sich im Wind straffte, ging ein Ruck durch das Boot. Der Dunkle, inzwischen bei ihm im Cockpit, fiel rücklings auf die Sitzbank, er selber auf ihn – der Blonde vorne aber stieß einen Schrei aus und war, bis sie sich wieder hochgerappelt hatten, nicht mehr da.

Aber er war auch nicht im Wasser. Beim Sturz über Bord hatte er den Bugsprietstag – eine stramme, fingerdicke, am Bug angelaschte Kette – zwischen Kinn und Brust bekommen und sich durch sein eigenes Körpergewicht stranguliert. Von der Kette gehalten, baumelte die Leiche am Schiffsbug.

Der Dunkle blinzelte Hirth aus verkniffenen Augen an: „Fahr zu!"

„Aber wir müssen ihn doch ..."

„Fahr zu ...!" brüllte er mit sich überschlagender Stimme. „Er ist tot, das siehst du doch. Und wir haben jetzt besseres zu tun." Er fuchtelte mit der Pistole. „Aber wir sprechen uns noch, so wahr ich hier sitze."

„Das war doch nicht meine Schuld. Es war ein unglücklicher Zufall. Nur ein Schritt weiter, und er wär' ins Netz gefallen."

„Fahr! Fahr und halt die Fresse – oder ich vergesse mich." Er zog den Sicherungshebel zurück.

Hirth steuerte so, daß die Insel genau achteraus blieb. Obwohl sie niedrig war, dauerte es doch ziemlich eine Stunde, bis sie unter der Kimm versank.

Als es Mittag wurde, entschwand der Junge in die Kajüte und kam mit einer Seekarte zurück.

Die Karte Nr. 2300 der Britischen Admiralität zeigt die Karibik zwischen Mona-Passage und der Insel Dominica. Südlich von Frenchman's Cap, einem Inselchen bei St. Thomas im Archipel der amerikanischen Jungferninseln, war ein Bleistiftkreuz gezeichnet. „Da fahren wir hin – und zwar auf direktem Wege. Wir werden Ende der Woche erwartet."

„Aber meine Frau?!"

Der Junge sah Hirth mit ausdruckslosem Gesicht an.

„Sie wird verdursten. Und die Hütte wimmelt von Kakerlaken."

„Vielleicht wirst du dir einen solchen Tod noch mal wünschen."

Hirth starrte ihn an. Die Stimme zwar war gemein und hart, das blaße Kindergesicht jedoch ohne die geringste Regung. Was für eine Jugend mußte ein Mensch gehabt haben, daß er schon mit zwanzig so aussah!

„Erst schieß' ich dir in den Fuß, dann ins Knie – wenn du dich weigern solltest. Wenn du aber über Bord springst, kriegen dich die Haie. Und denk ja nicht, ich könnt' nicht auch allein zurechtkommen. Jerry war vielleicht der bessere Segler, aber ich bin der bessere Navigator, und zur Not komme ich auch mit den Segeln zurecht."

Er blickte auf seine Uhr. „Und jetzt Schluß! Es ist gleich zwölf. Du machst die Positionsbestimmung – ich kümmere mich um die Leiche. Los, hol dir den Sextanten."

„Sie ... Sie sind ein ..."

Der Junge, plötzlich kerzengerade und steif, trat so dicht an Hirth heran, daß sich ihre Gesichter fast berührten. „Sag's nicht! Sag am besten überhaupt nichts mehr!"

Für einen kurzen Moment drückte das schmale Gesicht Empfindungen aus. Haß. Feindschaft, Rachsucht und Haß. Aber das hing nicht nur mit dem Tod des Freundes zusammen. Es war der Haß auf eine andere Welt – die Welt der Yachtbesitzer, die es sich leisten konnten, im Inselparadies die Zeit totzuschlagen. Wenn er erfährt, daß du Pauker bist, dachte Hirth, bringt er dich um.

Er senkte seinen Blick. Kühles Blut zu bewahren, war seine einzige Chance, Valerie zu retten.

Er holte den Sextanten, schoß den Sonnenstand und wartete ab, daß die Sonne den Mittagskreis passierte, und führte die Prozedur noch einmal durch, um Daten für eine zweite Standlinie zu gewinnen, weil er die Position so genau wie möglich errechnen wollte.

In dieser Zeit machte sich der Junge an dem Toten zu schaffen. Zuerst versuchte er es mit Hochziehen, ließ jedoch davon ab, als er merkte, daß es von ihm allein nicht zu schaffen war. Er rief aber auch nicht nach Hilfe. Er nahm einfach sein Messer und säbelte damit den Kopf vom Rumpf.

Der Anblick drehte Hirth den Magen um. Der Junge beobachtete, wie Rumpf und Kopf davontrieben, und begann selbstzufrieden zu nicken, als nach ein paar Minuten eine Haifinne auftauchte.

„He, schau, da sind sie schon. Und von jetzt an werden wir sie nicht mehr los werden, da kannst du Gift drauf nehmen."

Wo eben noch der abgetrennte Kopf trieb, entstand ein Wirbel.

„Schwein ...! – Saukerl ...!"

Hirth glaubte sich gemeint, doch der Junge beschimpfte den Hai. In seinem maßlosen Zorn zog er die Pistole und schoß. Es war nicht zu erkennen, ob er getroffen hatte.

12

Die Positionsbestimmung ergab einen Standort 12 Seemeilen südlich von St. Martin. Bis zum Ziel bei Frenchman's Cap waren es circa 650 Seemeilen, also mindestens fünf Tage. Jetzt wußte Hirth, warum der Junge zur Eile drängte – wenn sie den Treffpunkt termingerecht erreichen wollten, mußten sie sich sputen. Die *Valmar* lief zwar gute 6 Knoten, doch die Strömung versetzte mit 1,5 Knoten nach Nordnordwest und verursachte eine widerborstige, turbulente Kreuzsee.

Hirth ging davon aus, daß man sich, sobald die Yacht abgeliefert war, seiner entledigen würde. Aber dazu würde es nie kommen, und durfte es auch gar nicht. Bis zum Abend mußte die Sache entschieden sein, denn auf der Rückfahrt hatte er gegen den Wind anzukreuzen, was mindestens zehn Stunden mehr in Anspruch nahm. Wenn er es nicht schaffte, bei Sonnenaufgang zurück zu sein, bedeutete es Valeries Tod. Er betete um einen rettenden Einfall.

Der Junge spürte es. Er wurde immer nervöser, schrie

schließlich nur noch herum und fuchtelte bei jeder Gelegenheit mit dem Schießeisen.

Zuletzt wurde er geradezu hysterisch. „Glaub ja nicht, ich wüßt' nicht, daß du was im Schilde führst. Aber mach dir keine falschen Hoffnungen, mich schaffst du nicht. Und auch Jerry hast du bloß geschafft, weil du ihn in 'nem schlechten Moment erwischtest. So einen Moment wirst du bei mir nicht erleben."

„Es war nicht Absicht, wie oft soll ich es denn noch sagen?!"

„Du hast also nicht gewußt, daß es einen Ruck geben würde, wenn die du die Schot belegst?"

Hirth holte Atem zu einer Entgegnung.

Aber dann kam ihm die Idee, ob es nicht vielleicht besser wäre, die Taktik zu ändern. Es würde den Jungen möglicherweise verunsichern, wenn er das Gefühl hatte, daß die Yacht ihre Mucken habe. „Ich habe natürlich angenommen, daß das Schiff sich aufrichten würde ..."

„Und dabei schwanken? Oder aber – rucken?"

Hirth sagte nichts, und ein paar Sekunden lang kreuzten sich ihre Blicke, während denen der Junge angelegentlich den Lauf seiner Pistole streichelte.

Hirth spürte seinen Schweiß ausbrechen. Dieses Spiel, merkte er, war verdammt rasch überreizt. Es war weder Berechnung noch Selbstdisziplin, was den Jungen davor zurückhielt, seinem Haß nachzugeben. Es war ein stärkerer, über ihm stehender Wille, der Wille der Leute, die ihn geschickt hatten. Nie zuvor in seinem Leben hatte Hirth sich so hilflos gefühlt.

Am Nachmittag stand der Junge plötzlich auf und reckte sich. „Das geht mir zu langsam. Wir bringen den Spinnaker aus. Ich ruf dich, wenn ich soweit bin."

Er stieg aus dem Cockpit, um nach vorn zur Segellast zu gehen. Hirth wartete den günstigsten Moment ab und riß dann mit der einen Hand blitzschnell die Großschot aus der Klemme, in der sie belegt war, und mit der anderen das Steuer herum. Wie beabsichtigt, schlug der Großbaum aus – und er hätte den Jungen auch tatsächlich am Kopf erwischt und über Bord gewuchtet, wenn er nicht blitzschnell darunter weggetaucht wäre.

Hirth wollte das Herz stehenbleiben, als er ihn, mit dem Rücken zu ihm, geduckt wie eine sprungbereite Katze und die Hände angehoben, verharren sah. Langsam, ganz langsam kam er in dieser Haltung herum. Aber er hielt keine Pistole, die Hände waren leer. Er ließ sie sinken, richtete sich auf und begann, höhnisch zu grinsen.

„Pech gehabt, Alter. Ich wollt' nur mal wissen, was du so auf der Pfanne hast. Wenn es nicht mehr ist als dieser uralte Trick, vergiß es. Ich kann's riechen, wenn ein Baum herumschwingt."

Er winkte Hirth: „Stell um auf Selbststeuerung und komm mit." Der Stoß, den er Martin in die Seite versetzte, als sie zusammen nach vorn gingen, war fast freundschaftlich. „Scheißgefühl, was, wenn man merkt, daß gegen den andern nicht anzukommen ist? Einen Boxer kann das so entnerven, daß er aufgibt."

„Kannst du denn boxen?"

„Hab's nie probiert. Man kann seine Mäuse leichter machen, und als Fliegengewichtler, was ich wäre mit meinem bißchen Gewicht, kommst du sowieso nicht ans große Geld."

Hirth ging auf, den Jungen geduzt zu haben. Das war ein Fehler. Wenn er die Distanz aufgab, würde es ihm nicht mehr möglich sein, kaltblütig zuzuschlagen. Er hatte ohnehin seine Zweifel. Der andere war ein Killer ohne jedes Gewissen – er selber zu weich, auch nur eine Maus zu töten.

Unter anderen Umständen wäre das Segeln unter Großsegel, Genua und Spinnaker, auch der Besan voll getakelt, ein Genuß gewesen. Die *Valmar* machte 14 Knoten, mehr als 25 Stundenkilometer, in ihrer Schräglage ständig übersprüht von Spritzern.

Als es Abend wurde, holte der Junge die Handschellen. Ohne ein Wort der Erklärung schloß er Hirth an die Reling.

„Was soll denn das nun wieder?"

„Vorsichtsmaßnahme. Ich geh' Essen machen."

Oberhalb des Cockpits auf dem Deck sitzend, um dem Zug der Fessel nachzugeben, konnte Hirth beobachten, wie immer wieder der eine oder andere Hai zum Bug kam, angelockt von dem Blut dort. Die Tiere waren deutlich zu sehen in dem glasklaren Wasser – ihre Flossen, ihre Augen, ihre merkwürdig technisch aussehenden Kiemenschlitze; sogar die kleinen Lotsenfische zu Seiten ihrer Mäuler. Wenn Hirth seine freie Hand so hielt, daß sie Schatten warf, reagierten die Bestien sofort. Er tat dies wieder und wieder, während sich in seinem Hirn ein Plan zu formen begann.

Der Junge kam zurück. Er hatte einige Konservendosen aufgemacht. Chili-Bohnen, Corned Beef, Gulasch – alles kalt. Für sich selbst hatte er Teller und Besteck mitgebracht, für Hirth nur einen Löffel.

„Aber Sie werden mich auch losmachen müssen."

Der Junge schloß ihn los, jedoch nur von der Reling. Schon im Begriff, ihn völlig zu befreien, überlegte er es sich anders und schloß die Handschellen um beide Handgelenke. „Ich traue dir nicht."

Er steckte den Schlüssel in die Hosentasche.

Der Spielraum, den die Gliederkette zwischen der einen Schelle und der anderen ließ, betrug nur etwa zehn Zentimeter. Hirth konnte den Löffel ergreifen, und er konnte auch die Konservenbüchse ergreifen, doch um an deren Inhalt zu kommen, mußte er die Büchse kippen, und um essen zu können, Büchse und Löffel zusammen an den Mund führen. Der Junge wollte sich totlachen.

Nach dem dritten Mal schleuderte Hirth Büchse und Löffel über Bord: „Ach, Scheiße!"

Wie erhofft schossen die Haie heran. Der Junge handelte in Sekundenschnelle, ergriff die neben ihm liegende Pistole und begann zu feuern – auch dies wie erhofft.

Er feuerte, bis das Magazin leer war, und drückte noch weiter ab, obwohl nur noch der Hahn knackte – und auf dieses leere Knacken hatte Martin Hirth gewartet. Mit seiner ganzen Kraft, mit all seiner Wut, seinem Haß und seiner Verzweiflung schlug er dem Jungen die gespannte Kette der Handschellen ins Genick.

Lautlos brach der Junge zusammen. Aber er wurde nicht ohnmächtig wie Hirth gemeint hatte, sondern blieb bei Bewußtsein und bewegte sich, als sich Hirth daranmachte, in seiner Hosentasche nach dem Schlüssel zu fischen. Das gelang nicht. Die Tasche war zu eng für zwei mit Handschellen verbundene Hände. Hirth, vor Aufregung schweißüberströmt, mußte seine Versuche endgültig aufgeben, als sich der Junge mit einem schrecklichen Aufstöhnen auf diese verdammte Tasche herumwälzte.

Er wollte auch mit den Beinen nach ihm stoßen, brachte sie aber nicht hoch, und auch als er die Hände ausstrecken wollte, gehorchten sie ihm nicht. Möglicherweise war er durch einen Wirbelbruch paralysiert. Doch sein Blick war voller Leben. Und er konnte reden.

Hirth zögerte. Mit allem hatte er gerechnet, nur nicht damit.

„Laß mir den Schlüssel", flehte er den Jungen an. „Ich will ja nichts von dir, nur den Schlüssel ... Bitte!"

Die Reaktion war ein Schwall von Beschimpfungen, so obszön und haßerfüllt, daß Hirth zurückwich. Genau dies war, was der Junge beabsichtigte. Er bäumte sich auf und wuchtete seinen Körper unter entsetzlichem Ächzen aus dem Cockpit. Er wollte über Bord – wollte lieber bei lebendigem Leibe von den Haien gefressen werden, als den Schlüssel hergeben.

„Nicht ...! Bitte!"

In Handschellen auf einem unter vollen Segeln dahinstürmenden Schiff war Hirth ein toter Mann. Er konnte kein Segel bergen, konnte nicht mal eine Schot richtig anziehen. Gegen den Passat ankreuzen zu wollen auf dem Weg zurück, war ein Ding der Unmöglichkeit.

Hirth warf sich auf den Jungen, riß ihn zurück, drehte ihn herum und setzte ihm die Kette der Handschellen auf die Kehle. Er betete, daß es rasch gehen möge, aber es dauerte Minuten. Der Adamsapfel zerbrach, doch der Junge zappelte und zuckte. Schließlich quollen seine Augen hervor; er war tot.

Als Hirth den Schlüssel in seinen Besitz gebracht hatte, übergab er die Leiche den Haien, stieg in die Kajüte hinunter und machte sich an das schwierige Werk, sich zu befreien.

Auf Gegenkurs, hart am Wind und gegen die Strömung ankämpfend, schaffte die *Valmar* nicht mehr als 4 Knoten. Erst als die Sonne aufging, war das Seegebiet, wo man aufgebrochen war, erreicht. Unter den Inselchen ostwärts von St. Martin, die den Namen *Hen & Chicks* trugen, war auch eines, das *Tortuga* hieß, Schildkröte. Hirth erinnerte sich, daß das Eiland, auf dem Valerie zurückgelassen worden war, der Wölbung eines Schildkrötenpanzers ähnelte, und steuerte auf Verdacht darauf zu.

Als die Insel vor ihm lag – genauso, wie er sie in Erinnerung hatte – war es 10.20 Uhr, rund vierundzwanzig Stunden, nachdem er zum erstenmal hier gewesen war. Bis das Boot verankert, die Insel überquert war, verging eine halbe Stunde. Die Sonne brütete über der engen, verschmutzten Bucht auf der anderen Seite. Sie ließ die Hüttenbretter knacken.

Hirths Rufe blieben ohne jede Antwort. Nichts rührte sich. Panik wollte Hirth ergreifen. Bis etwas Geeignetes gefunden und das Vorhängeschloß aufgesprengt war, vergingen zehn bange Minuten. Endlich war die Tür offen. Licht und Luft fluteten in das Verließ. Die Hütte war leer. Leer bis auf Gerümpel in den Ecken, eine Bank und einen Tisch und auf diesem ein kleines Paket mit weißem, körnigem Pulver, welches Hirth an sich nahm. Von Valerie keine Spur.

Dritter Teil

13

Elaine Prévert trug ein Partykleid mit gewagten Ausschnitten vorn und auf dem Rücken und Ellwood Page, im Rahmen eines offen gelassenen mexikanischen Seidenhemds mit Handstickereien, nicht nur seinen Talisman auf der Brust, sondern auch schwergoldenen Schmuck. Auch Bastian hatte sich mit einem weißen Smoking feingemacht – dies Essen zu dritt, zu dem er eingeladen hatte, sollte etwas Besonderes sein.

Elaine zuliebe war aus Martinique *Boudin creole* nach St. Barthélemy eingeflogen worden, eine Blutwurst-Spezialität, das Schweineblut gewürzt mit Schnittlauch und Zwiebeln, Piment, Petersilie, Thymian, Pfeffer und Salz, Zimt und Nelken, aber nicht von irgendeinem Koch zubereitet, sondern aus dem Schlachtkessel eines schwarzen Zuckerrohrarbeiters in den Plantagen von Génipa gefischt, und für den Westernschauspieler standen – außer seiner geliebten Languste und einer Trüffelcrème – einige Flaschen von Rothschilds *Chateau Lafitte* bereit. Es sollte ein Dankeschön wie auch eine Abschiedsparty sein; Page wollte weitersegeln – aber nicht mehr mit der Prévert.

Unter vier Augen hatte er Victor Bastian geradezu beschworen, sie ihm wieder abzunehmen, und es lag auf der Hand, warum. Für einen Ellwood Page mußte es unerträglich sein, den Zeugen dafür, daß er den Lockvogel in einem doppelten Mordfall gespielt hatte, um sich zu haben. Der große Page und das Starlet, ein Hollywoodstar und die farbige Tochter eines armseligen Fischers – eins wie's andere Helfer des

Syndikats. Und was vielleicht noch schlimmer war: Daß er selber letztlich doch versagt und das Mädchen vorgeschickt hatte, den Piratenstreich zu ermöglichen.

Es war eine jener Tropennächte, in denen sich die Natur zu verströmen scheint, und Bastian genoß jede Einzelheit – die Nachtfalter, die um die Lampen gaukelten, und die Geckos, die auf Mückenjagd unberechenbar über die Hausmauer huschten, das sanfte Geplätscher der Brandung in der Tiefe und das Zirpen von unzähligen Zikaden ringsum, aber auch die dumpfigen Treibhausgerüche, die funkelnden Sterne von Kleinem und Großem Löwen. Doch mehr als alles das genoß Victor Bastian die Spannung, die zwischen ihnen knisterte, weil er nämlich bisher jede Gelegenheit, die Dinge in Pages Sinne zu regeln, hatte verstreichen lassen – nicht um sich an dessen Nervosität zu weiden, sondern um ihm endgültig zu Bewußtsein zu bringen, daß auch er nur ein kleines Rädchen war im Gefüge der *Familie.*

Beim Eis angelangt, schien es ihm genug. „Du weißt also noch nicht, wohin du dich von hier aus wenden wirst?“ fragte er Page, innerlich amüsiert, daß dieser überhaupt annahm, dem Netz von Spähern und Zuträgern entrinnen zu können.

„Nein, wirklich nicht. Ich würde es dir sonst sagen. Ich hab' beschlossen, es vom Wind abhängig zu machen.“

„Tja, wenn das so ist“, wandte sich Bastian lächelnd an Elaine, „dann wirst du wohl abmustern müssen auf der *Moana II.*“ Er legte die Hand auf Pages Arm: „Tut mir leid, aber für so lange kann ich sie nicht entbehren.“

Ellwood Page vollführte auf Elaine zu eine theatralische Gebärde bedauernden Entsagens, die von ihr gleichermaßen übertrieben beantwortet wurde. In den hinteren Reihen jenes Heeres von Frauen stehend, die in Hollywood um Rollen kämpften, war sie darauf gedrillt, Männerwünsche zu wittern, bevor sie sich überhaupt noch zu formen vermochten.

Daß Page sie loswerden wollte, war ihr bewußt, und sie hatte auch Verständnis dafür – wer hatte schon gern sein schlechtes Gewissen leibhaftig um sich. Dies Kapitel war also abgeschlossen – „gestorben“, wie es im Filmjargon beziehungsvoll hieß – und von Wichtigkeit einzig und allein, wie es nun weiterging für sie. Daß Bastian an ihr als Frau Interesse hatte, nahm sie ihm nicht ab. Vielleicht würde er sie zu sich rufen, wenn es ihm eine Laune so eingab, eher wohl aber irgendeinem Gast, der auf dunkle Haut lüstern war, zur Verfügung stellen, oder aber seinem französischen Piloten Josèphe, der eine Vorliebe dafür hatte. Ihm und seinen speziellen Gelüsten mochte sie es überhaupt nur zu verdanken haben, wenn sie noch hier war. Andere Mädchen, denen es passierte, auf die Schwarze Liste der Drogenfahndung zu geraten, hatte man jedenfalls nicht „auf Urlaub" nach St. Barthélemy geschickt, sondern auf Nimmerwiedersehen ins Bordell.

„Es wird sowieso Zeit, daß ich mich mit meinem Agenten in Verbindung setze", sagte sie, um auf den Busch zu klopfen, ob aus Richtung Hollywood noch Gefahr bestehe.

Bastian lächelte. „Noch nicht, Schätzchen. Vielleicht in vierzehn Tagen oder so."

Eifersüchtig zog Page das Gespräch wieder an sich: „Werde ich die *Valmar* wiedersehen? Ich hätte sie gerne mal gesegelt."

„Sie heißt nicht mehr so." Bastian ging nicht auf die Frage ein. „Ihr ursprünglicher Name war *Albatros,* aber wahrscheinlich wird sie jetzt einen ganz anderen bekommen."

„Auch ganz anders aussehen ...?"

„Albatros, so habe ich mir sagen lassen, wär' zu sportlich. So hießen Yachten, die die Transatlantik-Regatta mitmachten oder die Welt umsegelten. *Albatros* oder *Wanderer* oder *Windflower.* Sie wird Papiere aus Honolulu bekommen, also wäre wohl auch ein hawaiianischer Namen angemessen."

„Malulani", sagte Ellwood Page.

Bastian hielt fragend den Kopf schief.

„Einer der schönsten Tiefwassersegler, die es je gegeben hat. Teakholz und Pechkiefer, die Beschläge alle aus Messing. Vor zehn Jahren ist sie in den Tuamotus auf ein Riff gelaufen."

„Malulani", wiederholte Bastian. „Klingt gut. Was bedeutet es?"

„Malulani – unter Gottes Schutz."

„Aber ja, das ist doch was!" Er ergriff den Wein, um reihum einzugießen. „Darauf trinken wir – auf die neue *Malulani!* Ich dank' dir, Woody, das war ein guter Einfall." Er grinste. „Der Name wird mich immer an dich erinnern."

Es war in diesem Moment, während sie einander noch zutranken und lachten, als ein Leibwächter Bastians mit der Nachricht erschien, der Boss werde am Telefon verlangt.

Als sie allein waren, ergriff Page Elaines Hand und führte sie an seine Lippen: „Tut mir leid."

„Ich weiß."

„Ich hätte dich gerne mitgenommen."

„Ich weiß."

„Ich mag dich nämlich ..."

Den Kopf zur Seite gelegt, schürzte sie die Mundwinkel zu einem aufgesetzten Lächeln.

„Du bist gut, verdammt gut ..."

Elaine ließ das Lächeln fallen wie einen Fetzen Papier. „Ich weiß."

Page überhörte den harten Tonfall, ebenso von Erinnerungen wie Erwartungen hingerissen. Er nahm Elaines Hand und zog sie zwischen seine Beine. „Du kommst doch nachher nochmal mit?"

„Würdest du mitkommen, wenn ein Victor Bastian dich soeben hat wissen lassen, daß er dich nicht entbehren kann ...?"

Page gab die Hand wieder frei. Seine Augen schlossen sich. Er hatte nicht geglaubt, daß sie es wagen würde, ihm ins Gesicht zu sagen, daß es keinen Unterschied gab zwischen ihnen. Er fragte sich, ob ihre Beziehungen zu Bastian persönlicher und enger als die seinen waren und ob sie nicht vielleicht sogar mehr war als nur ein kleiner Verteiler im Rauschmittelring – womöglich etwas Ähnliches wie eine Generation vor ihr Virginia Hill, die als *bagman* fürs *Syndikat* arbeitete und zwischen den Zentralen des Drogenhandels, wo mit Bargeld gezahlt zu werden hatte, ganze Koffer mit Banknotenbündeln transportierte, als Teil des Gepäcks einer Überkandidelten, die nie ohne zwei Schrankkoffer, 14 Hutschachteln und 200 Schuhkartons reiste. – Warum nicht? Zuzutrauen war dieser gerissenen Katze alles.

Elaine hatte ihre Hand nicht weggenommen, und sie wurde ihm plötzlich so lästig, daß er aufstand und an die Terrassenbrüstung ging.

In diesem Augenblick kam Victor Bastian zurück.

Er griff nach seinem Wein, stellte ihn jedoch wieder auf den Tisch zurück und bediente sich stattdessen aus der Whiskykaraffe auf dem Servierwagen. Er kippte das Glas in einem einzigen Zug und drehte sich zu Page um: „Die Frau ist wieder da!"

„Was für eine Frau?"

„Mrs. Hirth."

„Was? Die lebt?! Und ist hier?"

„Nicht hier. Das fehlte noch. Aber was nicht ist, kann ja noch werden."

Bastian griff sich mit beiden Händen an den Kopf. „Mein Gott, ich wußte, daß du Scheiße baust, ich wußt' es vom ersten Moment an. Warum hast du diese Leute nicht woandershin gebracht?! Hab' ich dir nicht gesagt: Bring sie zu den Grenadinen, bring sie zu den Tobago Cays, bring sie nach Marigot Harbour? Geradezu angefleht habe ich dich. Aber nein – hierher mußtest du sie bringen!"

„Aber es hat doch alles wunderbar geklappt. Frag Elaine! Binnen Minuten war das Boot fort. Und kein Mensch, der sich auch nur im geringsten darum gekümmert hätte."

„Es hat eben nicht geklappt. Denn sonst könnt' das Weib ja wohl nicht noch am Leben sein, oder?"

„Das ist aber nicht mein Bier. Ich bin davon ausgegangen, daß die Leute, die sich das Boot schnappten, wissen, was sie zu tun haben."

„Sie sollten sie zu einer unbewohnten Insel bringen und umlegen."

„Vielleicht wär's besser gewesen, wenn sie sie gleich ..."

„Damit, falls sie verfolgt werden, die Bullen auf die Leichen stoßen? So rasch, mein Lieber, arbeiten die Haie ja nun auch nicht! Auf besagter Insel also. Wo es auch ein Depot gibt, weil da kaum wer hinkommt. Und in diesem Depot hat man sie gefunden. Am Leben – und allein."

„Und er?"

„Was weiß ich?! Ich hab' bis eben nicht mal von diesem Depot gewußt. Menschenskind, das sind doch alles Dinge, die mich überhaupt nicht interessieren. Für so was hab' ich Bruno Chinaglia und Paolo Costa. Ich habe Bruno gesagt, daß ich diese Hirths vom Hals haben will, und der hat dafür seine Leute. Aber das ist ja auch nicht der Punkt. Die Sache wird sich schon aufklären. Viel ärgerlicher ist, daß das Depot aufgegeben werden muß."

„Warum?"

„Weil es aufgeflogen ist, darum."

„Nur weil Mrs. Hirth ... Ein Toter weiß von nichts."

„Das Depot ist aufgeflogen, weil wer eine Lieferung *horse* geklaut hat. Zwei *pounds* sind futsch – und zwar *White Dragon pearls,* das ist allerfeinstes kristallisiertes Heroin, wie 's aus dem Labor in Palermo kommt, also unverschnitten und mit einem Reinheitsgrad von achtundneunzig Prozent, das *pound* zu dreißigtausend *bucks* im Einkaufspreis! Sechzigtausend Dollar im Arsch! Und dazu ein Depot, das, wie Bruno sagt, zehn Jahre lang unentdeckt geblieben war!"

Bastian preßte die Fingerspitzen an die Schläfen und schloß die Augen. Nach einer Weile nahm er die Hände vom Kopf und schob sie in die Jackentaschen. Seine Stimme klang müde.

„Weißt du, was das alles bedeutet, Ellwood? Du kannst es nicht wissen. Du kannst es nicht auch nur ahnen. Aber ich will's dir sagen: Das gesamte karibische Netz von Potter Cay auf den Bahamas bis Maracas Beach, Trinidad, ja bis rüber nach Panama und Acapulco am Pazifik ist gefährdet – weil der, der sich das *horse* unter den Nagel gerissen hat, keiner von uns ist. Es *kann* gar keiner von uns sein – denn niemand wäre so verrückt, sich mit der *Familie* anzulegen. Also Frage: Wer ist's dann? Ein Segler? Ein blöder Fischer? Vielleicht sogar einer vom BNDD? Was sogar noch das beste wäre, denn wenn es wer ist, der gar nicht ahnt, auf was er sich eingelassen hat, wird er mit 'nem Messer zwischen den Rippen enden, und dann hätten wir auch noch die Mordkommission auf dem Hals. Das ist doch nichts anderes als 'ne Bombe, was so einer mit sich rumträgt. Wenn er nur mit einem einzigen Gramm so reinen Zeugs auftaucht, wird er sofort Verdacht erregen."

Bastian nahm sich abermals einen Whisky, ohne davon anzubieten. Er schüttelte den Kopf. „Ellwood, Ellwood, du hattest mir einen Freundschaftsdienst erweisen sollen – aber du hast mir einen Bärendienst erwiesen."

„Ich habe getan, was ich konnte."

„Eben, Ellwood, eben. Mehr war bei dir nicht drin – und ich hätt' es wissen müssen."

In Pages Gesicht arbeitete es, doch er sagte nichts, und Bastian beachtete ihn auch nicht länger. Der Lärm der Zikaden wurde ohrenbetäubend. Von der Straße auf der rückwärtigen Seite von Bastians Felsennest waren ein Automotor zu hören, Fetzen von Radiomusik und das Lachen von Frauen.

Page richtete sich auf. „Tja, es tut mir leid, aber ich fühle mich plötzlich entsetzlich müde." Er machte den Versuch eines Scherzes: „Deine Schauermärchen, Vic, sind ja auch nicht gerade fördernd für fröhliche Geselligkeit."

„Ich seh' dich morgen", sagte Bastian knapp, „oder wann immer es nötig ist."

Page sagte nicht, daß er eigentlich in aller Frühe schon hatte Anker lichten wollen. Er sagte: „Ich stehe dir jederzeit zur Verfügung."

Nicht sicher, ob Bastian einen Handschlag erwidern würde, klopfte Page ihm auf die Schulter: „Danke für den Abend. Adieu, Elaine."

Die Schritte entfernten sich. Das Licht jenseits des Hauses, das die Serpentine zwischen diesem und der Uferstraße beleuchtete, ging an und wieder aus, und die ganze Zeit über stand Victor Bastian stumm brütend an der Balustrade zum Meer.

Elaine beobachtete ihn in banger Sorge. Es war nie gut, einen Chef in seiner schwachen Stunde zu erleben. Ihre Angst war so groß, daß sie nicht wagte, nach ihrem Glas zu greifen.

Endlich drehte Victor Bastian sich um: „Meinst du, daß du imstande wärst, mich aufzuheitern ...?"

Es war, als hätte es in einem Filmstudio „Achtung, Aufnahme!" geheißen. Das verschüchterte Wesen, darauf aus, klein und unbedeutend zu erscheinen, verwandelte sich in die Hauptperson – der Körper formte sich, der Unterleib trat hervor, die Brüste schwollen, die Augen wurden schmal, und der Blick überzog sich rauchig, die Lippen gingen feucht schimmernd auseinander, und die rosafarbene Zunge erschien, um darüber zu fahren, und all dies geschah in den wenigen kurzen Sekunden, während denen Elaine Prévert sich aus ihrem Sessel erhob.

Doch Bastian winkte ab. „Nein, nein. Bleib nur sitzen. Sollst mir bloß erzählen, wie er's gerne hat."

14

Während Martin Hirth die *Valmar* nach Süden knüppelte, bei guter Backstagbrise, doch einer widrigen Strömung entgegen, die am Tag um nicht weniger als 60 Kilometer nach Westnordwest versetzte, mußte er an seine Mutter denken.

Ob er sie je wiedersehen würde? Ob er Valerie wiedersehen würde? Ob er überhaupt auch nur sich selbst wiedererkennen würde in dem, was von ihm übrigblieb, wenn alles vorbei war? Er hatte Blut an den Händen, und wie oft er sich auch sagte, daß er keine Schuld hatte, nicht anders gekonnt hatte, er spürte dieses Blut wie etwas Warmes, Klebriges. Das Knirschen, mit dem der Adamsapfel des Jungen gebrochen war, wollte ihm nicht aus dem Sinn.

O Valerie! Erst war es ein Seufzer, dann ein Schrei. „Valerie ...!“ Und wie schon wohl hundertmal vorher brüllte Martin Hirth gegen den Wind an: „Valerie?! – Valerie – wo bist du?!“

Warum war er nur nicht auf das Angebot von diesem Bastian eingegangen, als man in Madeira war? Warum hatte er so verdammt stur und rechthaberisch auf seinem Standpunkt beharren müssen, daß es so etwas wie Gesetz und Ordnung gebe? Warum hatte er die bösen Ahnungen von Valerie in den Wind schlagen müssen? Warum ihre Befürchtungen mißachtet, was Elaine Prévert und Ellwood Page betraf, waren sie doch, wie sich nun zeigte, wohl begründet gewesen? Und warum zum Kuckuck, war er nicht von seiner Meinung abzubringen, wonach gesunder Menschenverstand und Logik genügten, um jedwedes Problem zu lösen? Mathematische Nüsse knacken zu können oder auch den Code von jemand, der an Stelle von Worten Zahlen funkte, war ja doch noch längst kein Beweis.

Martin war sich im klaren darüber, daß es sich bei dem Zeug, das er aus der Hütte auf Tortuga mitgenommen hatte, nicht gerade um Zucker handelte. Es roch geringfügig nach Essig, sein Geschmack war irgendwie chemisch – bitter mit starkem Nachgeschmack. Er tippte auf Kokain oder Heroin. Es mochte etwa ein Kilo sein und vermutlich ein Vermögen wert. Und das war, was ihm Sorgen machte – in der Karibik, wo sie einem schon wegen einem Portemonnaie voll Kleingeld den Schädel einschlugen, mit Hunderttausenden unterwegs zu sein. Wer sagte, daß nicht schon eine Armada von Galgenvögeln aller Hautschattierungen sich auf seine Spur gesetzt hatte?

Er wagte daher auch nicht, um Hilfe zu funken, wie er es im ersten Impuls hatte tun wollen. Kein Boot schien hier ohne UKW-Seefunkgerät zu sein; der Äther schwirrte nur so von sogenannten ‚Notrufen' – meist nur irgendeinen blöden Anker betreffend, der in Korallenriffen verlorengegangen war –, und irgend so ein Schweinehund mochte Tag und Nacht am Radio hängen, um da die *Valmar* herauszusondern.

Daß er das Rauschgift nicht einfach ins Meer kippte, hing mit ähnlichen Überlegungen zusammen. Er war nicht sicher, ob ihm die Polizei abnahm, was er zu erzählen hatte; es klang ja stark nach Räuberpistole, und dann würde er dieses Zeug eventuell als Beweis brauchen – zumindest als Beweis für seine Ehrlichkeit, es brachte ja wohl nicht jeden Tag jemand ein Vermögen aufs Kommissariat. Vielleicht aber auch – und dies war ein Gedanke, der sich schon gleich, als er das Zeug an sich nahm, in seinem Hinterkopf eingenistet hatte – ließ sich ein Handel ermöglichen: Valerie gegen diesen „weißen Zucker".

Auf alle Fälle hielt er die beiden Pistolen bereit, die ihm die Kidnapper hinterlassen hatten. So leicht wie von ihnen würde er sich nicht wieder überrumpeln lassen. Die Waffen, automatische Neun-Millimeter-FN *fabriqué en Belgique,* lagen gut in der Hand. Hirth hatte bei Zielübungen auf davonschwimmende Konservenbüchsen, die vom Mittagessen übriggeblieben waren, recht gute Resultate erreicht.

Ansonsten hatte sich nichts Bemerkenswertes gefunden. Die Anzüge – dunkelblaue Anzüge, wie sie Aspiranten auf einen Chefsessel tragen, wenn sie zu einer Managerschulung reisen –, hatten keine Etiketten, ebensowenig die Taucheranzüge, in denen sich die Gangster der *Valmar* genähert hatten. Die königsblauen französischen Pässe waren in Marseille ausgestellt auf die Namen Pierre Dubonnet und Alain Swiatkowsky, 22 und 24 Jahre alt, wohnhaft daselbst, doch handelte es sich zweifellos um Fälschungen – der Blonde, der „Pierre" heißen sollte, war von „Alain" immer nur Jerry genannt worden, und die auffälligen Messernarben auf seiner Brust – ganz sicher doch *Signes particuliers* – waren überhaupt nicht erwähnt. Ausreisevermerke der US-Grenzbehörden in Miami besagten, daß die zwei am Tag des Überfalls von dort abgereist waren.

Lange hatte Martin Hirth sich überlegt, wo er die Suche aufnehmen solle, zunächst an St. Barthélemy gedacht und tatsächlich für ein paar Stunden Kurs darauf genommen. Doch dann war er anderer Meinung geworden, denn so ein kleiner Gendarmerieaußenposten war ohne Frage überfordert mit einem ausgewachsenen Fall von Piraterie, Menschenraub und versuchter vorsätzlicher Tötung, wenn nicht gar vollendetem Mord.

Nein, wenn er die Spur aufnehmen wollte, von der er hoffte, daß sie ihn zu Valerie führen möge, dann dort, wo alles angefangen hatte – in Martinique.

Es war nach Mittag des vierten Tages, als sich der Vulkan Pelée über die Kimm schob. Bei Sonnenuntergang, gerade als sich der Leuchtturm auf Pointe des Nègres einschaltete, lief die *Valmar* um Pointe du Bout. Der Hafenmeister der Marina, der wohl mitkriegte, daß die Yacht Schwierigkeiten hatte, gegen den ablandigen Wind hereinzukommen, schickte ihr seine Barkasse entgegen. Martin erkannte Aimé Legrand – „Stokey“ genannt, weil er auf der *S. S. Colombie,* Le Havre – Martinique, als Heizer gefahren war –, einen netten, stets hilfsbereiten Mann. Er war es auch gewesen, der ihm die Warnung vor dem Hurrikan an die Kajütentür geheftet hatte. Zum ersten Mal seit Tagen spürte Martin so etwas wie Befreiung.

„He, *Mussjöh*! *Couman ou* yé?“

„Dank der Nachfrage, Stokey. Habt ihr noch Platz?“

„Jede Menge – und eine Nachricht für *Mussjöh.*“

Martin spürte förmlich den Adrenalinstoß durch den Freudenschreck. Sein Herz raste, sein Körper schien zu erglühen.

„Gib her!“ krächzte er aufgeregt, die Hand ausstreckend, als die Barkasse längsseits kam.

„*Pé la!* Nix Brief. Jemand hat telefoniert für dich.“

„Ja? Und? Was hat er gesagt?“

„Nicht viel. Bloß – und das soll ich dir wörtlich bestellen –: Du sollst die Polizei aus dem Spiel lassen im Interesse deiner Frau.“

Der Golfplatz war nicht zu verfehlen, denn die Chaussee durchquerte ihn. Und die aufgelassene Rum-Destillerie ließ sich tatsächlich auch mit ausgeschalteten Scheinwerfern finden, wie ihm gesagt worden war. Kurz nachdem Hirth mit dem Miet-Renault von der Asphaltstraße in den Feldweg eingebogen war, erblickte er rostige Kessel, Zahnräder, Rohrleitungen und Tanks im Mondlicht.

Kaum daß das Auto stand, löste sich eine Gestalt aus dem Schatten des vom Dschungel schon halb geschluckten Gemäuers. Stokey Legrand huschte neben ihn auf den Beifahrersitz.

„Typisch Deutscher – auf die Minute pünktlich."

„Keine Sprüche, Stokey, komm zur Sache. Wo ist der Mann, von dem du gesagt hast, daß er mich sprechen will?"

Hirth hoffte, sich verständlich ausgedrückt zu haben. War in Elaines Französisch nur ab und zu mal eine kreolische Redewendung eingeflochten, so wimmelte das von Stokey nur so davon. Man mußte verdammt gut hinhören, wenn man ihn verstehen wollte.

„Ich will sprechen, *Mussjöh.*"

„Du? Heimlich im Dunkeln? Bist du verrückt?"

„Ha, verrückt wär' ich, wenn ich am hellichten Tag und in der Marina mit dir spräche! Der Mann am Telefon hat gesagt: Nix Polizei! – Der Mann am Telefon hat gemeint: Maul halten! Der Mann am Telefon hat gesagt: Ist im Interesse von deiner Frau! – Der Mann am Telefon hat gemeint: Ist im Interesse von allen – also auch von Stokey!"

„Du meinst, du hast Angst?"

„Ja."

„Kennst du den Mann?"

„Non ..."

Stokey dehnte sein Nein, und Hirth fühlte sich an zu Hause erinnert, an die Menschen wie seinen alten Segellehrer Simoneit, die auch auf spezielle Art befragt werden wollten. Die Erfahrungen mit ihnen kamen ihm jetzt zustatten.

„Aber – du kennst seine Stimme?"

„Ich denke, zu kennen ..."

„Weil dieser Mann schon mal mit dir telefoniert hat?"

„Meistens fragt er nach einem bestimmten Boot. *Wanderbird* oder *Eagle* oder *Rainbow.* Ob's schon da ist. Aber das ist nicht so ungewöhnlich. Viele Leute fragen, ob der oder der da ist. Ich habe einen ganzen Karton voll Post für Yachties, die bei mir auf Abholung wartet. Der und der – per Adresse ‚Stokey'."

In Hirths Hinterkopf klingelte es, als der Name *Rainbow* fiel, doch kam er nicht darauf, warum. Irgendwo hatte er ihn schon einmal gehört. Anderes war jetzt wichtiger. „Hat er – dieser Mann – hat er auch schon mal nach der *Valmar* gefragt?"

„Oh ja, mehrere Male sogar. Ich hatte Eindruck, diese *Valmar* war ihm besonders wichtig."

„Da schau her! Kannst du dich noch erinnern, wann?"

„War nach Weihnachten, war im Januar. War ziemlich genau zu der Zeit, als *Mussjöh* Page nach Martinique kam."

„Du kennst Page?"

„Ts, ts! Ellwood Page, wer kennt ihn nicht? Elaine Prévert hat gespielt mit ihm in *Grand Saloon,* wo sie war eine prima Puffmutter."

„Aber er war es nicht, der telefoniert hat ...?"

„Nein, nein. Ich kenn' sehr gut die Stimme von *Mussjöh* Page. *Mussjöh* Page hat mich damals nur gefragt, ob Platz wäre für einen guten Freund von ihm mit einem wunderschönen Boot aus Holz, welches Ehre machen würde der ganzen Marina."

Hirth überrann das Gefühl, in Eiswasser getaucht zu werden. „Und dann – kam ich mit der *Valmar* ...?"

„Dann kamst du mit der *Valmar.*"

Hirth, der schon das Seitenfenster heruntergekurbelt hatte, weil ihm so heiß war, stieß die Wagentür auf. Er stieg aus und ging ein paar Schritte. Es wäre ihm unmöglich gewesen, weiterhin still sitzen zu bleiben. Am liebsten hätte er losgebrüllt, um sich Luft zu machen. Zwar war er inzwischen ebenso überzeugt wie Valerie, von Page und der Prévert in eine Falle gelockt worden zu sein, doch jetzt die endgültige Bestätigung für diese Schurkerei zu hören, machte ihn rasend. In ohnmächtiger Wut hackte er mit dem Absatz Löcher in den Golfrasen – sollten sich Schufte wie Ellwood Page die Knochen darin brechen!

Er stapfte zum Auto zurück: „Und warum wolltest du mich nun sprechen?"

Der Neger, kaum zu sehen in der Dunkelheit, äußerte sich leise: „Madame Hirth ist so hübsch, so nett, so ... Nun, sie ist nicht bei dir, und weil dieser Mann sagt, Maul halten gegenüber der Polizei, denk' ich mir – sie ist in seiner Hand."

„Madame ist gekidnappt. Und ich war es auch."

Stokey Legrand sagte nichts und schniefte durch die Nase. Als er wieder sprach, klang die Stimme bedrückt. „Man wird viel, viel Geld haben wollen von dir ..."

„Geld wohl weniger – aber mein Schiff."

Hirth schilderte in groben Zügen, was passiert war. Es tat wohl, sich aussprechen zu können, er fühlte Zentnerlasten von ihm weichen. Dieser schwarze Mann flößte Vertrauen ein. Er war etwa im gleichen Alter, breitschulterig und muskulös, dazu ein heller Kopf – vor allem aber jemand, der sich in der Karibik auskannte.

„Du scheinst überhaupt nicht überrascht?"

Stokey Legrand zuckte die Schultern. „Es gibt Piraterie, es gibt Drogenschmuggel, es gibt Raubüberfälle, es gibt Kidnapping, es gibt Prostitution, es gibt Bettelei – alles. Und warum? Ich werde es dir sagen: Weil es Menschen gibt, die für rechts und links nicht das gleiche Paar Schuhe haben und zum Anziehen nur einen Sack mit Löchern für Kopf und Arme. Nicht hier in Martinique, aber gleich um die Ecke." Wieder ließ er sein Schniefen hören. „Wo wäre dein Gewissen, *Mussjöh*, wenn du nur einen Sack hättest als Kleidung – aber zwölf Kinder, welche Hunger haben?"

„Ellwood Page läuft nicht in einem Sack rum! Und du kannst deinen Kopf darauf verwetten, daß er zwei gleiche Schuhe trägt, und zwar das Stück für hundert Dollar. Mit dem Geld, das seine Yacht kostet, könntest du die Bewohner der Grenadinen bis an ihr Lebensende mit Schuhen versorgen."

Stokey, der sich eine Zigarette angesteckt hatte, sog daran. „*Mussjöh* Page ist ärmer dran als alle zusammen – weil er Geld hat, aber nicht sich selbst gehört. Wie früher eine Lieblingssklavin – in Samt und Seide, doch Eigentum ihres Herrn."

„Bei dieser Gelegenheit – kennst du einen Victor Bastian?"

„Nein, nie von ihm gehört."

Hirth erzählte von den Zusammenhängen, die er vermutete, und Stokey Legrand gab ihm darin recht.

„Tut mir leid", sagte er achselzuckend, „aber einer wie ich kennt vielleicht einen Mann, welcher ein paar Marihuanazigaretten in der Tasche hat oder auch schon mal einen Totschläger, aber kein' Mann, welcher in seiner Tasche hat einen *Mussjöh* Page."

„Dann meinst du also auch, daß er es ist, dieser Bastian, der hinter allem steckt?"

„Es sieht ganz danach aus."

Der Klang der Kirchturmuhr von Trois Îlets kam über die Hügel. Elf Uhr.

„Es ist spät geworden", sagte Hirth. „Du hast mir eine Menge geholfen. Aber ich weiß immer noch nicht, was ich tun soll. Soll ich zur Polizei? Soll ich warten? Hätte ich nicht überhaupt schon heute abend hingehen sollen? – Bist du dir ganz sicher, daß dieser Mann am Telefon kein Tauschgeschäft vorgeschlagen hat?"

„Hat er nicht. Ganz sicher."

„Da ist nämlich nicht nur das Schiff – ich hätte auch noch eine Dreingabe ..."

Hirth sagte nichts von dem „weißen Zucker" in seinem Besitz. Aimé Stokey Legrand mochte ein ehrenhafter Mann sein – aber wohl nicht zuletzt darum, weil er noch nie der Verlockung von einigen hunderttausend Mark ausgesetzt gewesen war.

„Ich weiß, wer gesprochen hat und was er gesprochen hat – der gleiche Mann, der sonst nach den Booten fragt, wörtlich: *Mussjöh* Hirth soll die Polizei aus dem Spiel lassen im Interesse seiner Frau."

„Aber ich *muß* zur Polizei." Hirth legte dem andern bittend die Hand auf den Arm. „Und ihr dann natürlich auch von diesem Telefonat erzählen."

„Ts, mach dir doch darüber keine Gedanken. Ich bin schwarz, ich bin dumm. Wie kann ich wissen, wovon ein Mann spricht, der sagt, *Mussjöh* Hirth soll Polizei aus dem Spiel lassen im Interesse seiner Frau? Ich bin so furchtbar schwarz und dumm, daß ich einem Yachtie auch bestellen würde, daß er ermordet werden soll – und noch grinsen dabei. *Moin pas save.*"

Hirth mußte lachen, und auch Stokey Legrand kicherte. Wieder ernst, klopfte er Martin auf die Schulter: „Manchmal ist es gar nicht so schlecht, nur ein Nigger zu sein."

„Also – du meinst auch, ich soll zur Polizei gehen?"

„Ich meine nichts. Ich kann gar nichts meinen. Weil einer wie ich niemals und in gar kein' Fall zur Polizei geht, wenn er nicht gerufen wird, und auch dann wird er überlegen, ob er nicht lieber verschwinden soll. Aber du bist weiß, weiß wie die Polizei. Weiß mit weiß, das steht auf einem anderen Blatt. Aber vielleicht wartest du noch, ob der Mann nicht wieder telefoniert, hm? Ein, zwei Tage? Wenn du aber gehst – immer daran denken, daß es darum geht, etwas zu tauschen."

„Wie meinst du das?"

„Du gibst der Polizei genügend, damit sie dir ihre Hilfe gibt – aber nicht soviel, daß du nichts mehr übrig hast, wenn dieser Mann sich meldet, um etwas auszuhandeln wegen deiner Frau. Du sagst nicht alles, und du gibst nicht alles. Gib die Pässe hin, gib die Kleider. Aber zum Beispiel diese zwei Pistolen da, von denen du mir erzählt hast – behalte eine!"

15

Der Mann, der die FN untersuchte, nannte sich *Commissaire* und hieß Guy Haeberlin. Ein großer, knochiger Mann um die Vierzig, blond und sommersprossig – und im Elsaß zu Hause, keine halbe Autostunde von Cornimont, wo Valerie Hirth geboren war. Er kannte sogar den *Aigle noir* und konnte sich an seinen früheren Wirt Jean Erhard erinnern. Keine halbe Stunde nachdem die Anfrage hinausgeschickt worden war, erschien ein schwarzer Polizist mit der Auskunft der dortigen Départementverwaltung: Valerie Lucille Marie Erhard, geboren am 3. September 1952, Tochter des Ehepaares Jean und Marie Erhard undsoweiter; nach Deutschland, München, verzogen im Jahre 1962.

„Na, wenigstens etwas, woran man sich halten kann."

Haeberlin legte das Telex beiseite und nahm sich wieder die Pistole vor, um daran zu schnuppern: „Damit ist geschossen worden ..."

„Ich sagte Ihnen doch schon: Er hat auf Haie geschossen."

„Wer?"

„Im Paß heißt er Alain Swiatkowsky."

„Ah, ja. Der Dunkle, sagen Sie?"
„So ist es."
„Bevor er dann ebenso wie der andre über Bord gegangen ist – mit 'nem bißchen Nachhilfe von Ihnen ...?"
Hirth, statt eine Antwort zu geben, atmete tief ein. Obwohl die Klimaanlage auf Hochtouren lief, war er schweißbedeckt. „Ich habe den Eindruck, *Commissaire,* Sie glauben mir nicht?"
„Ungern, wenn ich ehrlich sein soll." Haeberlin zog eine Grimasse. „Sie müssen das verstehen, Hirth. Unsereins ist schon froh, wenn er im Karnevalstrubel einen Taschendieb fängt – und Sie, ein *Maître d'arithmétique,* kommen daher und liquidieren zwei Killer – obwohl Sie an beiden Händen gefesselt sind."
„Es war Glück."
„Davon red' ich ja. Wenn unsereins Glück hat, dann fängt er 'n Taschendieb."
Haeberlin grinste, und seine Stimme war nicht unfreundlich, doch dieses Grinsen irgendwie rätselhaft. „Ich gebe ja zu, daß es einen rein persönlichen Grund hat, wenn ich zögere, Ihnen zu glauben – nämlich Selbsterhaltungstrieb. Denn glaubte ich Ihnen, dann müßte ich meinen Beruf wechseln – weil ich trotz zwanzig Jahren Sûreté einem Rechenlehrer nicht das Wasser reichen kann."
„Tut mir leid. Ich kann nur sagen, wie es war."
„Das wollt' ich auch schwer hoffen, daß Sie nichts dazu erfinden."
Tonfall und Grinsen begannen Hirth auf die Nerven zu gehen. Seine Erfahrungen mit Polizisten waren auf solche beschränkt, die Strafzettel verteilten. Daß sie so wie dieser hier sein könnten, hätte er sich nie und nimmer vorgestellt.
„Soweit also das Persönliche, Hirth. Und nun werd' ich Ihnen sagen, was mich als Kriminalist an Ihrer Geschichte stört."
Guy Haeberlin lehnte sich im Sessel zurück. „Wo dieser Mann – nennen wir ihn mal Alain – seine Pistole benutzt hat, um auf Haie zu schießen, das war in internationalen Gewässern ...?"
„Ja, östlich des Sombrero-Wegs. Etwa auf halbem Wege nach St. Martin."
„Und wo er und der andere – Pierre oder Jerry – Ihren Segler gekapert haben, das war in St. Barthélemy?"

„In der St. Jean's Bay."

„Und verschleppt worden sind Sie nach Tortuga?"

„Das habe ich später herausgefunden."

„Ellwood Page wiederum ist Amerikaner ..."

„Nehme ich doch an."

„So ...!" Haeberlin nahm seine Finger zu Hilfe, als er zu zählen begann. „St. Barthélemy ist französisch, Tortuga gehört den Niederlanden, für Monsieur Page wären die USA zuständig, und Sie selber, Sie sind Deutscher. Das sind vier Nationalitäten – und vier verschiedene Polizeibehörden, die sich mit dem Fall zu befassen haben. *Wenn* sie sich befassen! Denn bei solcherlei internationalen Verflechtungen liegt logischerweise nahe, daß sich einer auf den anderen verläßt. Sie sind doch Logiker?"

„Ich verstehe mich auf folgerichtiges Denken."

„Danke. Das war es, worauf ich hinauswollte."

Haeberlin grinste nicht mehr. Die Stimme hatte einen metallischen Klang angenommen, der Tonfall einen hackenden Rhythmus.

„Das – das ist ungeheuerlich!" empörte sich Hirth. „Wissen Sie, was Sie damit sagen?"

„Aber durchaus! Daß ich Ihnen den Grips zutraue, eine Sache so zu verdrehen, daß es schon einen Maigret bräuchte, um sie wieder zu entwirren."

„Aber damit unterstellen Sie mir ..." Hirth fuhr sich an den Hals. Dort steckte plötzlich ein Kloß, der ihn zu ersticken drohte.

„... daß Sie selber Madame Hirth beiseitegeschafft haben! Sie wären nicht der erste, der sich bei einer Segelpartie seiner Frau entledigt. Es ist ja auch alles so einfach. Seegang, ein rutschiges Deck, kein rechter Halt und, schwupps – den Rest erledigen die Haie, und zwar spurlos. Es haben umgekehrt auch schon Frauen ihre Männer so umgebracht. Und es hat Massenmorde gegeben; drei, vier Menschen, die plötzlich verschwanden, durch Seemannslos – doch leider, leider unauffindbar. Und es ist noch nicht einmal viel dagegen vorzubringen, weil man auch schon Boote aufgefunden hat, mit denen berühmte Weltumsegler unterwegs waren – mit noch rauchender Pfeife darin, doch leer. Ich will also gar nicht behaupten, daß lange Planung dahintersteckt oder auch nur Vorsatz. Bei manchem ist's die günstige

Gelegenheit, bei manchem aber auch, daß ihm die Nerven durchgehen. – Was war's bei Ihnen?"

„Sie sind ja verrückt! Ich habe Ihnen die Kleider von den Burschen gebracht, ihre Pässe, die Pistole, das Rauschgift – wo, zum Teufel, soll ich das denn alles herhaben?"

„Das werden Sie mir schon noch erzählen."

Haeberlin nahm sich einen der Holzstühle, die für Besucher neben der Tür standen, und setzte sich Hirth auf Reichweite gegenüber. „So, nun noch mal von vorn – und zwar so, daß Ungereimtheiten vermieden werden!"

Hirth empfand es als unangenehm, daß ihm der andere so dicht auf den Leib rückte, doch genau darauf schien es Haeberlin abgesehen zu haben, denn als er mit seinem Stuhl zurückrückte, kam er sofort nach. Also verschränkte Hirth die Arme vor der Brust, um einigermaßen Distanz zu wahren. Dieser Haeberlin war kein schlechter Psychologe. Seinen berühmten Taschendieb kochte er vermutlich allein dadurch weich, daß er in dessen Privatsphäre einbrach. Aber Hirth kannte den Trick aus Literatur über *Körpersprache:* Der Mensch hatte wie das Tier sein *Revier,* und in es einzudringen bedeutete, sein Selbstvertrauen zu untergraben. So drehte er den Spieß einfach um und beugte sich seinerseits auf den verblüfften Haeberlin zu.

„Am besten Sie fragen nach dem, was Ihnen unklar ist, *Commissaire.*"

Guy Haeberlin räusperte sich. „Also schön – warum sind Sie nicht spornstreichs zur nächsten Polizeistation? Warum haben Sie nicht wenigstens gefunkt?"

„Ich habe mich nicht zu funken getraut. Und hierher gekommen bin ich, weil ich hier auch losgefahren bin. Und die Nachricht, die bei Monsieur Legrand für mich eingegangen ist, zeigt ja denn wohl auch, daß das richtig war."

Kommissar Haeberlin nickte stumm. Die Argumentation befriedigte ihn offensichtlich nicht, und Hirth wußte auch, warum – die erpresserische Forderung fehlte, die üblicherweise zu einer Entführung gehörte.

Er konnte ihm nicht helfen, selbst wenn das bedeutete, sich selber verdächtig zu machen. Es war unmöglich, aufzudecken, daß es im Grunde um das Schiff ging und einen Mann namens Victor Bastian. Denn falls die Polizei ohne Erfolg blieb, mußte er, wenn die Kidnapper sich meldeten, etwas zu bieten haben.

Kommissar Haeberlin langte gerade nach dem Rauschgiftpäckchen auf seinem Schreibtisch, als es klopfte und ein Mann eintrat. Er war Mitte Vierzig, klein und schmal und trug einen Bürstenhaarschnitt und zu einer schwarzen Hose ein kurzärmeliges weißes Hemd mit Strickbinder. Offenbar kam er von der Straße herein, denn er hatte Autoschlüssel und Sonnenbrille in der Hand. Ohne jedes Wort, nur durch Heben des Zeigefingers grüßend, nahm er das Rauschgift, das Haeberlin ihm schweigend reichte. Er roch daran, kostete und gab es zurück.

„Komm doch mal mit raus, Guy."

Es dauerte nur eine halbe Minute, dann waren die beiden wieder da. Haeberlin nahm an seinem Schreibtisch Platz, der andere lehnte sich, die Arme verschränkt, an die Tür.

„Dieses Zeug hier", sagte Haeberlin, „es ist reines Heroin – Heroin, das vierhunderttausend US-Dollar oder zweieinhalb Millionen französische Franc erbringt, wenn es zu dem Stoff gestreckt wird, den die *Jimkies* sich spritzen ..."

„Mag sein. Ich versteh' nichts davon."

„Und eben das steht in Zweifel, Monsieur Hirth! Sie haben den Ausdruck *weißer Zucker* benutzt, als Sie mir das Päckchen übergaben – genau den richtigen, wie mir mein amerikanischer Kollege hier sagt, und der ist Experte." Haeberlin deutete auf den Mann an der Tür: „Mr. Jack Ruben vom *Bureau of Narcotics and Dangerous Drugs."*

„Purer Zufall!" begehrte Hirth auf. „Das Zeug sieht ja doch wie Zucker aus, oder? Aber vielleicht habe ich den Namen auch irgendwo gelesen. Und was ändert das auch, wenn ich weiß, wie's heißt? Ich habe es gefunden, und ich habe es abgeliefert."

„Vielleicht um uns Sand in die Augen zu streuen ...?"

Hirth hatte das Gefühl, er stecke in einer Schlinge, und griff sich an den Hals.

„Vielleicht um eine andere, schwere Straftat zu verschleiern ...?!"

„Meine Frau ist entführt worden, und ich hab' nichts damit zu tun. Ich war ja selbst in der Hand der Entführer!"

Haeberlin streckte seine Rechte aus. „Würde es Ihnen was ausmachen, Monsieur Hirth, mir den Schlüssel zu Ihrer Kajüte auszuhändigen, damit wir uns ein wenig auf dem Schiff umsehen können? Wir könnten Ihnen, wenn Sie wünschen, bei dieser Gelegenheit Ihr Waschzeug mitbringen."

„Ich - ich verstehe nicht?"

„Sie sind festgenommen, Monsieur Hirth."

Das Gefängnis von Martinique lag zwischen dem Rathaus und dem Gendarmerie-Hauptquartier unweit des Levassor-Kanals, und der Geruch, der die zum Schneiden dicke Luft schwängerte, kam vom Fischmarkt dort, wie die Mitgefangenen Hirth erklärten. Bis auf eine Ausnahme Farbige, die von Barbados, Grenada und Trinidad angereist waren, um sich im Karnevalstrubel als Taschendiebe zu versuchen, die Ausnahme ein pickeliges Jüngelchen von zwanzig, das das Gedränge ausgenutzt hatte, um sich unzüchtig zu entblößen. Die anderen versuchten, ihm unermüdlich ihre Tricks beizubringen, was aber lediglich darauf hinauslief, daß er sich fast seine Finger verknotete.

Man ließ den Neuankömmling in Frieden, räumte sogar netterweise eine Pritsche für ihn, damit er sich, darauf ausgestreckt, seinen Gedanken hingeben konnte.

Später, als alles schlief, erzählte Hirths Nachbar, daß sie den Jungen nur aufheitern wollten. Sie selber hätten höchstens mit Ausweisung zu rechnen, er aber mit Zwangsarbeit, und zwar in Französisch Guayana im Sumpfwald des Maroni. Es ging nämlich doch nicht nur um Exhibitionismus, sondern um versuchte Vergewaltigung.

„Schlangen und Moskitos, Mann, Taranteln und Gelbfiebermücken, ganze Wolken davon - nicht zu vergessen die verdammten Piranhas im Wasser. Und dann die Hitze, die Luftfeuchtigkeit ..."

„Wo ist dieser Maroni?" flüsterte Hirth beklommen.

„Wo wird er sein, Mann - in der Hölle!"

Martin glaubte zu begreifen. Eine solche Frage hatte er stellen, genau diese Antwort bekommen sollen. Wenn er etwas zu gestehen hatte, war wohl Haeberlins Überlegung, würde er es nach so einer Nacht tun.

Der erste, der ihn gleich nach dem Wecken sprechen wollte, war Jack Ruben. Der Drogenspezialist war an nichts anderem als an dem Heroin interessiert, wollte aber jede Einzelheit wissen. Hirth hatte das Gefühl, weniger verhört als ausgehorcht zu werden, und es hatte fast den Anschein, als sei Mr. Ruben zufrieden darüber, daß er so wenig wußte.

Das Gespräch fand in Kommissar Haeberlins Büro statt. Als Ruben seine Befragung beendet hatte, erschien Haeberlin selber. Er ließ Kaffee und Croissants und geeisten Ananassaft bringen und bot von seinen Gauloises an.

Hirth dankte. Er hatte weder Hunger noch Durst. Der Gestank in der Zelle war ihm auf den Magen geschlagen.

„Wir haben mit Stokey gesprochen, Monsieur ...“

„Und?“

„Er hat Ihre Aussage bestätigt.“

Haeberlin nahm einen Zug aus seiner Zigarette. „Wir haben auch Monsieur Page und Mademoiselle Prévert befragen lassen ...“

„Die meine Angaben ebenfalls bestätigt haben!“

Haeberlin rauchte zunächst wieder einen Zug. „Die ausgesagt haben, sie hätten nichts von einem Überfall bemerkt.“

„Das ist eine verdammte Lüge! Und es ist ja auch völlig klar, warum. Sie stecken in dieser Sache mit drin.“

„Moment! Moment! Sie haben von einem ‚Überfall‘ nichts gesehen – aber sie haben gesehen, daß Sie und Ihre Frau zunächst den Motor anließen und dann Segel setzten und davonfuhren.“

„Das war nicht ich, das war der Blonde, dieser Pierre oder Jerry; er hatte nur meine Sachen an. Und hat meine Frau gezwungen, ihm zur Hand zu gehen. Ich hab’ das ja schon gestern zu Protokoll gegeben. Aber, verflucht, wenn die zwei das gesehen und wirklich nichts damit zu tun haben – warum haben sie denn dann nicht sofort Alarm geschlagen?!“

„Monsieur Page sagt: Sie hätten auch schon mal die Marina in Pointe du Bout so Hals über Kopf verlassen.“

„Ja, sicher. Da kam der Hurrikan.“

„Und etwas Ähnliches, sagt er, habe er auch diesmal angenommen. Und sei dann höchst erstaunt gewesen, als er entdeckte, daß sich der Barometerstand kein bißchen verändert hatte.“

„Na, also! Und da will ihm immer noch kein Verdacht gekommen sein?“

„Oh, doch –" Haeberlin begann, übers ganze Gesicht zu grinsen – „und zwar der: Ihre Frau war eifersüchtig; ihr gefiel das Bäumchen-wechsle-dich-Spiel nicht, daß zwischen Ihnen allen in Gang kommen wollte. Mademoiselle Prévert hat in diesem Zusammenhang dann auch zugegeben, daß möglicherweise sie der Auslöser für die plötzliche ‚Flucht' war, weil sie sich mit Ihnen zu einem heimlichen Rendezvous zu verabreden suchte. War doch so, oder?"

Martin Hirth konnte nur stumm nicken. Er war wie vor den Kopf geschlagen. Die Erklärung, die Page und Elaine für ihr Verhalten hatten, klang absolut plausibel. Wenn Haeberlin ihr Glauben schenkte, konnte er sich darauf gefaßt machen, den Pickeljungen von heute nacht wiederzusehen, vielleicht sogar, ihn zum Maroni zu begleiten.

„Ich habe Ihnen ja gleich gesagt: Monsieur Page paßt nicht ins Bild. Schauen Sie, es gibt natürlich Segler, die mit Rauschgift zu tun haben – solche, die es selber nehmen, und solche, die es verteilen. Aber dazu gehört kein Ellwood Page. Der hat andere Interessen. Interessen, welche in Richtung Mademoiselle Prévert liegen – oder schon auch mal in der des eigenen Geschlechts. Wenn Sie mir etwas von Frauentausch erzählt hätten, von kleinen Spielchen zu viert oder so, dann hätt' ich Ihnen das sofort abgenommen."

„Sie glauben ihm also?!" Hirth schluckte den aufsteigenden Kloß herunter. „Sie glauben tatsächlich, daß ich selbst meine Frau ..."

„Pst! Moment! So weit sind wir noch nicht. Was Monsieur Page betrifft, so glaube ich, daß er gemeint hat, Sie und Ihre Frau auf Deck zu sehen – und daß er gute Gründe gehabt hat, hinter der Abfahrt Ihrer Yacht nichts Böses zu vermuten. Daß das ein Irrtum war, das hat er erst jetzt erfahren. So, und jetzt zu Ihrer zweiten Frage: Ich glaub' nicht, daß Sie Ihre Frau beiseite geschafft haben." Hirth starrte ihn verblüfft an.

„Es gibt", sagte Haeberlin und lächelte, „auf der Insel Tortuga die von Ihnen beschriebene Hütte – oder besser gesagt: es hat sie gegeben. Denn als unsere niederländischen Kollegen hinkamen, fanden sie nur noch die rauchenden Reste. Wir haben vor einer Stunde miteinander telefoniert."

„Dann – dann bin ich also frei ...?"

„Sie sind frei. Sie können gehen. Ich habe mir in der Zwischenzeit erlaubt, Ihr Waschzeug aus dem *prison* herüberbringen zu lassen. Ich hoffe, Sie hatten keine allzu schlechte Nacht. Tut mir leid – ich muß mich in aller Form entschuldigen."

Haeberlin erhob sich. „Hier, Ihre Kajütenschlüssel. Mit Dank zurück."

Er brachte Martin Hirth zur Tür. „Trotzdem, mein Lieber, ich versteh' das Ganze nicht. Wenn es eine Entführung ist – warum hat man dann auch Sie mitgenommen? Wo Sie doch die einzige Kontaktperson sind, das Lösegeld zu zahlen?"

Martin beließ es dabei, die Achseln zu zucken. Er hatte Schwierigkeiten, seine Gedanken zu ordnen. Seine Überzeugung, Page und Elaine Prévert hätten ihm eine Falle gestellt, war ins Wanken gekommen. Es war nötig, die ganze Sache noch einmal von vorn zu überdenken.

„Ich brauche Sie doch nicht extra zu bitten, uns auf dem laufenden zu halten, nicht wahr? Es ist Ihre Pflicht." Der Kommissar legte Martin Hirth die Hand auf die Schulter. „Und glauben Sie mir: Allein schaffen Sie's nicht – nicht in der Karibik."

Hirth nahm seinen Weg durch die Rue Schoelcher zum Hafen, um dort das Schnellboot zu besteigen, das direkt bis zur Marina Pointe du Bout fuhr, der Anlegestelle für die großen Hotels.

Er erfreute sich des Sonnenscheins, der um diese Morgenstunde noch zart und weich war, und des geschäftigen Treibens der Menschen um ihn herum und ließ sich Zeit, die zierlichen schmiedeeisernen Balkons zu betrachten, die über den Ladengeschäften in die Straße ragten, und deren bunt zusammengewürfelte Auslagen, die Schaufensterpuppen dem hiesigen Ideal entsprechend – kraushaarig und dunkelhäutig, der Mund negerhaft sinnlich, aber die Nase europäisch schmal.

Er genoß, als er auf dem Boot war, die Unbegrenztheit des Blicks über das Wasser, das satte Grün der Ufer, die blaßblauen Berge, das flirrende Licht, vor allem auch den Wind, der ihn auf dem Vorschiff umwehte, und er dachte an den Jungen im *prison,* der dies alles so bald nicht wieder erleben würde. Als er dann den alle anderen Masten überragenden Großmast seiner *Valmar* sah – den von Ellwood Page besorgten aus Aluminium –, da atmete er auf in dem glücklichen Gefühl, noch einmal davongekommen zu sein.

Stokey Legrand stand in der Tür seiner von Ankern, Außenbordmotoren, Paddeln, Spieren und allem möglichen anderen Bootszubehör fast zugestellten Bude, und seine Miene hellte sich auf, als er Hirth entdeckte. Er gab ihm ein unauffälliges Zeichen. Hirth verstand, trat ein, und Stokey schloß die Tür hinter ihm.

„Sie waren hier, *Commissaire* Haeberlin und ein kleiner Mann, dessen Namen ich nicht kenne."

„Ich weiß, er hat es mir gesagt. Der Kleine ist ein Amerikaner, Mr. Ruben, ein Drogenpolizist. War's denn schlimm?"

„Der *Commissaire* hat gefragt, und ich habe geantwortet – und nur immer genau so viel geantwortet, wie der *Commissaire* gefragt hat. Aber die ganze Zeit hab' ich denken müssen, daß er gar nicht so sehr an mir interessiert ist als vielmehr an deinem Schiff. Und noch mehr dieser kleine Mann."

„Wieso?"

„Er war sogar auf dem Mast."

„Hast du eine Ahnung, wonach sie gesucht haben könnten?"

„Ich habe nichts gehört. Und ich habe die Ohren gespitzt." Stokey Legrand begann zu grinsen. „Der *Commissaire* hat nicht gefragt, ob Post für dich angekommen ist ..."

„Ist denn welche?"

Stokey langte wortlos in den Karton, in dem er die Post aufhob, die für Wandersegler bei ihm hinterlegt wurde. Der Brief zeigte nichts Auffälliges – ein schmaler weißer Umschlag, Schreibmaschinenschrift, der Poststempel der von Fort-de-France.

Als Hirth den Brief öffnen wollte, hielt Stokey ihn zurück: „Er ist gar nicht mit Post gegangen. Schau ihn dir einmal genau an – der Stempel ist nachgemacht."

„Tatsache! Wie bist du darauf gekommen?"

„Der Mann, der die Post bringt, erzählt: Ein weißer Mann in einem Auto, den er nicht kennt, hat neben ihm angehalten und ihm den Brief gegeben – er wäre durch Zufall an ihn gekommen, aber in Wirklichkeit für *Mussjöh* Hirth in der Marina."

„Hübsche Story. Und weshalb hast du dem Kommissar nichts davon gesagt?"

„Weil ich denke: Das muß der Brief sein, auf welchen *Mussjöh* Hirth so sehr wartet. Wenn er nicht kriegt diesen Brief – dann ist's vielleicht schlecht für Madame ...“

„O Stokey!“

Der Inhalt des Briefes war mit Großbuchstaben getippt und lautete kurz und bündig:

INTERESSENAUSGLEICH
SCHONER ‚RAINBOW‘
8. MAERZ
08.00 Uhr
17'16" / 63'10"

Hirth sprang das Herz in den Hals. „Interessenausgleich“ konnte nur bedeuten, daß man Valerie freizugeben bereit war, die Positionsangabe am Schluß der Nachricht, an welcher Stelle.

Rainbow ... Der Name setzte Hirths Erinnerung in Gang. Richtig, Stokey Legrand hatte ihn erwähnt – die *Rainbow* sei eines der Schiffe, nach denen immer wieder bei ihm nachgefragt würde. Aber da war noch etwas anderes. *Rainbow, Rainbow* – in welchem Zusammenhang war ihm das Wort begegnet? Er kam nicht darauf.

„Hast du mal eine Seekarte?“

Eine scheußlichere Stelle, als die in der Nachricht genannte, war kaum denkbar – die Ostkante der Saba-Bank, wo sie ein Riff bildete! Die Untiefe stieg, praktisch von einem Meter zum anderen, aus circa 160 Faden auf 11, 9, ja nur noch 6 Faden Tiefe auf, was Strömungswirbel, Kreuzsee, Brandung und Brecher bedeutete. Ein Hinweis des Kartographen mahnte: „Dieses Riff besteht aus lebenden Korallen, Sand und Klippen und ist deutlich zu sehen, wenn man darüber fährt.“ Aber die Karte ging auf das Jahr 1858 zurück, und in den über hundertzwanzig Jahren seither mochte sich die Korallenbank, ein lebender, unaufhörlich im Wachsen begriffener Organismus, beträchtlich verändert haben. Unter den Korrekturen, Ergänzungen und Hinzufügungen aus neuerer Zeit war denn auch die: „Neuvermessungen legen die Warnung nahe, daß der Wasserstand über Untiefen grundsätzlich niedriger als angegeben ist“.

„Wer sich da auskennt, der kann sich zurückziehen wie hinter eine Mauer. Aber ich dürfte dem Riff nicht auch nur nahekommen mit meinem streikenden Diesel und einem Kiel an lockeren Bolzen – und das wissen diese Schufte."

Hirth schlug die Faust auf den Tisch. „Verflucht, gibt's denn nichts, wovon die nichts wissen?! Würd' mich nicht wundern, wenn sie auch schon das Polizeiprotokoll kennten."

Er hielt inne. Denn einmal angenommen, es war so, dann mochte das ein Plus für ihn sein – die Gegenpartei war unterrichtet, daß der Name Bastian nicht gefallen war.

Ergeben zog er die Schultern hoch. „Und natürlich wissen sie auch, daß sich in so kurzer Zeit keine Werft finden läßt ..."

„Was brauchst du denn – eine richtige Werft oder nur ein' Slip? Ich meine: Kannst du die Reparaturen selbst machen?"

„Aber sicher. Warum?"

„Die Fischer von Diamant haben ein' Slip. Wenn du willst, kann ich heut' abend hinüberfahren und mit ihnen sprechen."

„Nicht erst heute abend – sofort!"

Der Slip war eine abenteuerliche Angelegenheit, doch die Männer verstanden sich darauf. Zu Hirths Überraschung fanden sich sogar Helfer. Der Hurrikan hatte die Fische vertrieben, die Netze zerrissen, die Langustenkörbe zu sinnlosem Draht verdreht, und dies war eine höchst willkommene Gelegenheit, wieder ein paar Francs zu verdienen. So hockte nun überall ein Schwarzer und bosselte, den landesüblichen Hut aus geflochtenen, grünen Palmblättern auf dem Kopf und in einen gemeinsamen Singsang eingestimmt. Der Mechaniker der benachbarten Autowerkstätte, von der allgemeinen Betriebsamkeit angesteckt, nahm sich des Motors an. Zwischen ihm und Hirth entwickelte sich fast eine Freundschaft.

Schon nach sechsundfünfzig Stunden konnte die *Valmar* wieder ins Wasser. Ein Einbaum lotste sie über die Sandbänke zwischen der Küste und dem Diamant-Felsen. Aber inzwischen war es dunkel geworden, und Hirth zog es vor, über Nacht zu ankern. Er durfte jetzt kein Risiko mehr eingehen.

An Deck ausgestreckt in die Sterne blickend, dachte er an Valerie und daß er sie in nicht ganz fünf Tagen wiedersehen würde. Lieber Gott, dachte er, und seine Hände fanden von selbst zusammen, laß sie es wissen! Laß sie wissen, daß es nun nicht mehr lange dauert.

Irgendwann schlief er ein, und als er wach wurde, war es davon, daß jemand an den Schiffsrumpf pochte. Im Mondlicht war der Krauskopf eines Schwarzen zu sehen – mit glänzenden Augen und glänzenden Zähnen und grinsend, wie nur einer grinsen konnte.

„Mensch, Stokey, wo kommst du denn her? Ist was passiert? Wieder eine Nachricht?“

Er blieb ohne Antwort. Aimé Stokey Legrand wuchtete ein Bündel an Bord, wechselte ein paar nicht zu verstehende Worte mit dem Mann, der ihn übergesetzt hatte, und kletterte dann selbst herauf.

„Keine Aufregung, *Mussjöh,* alles in bester Ordnung. Ich komme, um mit dir zu fahren. Was dir bevorsteht, ist nichts für ein' Mann allein. Die *Rainbow* fährt mit einer ganzen Crew.“

„Und dazu hast du extra Urlaub genommen?“

„Ja. Aber alle denken, daß ich reise zu meinem Bruder nach Maria-Galante.“

„Ich kann dir aber nichts bezahlen. Meine Reserven sind ziemlich aufgebraucht, weil ich meine Helfer hier hab' bezahlen müssen. Und der Motor brauchte eine neue Kupplung an der Schraubenwelle.“

„Mein Urlaub ist ein bezahlter.“

Stokey entschnürte sein Bündel. Unter Kleidern und Wäsche befanden sich zwei Schachteln. „Da – die Pistole von dir, die du mir gegeben hast, bevor du zum *Commissaire* gegangen bist. Und hier die Munition dazu.“

„Hui! Wenn er die bei dir gefunden hätte?!“

„Konnt' er nicht.“

„Wieso? Wo war sie denn?“

„Im Hoteltresor. In einem fest zugeklebten Paket. Ich habe dem Portier, welcher mein Freund ist, gesagt: Paß gut auf, Mann, dies ist von einem Skipper drüben in der Marina, welcher Angst hat vor Dieben.“

Auch er wollte oben an Deck schlafen. Das Wetter war gut. Wenn es regnete, würde es nur ein Schauer sein, und ein bißchen naß zu werden, konnte einen höchstens erfrischen.

Es tat gut, mit jemand reden zu können – über solche Dinge reden zu können wie beispielsweise das Wetter. Martin spürte, wie Spannung, Hast und Nervosität von ihm wichen. Haeberlin und seine Ermahnung, es nicht auf eigene Faust zu versuchen, fielen ihm ein, und sein Mund verzog sich spöttisch. Das Schiff war gut, und der Maat, den er nun hatte, war gut. Was konnte da noch viel passieren?

Als er schon im Einschlafen war, kam ihm wiederum der Name *Rainbow* in den Sinn, und plötzlich fiel es ihm wie Schuppen von den Augen. Wie unter Zwang erhob er sich von der Matratze, stieg in die Kajüte und ging an die Schublade, in der ein bestimmter Zettel aufgehoben war – der einzige bisher entschlüsselte Spruch dieses merkwürdigen Funkamateurs in der Karibik, mit dessen Zahlen-Code er sich auf dem Weg nach Martinique in der Flaute die Langeweile vertrieben hatte.

Valerie hatte den Funker für einen Spion gehalten, er selbst für einen Wettschwindler; denn der Funkspruch lautete: „Rainbow bringt 25, Einlauf 20, Platz 3." Aber es ging gar nicht um Rennwetten, wie es sich anhörte – es ging um Rauschgift. Was der Funkspruch besagte, war nichts anderes als dies: Daß ein Schoner namens *Rainbow* an einem Zwanzigsten mit 25 Gramm – oder auch *Ounces* oder *Pounds* oder was auch immer – einen Platz anlief, der im Verteilernetz der Rauschgiftmafia die Nummer 3 hatte!

Ein Platz beispielsweise wie die Insel Tortuga ...

Erst jetzt ging Hirth auf, was er getan hatte, als er dort das Heroin an sich nahm. Und jetzt auch noch an die Polizei weitergab. Er hatte nicht nur gewaltigen Schaden angerichtet – er hatte eben dieses Verteilernetz beschädigt. Bastian, wenn er der Organisator dieses Verteilernetzes war, mußte seinetwegen schäumen vor Wut.

Hirth sank auf die Sitzbank, weil ihm die Knie nachgaben. Die Wahrheit war: Er hatte es ja gar nicht nur mit ihm, diesem Bastian, zu tun und überhaupt nicht mit einem einzelnen Mann oder auch dreien oder vieren, sondern mit der Mafia schlechthin – einer riesigen, weltumspannenden, anonymen Organisation.

Angst sprang ihn an, graue, nackte Angst, und er hatte die Vorstellung von einem teigigen, nicht zu packenden Wesen in Art eines Tiefseepolypen, dessen Tastarme suchend herankrochen und auch schon übers Deck und den Niedergang herunter, und er machte sich unwillkürlich steif, um sich nicht zu verraten ...

16

Als sie ankamen, war niemand da. Nichts zu sehen von einem Zweimaster, dessen vorderer Mast niedriger als der hintere hätte sein müssen. Allerdings waren sie auch um eine gute Stunde zu früh. Die *Valmar* hatte flotte Fahrt gemacht. Hirths Erfahrung, daß dicht unter Land in Lee der Inseln ein besseres Vorankommen war als auf hoher See, bewahrheitete sich erneut. Selbst wenn der Wind einmal völlig verlorenging, genügte der Schwung doch immer bis zur nächsten Brise.

Hirth hätte sich keinen besseren Mitsegler wünschen können. Der Martiniquianer, mit dem Meer verwachsen, korrigierte Segelstellungen, zog Schoten dicht und verbesserte den Schwerpunkt, indem er den Sitzplatz wechselte, bevor er selbst sich noch richtig schlüssig geworden war.

Schon nach dem ersten Schlag – durch die Martinique-Passage zur Westküste von St. Lucia – war Stokey Legrand mit dem Schiff und seinen Eigenheiten vertraut.

„Sie ist eine alte Lady, aber man merkt, daß sie immer noch Rasse hat." Er grinste. „Eine alte Lady mit zuviel Hüftspeck ..."

Was er meinte, war zweifellos richtig: Das Gewicht lag zu weit achtern. „Du hast das ganz richtig erkannt und darum den Bugspriet zu einem Klüverbaum verlängert, aber was jetzt noch fehlt, ist, daß das Ruder leichter sein muß – nicht aus Eisen, sondern aus Glasfaser. Und auch vom Kiel unten muß ein gutes Stück Blei weg."

Sie passierten *Nag's Head* und gingen dann auf Kurs 272 Grad, um nicht in den Windschatten der Tausend-Meter-Berge von St. Kitts zu geraten. Bei Sonnenaufgang lag der Brandungssaum des Riffs wie ein weißer Wollfaden voraus. Beim Näherkommen war dann auch das Donnern zu hören, mit dem sich Wellen an Korallen brechen – ein Donnern wie von einem D-Zug.

„Was machen wir nun? Auf und ab stehen oder ankern?"

„Ich denke: ankern. Ankern und gemütlich machen bei einem guten Frühstück. Vielleicht machen wir auch gleich etwas zu essen für Madame, he? Was mag sie denn gern?"

„Hase", sagte Hirth und lächelte, „Hase, wie ihr Vater ihn macht ... Nein, nein, das war nur ein Spaß, ich hab' gerade an was denken müssen. Aber ein schönes Omelett mit Pilzen wäre nicht schlecht."

Er blickte besorgt zum Riff. „Aber wo willst du ankern? Doch nicht etwa hier?"

„An der Südkante, wo der Schwell längsseits läuft. Wenn erst der Morgenwind eingeschlafen ist, werden wir es angenehm ruhig haben. Es ist nicht gefährlich, wenn man ein Echolot hat wie du."

Mit geborgenen Segeln und, was Hirth betraf, verdammt mulmigem Gefühl in der Magengrube, tuckerten sie näher und immer näher an das Riff heran, so nahe schließlich, daß Hirth die Brandung schon unterm Bug glaubte.

„He, Stokey! Wir rennen auf!"

„Ach was! Das sind noch gute dreißig Meter. Schau doch aufs Echolot, wir haben bestimmt noch zwanzig Fuß unterm Kiel."

„Das fehlte mir – jetzt unter Deck zu gehen."

„Kein Angst nicht, *patron.* Stokey weiß, was er tut."

Also noch näher. Man konnte schon sehen, daß das sich stauende Wasser vor dem Riff einen Hügel bildete, da war Stokey endlich zufrieden: „Stopp!"

Aber er warf keinen Anker über Bord, wie von Hirth erwartet, sondern sagte: „Du mußt nun tauchen mit dem Anker und ihn so tief wie möglich verankern. Riffe bilden nämlich gern einen Balkon. Du denkst, dein Anker sitzt – aber in Wirklichkeit sitzt er bloß an diesem Balkon, und wenn Zug darauf kommt, bricht das Ding ab, und, schwupp, bist du perdu."

„Warum gehst du nicht und machst es selber?"

„Darf nicht tauchen, hab' kaputte Ohren."

„Na gut, dann wirf ihn mir runter, wenn ich im Wasser bin – aber wenn's geht, nicht gerade auf den Kopf. Und übernimm dann um Himmels willen sofort das Ruder!"

Hirth freute sich auf das Bad und auf die erfrischende Kühle. Im Handumdrehen war er aus den Kleidern. Im gleichen Moment, da er im Kopfsprung eintauchte, machte er die Augen auf.

Schräg vor ihm war das Riff: gegliedert, gebuchtet und wirr zerklüftet, aus unergründlicher Schwärze aufsteigend und immer heller und bunter und belebter werdend durch die verschiedenen Korallenarten, die Seeanemonen und Muscheln und Fische – und genau unter ihm, so dicht, daß er heftig abbremsen mußte, um nicht auf ihn aufzutreffen, war ein Hai. Massiv wie ein Torpedo und so groß, daß mehrere Lotsenfische ihn begleiteten, zog er des Wegs, unbeirrt, wie es schien, doch vielleicht auch nur selbst zu überrascht, um reagieren zu können. Als er dann kehrt machte, hing Martin schon an der Ankerkette, und kurz darauf an Stokeys Händen. Die Rückenfinne erschien genau an der Stelle, wo er eben noch im Wasser gezappelt hatte, tauchte aber sofort wieder weg – der Hai war nicht so dumm, nach einem Anker zu schnappen. Aber in einiger Entfernung kam die Finne wieder hoch, und sie blieb oben und zeigte an, daß der Hai das Schiff umkreiste.

„Das hätt' mir gerade noch gefehlt! Meine Frau kommt, und ich spiel' die Rolle des Verspeisten im ‚Weißen Hai'."

Stokey entschuldigte sich betreten: „Tut mir leid, wenn du dich erschreckt hast. Hätte mir denken müssen, daß es hier herum Haie gibt. Das Flachwasser über der Bank ist warm und das Riff voller Nahrung, das ergibt eine prima Kinderstube für Junghaie."

„Was machen wir denn aber nun mit dem Anker?"

„Wieder raufholen. Wenn du nicht tauchen und den Anker richtig verhaken kannst, dann ist Ankern unmöglich."

Sie wissen es, dachte Hirth voll Ingrimm. Diese Schufte, mit denen du zu tun hast, wissen genau, daß du nicht ankern kannst. Und rechnen damit, daß du nun hin und her läufst und in ständiger Furcht bist, den Druck des Schwells und die Entfernung falsch einzuschätzen. Sie möchten, daß du mit deinen Nerven am Ende bist, wenn du sie am nötigsten brauchst. Er war sich plötzlich sicher, daß die *Rainbow* noch ganze Stunden auf sich warten lassen würde.

Sie zogen sich um etwa eine halbe Meile vom Riff zurück

und setzten wieder Segel, um nicht Treibstoff zu vergeuden. Wie der Motor selbst war auch dessen Tank nicht für Dauerbetrieb ausgelegt.

Es ging schon auf Mittag, als Stokey sich aus dem Mast meldete: „He, *patron!* Schiff backbord querab!"

„Aber das wär' ja auf der Bank?! Bist du sicher?"

„Ganz sicher. Meine Ohren mögen schlecht sein, aber meine Augen sind prima."

„Aber warum kommen die über die Bank? Das ist doch riskant."

„Aber verdammt listig. Du kannst das Schiff kaum sehen, weil es weiß ist gegen weißen Korallensand. Du kannst nicht sagen, ob es fern ist oder nah. Und wenn du schießen wolltest, könntest du nicht sagen, wie weit es zu sein hat."

In der Tat wurde es zwölf, bis der Schoner heran war. Am südlichen Ende des Riffs, dort, wo auch die *Valmar* hatte vor Anker gehen wollen, drehte er bei. Die Segel fielen, die Maschine hielt das Schiff gegen die Strömung. Die typische Ferienyacht der Karibik – die *deck hands* alle fein in Weiß, die mitsegelnde Weiblichkeit barbusig. Hirth fragte sich, ob Kommissar Haeberlin, der doch angab, über den Rauschgifthandel in der Karibik völlig Bescheid zu wissen, auch nur ahnte, was hinter dieser Maske steckte.

Und die Burschen verstanden ihr Metier. Zwischen dem Schoner und der *Valmar* war die Kante der Bank, markiert durch einzelne Korallentürme, die sich bis dicht unter den Wasserspiegel erhoben, und genau hinter einem solchen Turm hielt sich die *Rainbow.*

Hirth stand am Steuerrad, neben sich auf der Sitzbank die FN-Automatic, durchgeladen und entsichert.

Doch mehr als Schreckschüsse würden kaum möglich sein. Die *Valmar,* die den starken Schwell im Rückwärtsgang auszugleichen hatte, schwänzelte und bockte. Erst jetzt, wo er sah, um wieviel ruhiger der andere lag, merkte Martin, daß er einen Fehler gemacht hatte. Anstatt stundenlang hin und her zu fahren, hätte er ebenfalls hinüber auf die Bank gehen müssen. Aber deren obskure Kante, so wurde ihm klar, hatte wie eine psychologische Sperre gewirkt. Jetzt war es zu spät. Die Trümpfe lagen alle auf der drübigen Seite.

Ein sonnengebräunter, schnauzbärtiger Mann, mit weißer Jacke und Schirmmütze herausgeputzt wie ein Operettenkapitän, trat mit einem Megaphon an die Reling: „Hallo, *Valmar* ...! Hier spricht der Kapitän der *Rainbow.* Entschuldigen Sie unsere Verspätung, aber wir haben schlechten Wind erwischt."

„Geschenkt! Wo ist meine Frau?"

„Die ist okay, keine Sorge."

„Wo sie ist?!"

„Sie können Sie hören, wenn Sie wollen ..."

„Sehen will ich sie! – Valerie ...?! Valerie, ich bin es, Martin."

Der Schnauzbart wandte sich der Kajüte zu und wechselte mit jemand, der sich darin befand, ein paar Worte. Gleich darauf war eine Frauenstimme zu hören. Martin schloß unwillkürlich die Augen. Er war überzeugt, daß es Valerie war, die er hörte, zudem sprach sie deutsch. Es war wie Sphärenklang.

„Grüß dich, Schatz! Es ist wirklich alles okay. Ich bin gesund und munter, nur daß ich mir furchtbare Sorgen gemacht habe. Ich ..."

Die Stimme kam offenbar durch einen Lautsprecher, bis sie gestoppt wurde, denn sie war noch besser zu verstehen als der Kapitän der *Rainbow* mit seinem Megaphon.

„Zufrieden?"

„Nein, erst wenn sie bei mir an Bord ist! Also, beeilen wir uns. Wie wollen wir's machen?"

„Sekunde, ich sag's Ihnen gleich. Zuvor möchte Sie noch jemand sprechen."

Das Megaphon wechselte zu einem in Seglerweiß gekleideten Mann, der sich bisher auf dem Vorschiff bei ein paar halbnackten, auf Matratzen gebetteten Mädchen aufgehalten hatte. Er war schon älter. Wie der *Captain* sprach er englisch.

„Sie haben uns ziemlichen Ärger gemacht, Mr. Hirth ..."

„Stopp!" brüllte Martin ihn wutentbrannt nieder. „Umgekehrt wird ein Schuh daraus! Den Ärger habt ihr gemacht – ich hab' mich lediglich gewehrt."

„Aber Sie sind zu weit gegangen."

„Ach, nein! Weil ich mich von euren Killern nicht hab' umlegen lassen?! Und meine Frau? Es ist ja doch wohl reiner Zufall, wenn sie noch lebt – diese Schweine hätten sie nämlich mitleidslos verrecken lassen!"

„Davon rede ich nicht. Wenn es sich darum handelte, Mr. Hirth, dann – glauben Sie mir – wären Sie längst tot. Ich rede von dem Zeug, das Sie an sich genommen haben."

„Woher wollen Sie denn wissen, daß ich ..."

„Wir wissen es. Wir wissen überhaupt viel mehr, als Sie glauben würden. Gehen Sie einfach davon aus, daß wir alles wissen."

Martin Hirth schluckte. Nicht viel anders hatte er es sich ja auch gedacht.

„Sie haben uns großen Schaden zugefügt", fuhr der Mann fort. „Und Sie haben auch einer Menge Menschen, die auf das Zeug angewiesen sind, Schaden zugefügt. Wenn das bekannt würde, Mr. Hirth – Sie wären ein toter Mann, ohne daß irgendwer von uns auch nur den kleinen Finger zu rühren brauchte. Die Leute würden geradezu Schlange stehen, Ihnen den Schädel einzuschlagen – fragen Sie mal den schwarzen Affen, den Sie an Bord haben."

Der Mann hatte sich von Hirths Wutausbruch nicht provozieren lassen. Er sprach, ohne auch nur die Stimme zu heben, zum Schluß geradezu sanft – sanft und höhnisch. Und wirklich lief es Hirth eiskalt über den Rücken – denn natürlich hatte der Mann recht. Wenn sich unter den Süchtigen herumsprach, daß es seine Schuld war, wenn die Droge, von der sie abhängig waren, knapp wurde, womöglich gar nicht mehr zu haben war, dann war er seines Lebens nicht mehr sicher.

„Ich merke, wir verstehen uns", beendete der Mann drüben die Pause. „Sie sind ja wohl auch nicht so dumm, sich nicht gleich gedacht zu haben, daß ein ‚Interessenausgleich', wie es in unserer Nachricht hieß, nicht nur darin liegen kann, daß Sie Ihr Frauchen wiederkriegen. Sie werden schon auch etwas dafür tun müssen ..."

„Sie wollen mein Schiff?!"

„Ich will, daß Sie wiedergutmachen, was Sie angerichtet haben."

„Und wie soll das geschehen?"

„Indem Sie für uns arbeiten."

„Rauschgift schmuggeln?!"

„Botendienste übernehmen, eine Art Paketdienst. Was diese Pakete enthalten, die Sie transportieren, ist nicht Ihre Sache. Ihre Sache ist einzig und allein, uns zu garantieren, daß sie ankommen."

„Und meine Frau?"

„Kriegen Sie, kriegen Sie." Der Mann zeigte mit dem Megaphon in die weibliche Runde. „Wir haben, was wir brauchen, wie Sie sehen – und in erstklassiger Qualität."

Dann zeigte er auf den schnauzbärtigen *Captain:* „Er wird Ihnen jetzt sagen, wie die Sache vonstatten gehen soll. Ach, ja, und noch etwas: Ihre Frau wird genauere Anweisungen bei sich haben."

Der Schnauzbart in der schönen Uniform erklärte, daß man ein Dingi aussetzen und an einem der Korallentürme vertäuen werde. In ihm würde Hirth alles finden.

„Ich rate Ihnen aber, das Dingi von dieser Seite aus aufzunehmen. Es ist gar nicht so schwer, rüberzukommen – eine Seemeile westwärts vor dem letzten Korallenstock finden Sie eine Passage mit zehn Faden Tiefe. Wenn Sie es nicht ganz dumm anstellen und sich in der Mitte halten, sollte das reichen. Der Schwell bringt Sie dann schon durch."

Hirth hörte gar nicht zu. „Valerie!" rief er, „Valerie ...!"

„Geduld, Geduld! Sie haben sie ja gleich."

Drüben wurde ein Beiboot, das bis jetzt auf dem Kajütendach festgezurrt war, losgebunden und, während die *Rainbow* sich quer zur Riffkante legte, auf ihrer Leeseite zu Wasser gebracht. Alles, was von dem Menschen zu sehen war, der von zwei Besatzungsmitgliedern aus der Kajüte geholt wurde, war ein Kleid – das bunt geblümte Seidenkleid, das Valerie anziehen wollte, als der Überfall auf die *Valmar* erfolgte.

„Valerie ...! – Valerie, ich bin sofort bei dir!"

Es kam keine Antwort. Aber vielleicht war sie auch nur nicht zu hören. Die *Rainbow* hatte Fahrt aufgenommen, ihre Maschine lärmte. In ihrem aufschäumenden Kielwasser tänzelte das Dingi auf dem Wasser, eine Art Rettungsboot mit einem Zelt aus orangefarbener Ölhaut.

Martin langte nach seinem Megaphon: „Keine Angst, Valerie, es kann dir nichts passieren. Das Boot, in dem du bist, ist fest vertäut. In höchstens einer halben Stunde bin ich da. – Ich liebe dich!"

Er konnte nichts hören. Er hatte es auch nicht anders erwartet. Die Entfernung betrug etwa siebzig Meter, das Ölhautzelt war dicht verschlossen, und zwischen hier und drüben tobte die Brandung. Er drehte sich um: „Los, Stokey! Die Segel hoch!"

Stokey Legrand arbeitete wie immer, nur daß er es schweigend tat. Kein Wort, kein Scherz, auch kein Grinsen, wie es ihm sonst alle paar Minuten die Zähne entblößte. Als er mit Segelsetzen fertig war, machte er sich auf dem Vorschiff mit dem Aufschießen von Leinen zu schaffen.

„Du, komm mal her ..."

„Kann nicht. Muß achtgeben wegen der Passage."

„Das hat Zeit. Du sollst herkommen."

Stokeys Mund war verkniffen, seine Augen waren schmal. Das schwarze runde Gesicht, das bisher von Fröhlichkeit und innerer Zufriedenheit wie erleuchtet zu sein schien, wirkte grau und stumpf.

„Was ist denn los mit dir? Sprich's aus. Es ist nicht gut, Ärger in sich hineinzufressen. Bist du böse, weil er dich einen schwarzen Affen genannt hat?" Hirth wollte den anderen anfassen, doch der wich zurück.

„Nicht weil er mich so genannt hat, sondern weil ich einer bin: Ein Affe – dumm!"

„Würdest du mir das bitte mal erklären." Martin war wie vor den Kopf geschlagen.

„Du hast diesen Männern Stoff weggenommen?"

„Ja. Aber was hat das ..."

„So viel Stoff, daß es eine Menge Männer glücklich machen würde, die danach süchtig sind?"

„Ja."

„Und ihn der Polizei übergeben?"

Martin nickte. Er erinnerte sich, daß er von vornherein, schon in der Nacht auf dem Golfplatz, so eine Ahnung hatte, dieses verdammte Heroin könne ihre Beziehungen zueinander belasten. „Ich mußte es der Polizei geben", versuchte er zu erklären, „es war wichtig für mich. Und verflixt noch mal, es war auch richtig! – Ich will mit so was nichts zu tun haben. Ich bin kein Rauschgifthändler."

„Aber jetzt wirst du einer sein."

Martin bedeutete durch eine Geste, daß darüber das letzte Wort noch nicht gesprochen sei. „Aber ich verstehe immer noch nicht, was das mit dir zu tun hat. Erklär es mir! Nimmst du etwa selber so'n Zeug?"

„Ich? Ich hab' mal *reefers* geraucht, als ich achtzehn und Heizer auf *Colombie* war, weil ich damals fast umkam vor Sehnsucht nach der Heimat, aber seitdem nie wieder. Doch ich kenne Männer, welche rauchen, und Männer, welche kauen, und Männer, welche sogar spritzen. Und diese Männer – sie kennen mich. Und wenn diese Männer zu erfahren kriegen, daß Stokey Legrand ein' Mann hilft, welcher ihnen wegnimmt, was sie dringend brauchen – dann kann ich mich einsargen lassen. Der Mann hat vollkommen recht. Ich bin nicht mehr als ein Affe – und nicht einmal mehr das, wenn er will, nämlich tot. Er braucht bloß den Mund aufzumachen."

Hirth schwieg betreten. Er begriff: Die Mafia hatte ihn jetzt nicht nur durch Valerie in der Hand. Er steckte nun auch wegen dieses verdammten Heroins in der Klemme. Und hatte darüber hinaus auch noch einen Dritten, völlig Unschuldigen mit in die Klemme gebracht – ausgerechnet Stokey, den einzigen Menschen, der zu ihm hielt. Das Gefühl war scheußlich.

Würgend legte er Stokey die Hand auf die Schulter: „Tut mir leid, Kumpel ..."

Stokey sah ihn schweigend an, seine Gesichtsmuskeln zuckten.

„Was können wir denn tun?"

„Nichts. Machen, was der Mann sagt. Und beten, daß er das Maul hält."

Stokey tätschelte die Hand auf seiner Schulter: „Du kennst Süchtige nicht. Du kennst die Karibik nicht. Und schon gar keine Ahnung hast du davon, was es heißt, in der Karibik und süchtig zu sein. Und jetzt: *An nous allé!*"

Bei achterlichem Wind war die Meile bis zu dem angegebenen Korallenstock binnen zehn Minuten geschafft. Die Passage war leicht zu finden. Im klaren Wasser schienen die Korallen bis direkt unter die Oberfläche zu reichen, aber wie das Echolot zeigte, hatte man nie weniger als 20 Meter unterm Kiel. Im Flachwasser über der Bank war die Strömung so heftig, daß mit dem schwachen Hilfsmotor nicht dagegen anzukommen war. Das Ankreuzen in der störrischen See auf dem

Weg zurück war langwierig und erforderte Hirths höchste Konzentration.

Plötzlich schrak er zusammen. Die Stimme einer Frau war zu hören. Sie kam aus dem ausgesetzten Dingi und rief immer wieder klagend: „Martin ..., Martin ..., Martin ...“ – wie eine kaputte Schallplatte.

„Gleich, gleich! Ist ja gut, Liebes, ist ja alles gut ...“

Die *Valmar* kam so genau, daß Stokey Legrand die Vertäuung des Dingis im ersten Zugreifen packen konnte. Er kappte das Tau mit dem Messer und gab sich auch mit dem Ölhautzelt nicht viel Mühe. Ein langer Schnitt, die Fetzen im Wind überlassen – und das Boot war offen.

Hirth, als er den Inhalt erblickte, schloß die Augen. Sein Mageninhalt schoß so schnell nach oben, daß er sich erst im letzten Moment abwenden konnte, um nicht ins Cockpit zu speien.

Die Stimme kam vom Tonband, und es war auch nicht Valeries Stimme. Ihr schickes Kleid war einer Sex-Puppe übergezogen – einer künstlichen Geliebten aus fleischfarbenem Latex mit Kugelbrüsten und obszön geöffnetem Mund, wie es sie in Pornoshops zu kaufen gab.

Martin war nicht fähig, sich zu rühren. Untätig und stumm sah er dabei zu, wie Stokey die Puppe aus dem Dingi fischte, wie er ihr das Kleid auszog und den festen gelben Versandbeutel abmachte, der daran befestigt war, wie er schließlich das scheußliche Ding, das sogar eine Art Vagina besaß, mit einem Tritt ins Wasser beförderte.

Ein Brief in dem Versandbeutel las sich: „Wir haben mit dem Kleid den Beweis geliefert, daß Ihre Frau in unserer Hand ist – nun liegt es an Ihnen, uns zu beweisen, daß Sie willens sind, Ihren Teil unserer Abmachung einzuhalten. Ohne Tricks! Ohne Polizei! Ohne irgendwelche Hintergedanken! – Auf der auf dem Anhang unter 1 angegebenen Position werden Sie eine Insel finden und darauf (Pfad rechter Hand in Richtung 330 Grad) eine Bootshütte, zu der der Schlüssel in diesem Umschlag paßt. Unter 2 finden Sie die Position des *Blue Bayou* in der Mississippi-Mündung, wo das dort deponierte Paket abzuliefern ist – und zwar am Montag, dem 16. März, morgens 04.00 (Neumond!); im *Blue Bayou* müssen Sie unbedingt die Markierung ‚Abner Stockman’s Alligatorfarm‘

beachten. Nach Erledigung des Auftrags werden wir von uns aus Kontakt mit Ihnen aufnehmen, begeben Sie sich also nach Martinique zurück. Allein von Ihnen und Ihrer Kooperation hängt nun ab, wann Sie Ihre Frau wiedersehen."

Hirth warf das Steuer herum. Die luftgefüllte Puppe schwebte auf den Wellen, sich drehend, wenn der Wind sie auf einem Wellenkamm erwischte, und ab und zu sogar von ihm auf die Füße gestellt. Hirth nahm die Pistole in beide Hände. Er hielt nicht eher inne, bis nur noch Fetzen übrig waren.

Stokey Legrand blieb die ganze Zeit stumm. Erst als Hirth wieder das Steuer von ihm übernahm, sagte er: „Bist du sicher, daß es diesen Bastian wirklich gibt, den du so haßt?"

„Ich habe ihn mit diesen meinen Augen gesehen! Zwar nur ein einziges Mal und für knapp eine Stunde, aber das hat mir gereicht."

Stokey wiegte den Kopf. „In Martinique gibt es Menschen, welche bei der Jungfrau schwören, daß sie mit ihren eigenen Augen *Zombies* gesehen haben, die gestiegen sind aus ihrem Grab – aber 's ist doch nur Phantasie."

17

Selbst Stokey Legrand wußte keinen Rat. In den französischen Antillen hieß eine Bucht entweder „Anse" oder „Baie" oder auch „Cul de Sac", wenn sie besonders eng war, doch die Segelanweisungen, herausgegeben von der Londoner Admiralität, besagten, daß ein *Bayou* nichts mit alledem zu tun habe – nicht Wasser und nicht Land, sondern im Urzustand erhaltenes, unwegsames Wassereinzugsgebiet im Mündungsdelta des Mississippi. Und ob es sich nun um einen *Blue Bayou* handelte oder einen *Bayou blanc,* auf keinen Fall bezog sich das Beiwort auf die Farbe des Wassers, sondern auf die der Blüten, welche die vorherrschenden Sumpfpflanzen trieben.

Was die Unternehmung anging, zu der Hirth sich bereit finden mußte, so schien er endlich einmal Glück zu haben.

Das Ziel lag in einer Verästelung der Barataria-Bay und durch die führte ein Arm des *Gulf Infracostal Waterway,* der die Stadt New Orleans mit dem Meer verband. Man würde also auf ausgebaggertes, mit Seezeichen markiertes Fahrwasser treffen. Trotzdem schaffte er sich vorsichtshalber ein neues, hochempfindliches und auf den Zentimeter genaues Echolot an, ein *Lowrance 1DD 1800* mit Digitalanzeiger, das sogar Alarm schlagen konnte, ihn aber sein letztes Geld kostete. Wenn Stokey Heuer verlangt hätte, so hätte er sie nicht zahlen können.

Er hatte gehofft, außer dem Rauschgift auch Geld vorzufinden für Anschaffungen wie diese, doch vergebens. Auch die Hoffnung auf einen Tip, wie das Zeug am besten zu verstecken sei, erfüllte sich nicht. Es blieb ihm überlassen.

Stokey war dafür, das Heroin – etwa zwei Kilogramm in zehn gleichen Plastikbeuteln – auf verschiedene Stellen im Schiff aufzuteilen, und auf die abenteuerlichsten Plätze gekommen, etwa den Hohlraum des Hauptmastes, die Luftkammern des Beiboots, doch Hirth entschied sich anders: Das Zeug würde überhaupt nicht versteckt werden! Es würde die ganze Zeit offen und greifbar im Cockpit liegen! Hirth besorgte sich eine Blechdose und machte sie mit Ankerkettengliedern so schwer, daß sie auch nicht eine Sekunde lang schwimmen konnte. Zuletzt noch grünblau bemalt, löste sie sich, wie die Versuche ergaben, schon in zwanzig Metern Tiefe in Nichts auf.

„So! Und wenn jetzt irgendwer dumm fragt, ja, wenn er auch bloß so aussieht, als ob er dumm fragen wollte, dann fliegt das Ding über Bord."

„Dann bist du endgültig erledigt. Die ganze Karibik, was sag' ich, die ganze Welt wird dich jagen. Und den armen Stokey mit dir."

„Und wenn wir geschnappt werden mit dem Scheißzeug, wird der arme Stokey ins Loch wandern mit mir. Wenn wir nicht durchkommen, mein Lieber, sind wir so und so im Arsch."

Stokey blies seine Backen auf, und Hirth nahm ihn um die Schulter: „Ich weiß, was du denkst. Du denkst: Hätt' ich diesen Kerl doch bloß nie gesehen. Aber mir geht 's ähnlich, glaub mir. Ich hatte ein Haus, einen hübschen Garten, ein interessantes Hobby, ich hatte mein Einkommen mit Aussicht auf

Pension und in allernächster Nähe einen See, um mich nach Lust und Laune aussegeln zu können – aber nein, hierher hab' ich kommen, einem Victor Bastian und einem Aimé Stokey Legrand übern Weg laufen müssen."

„He! Wenn du diesen Mann auf eine Stufe mit mir stellst, nehme ich es dir so übel, daß du mich nie wieder zu ein' *planteur* einladen darfst!"

Sie saßen eine ganze Weile so, Martin mit dem Arm um die Schulter des Schwarzen, und hingen ihren Gedanken nach, bis Stokey plötzlich seine schwere schwielige Hand auf die auf seiner Schulter tat: „Manchmal haben ja Männer, welche sich Mühe geben, auch sowas wie Glück ..."

Irgendwie Glück war bereits, daß vom ersten Tage an ein traumhafter Schiebewind blies. Nie unter 20 Knoten und gleichlaufend mit der Strömung, schob er die *Valmar* an Jamaika und den Cayman-Inseln vorbei, von Mittag zu Mittag jedesmal um gut 280 Kilometer. In der Straße von Yucatan zwischen Mexiko und Kuba ließ dieser freundliche Wind, von den kubanischen Gebirgen gebremst, zwar nach, dafür half die Strömung voran, die sich in der Meerenge verdichtete.

Das Seehandbuch riet zur Vorsicht. Dieser Trichter war es nämlich, der die Strömung zum Golfstrom beschleunigte, der dann, nordostwärts um Kuba herum und in die Floridastraße hinein, Geschwindigkeiten bis zu 4,8 Knoten pro Stunde entwickelte. Man sollte auf die Halbinsel Yucatan zu halten, um auch nicht vom westlichen Ast der sich teilenden Strömung nach Mexiko mitgenommen zu werden. Schließlich gab es noch einen dritten, nicht ganz so starken, schmaleren Ast, der etwa fünfzig Kilometer von der Yucatanküste entfernt am 87. Längengrad entlang auf die Vereinigten Staaten von Amerika zulief. Es war auch Glück, jedenfalls mehr als navigatorisches Geschick, diesen Ast auf Anhieb zu erwischen.

Jeden Mittag zwischen eins und zwei hockte sich Hirth ans Gerät, um die Funksprüche jenes Mannes abzuhorchen, der die Versorgung des Rauschgiftnetzes steuerte. Doch seine Hoffnung, daß auch die *Valmar* Erwähnung finden und er bei dieser Gelegenheit über Interna informiert würde, erfüllte sich nicht. Trotz aller Tüftelei wollten die Zahlenkombinationen ihr Geheimnis nicht offenbaren. Der Schluß lag nahe, daß der Code wechselte, vielleicht sogar von Tag zu Tag. Der Schlüssel dazu war eigentlich nur durch Zufall zu entdecken.

Beim letzten Mal hatte Hirth ein merkwürdiges Erlebnis. Ein gleichbleibend heller Ton störte den Empfang, ein Impuls wie von einem Peilsender, aber so deutlich und alles andere überlagernd, wie wenn er sich direkt an Bord befände. Hirth stürzte an Deck – und erblickte querab einen Ölförderturm. Er mußte der Impulsgeber sein, und die Seekarte stützte diese Annahme. Ein Aufdruck wies daraufhin, daß solche Anlagen durch Leuchtfeuer und Nebelhörner, aber auch Sendezeichen auf sich aufmerksam machten.

Am Samstagabend kam die Küste von Louisiana in Sicht mit zahllosen Leuchtfeuern, die vor Bohrinseln und Pumpenplattformen warnten. Das Hauptfahrwasser führte mitten hindurch und war nur für den sicher, der sich peinlich genau an bestimmte Peilimpulse hielt. Für die *Valmar* bedeutete dies unaufhörliches Kreuzen, und als der Schiffsverkehr trotz einfallender Nacht kaum abnahm, entschloß man sich, ein Stück abseits vor Anker zu gehen. Die Meerestiefe betrug gerade noch drei Faden, ganze 3,60 Meter. Ohne das neue Echolot hätte Hirth kein Auge schließen können.

Bis gegen zehn stak die Sonne im Dunst, und die glatte, farblose See spiegelte so stark, daß die künstlichen Inseln und Öltürme, die die *Valmar* in langsamer Fahrt hinter sich ließ, meterhoch darüber zu schweben schienen. Endlich war das Ufer zu sehen – ein unbeschreibliches, geradezu gewalttätiges Grün.

Hirth hatte nach Auflösung des Dunstes in die Barataria-Bay einpassieren wollen, warf aber diesem Entschluß um, als sich nun zeigte, daß das Meer voller Sonntagsausflügler war mit Rennbooten, Hochseemotoryachten, Windsurfern und Segelbooten. Wenn sie am Nachmittag heimkehrten, konnte man sich gut daruntermischen.

Von der Passage bis zum *Blue Bayou* waren es 24 Kilometer, und selbst wenn es in der Bay keinerlei Wind gab, war das mit der Maschine in vier, fünf Stunden zu schaffen.

Stokey fand den Plan gut. „*D'accord.* Spielen wir also Weekend auf Louisianisch – reicher Master geht mit sein' Leibnigger fischen."

Er kam dann auf die Idee, bei einem aufgelassenen Förderturm nach Muscheln, welche sich am Gestänge angesiedelt hatten, zu tauchen, und tatsächlich brachte Martin eine reichliche und absolut köstliche Mahlzeit herauf.

Während sie beim Essen saßen, kam ein kleines Sportflugzeug am Himmel heran, kreiste ein paar Mal über der *Valmar* und grüßte durch Wackeln, und der Mann und die Frau darin, die freundlich lachten und winkten, waren deutlich zu sehen.

Gegen sechs am Nachmittag, als alles in Richtung Ansteuertonne zusammenkam, machten sie sich auf den Weg. Der Wind wehte als schwache Brise, so daß man gut vorankam. Im Norden der Bucht teilte sich der Zug der Heimkehrenden, und sie schlossen sich dem Teil an, der in Richtung Little Lake und Turtle-Bay strebte. Der Wind ließ mehr und mehr nach, genügte aber immer noch, Druck aufs Ruder zu bringen. Erst als sie zum *Blue Bayou* abschwenkten, nahmen sie die Segel herunter und fuhren mit Motorkraft weiter.

Das Wasser war völlig still, mit einem Teppich aus Wasserlöffelchen, blau blühender Wassernuß und Wasserpest bedeckt und einer algengrünen Schneise in der Mitte, die nicht viel breiter war als das Schiff. Beiderseits an den Rändern des Bayous erhoben sich mächtige alte, mit Flechten und Moos und silbrigem Greisenbart bewachsene Sumpfzypressen, deren Kronen sich überm Wasser vereinigten und das geheimnisvolle Dunkel eines Tunnels hervorriefen. Unaufhörlich war Plantschen von Tieren zu hören und irgendein Knacken und Quarren und Raunzen.

Als hinter ihnen ein Motor laut wurde, sahen sich Martin und Stokey beklommen an. Platz zu machen, wäre unmöglich gewesen.

Das Gefährt, das herankam, bewegte sich auf Schwimmern und wurde von einer außerhalb des Wassers arbeitenden Luftschraube angetrieben. Die beiden Männer darauf trugen Polizeiuniform. Hirth zog die Blechbüchse mit dem Heroin näher zu sich heran.

„Hallo, Sir – wollen Sie noch weit?“

Hirth verneinte. Das *Air-Boat* war ein paar Meter hinter dem Heck der *Valmar* geblieben, und obwohl die Polizisten auf hohen Sitzen thronten, konnten sie unmöglich in deren

Cockpit blicken. „Wir wollten uns zum Übernachten in die Büsche schlagen, um niemand zu behindern."

„Hier haben Sie bestimmt Ruhe", bestätigte der Fahrzeuglenker, „und wenn Sie im Durchlaß bleiben, kann Ihnen auch kaum was passieren." Er lachte. „Falls Sie allerdings ein abendliches Bad gewohnt sind, davon würde ich abraten. Da hinten gibt es eine Alligatorfarm, und ab und zu entkommt so ein Biest."

Die beiden grüßten freundlich, das *Air-Boat* entfernte sich im Rückwärtsgang. Martin und Stokey atmeten auf.

Als der Pflanzenteppich so dicht wurde, daß die Yacht sich festzurennen drohte, gingen sie vor Anker, machten das Beiboot klar, das sie für den Rest der Strecke benötigten, und versuchten, ein bißchen zu schlafen.

Stokey hing bäuchlings überm Bug und mit dem Gesicht fast auf dem Wasser, aber es war dennoch mehr sein Instinkt als sein Blick, von dem er sich leiten ließ – von den unbedingt zu beachtenden Markierungen, von denen in den Anweisungen die Rede gewesen war, war nichts zu sehen. Der Nebel war zum Schneiden dick. Ein heißer, dumpfer, erstickender Brodem, der einem wie ein Waschlappen überm Gesicht lag. Hirth floß der Schweiß in Bächen beim Rudern. Doch wenn er mit dem Martiniquianer hätte tauschen wollen, wären sie beide verloren gewesen.

Es war nach einer halben Stunde, als Stokey sich unversehens aufrichtete.

„Was ist ...?"

Die Frage brauchte keine Antwort. Das Boot stieß an. Ein Drahtzaun sperrte den Weg.

„Vielleicht gibt's eine Tür?"

„Du bist der *patron,* du sagst, ob rechts oder links ..."

„Mir ist nicht nach Scherzen. Frag deine Nase!"

„Niggernase sagt: links!"

Er sollte wahrhaftig recht behalten. Nachdem sie sich ein Stück an dem Zaun entlang gezogen hatten – begleitet von hektischem Plantschen auf der anderen Seite –, kamen sie an ein zweiflügeliges Tor. Das Öffnen löste eine im Draht angebrachte Schelle aus, das Kläffen eines Hundes und im Wasser geradezu einen Tumult. Gleich darauf ging voraus im Nebel ein Licht an, und zehn Ruderschläge später waren sie da.

Der Köter, wieder still, aber bißwütig, stand auf dem Umgang eines Pfahlbaues und breitbeinig über ihm, die Hand an seinem Halsband, ein alter Neger mit weißem Kraushaar und mit einer blutigen Fleischerschürze. Als das Boot anstieß, drehte er – inzwischen schon von einer Wolke von Mücken umschwirrt – das Licht einer vor der Hütte hängenden Petroleumlampe herunter.

„Ich erwarte um vier Uhr fremde Männer", sagte er in tiefstem Baß, „aber es ist jetzt halb fünf ..."

„Wir sind diese Männer", sagte Stokey, „aber tu einer was gegen einen solchen Nebel."

„Abner Stockman", stellte sich der Alte vor und reichte eine Hand hinunter. „Kommt herauf, ihr Männer, und erfrischt euch. Und bringt mit, was ihr mir habt mitbringen sollen."

„Mach dir keine Umstände", sagte Hirth. „Wir drehen gleich wieder um."

„Geht nicht", erwiderte Abner Stockman. „Die Tiere sind jetzt so wild, daß sie euer Boot attackieren, und ihr habt noch nicht bis drei gezählt, da ist diese Nußschale umgekippt. Muß sie erst mit Futter auf die andere Seite locken. Aber das dauert seine Zeit."

Hirth zögerte nicht länger, als direkt neben ihm ein Alligatorenschwanz so dick wie sein Oberschenkel aus dem Wasser schnellte. Als Abner Stockman meinte, daß alles Ungewohnte Unruhe unter die Tiere bringe, hievten sie sicherheitshalber auch das Boot noch hoch. Er grinste: „Wenn man ein Ohr dafür hat, Alligatoren sind die besten Wächter."

Das Innere der Bretterhütte bestand aus einem einzigen Raum, dessen Mobiliar in der Hauptsache zwei Tische darstellten. Der eine war eine Schlachtbank, mit Blut und Schleim und mehreren Haufen zubereiteten Futters bedeckt, der andere eine Arbeitsplatte, auf der Draht und Holz und Werg und verschiedenes Werkzeug lagen und der erst zur Hälfte ausgestopfte Balg eines gut drei Meter langen Alligators. Überall standen Kübel und Eimer und Schüsseln, die eingedicktes, geronnenes Blut enthielten oder auch Kadaver von Ratten und Wasserhühnern, und auf einem Brett an der

Wand, das als Regal diente, fertige Alligatorpräparate, zwei kleinere darunter wie Hündchen auf die Hinterbeine gehockt. Tisch und Stühle waren schäbig, das Bett nur ein Matratzenlager, doch gab es einen Kühlschrank, ein transportables Fernsehgerät und ein gutes Transistorradio.

Abner Stockman ging mit einem Kübel voll Rattenkadavern nach draußen, einen merkwürdigen Singsang anstimmend, der alsbald im einsetzenden Platschen und Rauschen unterging.

„Sie fressen", berichtete er, als er mit dem leeren Kübel zurückkam, „aber sie wissen, daß ihr da seid."

Er brachte Mais-Whiskey in einer Korbflasche und an Stelle von Gläsern angestoßene blaue Emailletassen und aus seinem Kühlschrank Dosenbier, und Hirth hielt sich an dieses. Es war nicht nur wegen der unappetitlichen Tassen. Er hatte ein ungutes Gefühl. Irgend etwas in seinem Hinterkopf warnte ihn, auf der Hut zu sein.

„Aber dieser Whiskey ist gut", sagte der Alte enttäuscht. „Es gibt auf Meilen keinen, der euch einen besseren Whiskey brennt als Abner Stockman. Ich könnte allein vom Whiskey leben, wenn ich wollte."

„Du lebst von den Alligatoren?" Hirth wechselte das Thema, um die Pause nicht lastend werden zu lassen.

„Andere Farmen züchten Mississippi-Alligatoren, um die Häute als ‚Krokodilleder' zu verkaufen, aber dafür ist die meinige zu klein. Ich stopfe sie aus. Für Geschäfte, welche Mississippi-Andenken verkaufen in New Orleans, oder für Handtaschengeschäfte, welche sie sich ins Schaufenster stellen, oder auch für Liebhaber von so etwas. Ich verkaufe sie auch lebend an die Besitzer von Herrenhäusern, welche zwar einen Teich haben, aber keinen schönen großen Alligator, der zum Füttern angeschwommen kommt, wenn man singt. Ich übernehme alle Aufträge, welche sich mit Hilfe von Alligatoren ausführen lassen." Abner Stockman kicherte: „Alligatoren sind sehr nützliche Tiere."

Martin lief es kalt über den Rücken. Vielleicht lag es daran, daß die Viecher draußen immer noch zu hören waren, vielleicht an dem Geruch nach Blut und Talg und faulenden Knochen, dem Anblick all der Tierleichenteile, vielleicht aber auch nur an dem seltsamen Gewerbe dieses alten Negers in seiner blutfleckigen Gummischürze, der möglicherweise in Wahrheit nichts weiter war als ein armer Hund, der seinen eigenen Weg entdeckt hatte, über die Runden zu kommen – doch das Unbehagen in seiner Magengrube wurde immer stärker.

Abner Stockman süffelte von seinem Whiskey, begann zu grinsen und erhob sich, um die Lade einer altersschiefen Kommode im Hintergrund aufzuziehen. Martin blickte sich unwillkürlich nach irgendeiner Waffe um, und auch Stokey kroch wie zum Sprung in sich zusammen.

Als Abner Stockman zurückkam, hielt er ein paar kleine bunte Schächtelchen in der Hand – Packungen mit Kondomen. Er entnahm einen und blies ihn etwas auf. „So faßt er etwa fünf Unzen von dem Stoff, welchen ihr mir gebracht habt – und in einen Alligatormagen gehen vier davon, bis er sie wieder ausscheißt. Mit meinem alten Laster bringe ich solche Tiere bis nach Dallas und Miami, ohne daß mich wer anhält. Oder habt ihr schon mal erlebt, daß wer einem Alligator in den Rachen faßt?"

Er klatschte sich vor Vergnügen auf die Schenkel. „Abner Stockman hat vielleicht nur eine ganz, ganz kleine Alligatorfarm, aber sie ist konkurrenzlos."

Martins Mißtrauen war aufs neue genährt. Warum erzählte der Mann das? Warum behielt er, was doch gewiß ein Geheimnis zu sein hatte, nicht für sich? Weil er vielleicht sicher war, daß seine Zuhörer doch nicht mehr die Möglichkeit haben würden, es auszuplaudern?

Das kleine Sportflugzeug fiel ihm ein, das über der *Valmar* gekreist war und das Polizistengespann mit dem *Air-Boat.* Wer sagte, daß es nicht allesamt Häscher waren, die sie weiter und weiter reichten?

Dieser tote Arm des *Blue Bayou* war eine einzigartige Falle – und wenn er, Hirth, Victor Bastian gewesen wäre und jemand wie ihn hätte loswerden wollen, der nichts als Ärger machte, dann würde er ihn hierhergeschickt haben. Abner Stockman würde schweigen, die Alligatoren würden schweigen, und schweigend würde sich über allem, was geschah, dieser unheimliche grüne Teppich aus Wasserpflanzen breiten. Was für ein Narr er gewesen war, sich auf diese Fahrt einzulassen!

Abner Stockman räumte seine Kondome beiseite. „Bald

hätte ich's vergessen – ich habe ja auch noch Essen für euch Männer. Verzeiht einem alten Mann."

Er hatte saure Schweinefüße und Schweinskopfsülze und Schweineschmalz mit Grieben und frische Blutwurst vorbereitet. „Ein Farmer drei Meilen nördlich züchtet Schweine", erklärte er kichernd, „und manchmal verirrt sich eines in den Sumpf. Ich nehme mich dann des armen Tieres an, bevor es die Alligatoren tun."

Das Essen sah so übel nicht aus. Unter anderen Umständen hätte Martin zugelangt. Doch wieder mußte er daran denken, was dahinterstecken könne. Schien der Alte nicht gerade versessen darauf, daß sie etwas zu sich nahmen? Daß die Speisen vergiftet sein könnten, nahm er nicht an, denn Abner Stockman bediente sich selbst davon, wie er ja auch vom Whiskey trank – und so kam es ihm möglicherweise auch nur darauf an, Zeit zu gewinnen. Oder war alles nur Einbildung und dieser Abner nichts als ein Kauz, der auskosten wollte, daß seine Einsamkeit eine Unterbrechung erfuhr?

„Ich hab' keinen Hunger, aber ich würde gerne noch 'n Bier nehmen", sagte Martin, von der Lautstärke seiner eigenen Stimme überrascht.

Abner Stockman erhob sich sofort. Zusammen mit dem Bier brachte er eine alte verbeulte Balkenwaage und seine Brille mit an den Tisch, setzte sie auf die Nase und machte sich daran, die Blechdose mit dem Heroin auseinanderzunehmen.

Plötzlich ging Martin auf, was ihn irritierte: Sie waren nicht allein! Es war noch jemand da, er spürte es, und zwar in allernächster Nähe, wenn auch unsichtbar.

Er richtete sich so jäh auf, daß Stokey aufmerksam wurde, sah ihn an und ließ dann seinen warnenden Blick bedeutungsvoll zur Bretterwand wandern. Stokey begriff augenblicklich. Auch er nahm eine gespannte, abwehrbereite Haltung ein, und seine Augen gaben das Signal zurück.

Und auch Abner Stockman blickte hoch. „Es ist nichts, Männer", beschwichtigte er, „nur die Alligatoren. Sie riechen euch Fremde."

Martin glaubte ihm nicht. Er war jetzt sicher, daß der alte Gauner etwas im Schilde führte. Er hätte schwören mögen, daß jenseits der Bretter, und zwar hinter der Schlachtbank, jemand atmete. In seinem ganzen Leben hatte er noch nicht solche Angst gehabt.

„Los, komm!“ stieß er hervor, stand auf und packte Stokeys Arm.

Abner Stockman blinzelte über den Brillenrand: „Aber ...“

„Wir haben's eilig“, sagte Martin nur noch, da war er schon an der Tür.

Das Boot war noch an der gleichen Stelle, an der sie es zurückgelassen hatten, und auch die Paddel fanden sich. Der Nebel war jetzt, da der Morgen graute, eher noch dichter. Schon nach ersten Ruderzügen war die Hütte nicht mehr zu sehen.

Aber plötzlich wurden aus dieser Richtung Schritte und Stimmen laut, Abner Stockman stieß Verwünschungen und Flüche aus, und im Moment darauf knallten Schüsse.

„Verflucht! Ahnte ich 's doch. Kopf runter, Stokey!“

„Zu was? Lieber erst eine Kugel und dann zwischen die Alligatoren als umgekehrt.“

Das Geschieße verstummte, dafür flammte ein Scheinwerfer auf, der aber zu schwach war, den Nebel zu durchdringen. Immerhin zeigte er an, in welche Richtung man sich zu wenden hatte. Sie fanden das Tor auf Anhieb, und fanden sogar auch die Alarmschelle, und so konnten sie entschlüpfen, ohne sich durch Lärm zu verraten.

Wenig später steckten sie in der Deckung des Stammes einer Sumpfzypresse. Noch eine ganze Weile war zu hören, wie die Alligatoren sich gegen den Drahtzaun warfen.

18

„Was nun?“ wandte sich Hirth an Stokey Legrand. „Weiterrudern oder abwarten? Zum Schiff zurück – oder lieber klammheimlich seitwärts in die Büsche?“

„Da muß ich erst nachdenken.“

„Es ist jetzt sechs. Gestern hat es noch gute vier Stunden gedauert, bis der Nebel nachließ.“

„Dann haben wir ja viel Zeit. Wer soll das Schiff schon finden bei solch einem Nebel? Wird sogar für uns schwer sein, obwohl wir wissen, in welche Richtung wir zu rudern haben und wie lange."

„Das wissen wahrscheinlich auch andere. Und vielleicht sogar noch besser."

Hirth unterrichtete Stokey über seine Vermutungen wegen des Flugzeugs und der Streife mit dem *Air-Boat*. „Man hat uns weitergereicht, begreifst du? Dieser angebliche Polizist – warum hat er die Alligatorenfarm erwähnt? Er wußte, was wir vorhatten!"

„Warum angeblicher Polizist? Willst du damit sagen, er sei nur verkleidet gewesen?"

„Ja, was glaubst du denn, was hier eben passiert ist? Das war 'ne Falle! Man hat uns ans Leder wollen."

„Wer? Doch nicht dieser schwarze alte Mann?"

„Nicht er alleine. Da waren schon auch noch andere. Du hast sie doch auch mitgekriegt, oder?"

„Nicht dieser alte Mann! Niemals nicht. Ich kenne gut schwarze alte Männer wie diesen. Der hat keine Falle nicht gestellt – der saß selber drin."

Hirth fiel es schwer, umzudenken. „Aber wenn das – wenn das wirklich Polizei war ..."

Er ließ die Ereignisse bei Abner Stockman vor seinem geistigen Auge ablaufen – sowohl die eine wie die andere Betrachtungsweise hatte etwas für sich.

„Aber warum hat man uns entwischen lassen? Warum wimmelt's hier nicht von Polizei, um uns in Empfang zu nehmen?"

Stokey Legrands treffende Antwort: „Wie kannst du wissen, daß es nicht wimmelt, wenn du nicht einmal weißt, wo deine Hand ist, wenn du sie ausstreckst?"

„Womit wir also wieder beim Anfang wären. Was machen wir?"

„Auf gar keinen Fall werde ich seitwärts in die Büsche gehen, wo ich nicht kenne dieses verfluchte nasse Land und jeder Hund, welcher irgendwo bellt, mein Feind sein kann."

„Also zum Schiff ..."

Hirth merkte, daß er nicht weiter fragen durfte; Stokey erwartete eine klare Entscheidung. Er war ein Kumpel, ein

Freund – aber jetzt war er der *matelot* des *patron,* dem es zustand, darauf vertrauen zu dürfen, daß er geführt wurde.

Martin gab seiner Stimme Festigkeit: „Du hältst wieder Ausschau, ich rudere. Auf geht's! Und, pst, kein Wort mehr. Vielleicht sind wir ja wirklich nicht allein hier."

Schlimmer, viel schlimmer als die schweißtreibende Ruderei in diesem Brodem wie heißer Brei waren die Laute rundum – ein immerwährendes Schlürfen und Glucksen und Gicksen und Gurren und Platschen, das ebensogut von einem Tier herrühren konnte wie von einem Menschen, welcher, um ein unauffälliges Zeichen zu geben, ein Tier nachahmte. Ein Summen wie vom Motor eines sich nahenden Sumpfschlittens – es stellte sich als eine Hummel heraus; ein schriller Pfiff wie ein Signal – nur eine Ente. Die Geräusche feilten die Nerven dünner und dünner. Nach einer halben Stunde war Hirth soweit, daß er das Auftauchen von Polizei als Erlösung empfunden hätte.

Da richtete Stokey sich auf: „Wir sind da."

Nichts zu sehen von einem Schiff, doch Stokey versicherte, es liege direkt voraus.

„Kannst du was hören?"

„Nichts. Alles ruhig."

Noch einmal ließ Hirth sich alles durch den Kopf gehen. Gesetzt den Fall, daß es sich um eine Aktion der Polizei handelte, würde man sie jetzt erwarten. Aber es gab da einiges, das nicht passen wollte zu dieser Annahme. Warum hatte man Abner Stockman festgenommen, statt ihn zu beschatten und sich von ihm zu seinen Hintermännern führen zu lassen? Warum hatte man sich nicht an ihre Fersen geheftet? Entweder war hier ein Dorfsheriff tätig geworden, der 's nicht besser wußte – oder aber ein ganz Schlauer, der es nicht besser wissen wollte. Und dann gab es möglicherweise höhere Interessen, die Vorrang hatten. Oder aber eine üble Kungelei, bei der Mafia und Polizei unter einer Decke steckten. Die Schüsse, der Scheinwerfer, ging Hirth auf, galten gar nicht wirklich ihnen; die einzig wirkliche Chance, sie zu schnappen, nämlich mit *Air-Boats,* war nicht genutzt worden. Es gab nur einen Schluß: Man wollte, daß sie entkamen.

„Zum Schiff", sagte er.

„Du bist der *patron* ..."
„Zum Schiff!"
Die *Valmar* fand sich vor, wie sie verlassen worden war – schlafend, wie Segelschiffe immer wirkten an einem Nebelmorgen.
„Verdammt dicke Suppe, um abzuhauen, hm?"
„Abhauen? Wir haben Zeit, viel Zeit. Mach uns erst einmal ein gutes Frühstück." Hirth legte Stokey die Hand auf die Schulter: „Hast schon richtig verstanden."
Er setzte ihm auseinander, was er überlegt hatte. Stokey stimmte ihm zu: Es war um Stockman gegangen, nicht um sie.
„Irgendwer spielt Schutzengel. Aber wer?"
„*Moin pas save,* weiß nicht. Das ist eben die Mafia."
„Aber – warum?"

Hirth schlug sich immer noch mit dieser Frage herum, als die *Valmar* schon draußen im Golf war und er sich daran machte, den Funkverkehr der Rauschgiftleute abzuhorchen. Plötzlich platzte wieder dieser starke, nicht auszusteuernde Peilimpuls in den Empfang, der gleiche, den Hirth drei Tage zuvor registriert hatte. Doch von einem Förderturm, der die Quelle dafür hätte sein können, war weit und breit nichts zu sehen.

Ein furchtbarer Verdacht begann sich in Hirth zu regen. Und er mußte lange warten und sich in Geduld üben – bis dann genau das passierte, was den Verdacht zur Gewißheit machte: Die Impulse kamen in ganz langen Intervallen – und die *Valmar* selbst war der Sender! Irgendwo an Bord gab es ein Gerät, welches Peilimpulse aussandte – und so einem fernen Lauscher verriet, wo das Schiff sich befand.

Nach nur zehn Minuten war das Mistding gefunden: hoch oben im Großmast ein mit Transistoren arbeitender Sender von der Größe von anderthalb Zigarettenpäckchen, die Hälfte davon die Antriebsbatterien enthaltend. Martin hatte ihn nicht entdecken können, weil er es neuerdings Stokey überließ, den Mast zu erklimmen, der der Flinkere war. Der aber hatte das unscheinbare Kästchen für eines der Dinge gehalten, die Hirth für seine Funkerei brauchte.

Er, Stokey, kam jetzt darauf, wer es installiert haben konnte – der BNDD-Agent Jack Ruben. Als Hirth in Martinique in

Haft war, hatte er den Mast bestiegen. Und vielleicht, so überlegte Martin, hatte man ihn überhaupt nur darum in Haft genommen – damit Ruben die Gelegenheit dazu bekam. Mit Hilfe dieses Peilsenders war er von Insel zu Insel gereicht worden, wo ja überall solche Jack Rubens saßen, und letzten Endes bis nach Amerika.

Ruben also! Und ohne sich ein Gewissen daraus zu machen, daß es nicht um irgendwelchen Rauschgiftschmuggel ging, sondern um Kidnapping, nicht um irgendwelches verdammtes Heroin, sondern um Valerie!

Das Mosaik stimmte, keine Frage blieb mehr offen. Das Warum hatte eine Antwort gefunden: Mr. Ruben war es, der die *Valmar* hatte entkommen lassen – um seinen Sender weiterverfolgen zu können.

Im ersten Zorn war Hirth versucht, das Gerät über Bord zu werfen. Dann überlegte er es sich anders. Behutsam, fast liebevoll deponierte er es im Cockpit.

„Aber dann kann man uns ja weiterhin verfolgen?“

„Genau das, mein lieber Stokey, soll man auch ...“

Erst als die Straße von Yucatan erreicht war, nahm Hirth sich den Apparat, der treu und brav seine Signale von sich gab, wieder vor. Aus einem Stück Styropor, das bisher dazu gedient hatte, die Schleppangel, die sie hinter sich her zogen, in einer bestimmten Tiefe zu halten, schnitzte er eine Wanne, bettete den Sender hinein und befestigte das Ganze mit Schnur auf der Ruderbank des Beiboots, um dieses aufs Wasser zu setzen, als die Strömung besonders stark war.

Sofort wurde das Beiboot ergriffen und davongetragen – nach Nordosten, mit dem Golfstrom der Floridastraße zu und vielleicht sogar bis in den Atlantik und nach Europa. Die Entfernung zwischen ihm und der *Valmar,* die fast entgegengesetzt in die Karibische See vorstieß, wurde rasch größer.

Hirth streifte ruhelos durch die Geschäftsstraßen von Fort-de-France. Er hätte nicht sagen können, was ihn trieb. Wahrscheinlich war es einfach so, daß er es nicht aushielt, an Bord herumzuhocken und zu warten, daß sich etwas tat. Kein Wort von Valerie, nicht das winzigste Lebenszeichen.

Stokey nahm es mehr fatalistisch. Es sei schon richtig, daß

man nichts machen könne – doch müsse man froh sein, selbst ungeschoren zu bleiben. Wie es aussah, war noch nicht durchgesickert, daß der Skipper der *Valmar* der Mann war, der ungezählten Abhängigen ihre Droge entzogen hatte, indem er ein Quantum, das für zehntausend Schüsse ausgereicht hätte, der Polizei übergab. Und dem es dann auch noch passierte, beteiligt zu sein, als ihr noch einmal die gleiche Menge in die Hände fiel.

Stokey hatte seine Lauscher aufgestellt, aber noch kein einziges böses Wort aufgefangen. Er hätte auf seinen Posten in der Marina zurückkehren können, zog aber das ungebundene Seemannsleben vor.

Doch es war alles andere als das Leben, wie die übrigen Yachtbesitzer es führten. Sogar Hirths Notgroschen war inzwischen aufgebraucht, ein Hilferuf an seine Mutter in Bayern dummerweise zu lange hinausgezögert worden, als daß sie schon hätte reagieren können. Wenn Stokey sie nicht beide ernährt hätte mit dem, was er von zu Hause an Bord schleppte, hätten sie hungern müssen. Die Eltern betrieben bei Sainte Anne tief im Süden Martiniques eine kleine Landwirtschaft.

So ganz ohne Grund geschah es denn auch nicht, wenn Martin an diesem Morgen von Schaufenster zu Schaufenster wanderte – er hoffte auf einen Job. Banken und Versicherungen, auch die Handelskammer von Martinique, bei denen er angeklopft hatte, hatten bedauert, der Präsident der letzteren zumindest einen Tip gewußt: Da er sich auf Funkgeräte verstehe, könnte eine feinmechanische Werkstätte in Frage kommen.

Es war in der Rue Victor Hugo, wo Martin ein Geschäft für Büro- und Schreibmaschinen entdeckte. Als er schon im Begriff war, die Straße zu überqueren – und Gott sei Dank noch aufgehalten von den Stoßstange an Stoßstange parkenden Autos und Passanten, die sich zwischen ihnen hindurchzwängten –, stockte sein Fuß. Ein Mann, mit dem er am allerwenigsten zusammentreffen wollte, kam ihm zuvor – ein kleiner, schmaler, behender Mann mit zu einer Bürste gestutztem Haar. Jack Ruben kam mit zielstrebigen Schritten von der *Savanne* her und betrat genau den gleichen Laden.

Martin verdrückte sich ins nächstbeste Geschäft und ließ sich Hemden vorlegen, von denen er sich in Wirklichkeit nicht einmal mehr nur einen Ärmel leisten konnte, während er den bewußten Laden im Auge behielt. Zum Glück erschien Ruben wieder, bevor die Situation peinlich wurde.

Er bedauerte, nicht das Richtige gefunden zu haben, und verließ das Geschäft. Als er den Amerikaner um die Ecke biegen sah, überquerte er die Straße. Er hätte nicht sagen können, was ihn anzog; es war reine Neugier.

Was ihm zunächst auffiel, war, daß das Geschäft nicht von einem Einheimischen geführt zu werden schien – die Schaufenstergestaltung hatte europäischen Stil. Ein „Sonderangebot“ auf einem sich drehenden Podest zog den Blick auf sich, und daß Martin sich wie magisch davon angezogen fühlte, lag an dem Fabrikat der angepriesenen Schreibmaschine – eine japanische BROTHER.

Brother! Das war der Begriff, der ihm immer wieder mal im Mafia-Funkverkehr begegnet war, und während sich die Gelegenheiten, bei denen dies geschah, wie ein Film vor seinem geistigen Auge abspulten, las er fiebernd, was am Fuße des rotierenden Sockels zu lesen stand: „Brother 8300; Tagespreis = 2639,35 Francs.“

Er hätte schwören können, was er, wenn er sich heute zur Sendezeit einschaltete, zu hören bekommen würde – eben dieses „Brother 8300“; und während sein auf Zahlen trainiertes Gehirn den genannten Preis wie ein Schwamm in sich einsog, begann er bereits, im Geiste damit zu kombinieren. Denn das, keine Frage, war endlich der langentbehrte Schlüssel zum Code: der „Tagespreis“. Er nannte die Zahlen, die an einem bestimmten Tag als Schablone zur Übertragung in Buchstaben dienten!

Ohne Ruben wäre er nicht darauf gekommen – ohne ihn hatte er nicht plötzlich solche Angst gehabt. Denn es war doch gewiß nicht bloß Zufall, wenn er an diesem Knotenpunkt des Rauschgiftnetzes auftauchte.

Martin erinnerte sich, wie er sich die Mafia einmal als eine Art Tiefseepolyp vorgestellt hatte, der mit riesigen glitschigen Armen den Erdball umspannte. Doch wenn ein Jack Ruben, ein Mann, der diese Mafia doch bekämpfen sollte, ein doppeltes Spiel trieb und mit ihr gemeinsame Sache machte, dann war selbst dieses furchterregende Bild noch untertrieben.

Der Weg zu Valerie schien ihm plötzlich sternenweit.

Vierter Teil

19

Einer der schönsten Flecken Martiniques ist die Halbinsel Caravelle. Die Namen zweier Buchten bewahren die Erinnerung an die Zeit, als sie belebte Häfen waren – *Baie du Galion* und *Cul de Sac Tartane.* Als Jack Ruben an diesem schönen Morgen mit Flossen, Atemmaske und Preßluftflasche ins Wasser stieg, wirkte er wie irgendeiner der Sporttaucher, die hier ab und zu nach Schätzen versunkener Schiffe suchen.

Er schwamm zunächst zu den Galion-Klippen, wo einmal eine Galeone der Spanier zerschellt sein soll, und von dort zum gegenüberliegenden Ufer, vor dem eine weiße Zweimastyacht vor Anker lag. Als er an ihrer seewärtigen Seite auftauchte, stand dort ein Mann an der Reling.

„Suchen Sie nach Gold?" fragte der Mann.

Jack Ruben antwortete: „Die Galeonen der Spanier haben hauptsächlich Silber transportiert."

Der Mann, grauhaarig und über Fünfzig, in weißen Hosen und Marineblazer, zeigte sich interessiert und lud den Taucher ein, an Bord zu kommen und bei einem Drink mehr darüber zu erzählen.

Der Skipper des Seglers erschien, um dem Gast mit seinem schweren Tauchgerät zu helfen, und nie wäre er darauf gekommen, daß dessen Erscheinen alles andere als zufällig und der zwischen ihm und seinem Passagier geführte Dialog ein Austausch von Kennworten war. Das Hotel *Colony Club* in Barbados hatte ihm die Charter wie ungezählte andere zuvor vermittelt – ein reicher Amerikaner, schon älter und ohne Anhang, welcher ein paar Tage segeln wolle. Daß Alvin P. Laubheim – so nannte er sich – Martinique als Ziel vorschlug, ging in Ordnung; daß er die Galion-Bucht in Augenschein nehmen wollte, konnte dem Skipper nur recht sein. Still, romantisch und mit glasklarem Wasser, dazu angenehm kühl durch die frische Meeresbrise, war sie ein erholsames Plätzchen.

Kurz nachdem der Taucher an Bord gekommen war, erschien Mr. Laubheim beim Skipper: „Der Mann erzählt so appetitanregend von Langusten, daß er mir den Mund danach wässerig gemacht hat. Könnten Sie uns, Verehrtester, nicht welche besorgen?“

„Ich weiß nicht, ob es hier welche gibt.“

„Sie müssen sie nicht fangen. Kaufen Sie welche.“

„Okay. Kann aber sein, daß ich dazu bis nach Fort-de-France muß.“

„Macht nichts.“ Alvin P. Laubheim lächelte. „Ich denke nicht, daß ich Sie benötigen werde. Und nehmen Sie Ihre *deck hand* mit. Der Mann ist's ja, der die Viecher wird kochen müssen, nicht wahr?“

„Wenn Sie glauben, daß Sie allein zurechtkommen, Sir ...“

„Machen Sie sich um mich keine Sorgen. Vielleicht wird mir dieser nette Herr ein wenig Gesellschaft leisten.“ Alvin P. Laubheim lächelte wieder. „Und ich verspreche Ihnen, nicht einfach auf und davon zu segeln.“

Der Skipper lachte herzlich über den Scherz, schnappte sich seine Brieftasche und den Schwarzen, der bei ihm als Mädchen für alles mitfuhr, und zehn Minuten später waren Alvin P. Laubheim und Jack Ruben allein.

„So, das hätten wir. Und nun schießen Sie los, Jack.“

Als Alvin P. Laubheim, der seinen Schiffsleuten nachgewinkt hatte, sich von der Reling abwandte, ging eine Wandlung mit ihm vor. Er war nicht länger mehr der gutmütige ältere Herr mit dem gewinnenden Lächeln, sondern der CIA-Subdirektor J. P. Dexter, dessen Gesicht Nüchternheit und Scharfsinn prägten.

„Meinen Bericht haben Sie bekommen?“ fragte Ruben.

„Er ist der Grund meines Hierseins. Das FBI hat sich über Sie beschwert ...“

Jack Ruben blickte auf und wartete.

„Sie hätten diesen Alligatorenzüchter im *Blue Bayou* beschatten und seinen Lieferanten festnehmen wollen, sagen sie, aber Sie hätten darauf bestanden, daß der Fall nach Ihren Intentionen gehandhabt würde – ‚unkriminalistisch, uneffektiv und unqualifizierte', wie es im Wortlaut der Beschwerde heißt. Und dummerweise hat man dann diesen Kerl nicht mal befragen können, weil er bei dem Versuch zu flüchten, zwischen seine Tiere gefallen ist – oder aber mit Absicht gesprungen. Jedenfalls sind nur ein paar Knochen von ihm wieder aufgetaucht."

„Sie kennen meine Gründe, Jee-Pee ..."

„Darum geht 's nicht, Jack. Es geht darum, daß Sie Mißtrauen erweckt haben. Sie gelten als ein guter Mann des BNDD, um nicht zu sagen, einer der besten – aber beim FBI legt man sich natürlich nun die naheliegende Frage vor, wieso."

Ruben sagte nichts, und J. P. Dexter alias Alvin P. Laubheim zog eine Grimasse, während er ihn betrachtete. „Wir würden Sie nur höchst ungern aus der Karibik abziehen, Jack ..."

„Wenn man den Alligator-Mann beschattet hätte, hätte man seine Hintermänner vergrämt – mit dem Resultat, daß der Rauschgifthandel stillgelegt worden wäre. Es ist aber das ganze Gegenteil, woran mir liegt – woran mir liegen muß, wenn ich mit unserem Plan vorankommen will."

„Ah! Wie steht es damit? Ihr Bericht war in dieser Hinsicht leider sehr zurückhaltend."

„Dazu muß ich etwas weiter ausholen. Ich baue auf diesen Deutschen, Mr. Hirth ..."

„... dem Sie Ihren Sender an Bord geschmuggelt haben?! Aber wird der sich jetzt, wo er dahintergekommen ist, nicht absetzen?"

„Er kann gar nicht. Da ist doch diese Sache mit seiner Frau."

„Ja, ja, ich hab' es in dem Bericht gelesen. Aber ich kann's kaum glauben. Sicherlich, das *Syndikat* erpreßt die Leute, die es als Dealer einsetzt – aber mit Kidnapping?"

„Wir verstehen es auch nicht – damit meine ich Kommissar Haeberlin von der hiesigen Sureté und mich – und haben die Sache darum wieder und wieder durchgekaut. Es gibt unendlich viele Ungereimtheiten. Wissen Sie, wo dieses Kidnapping seinen Anfang genommen haben soll?"

Dexter legte fragend den Kopf schief.

„Sie wissen doch, wo Victor Bastian sein karibisches Domizil hat?"

„Unser alter Freund Vic? Auf St. Barthélemy."

„Auf einem Felsplateau in der St. Jean's Bay von Saint Barthélemy, welches er *Eden Rock* getauft hat. Gleich unterhalb haben sich die Kidnapper der Yacht bemächtigt."

„Das glaube ich nicht! Nie und nimmer glaube ich das. Ein Bastian, der darauf bedacht ist, daß er sich nicht auch nur einen Strafzettel wegen Falschparkens einhandelt, der wird doch nicht ..." J. P. Dexter brach kopfschüttelnd ab: „Unsinn!"

„Ich sagte ja, daß es Ungereimtheiten gibt. Haeberlin steht vor einem Rätsel."

„Er hält Sie doch hoffentlich für einen Mitarbeiter des BNDD?"

„Aber ja. Vom CIA ahnt der gute Haeberlin nichts. Für jedermann – das *Syndikat* eingeschlossen – bin ich der Mann vom *Bureau.*"

Dexter nickte zufrieden. Dann fuhr er nachdenklich fort: „Und wenn diese Kidnapping-Geschichte nur erfunden ist?"

„Der Mann hat die beiden Kidnapper umgelegt. Er hat für vierhunderttausend Dollar Heroin bei der Polizei abgeliefert. Er hat ..."

Dexter vollführte einen Hieb durch die Luft. „Kidnapping könnte vielleicht zu einem Chinaglia passen oder Costa, aber doch nicht zu Bastian selber! Und im Grunde paßt 's überhaupt nicht zum *Syndikat.* Wenn die einen Dealer brauchen, dann gibt es genug arme Würstchen, die die paar Kröten nicht aufbringen, ein zerrissenes Segel zu ersetzen. Ich habe auch schon davon gehört, daß sie sich Leute geangelt haben, die sich in irgendeinem Negerstaat mißliebig gemacht hatten und eine hohe Kaution stellen mußten, um nicht hinter Gitter zu wandern. Aber Kidnapping? Und warum gerade diese Deutsche?"

Ruben wurde hellhörig. „Sie wollen auf etwas Bestimmtes hinaus?"

„Vielleicht handelt sich es um eine private Affäre? Sagen wir – daß Bastian sich als Mann für diese Frau interessiert. Sie verstehen, was ich sagen will?"

Ruben wußte sehr wohl, worauf J. P. Dexter hinauswollte: Daß der Fall unter solchen Umständen die Polizei wenig anging – und daß es keine Verletzung dienstlicher Obliegenheiten bedeutete, wenn man die Ermittlungen nur lässig betrieb.

„Der Mann ist allerdings selber auch der Meinung, daß es sich nicht direkt um Kidnapping handelt", griff er den Faden auf. „Es wäre ein Akt von Piraterie gewesen – und Mord dabei einkalkuliert. Man hätte ihn und seine Frau umlegen wollen."

„Mord? Piraterie? Und direkt vor Bastians Haustür in Szene gesetzt? Das wird ja immer phantastischer!"

„Die Burschen, die der Mann liquidiert hat, waren Berufskiller – Jerry Stingl und Al Cotta aus Bruno Chinaglias Garde. Sie sind, wie wir inzwischen wissen, am fraglichen Tag aus Miami abgeflogen."

Dexter sagte nichts. Er sagte vor allem auch nicht, daß die Version, es könne sich um eine Privataffäre handeln, bei solchem Sachverhalt unhaltbar war. Als er wieder das Wort ergriff, traf er den Kern: „Ein Victor Bastian kann sich jede Yacht kaufen, die er will."

„Das sagen Haeberlin und ich uns auch. Obwohl ..."

„Ja?"

„Sie müßten das Schiff mal sehen. Es ist schon etwas Besonderes – speziell unter dem Gesichtspunkt seiner Eignung zum Schmuggeln."

„Aber Bastian, Jack?! Würde er sich um so was kümmern?"

„Das ist doch beim Syndikat nicht anders als bei einer Behörde, Jee-Pee. Es gibt Eifersüchteleien. Es gibt Rivalitäten. Und es gibt Vorgesetzte – verzeihen Sie –, die einem, der nicht so spurt, wie er sollte, gerne mal vor Augen führen, daß sie selber es besser können."

„Sie wollen damit sagen: Bastian würde sich engagieren ..."

„... wenn er ein persönliches Interesse hat. Oder jemand ihm im Nacken sitzt."

„Und damit rechnen Sie?"

„Darauf hoffe ich." Jack Ruben lächelte süffisant. „Das würde nämlich unseren Plan ganz wesentlich beschleunigen."

„Das ist, was ich hören will. Erzählen Sie!"

„Nehmen wir mal an, dieser deutsche Herr Hirth und unser Victor Bastian liegen miteinander in Fehde – wegen der

Frau oder was auch immer. Jedenfalls machen sie einander Ärger. Und daß dieser verdammte Deutsche Ärger zu machen versteht, das habe ich an mir selbst erfahren, als er mich meinen hübschen Peilsender vor Florida suchen ließ, während er in Wirklichkeit längst wieder in Martinique saß. Wenn also dieser Hirth am Verteilernetz des *Syndikats* manipuliert, wie er es ja schon mal getan hat, als er aus einem Depot ein Paket *White Dragon Pearls* mitgehen ließ, kann er ganz schön Sand ins Getriebe bringen."

„Dann wird man ihn umlegen."

„Er hat seinerseits zwei Killer umgelegt!" antwortete Ruben und fuhr fort: „Also, unser Mann bringt Sand ins Getriebe – und das bedeutet, daß es neu geschmiert werden muß. Von Venezuela durch sämtliche Bananenrepubliken und Inselstaaten bis nach Mexiko – die Schmiergelder werden nur so fließen. Weil einige Kontaktleute die Hosen voll haben und sich zurückziehen. Weil Dealer ins Loch wandern. Weil es ganz allgemein und grundsätzlich teurer werden wird, die Verantwortlichen zu bestechen."

J. P. Dexter pfiff durch die Zähne.

„Sie werden fließen", zählte Jack Ruben grinsend auf, „an Zollbeamte, an Hafenkapitäne, an Kommandanten von Küstenschutzbooten, an Strandwächter, Bürgermeister und Polizeiminister, an Politiker und Abgeordnete, an sogenannte ‚Präsidenten' ..."

„Und Sie meinen, Sie würden erfahren, an wen?"

Ruben spreizte die Hände. „Beim *Syndikat* gelte ich als einer, mit dem sich reden läßt – vorausgesetzt daß man auch mit ihm redet. Eine Hand wäscht die andere." Er lachte nicht ohne Eitelkeit. „Ich werde vielleicht nicht jeden kennen, der die Hand aufhält, aber die wichtigsten."

„Sie kennen ja die Liste der Burschen, an denen uns besonders liegt" – J. P. Dexter rieb sich die Hände – „und es wäre schön, den einen oder anderen darauf abhaken zu können. Sagen Sie, ist es vielleicht möglich, daß so jemand nicht Geld kriegt, sondern Rauschgift?"

„Ich habe etwas derartiges läuten hören in Bezug auf Raphaèle Morrez ..."

„Mein Gott", sagte Dexter. Er atmete tief ein. „Stellen Sie

sich vor, so einer Großschnauze wie Präsident Raphaèle Morrez, der seinen Zuckerrohrbauern das kommunistische Paradies verspricht, unter die Nase reiben zu können, daß an seinen Händen *horse* klebt! Daß er nicht bloß korrupt ist, nein, wie irgendein Strichjunge dealt! Ihn klein werden zu sehen, ganz klein. Ihn dazu bringen zu können, daß er sein gottloses Maul nur noch dazu benutzt, einem aus der Hand zu fressen."

J. P. Dexter lächelte sein Laubheim-Lächeln. „Entschuldigen Sie meinen Ausbruch, Jack – aber wie es scheint, sind wir ja wirklich am Ziel."

„Vorausgesetzt, daß mit diesem Deutschen alles so läuft, wie ich's mir vorstelle. Der Mann ist für uns ein Geschenk des Himmels. Er hat Schneid, er hat Grips, und er hat Einfälle. Aber er hat leider kein Geld."

„Dann geben Sie ihm welches." Dexter zwinkerte verschwörerisch mit den Augen: „War auf die Ergreifung dieser Killer, die er getötet hat, nicht eine Belohnung ausgesetzt? Waren es nicht tausend Dollar?"

„Das wären rund siebentausend Franc. Damit kommen Sie nicht weit."

„Also sagen wir tausendfünfhundert. Nur nicht zuviel, damit er nicht Verdacht schöpft. Schalten Sie unsern Konsul ein. Er soll es ihm geben." J. P. Dexter klopfte Ruben anerkennend auf die Schulter: „Ts, und beim FBI fragt man sich, ob unser ‚BNDD-Mann' in Martinique wirklich so gut ist wie sein Ruf."

Er ergriff sein Glas, schwenkte es in Richtung auf Jack Ruben und wartete, bis auch dieser sein Glas ergriffen hatte, trank dann aber, ohne noch etwas Lobendes zu sagen.

Das Glas wieder abstellend, sagte er: „Eines müssen Sie mir aber jetzt noch erklären. Wenn dieser Deutsche Vic Bastian hinter dem Kidnapping seiner Frau vermutet – warum zum Teufel geht er dann nicht einfach zu ihm?"

„Wir wissen nicht, ob er ihn dahinter vermutet. Das ist nur, was Haeberlin und ich uns zusammengereimt haben auf Grund des Tatbestands. Er selbst hat den Namen nie erwähnt."

J. P. Dexter zog die Repetieruhr an der Goldkette aus der Brusttasche, die zu seiner Aufmachung als reicher Ruheständler Alvin P. Laubheim gehörte, und nahm die Beine, die er bisher lässig übereinander geschlagen hatte, straff nebeneinander. „Sie haben die Erwartungen, die wir in Sie gesetzt haben, erfüllt, Jack. Der Chef wird sicherlich Gelegenheit nehmen, dem Staatssekretär zu berichten."

Noch einmal ließ er den Uhrdeckel aufschnappen. „Meine Schiffsleute dürften sich inzwischen wieder auf dem Heimweg befinden. Ich glaube nicht, daß sie Sie noch hier antreffen sollten. – Haben wir noch etwas?"

Jack Ruben verneinte, stand auf und verwandelte sich in den Sporttaucher zurück, als der er anderthalb Stunden zuvor gekommen war. Stumm und ohne ihm zur Hand zu gehen, sah Dexter ihm dabei zu. Erst als Ruben sich zur Reling begab, sagte er: „Denken Sie an Raphaèle Morrez, Jack!"

„Ich denke nur an ihn", sagte Jack Ruben.

Dann ließ er sich rücklings ins Wasser kippen, winkte noch einmal knapp und untertauchte das Schiff, um auf der anderen Seite davonzuschwimmen.

Hirth haderte mit seinem Gewissen. Er kam sich schäbig vor. Der *Crême de Menthe,* den er sich eigentlich nur darum bestellt hatte, weil er auf den meisten Tischen des Café *Central* stand, entsprach seiner bitteren Stimmung.

Als ein Brief kam, in dem es hieß, daß ihn der US-Konsul zu sich bitte, hatte er mit allem möglichen gerechnet und insgeheim sogar damit, daß ihm ein Lebenszeichen von Valerie zukommen könne, nicht aber mit Geld. Für die Ergreifung des kleinen, dunklen Piraten war, weil er wegen Mordes gesucht wurde, eine Belohnung ausgesetzt. Der Scheck, den der Konsul bereit hielt, lautete auf 1500 Dollar, und Gott sei Dank vollzog er die Übergabe ohne viel Worte, denn das Papier brannte wie Säure in Hirths Brusttasche.

Wäre er nicht so abgebrannt gewesen, würde er das Geld nicht genommen haben – er kam sich wie ein Kopfgeldjäger vor. Am scheußlichsten war, daß er bei dieser Gelegenheit den Namen des Toten erfuhr. Bis jetzt war der Junge, dessen Blut an seinen Händen klebte, ein Unbekannter gewesen, ein kaltherziger Killer mit falschem Paß. Aber von nun an würde er sich damit herumschlagen müssen, Al Cotta getötet zu haben. Ein Amerikaner italienischer Abstammung, wie es sich anhörte, Al konnte Alfredo heißen oder Alfonso oder Alessandro. Es wollte ihn nicht mehr loslassen.

Es verschaffte ein bißchen Erleichterung, den Scheck bei der Bank einzulösen. In Form lose in die Tasche gestopfter Scheine – 10300 französische Franc in abgegriffenen Hundertern – war das „Kopfgeld" erträglicher.

Weil die Hauptpost gleich nebenan war, nutzte er die Gelegenheit dazu, nach Post aus Deutschland zu fragen, und kam zum zweiten Male binnen einer Stunde überraschend zu Geld. Seine Mutter hatte endlich auf seinen Hilferuf reagiert. Aber nicht nur ein Scheck fand sich in dem postlagernden Brief, sondern auch die mißtrauische Anfrage, was denn mit Valerie los sei. Hirth hatte bisher weder ihr noch seinen Schwiegereltern gegenüber irgend etwas verlauten lassen. Da sie sowieso nicht helfen konnten, hätte er sie nur unnötig beunruhigt; noch nicht einmal der deutsche Konsul war bisher eingeschaltet. Doch seine Mutter ahnte, daß etwas nicht stimmte – die Ansichtskarten, mit denen Valerie bisher immer so fleißig gewesen war, kamen nicht mehr. „Habt ihr euch zerstritten?" schrieb sie. „Seid ihr womöglich gar nicht mehr zusammen?"

Hirths Herz krampfte sich so zusammen, daß er sich auf eine der Sitzbänke in der Schalterhalle retten mußte, seine Hände, die den Brief hielten, zitterten. Als er merkte, daß er Aufmerksamkeit erregte, zog er um in das Straßencafé an der Ecke, und giftgrüner, geeister Pfefferminzlikör erwies sich als das für seine Seelenverfassung genau richtige.

Er saß beim dritten Glas, den Blick auf die Passanten, ohne sie jedoch wahrzunehmen, als dieser Junge von der Straße hereinkam. Ein halbwüchsiger Negerjunge, wie sie sich hier im Geschäftsviertel zahllos mit Folklorepuppen, Eierlöffeln aus Schildpatt, Muscheln und Korallen, aber auch Kaugummi und angeblich geschmuggelten, in Wahrheit aber nachgemachten Rolex-Uhren als Straßenhändler versuchten. Dieser verteilte Werbung – Fotos einer dunkelhäutigen Nackttänzerin –, und aus irgendwelchen Gründen schien er Hirth für besonders ansprechbar zu halten.

„Danke, nein. *Pas d'interesse*!"

Der Junge handelte wie unter Hypnose. Sein Blick war

gleichzeitig sowohl ängstlich als auch zwingend, und sein Atem ging heftig.

Hirth, plötzlich hellwach, bekam mit, daß er nicht die oberste Karte von dem Stapel in seiner Linken nahm wie bisher jedesmal, sondern nach unten in den Handteller griff. Doch es war eine Bildpostkarte, die er ihm in die Hand drückte, es war das Foto einer nackten Frau.

Obwohl Hirth blitzschnell hochkam, war der Junge noch schneller. Der Bistrotisch kippte, und auch der Stuhl und noch ein zweiter Tisch, den Hirth bei der Verfolgung umrannte, kippten um, und fallende Gläser klirrten, doch der Junge nutzte geschickt aus, daß die Lokalität eine Ecke und nach zwei Seiten hin offen war, und entwischte, während Hirth zur *Savanne* hinausrannte, in die Rue Lamartine, wo er dann wie vom Erdboden verschluckt schien.

Mit Füßen wie Blei schleppte sich Hirth zurück, von Angestellten und Gästen gemustert und mit Fragen bestürmt, die er aber ignorierte. Er selber bückte sich nach dem Foto, das unter die Tische gefallen war. Es war eine nackte Frau, doch nicht die Tänzerin der anderen Fotos. Es war Valerie.

Ein Stempel auf der Rückseite lautete: *„Harry's Nitery;* Bay Street; Bridgetown, Barbados – West Indies."

20

Eine *Caravelle,* wie die Air France sie einsetzte, benötigte für die 220 Kilometer von Martinique nach Barbados nicht mehr als fünfunddreißig Minuten. Aber möglicherweise war es genau das, was der Gegner sich erhoffte – daß Hirth die nächstbeste Maschine nahm. Denn dann wäre sein Schiff zurückgeblieben und damit das einzige, was er zu bieten hatte, wenn er Valerie freikaufen wollte. Stokey konnte ja nicht immer nur an Bord hocken, und wie rasch man einem Piratenstreich aufsaß, daß hatte er, Hirth, an sich selbst gemerkt.

Hirth zog es auch darum vor, hinüber zu segeln, weil er

nicht allein sein wollte. Irgendeine Teufelei war, hätte er schwören mögen, gewiß auch diesmal wieder im Spiel.

Die *Valmar* ging durch den St.-Lucia-Kanal in den Atlantik und dann auf Kurs 165 Grad. Bei halbem Wind um 16 Knoten war die Strecke in knapp 17 Stunden geschafft. Als der Morgen graute, kam Harrison-Leuchtturm in Sicht. Drei Stunden später lief man in den Yachthafen in der Carlisle Bay.

Hirth hatte nicht eine einzige Minute geschlafen. Wenn er nicht am Steuer saß, dann am Kartentisch, das Licht auf das Foto von Valerie gerichtet. Sie war es, keine Frage – und war's auch wieder nicht. Es waren ihr Körper, ihre Bewegungen, ihr Gesicht, ihr Lächeln – doch der Ausdruck der Augen war der einer Fremden. Obwohl sie tanzte, sah Valerie aus, als ob sie schliefe.

Zwei Hafenpolizisten fanden sich ein, in fotogenen Matrosenanzügen und weißen Strohhüten, doch nur, um wissen zu lassen, daß sie jetzt erst einmal Mittag machten. Man solle sich in Geduld üben und auf gar keinen Fall unterstehen, unabgefertigt von Bord zu gehen. Unter den Papieren, die sie zum Ausfüllen hinterließen, war auch ein Merkzettel über die landesüblichen Steuern. Hirth sah, daß es nicht nur eine Steuer auf ein- oder auszuführende Päckchen gab, sondern auch auf bestimmte Waren, darunter Haarbürsten, und er schrie den arroganten schwarzen Kerlen erbost nach, lieber wie ein Gehängter herumlaufen, als eine Barbados-Haarbürste benutzen zu wollen.

Die beiden kamen zurück: „Wollen Sie uns beleidigen?"

„Beleidigen? Aber nein."

„Nein, Sir, heißt das!"

Hirth sah den Mann an, der mit *Sir* angesprochen zu werden wünschte. Auf dem pausbäckigen Gesicht glänzte ein Lächeln, doch die Augen waren wie aus Eis.

„Nein, Sir", korrigierte er sich.

Der Neger ließ eine Rede des Inhalts vom Stapel, daß es mit den Zeiten des Kolonialismus aus und vorbei und die Weißen nur noch Gäste seien, welche Kultur, Gebräuche und Gesetze eines autonomen Staates zu beherzigen hätten, und zu denen gehörte auch, daß die Staatsorgane zu respektieren seien – unter anderm durch eine entsprechende Anrede.

„Sie sind nicht zufälligerweise blind, oder?“ Der Schwarze gab selbst die Antwort: „Dann können Sie also sehr wohl sehen, daß ich Ärmelstreifen trage. Jeder hier würde mich mit *Sir* anreden. Tun Sie es also gefälligst auch!“

„Yes, Sir ...!“

Stokey zerrte Hirth ins Cockpit zurück. Seine Stimme triefte vor Ironie: *„Black is beautiful ...“*

Immerhin war durch den Vorfall eines klargestellt: Was auch immer passierte, Hirth brauchte gar nicht erst zu versuchen, die Polizei um Hilfe anzugehen.

Daß die Abfertigung auf sich warten lassen würde, war nach alledem klar. Hirth, nur noch ein Nervenbündel, quälte sich mit Selbstvorwürfen. Als es vier wurde, war er so weit, trotz Verbots an Land zu gehen.

Aber Stokey verweigerte ihm die Gefolgschaft. „Wo liegt da der Sinn? Sie stecken dich ins Gefängnis, und dann dauert es noch länger.“

„Was wäre ich ohne dich?!“

Der Kuß, den er Stokey auf die Stirn drückte, war nicht nur als Spaß gemeint. Stokey war zu einem Teil von ihm geworden. Ohne sein Wissen, sein ausgleichendes Temperament, seine optimistische Lebenseinstellung hätte er nicht existieren können.

Die Beamten trudelten ein, als es schon auf fünf ging. Der Mann von der Einwanderungsbehörde machte es gnädig, der Zöllner wollte es genau wissen. Er kroch in die Segellast, vermaß die Trinkwassertanks, ob sie auch keinen doppelten Boden hätten, und ließ sogar die Bodenklappen über der Maschine entfernen. Die Pistole fand er trotzdem nicht. Sie war in dem Innern eines direkt überm Kartentisch baumelnden Steinfisches versteckt, dessen Giftstacheln selbst im getrockneten Zustand noch wirksam sind – es sei denn, sie werden auf eine bestimmte Art und Weise präpariert, wie Stokey es getan hatte.

Zu der auf der Rückseite von Valeries Foto genannten Adresse ging man vom Yachtclub stadteinwärts, vorbei an den Regierungsgebäuden und einigen schönen hundertjährigen Herrensitzen. *Harry's Nitery* entpuppte sich als nichts Besseres als eine Spelunke. Sie befand sich im Oberstock eines heruntergekommenen Holzhauses, dessen Zugang mit einem Scherengitter verschlossen war.

Hirth rief und rief, doch alles, was er erreichte, war, daß ihm ein schwarzer Passant riet, es in einem Club zu versuchen, wenn er schon um diese Zeit trinken wolle. Als er sich schließlich gegen das Scherengitter warf, um es aufzubrechen, schleppte ihn Stokey mit Gewalt fort.

„Wenn du so weitermachst, lernst du auch noch zu einem schwarzen Gefängniswärter *Sir* sagen!"

In einem Fischrestaurant am alten Hafen, der *Careenage,* kam er wieder etwas zur Ruhe. Sein Herz war nicht mehr von Zorn erhitzt, sondern von Eis umklammert. „Ich werde sie töten", schwor er. „Ich werde jeden töten, der mitzuverantworten hat, daß Valerie hier ist."

„Du wirst niemand finden, den du verantwortlich machen kannst. Ich hab' dir schon ein paarmal gesagt: Dieser Harry Mills ist ein drittklassiger Gauner, welcher nicht lesen und nicht schreiben kann und sein Geld als Zuhälter gemacht hat. Wenn Madame hier ist, wird er am wenigsten sagen können, wieso."

„Warum *wenn*? Denkst du, sie ist nicht?"

„Ich denke nichts nicht. Und du solltest lieber auch nicht soviel darüber nachdenken, was sein kann und was sein wird. Niemand kann in solchen Gedankengängen denken wie diese Männer, der nicht zu ihnen gehört."

Der Fisch, eine Dorade, war vorzüglich, aber Martin schmeckte es nicht. Sein Denken und Fühlen kreisten um diese Spelunke.

„Das Schiff ist allein", fiel ihm ein, als es zu dunkeln begann. „Mir wäre lieber, wenn du ..."

„Ich bleibe", schnitt ihm Stokey das Wort ab. „Wenn es dir tatsächlich einfällt herumzuknallen, bin ich der einzige, der bezeugen kann, daß es in Notwehr war."

„Aber wenn es einer stehlen will ...?"

„Wie denn, wo doch die Polizei darauf aufpaßt?"

„Das glaubst du doch wohl selber nicht."

Stokey grinste. „Wir haben kein Ankerlicht. Kein Ankerlicht nicht zu haben, ist gegen das Gesetz. Also werden deine Freunde kommen, um zu sehen, was es damit auf sich hat –

wieder und wieder, um dir nachher die Rechnung präsentieren zu können. Du kannst sicher sein, daß die *Valmar* heute das bestbewachte Schiff in ganz Barbados ist."

Als es acht wurde, hielt Martin es nicht länger aus. Das Scherengitter war nach wie vor geschlossen, doch hatte man inzwischen die Reklamebeleuchtung eingeschaltet, und im Treppenhaus glimmte eine nackte Birne. Ein paar schwarze Seeleute, die vor dem Gitter lungerten, erzählten, daß am vorhergehenden Abend um diese Zeit aufgemacht worden sei.

„Eine Weiße soll da auftreten ...?"

Die Männer sahen einander fragend an.

„Aber es kann natürlich sein, daß sie von der Sonne braun ist." Martin mochte Valeries Bild nicht herzeigen.

„Ob braun oder gelb oder schwarz", sagte einer der Seeleute, „da drin ist alles das gleiche. Es ist finster wie im Sack."

Gegen 21.15 Uhr endlich begann es, im Lokal oben zu rumoren. Musik, Stimmen, das Scharren von gerückten Tischen und Stühlen. Als die Seeleute zu gröhlen begannen, streckten sich schwarze Mädchengesichter aus den Fenstern. Ein magerer Teenager in verwaschenem Schlüpfer und Büstenhalter schloß auf. Mit Mühe und Not gelang es der Kleinen, den hereindrängenden Männern zu entwischen.

Nie zuvor hatte Hirth etwas Derartiges gesehen. Alles war aus ursprünglich grau gestrichenem, mittlerweile längst abgegriffenem Holz, speckig und von Fliegendreck klebend. Eine alte Zinkwanne mit Eiswasser, in der ein paar Dutzend Bierflaschen standen, stellte die Theke dar. Außerdem gab es auch Rum, *Old Brigand, Mount Gay* und, als teuerste Sorte, *Bajan,* aber nur zu diesem bekam der Gast Gläser, alles andere mußte aus der Flasche konsumiert werden. Martin und Stokey zogen es vor, auch den *Bajan* aus der Flasche zu trinken, denn nirgends war ein Becken oder auch nur ein Wasserhahn zu entdecken, um Gläser zu spülen. Ein Klo, besagte ein Hinweis, befand sich auf dem Hof.

Hirth hielt die Bedienung fest: „Gibt es bei euch eine Tänzerin, die Valerie heißt? Etwa so groß wie du, langes schwarzes Haar – eine Weiße."

Das Mädchen kicherte nur. Und Gekicher bildete die Antwort, wen er auch immer fragte. Die Mädchen waren kichernde dumme Gänse, die an nichts anderes dachten als daran, wie sie unzerrupft die Tanzerei mit den Seeleuten überstehen könnten, die nach Cassetten-Musik vonstatten ging. Alles, was zu erfahren war, war: Der *Boss* sollte um halb elf kommen, um elf ein Programm beginnen.

Martin wollte sich auf die Suche machen.

„Wo?" sagte Stokey.

„Na, es wird ja doch wohl eine Garderobe geben?!"

„Wo?! Auf dem Hof, bei der Pißbude? Bleib hier, wo Menschen sind, und geh nicht noch entgegen dem Mann, der vielleicht nur auf dich wartet, um dich totzuschlagen."

Halb elf; doch kein Harry Mills weit und breit. Immerhin begann das Programm pünktlich.

Nachdem das Disco-Gedudel verstummt, die alberne Schar entschwunden war, kamen die Mädchen zu neu einsetzender Musik wieder – in Reihe, ein Liedchen trällernd und splitterfasernackt. Aber nichts hätte weniger erotisch sein können. Wie diese Teenager umherhüpften, Hand in Hand und ohne auch nur den Takt einzuhalten, mutete an wie Ringelreihen. Doch plötzlich änderte sich die Szene. Die Mädchen schwärmten aus, jedes zum nächstbesten Männerschoß, hockten sich drauf und wetzten mit dem nackten Hintern hin und her, um im Moment darauf wieder kichernd davonzuflattern und ihr Gehüpfe Hand in Hand fortzusetzen, bis sie aufs neue ausschwärmten zu diesem Schoßgewetze.

In diesem Moment schob sich ein dicker, breiter Neger durch die Tür.

„Da – Harry Mills! *Pé la*! Und schaut immer noch aus wie ein Zuhälter."

Der Mann trug ein großkariertes Seidenjackett und auf dem spiegelglatt rasierten Schädel eine gleichartige Schirmmütze, die er auch nicht absetzte, als er nun von Tisch zu Tisch ging, um die Gäste zu begrüßen.

„Sie haben auch Tänzerinnen?" sprach Hirth ihn an, als die Reihe an ihm war.

„Viele", war die Antwort, während Mills über die Schulter eine Geste zu den rundum verteilten Mädchen machte, die unter den Händen, die ihnen zwischen den Beinen fummelten, juchzten und stöhnten.

„Richtige Tänzerinnen! Die Striptease machen und so."
„Warten Sie ab, Sir."
„Ich interessiere mich für eine ganz bestimmte. Sie könnte sich Valerie nennen ..."
„Warten Sie ab."
Als Mills das Bild sah, zeigte er keinerlei Anzeichen von Erkennen. Martin holte die Kerze auf dem Tisch heran: „Man hat mich informiert, daß diese Frau hier auftritt – in *Harry's Nitery* in Bridgetown, Barbados."
„Dies ist der Platz. Aber Sie müssen, wie alle, abwarten. Mehr kann ich Ihnen nicht sagen."
„Wie lange?" beharrte Martin. „Wie lange soll ich warten?"
Harry Mills hob seine protzig beringte Hand zu einer vagen Gebärde und ging rückwärts davon.
Inzwischen kicherte niemand mehr. Einige von den Mädchen lagen auf den Tischen, in Bierpfützen und dem Inhalt umgekippter Aschenbecher, andere auf den Wandbänken, und die Männer gingen mit ihnen um, als ob sie Gliederpuppen wären. Der Raum war erfüllt von obszönen Lauten und den Stimmen von Männern, die das Geschehen kommentierten. Martin wandte sich ab. Er wünschte, sich bis zur Sinnlosigkeit betrinken zu können.
Als ein neue Melodie erklang als Signal zum Sammeln für die Mädchen, durften die meisten entschlüpfen, doch zwei, drei blieben in Winkeln festgenagelt, während die anderen, nun wieder in ihrer Wäsche, für den Getränkenachschub sorgten.
Für die Stripperinnen, die nun auftraten, war das Entkleiden nur recht und schlecht erledigtes Beiwerk, und einige traten auch gleich nackt auf. Von den sechs Frauen waren vier schwarz, eine eine olivfarbene Mestizin und eine weiß. Alle waren schamlos, sie, die Weiße, als „Yvette" angekündigt, absolut hemmungslos. Während die anderen sich selbst liebten, ging sie mit ihrem Geschlechtsteil wie mit einem Feind um. Sie war wie von Sinnen, stand offensichtlich unter Drogeneinfluß.
Ihr Akt war Höhe- und Schlußpunkt. Es war drei geworden. Martin, der kaum getrunken hatte, fiel nach der stundenlangen Nervenanspannung in sich zusammen und mußte erst von Stokey darauf aufmerksam gemacht werden, daß Harry Mills ihm winkte.

Vor der Tür eines finsteren langen Ganges im Erdgeschoß stand ein Typ wie jene Killer, die die *Valmar* überfallen hatten. Der Mann wollte Stokey zurückhalten, doch Hirth zog ihn einfach mit sich mit.

Der Raum, den sie betraten, war als Büro möbliert. Ein Schreibtisch, ein Panzerschrank und, natürlich, ein Sofa. Die Beschaffenheit entsprach der des Kneipenmobiliars. Ein Fliegenfänger, der von der Lampe hing, mochte seit Jahren nicht mehr erneuert worden sein.

Der Mann, der hinter dem Schreibtisch saß, trug den gleichen hellblauen Waschleinenanzug wie der Türposten, aber dazu ein makellos weißes Hemd und einen schwarzen Strickbinder. Er war frisch rasiert, hatte eine kräftige, gebogene Nase und gekräuseltes, leicht angegrautes Haar. Er mochte etwa Mitte Vierzig sein. Ein gutaussehender Mann. Hirth hatte ihn noch nie gesehen.

„Ich bin Bruno Chinaglia", sagte der Mann, auf den Besucherstuhl deutend, „und ich hab' es gern, wenn man meinen Namen richtig ausspricht. Da ist eine verschmolzene Lautgruppe, die zu beachten ist – wie in *figlio,* der Sohn."

„Solange ich nicht *Sir* sagen muß ..."

„Sie werden mit dem Namen vielleicht nicht viel anfangen können, Mr. Hirth, doch es gibt nicht wenige Leute, die können es. Sie würden Ihnen sagen, daß es von Ihnen abhängt, ob Ihnen unser Kennenlernen Segen bringt, oder ob Sie es noch einmal verfluchen werden."

„Genug der Vorrede. Sie haben mich lange genug schmoren lassen. Wo ist meine Frau?!"

„Hat Ihnen das Programm gefallen?" Chinaglia machte eine Kunstpause, um dann lächelnd fortzufahren: „Natürlich hat's Ihnen nicht gefallen, ich seh's Ihnen an, und damit hängt zusammen, weshalb ich Sie herbestellt habe. Es blieb mir nichts anderes übrig, denn in Martinique gibt es dergleichen nicht. Ansonsten jedoch überall hier herum, speziell in Puerto Rico und Haiti, aber auch in Kolumbien, in Guayana und Surinam. Und nicht nur so, sondern schlimmer, wesentlich schlimmer. Und ich weiß, wovon ich rede, denn es zählt zu meinen Unternehmungen, die ‚Artisten' zu vermitteln. Zum Beispiel diese Yvette. Würden Sie glauben, daß sie erst zweiundzwanzig ist ...?"

Chinaglia beugte sich vor: „Sie kann überhaupt nicht den Takt halten, haben Sie's bemerkt?"

„Lassen Sie's gut sein! Ich habe kapiert. Sie sind ein großes Tier, das einen Menschen im Dreck verkommen lassen kann."

Chinaglia gab sich besorgt. „Ich bin mir nicht so sicher, ob Sie kapiert haben. Jedenfalls fehlt es bisher an jeglichem Anzeichen dafür, daß Sie aus Ihren Erfahrungen gelernt hätten." Er ließ Hirth nicht zu Wort kommen. „Schauen Sie, da hat man Ihnen in Madeira gesagt – und zwar in aller Freundlichkeit gesagt –, daß Sie überall, wohin Sie kämen auf der Welt, auf entgegenkommende Hafenbehörden stoßen würden – vorausgesetzt, daß Sie mit einem anderen Boot kämen als Ihrer *Valmar* ... Und was war gestern? Mit dem Nigger?"

Hirth unterbrach ihn: „Ich habe kapiert. Sie kriegen das Schiff – ich krieg' meine Frau. Jetzt. Sofort."

„Jetzt? Das geht nicht."

„Doch, es geht. Es muß gehen. Ich lasse mich nicht länger herumschubsen."

Chinaglia machte ein bekümmertes Gesicht. „Aber Ihre Frau ist nicht hier."

Hirth sagte betont: „Ich habe kapiert. Ich habe besonders auch kapiert, daß man sich auf Mafiosi nicht verlassen kann. Gefallen gegen Gefallen – ja, aber immer bloß so, daß der andere dabei draufzahlt."

Chinaglia blieb ruhig. Er hob die Schultern und die Hände: „Wie konnte ich wissen, daß Sie endlich Vernunft annehmen? Wenn Sie sich weiterhin bockig gezeigt hätten, wär' ich gezwungen gewesen, Ihnen auch noch Etablissements in Surinam oder Kolumbien oder Haiti vorzuführen. Sollte ich Mrs. Hirth da etwa mitnehmen?"

„Das Schiff gegen meine Frau", sagte Hirth eigensinnig.

„Okay, dann bringen Sie es also ..."

„Nein, nein, nein! So nicht mehr. Ich werde mein Schiff nirgendwohin bringen – Sie bringen gefälligst meine Frau. Und in dem Moment, da ich sie neben mir habe, sollen Sie in Gottes Namen das Schiff haben."

„Aber so geht das nicht."

„So *muß* es gehen."

Chinaglia seufzte. „Um ehrlich zu sein: Es gibt da eine Schwierigkeit – wir haben keinen Paß für Ihre Frau."

Hirth sah ihn nur an.

„Ich weiß, was Sie denken. Und im Prinzip wäre das auch wirklich kein Problem. Nur – Ihre Frau sieht unglücklicherweise einer venezolanischen Terroristin zum Verwechseln ähnlich, die eben jetzt zur Fahndung ausgeschrieben worden ist."

„Ach, hören Sie doch auf! Sie fliegen doch mit Privatmaschinen."

„Da sind die Formalitäten zur Zeit eher noch schärfer."

Er richtete sich auf. „Hören Sie sich doch meinen Vorschlag wenigstens an. Sie bringen Ihre Yacht in die Nordkaribik, in eine Gegend" – er lächelte dünn – „die Sie schon einmal angesteuert haben. Aber diesmal brauchen Sie nicht erst nach Frenchman's Cap, um dort abgeholt zu werden, sondern fahren durch bis zur Insel Culebra vor Puerto Rico. Es gibt nur einen Hafen – in der Bucht hinter *Soldier Point.* In der Mendoza-Werft wird man Sie erwarten." Wieder ein Lächeln. „Wir möchten nämlich ein paar Verbesserungen an der Innenausstattung durchführen lassen."

„Meine Frau ..."

„Wird da sein."

„Und wie kommen wir dann weg, ohne Schiff?"

„Es verkehrt eine Fähre nach Fajardo auf Puerto Rico. Nur fünfundzwanzig Meilen von dort ist der internationale Airport von San Juan, von wo Sie in anderthalb Stunden in Miami sein können. Zwei Tickets werden für Sie beide hinterlegt sein, wenn Sie wollen." Chinaglia ließ keine Zeit zum Überlegen: „Wann können Sie da sein?"

Hirth räusperte sich. Seine Kehle war ausgedörrt von dem Rauch, den er stundenlang hatte schlucken müssen. „Ich fahre sofort los. Noch in dieser Stunde."

„Es sind rund fünfhundert Seemeilen, wenn ich recht informiert bin ..."

„Am Dienstag also. Spätestens."

„Tja, dann bleibt mir nur noch zu sagen: Gute Fahrt. Oder wie heißt's unter Seglern?"

„Mast- und Schotbruch."

Hirth ärgerte sich, auf den Ton des anderen eingegangen

zu sein. Dazu gab es absolut keinen Grund. Chinaglia, auch wenn er sich verbindlich gab, war und blieb ein Gangster – ein Wolf, der Kreide gefressen hatte.

Er überlegte, wo der Haken sein könne, kam aber nicht darauf. Er war müde, sein Kopf schmerzte und sein Rachen schien wie aus Leder. Wo, zum Teufel, steckte der Haken? Was ihm statt einer Antwort in den Sinn kam, war dieses erbarmungswürdige Geschöpf Yvette. Hirth stand hastig von seinem Stuhl auf.

„Einen Moment – da wär' noch etwas!"

Hirth drehte sich langsam um. Jetzt kam es! Er war auf der Hut.

Chinaglia lachte. „Du lieber Himmel, schauen Sie mich nicht so an! Es ist doch zu Ihrem Besten ..."

„Was?"

„Wenn Sie den Namen der Yacht ändern. Schauen Sie, als *Valmar* steht sie ja nun in allen Häfen auf der Schwarzen Liste, und das ist – bei dem Intelligenzgrad der Leute hier – nur ganz schlecht wieder rückgängig zu machen." Chinaglia deutete grinsend auf Hirths Körpermitte: „Ein zweites Mal wird es Ihnen jedenfalls nicht gelingen, eine Kanone mit an Land zu bringen."

Hirth zeigte keine Reaktion. Er war wieder ganz ruhig. Es war die gleiche eisige Ruhe, die ihn auch beim Essen am Abend überkommen hatte. „Wenn das alles ist ..."

„Es ist nicht alles. Leider scheint nämlich auch publik geworden zu sein, daß es diese Yacht mit dem leicht zu merkenden Namen *Valmar* war, die das Depot auf Tortuga ausräumte. Einer Menge Leute paßt das nicht – und schon überhaupt nicht paßt ihnen, daß all das schöne *horse* bei den Bullen gelandet ist. Mit anderen Worten, Mr. Hirth: Es gibt nicht bloß Leute in der Karibik, die darauf aus sind, Sie zu schikanieren, Sie haben auch richtige, echte Feinde – Feinde, wie ich sie nicht haben möchte."

Neben sich auf den Fußboden greifend, brachte Chinaglia einen Packen Papiere zum Vorschein.

„Dies sind neue Schiffspapiere aus Honolulu – Registrierungszertifikat, Zollpapier, Verkehrserlaubnis, Versicherungspolice, Meßbrief und was alles noch dazu gehört – sogar ein

Logbuch mit Eintragungen über die Durchfahrt durch den Panamakanal. Absolut hieb- und stichfest und mit sämtlichen Stempeln und Unterschriften. Und alles lautet auf die 41-Fuß-Yawl *Malulani*."

„Und wer ist Eigner des Schiffes?"

„Aber Sie natürlich – Mr. Martin Hirth aus Weilheim in Germany, der das Schiff in Honolulu ordnungsgemäß gekauft hat. Allerdings nicht für alle Zeiten. Sie werden es ebenso ordnungsgemäß weiterverkaufen. An wen, das finden Sie ebenfalls in den Papieren. Der Vertrag ist schon ausgefertigt."

„An Victor Bastian", entfuhr es Hirth.

Chinaglia stellte sich dumm. „Mr. Bastian? Wer ist das? – Nein, nein, an einen wohltätigen Verein, der sich um die Jugend kümmert, speziell auch um die drogengefährdete."

Er ließ dem makabren Scherz keine Zeit zu wirken. Den Papierpacken Hirth in die Hand drückend, kam er zum Thema zurück: „Der Vertrag, wie gesagt, ist fix und fertig und bedarf nur noch Ihrer Unterschrift. Ach ja, und auch die Kaufsumme wär' noch einzusetzen. Schreiben Sie, was Sie wollen – was Sie in Wirklichkeit kriegen werden, wird Ihre Frau sein. Vielleicht setzen Sie also ein, was Ihnen Ihre Frau wert ist."

Hirth wog die Papiere in seiner Hand. Noch vor wenigen Minuten hätte er ihn Chinaglia auf diese Gemeinheit hin an den Kopf geworfen. Er wunderte sich selbst über die Ruhe, die es ihm möglich machte, die Schiffspapiere einfach wieder auf den Tisch zurückzulegen.

Im Flur machte Stokey plötzlich kehrt.

„Was ist?"

Mit schnellen Schritten ging der Martiniquianer in das Zimmer zurück. Als er wiederkam, trug er die Schiffspapiere unterm Arm. Hirths Fragen ließ er ohne Antwort, und sprach erst, als sie draußen waren, wo es mittlerweile schon tagte.

„Wozu der Stolz? Dies ist bares Geld! Was meinst du, was mancher dafür geben würde, zweimal vollständige Papiere zu haben für ein und dasselbe Schiff? Denk bloß mal an deinen Streit von gestern und was sich daraus hätte entwickeln können. Vielleicht hätten sie dir sogar die Papiere für dein Schiff abgenommen. Na, und – dann wärest du achselzuckend mit den anderen davongefahren."

21

Der Patio, zu dem Valeries Gefängnis sich öffnete, mochte zehn mal zehn Schritte messen. Genaueres ließ sich nicht sagen, denn er war von unwirtlichen Pflanzen umstanden, schwertblätterigen, bedornten Agaven, widerhakigen Opuntien und stachelbewehrten Säulenkakteen dicht wie Zaunlatten, und sofern es Blumen gab, waren es Disteln und Fliegenfallen, deren klebrige Absonderung tagelang Nesselfieber verursachte. Die Mauer dahinter war etwa drei Meter hoch und bestand aus Lehm, so daß sich Stufen hätten hineinkratzen lassen. Doch dieser Pflanzenwall war unüberwindlich.

Lebensraum waren das Geviert innerhalb dieses Walles – fünf mal fünf Schritte – und ein ebenso großes Zimmer. Hier wie dort gestampfter Lehm, draußen eine Bank, drinnen Stuhl und Tisch, ein Matratzenlager und eine Waschschüssel aus Blech in einem eisernen Dreibein, über der eine Spiegelscherbe hing, das einzige an den sonst kahlen, ungestrichenen Wänden.

Sozusagen ein Anhängsel dieses Lebensraumes war der Gang zum Abtritt, weitere acht Schritte – an der Wohnküche vorbei, von der aus Valeries Wächterin Augen und Ohren offenhielt, eine lehmfarbene Mulattin um die Vierzig, von enormer Leibesfülle und unerschütterlichem Gleichmut. Als sie Valerie gleich bei ihrem Eintreffen das Kleid wegnahm, nahm sie deren Bisse und Kratzer und Tritte ohne Gegenwehr hin und brummelte nur wie über ein unartiges Kind, und in den ersten Tagen, als Valerie – nachdem sie herausgefunden hatte, daß ihre Tür unverschließbar war – wieder und wieder in der Wohnküche erschien, mal wutentbrannt aufbegehrend, mal weinend oder bettelnd, da schaffte sie sie auf immer dieselbe Art und Weise zurück, indem sie sie wortlos bei den Schultern nahm und herumdrehte.

Sie sprach überhaupt wenig und hielt auch ihr Mienenspiel im Zaum, und nur einmal erschien eine Seelenregung in ihrem Blick – als sie Valeries Bitten zum ersten Mal nachgab und ihr einen Teil von der Handarbeit überließ, mit der sie von morgens bis abends beschäftigt war, das Besticken von winzigen Blusen und Schürzen für Folklorepuppen mit noch winzigeren Indio-Motiven. Da zeigte sich so etwas wie eine Frage in ihren Augen, vielleicht sogar Bedauern.

Doch war sie nicht mundfaul, sprach und verstand aber nur ein verhunztes, einem ungewohnten Ohr völlig unverständliches Spanisch. Und es war auch nicht etwa Mangel an Intelligenz, was sie unansprechbar machte, sondern sie stellte sich nur dumm, um so wenig wie möglich an sich herankommen zu lassen. Der Himmel mochte wissen, was man ihr über ihre Gefangene erzählt hatte.

Valerie nannte sie Maria, und sie hörte darauf, ohne erkennen zu lassen, ob sie wirklich so hieß. Sie war die Mutter von Johnny, dem Maat auf dem Dreimaster *Eagle*, an den sie von den Seglern, die sie aus ihrem Inselverließ befreit hatten, übergeben worden war.

Manchmal, wenn Valerie mit ihrer Stickerei im Patio saß, den Wolken nachschaute und auf die Geräusche jenseits der Mauer lauschte – Autohupen und Stimmen und immer wieder einmal auch das vorüberziehende Tuckern eines Schiffsdiesels, weshalb sie annahm, daß ihr Gefängnis in der Nähe eines Hafens lag –, bei solchen Gelegenheiten ging ihr durch den Sinn, daß sie eigentlich alle beide Gefangene waren: zwei hinter Mauern gesteckte Frauen, und außerhalb zog die Welt vorbei.

Und beide warteten, und beide auf Johnny. Die eine, daß er die Welt schlechthin, die andere, daß er einen ganz bestimmten Teil von ihr mitbringe. Einen Teil, der Pete hieß und Johnnys Freund war.

Die ersten, von denen Valerie vergewaltigt wurde, waren die Männer, die sie in der Fischerhütte entdeckten, einige Stunden nachdem Martin von ihrer Seite weggeholt worden war, damit er mit dem Motor der *Valmar* helfe. Und sie konnte es ihnen nicht mal übelnehmen. Es war irgendwie ihre Schuld.

Sie hatte verfolgt, wie es erst fahl, dann dunkel wurde, und panische Angst gekriegt vor der Nacht und dem Schlaf, der sie den kaum noch abzuwehrenden Kakerlaken ausliefern würde, als plötzlich Stimmen laut wurden. Natürlich hatte sie an die Piraten gedacht. Sie hatten ja gesagt, die *Sache erledigen* zu wollen, sobald die Fischer, die hätten Zeugen werden können, verschwunden waren, und nun war es wohl soweit. Valerie erwartete den Tod, und nicht einmal mit solcher Angst wie die Nacht.

Als die Tür aufging, schloß sie schicksalergeben ihre Augen. Aber dann hörte sie Ausrufe der Verblüffung, und als sie sie wieder aufmachte, sah sie drei Fremde vor sich. Zwei waren weiß, der dritte ein Schwarzer. Alle hatten Pistolen bei sich, der eine Weiße, schon älter und mit einem schwarzen Schnauzbart, trug eine goldgeränderte Kapitänsmütze, der Neger ein Päckchen aus braunem Packpapier.

„*Shit*! Wie kommt die denn hierher?“

„Werden wir gleich von ihr selber hören.“

Doch sie bildeten sich schon ihre eigene Meinung, als sie, nachdem sie sie von dem Strick um die Füße und dem Mundknebel befreit hatten, auf ihrem Rücken auf die Handschellen stießen.

Der Schwarze und der zweite Weiße sahen den Schnauzbart an. Es war so still, daß Valerie ihren eigenen Herzschlag hören konnte.

Der Mann grinste breit: „Wißt ihr, was wir hier vor uns haben – ein ‚Pferdchen‘! Ein ‚Pferdchen‘, dem Manieren beigebracht werden sollen, weil es nicht ordentlich traben will.“

Er erklärte es den anderen. „Eine Nutte, die nicht richtig spurt! In Las Vegas machen sie sie in solchen Fälle kirre, indem sie sie in die Wüste verschleppen und Schlangen auf sie hetzen. Paolo hat mir mal davon erzählt.“

Der Mann stieß Valerie mit dem Fuß an: „Stimmt doch, oder? Bist doch ’ne Nutte?“

Valerie war von vornherein klar gewesen, daß sie niemandem sagen durfte, wer sie war, der einen Schlüssel zu diesem Versteck besaß. Nun war das Stichwort geliefert, und sie griff es sofort auf.

„Ja“, sagte sie auf Englisch, der Sprache, in der die Männer sprachen, und wiederholte es noch einmal auf die Art, in der es eine an ihrer Stelle befindliche Prostituierte gesagt haben würde: „Ja, jawohl Sir.“

In der Pause dazwischen, in nicht mehr als ein, zwei Sekunden, geschah etwas Merkwürdiges. Sie schlüpfte in die angenommene Rolle, und zwar, nachdem ihr Geist den Anstoß gegeben hatte, ohne weiteres eigenes Zutun. Ihre Brust drückte sich heraus, die Beine kreuzten sich, ihr gesamter Körper nahm, soweit ihm dies mit den Handfesseln auf dem Rücken möglich war, eine geräkelt-kokette Haltung an.

„Woher?“ wollte der zweite Weiße wissen.

„New Orleans“, sagte Valerie beflissen, „New Orleans, Sir.“

Sie benötigte eine Erklärung für ihren Akzent, doch kam die Antwort fast schon von selber; die zweite Haut saß.

Der Frager war überzeugt. „Sie hat den typischen Louisiana-Akzent.“

„Was machen wir nun mit ihr?“ fragte der Neger in einem Ton, als ob sie gar nicht vorhanden sei.

Der Schnauzbärtige mit der Kapitänsmütze nahm ihm das Päckchen ab und deponierte es auf dem Tisch. Er überlegte: „Sie soll ja wohl nicht draufgehen, sondern nur geängstigt werden ...“

„Ja“, bestätigte Valerie eifrig. „Sie haben gesagt ...“

„Was?“

„Daß irgendwer kommen würde, Sir.“

„Und wer hat das gesagt?“

„Weiß ich nicht, Sir. Die Männer, die mich hergebracht haben. Ich hab’ sie nicht sehen können, denn ich hatte die Augen verbunden.“

„Aber du mußt doch ...“

„Wird jemand von Paolo Costas Leuten gewesen sein“, sagte der zweite Weiße im Tonfall des Eingeweihten. Er untersuchte die Handschellen. „Was machen wir damit?“

Der Schnauzbart blickte sich um. „Vielleicht liegt hier irgendwo der Schlüssel?“

„Es ist keiner da“, griff Valerie ein. „Sie – sie haben ihn mitgenommen ...“

Die Männer sahen einander an. Der Schnauzbart pfiff durch die Zähne. „Die haben ihr aber ganz schön hart zugesetzt. Wahrscheinlich, weil sie das ist, was man eine Kratzbürste nennt. Eine, die denkt, sich ihre Freier aussuchen zu können. Aber sie soll lernen, daß sie’s nehmen muß, wie’s kommt – und wer kommt!“

„Also auch einen wie mich?!“ Der Neger grinste. Dann lüpfte er Valeries Kleid.

Ihre Haut gerann fröstelnd. In ihrem Unterleib verkrampfte es sich. Die Schmerzen wurden rasch peinigend, doch Valerie überwand sich. Schon der leiseste Mucks konnte die Stimmung der Männer umschlagen lassen.

„Na, nimm sie dir schon", stieß der Schnauzbart den Neger an. „Mir ist's egal, wer von uns der erste ist."

Zwischen den Strandklippen fand sich eine mit trockenem Seetang gefüllte Mulde. Die untergehende Sonne verlieh der schweißnassen Haut des Negers bronzefarbenen Glanz. Valerie sagte sich in einem fort: Dies ist der Preis, dies ist der Preis – und das machte es irgendwie leichter.

Der zweite war der schnauzbärtige Kapitän, der dritte der andere Weiße. Es überraschte sie nicht, daß ihre Fesselung sadistische Gelüste wachrief. Schlimmer war, daß die Gesichter der beiden anderen verrieten, daß sie meinten, bei ihrer Art zu kurz gekommen zu sein.

Erst feuerten sie die Quälerei nur an, dann taten sie nach Kräften dabei mit. Valerie lernte schnell – daß sie nicht Widerstand leisten, daß sie möglichst überhaupt nicht schreien durfte. Sie kehrte all ihr Denken und Fühlen nach innen. Bisher hatte sie immer bezweifelt, hassen zu können, doch sie konnte es. Sie hätte diese Männer kastrieren und dabei lachen können. Sie hätte diesen Victor Bastian kastrieren können, der an allem schuld war. Sie hätte Ellwood Page, der sie getäuscht, verraten und ausgeliefert hatte, erbarmungslos sein Ding abschneiden können.

Als die drei den Spaß verloren und Schluß machten, raffte sie sich mit der Kraft der Verzweiflung auf und stürzte sich ins Wasser. Doch bevor es noch richtig tief wurde, war sie schon eingeholt.

Aber sie brauchte nicht geführt zu werden, als sie in der Dunkelheit den Dschungel durchquerten, um zum Ankerplatz auf der Leeseite der Insel zu gelangen. Haß und Rachsucht verliehen ihr Kräfte, von denen sie bisher nichts geahnt hatte.

Erst als sie den Namen des Schiffes gelesen hatte, zu dem ihre Peiniger gehörten, brach sie zusammen. Sie würde den Namen nie vergessen. Das Schiff hieß *Rainbow.*

Es war vier Tage später, als Valerie von der *Eagle* übernommen wurde. Als Grund erfuhr sie nur soviel: ein Befehl von oben.

Sie trug immer noch ihre Handschellen, das geblümte kniekurze, inzwischen völlig ramponierte Seidenkleid, das sie sich auf Geheiß der Piraten übergeworfen hatte, als sie die *Valmar* überfielen, und am ganzen Körper blaue Flecken. In der Segellast eingesperrt, hatte sie immer neue Attacken hinnehmen müssen und unterdessen auch die Namen ihrer Peiniger erfahren. Wenn sie je freikam, wollte sie sich eine Pistole besorgen und auf die Suche machen.

Auf der *Eagle* brauchte sie nicht mehr ins enge, dunkle, muffige Vorpiek, sondern durfte eine Kabine beziehen, wenn auch als Eingeschlossene. Aus den Segelkommandos war zu entnehmen, daß der Rahschoner volles Tuch setzte. Man schien es eilig zu haben mit ihrem Abtransport.

Bald darauf erschien ein Mann, der sich als Johnny vorstellte, Maat der *Eagle*. Er war Anfang Zwanzig, hatte dunkle Haut und wild gelocktes Haar, das seinen Kopf wie ein Busch umstand. Er brachte einen Schuhkarton voll Schlüssel mit, die er an den Handschellen auszuprobieren begann, aber als er auch mit dem zehnten noch nicht zum Erfolg kam, verlor er die Geduld und rief nach einem Pete.

Der Mann, der daraufhin in die Kabine kam, hätte ein Schwede sein können ohne seine braune Haut, denn er war groß und blond und blauäugig. Doch Johnny und er sprachen das gleiche Idiom, ein Kauderwelsch, das mit Spanisch verwandt zu sein schien.

„Pete wird es weiter versuchen“, wandte sich Johnny an Valerie, „und wenn nichts Passendes dabei ist, einen Schlüssel zurechtfeilen.“ Er stupfte den anderen grinsend in die Seite. „Der Gute ist ein bißchen schüchtern, also sei nett zu ihm.“

Petes Benehmen war tatsächlich absolut verschieden von dem der Männer bisher. Obwohl er über eine Stunde an ihr herumhantierte, das meiste davon hinter ihrem Rücken, nahm er sich nicht die geringste Freiheit heraus. Im Gegenteil war er darauf bedacht, sie nicht mehr als nötig zu berühren.

Erst als Valerie wieder frei war, machte sich die tagelange unnormale Armhaltung bemerkbar.

Schultern und Nacken schmerzten, die Muskulatur der gesamten Rückseite bis in das Gesäß und noch weiter in die Oberschenkel hinein. Wimmernd stand Valerie vornübergebeugt, um der Verkrampfung zu entgehen.

„Darf ich mal ..."

Es war Petes erstes persönliches Wort. Bisher hatte er sich auf Anweisungen wie „Stillhalten" oder „Umdrehen" beschränkt und allen Versuchen gegenüber, ihn zum Sprechen zu bringen, unzugänglich gezeigt.

„Ja, bitte ...! Da oben, im Nacken. O Gott!"

Er massierte nicht ungeschickt, hörte aber viel zu früh wieder auf. „Weiter, bitte ...!"

„Im Liegen ginge es besser."

Valerie kroch auf die Koje.

„Wenn das Kleid weg wäre ..."

Valerie vermochte sich nicht selbst zu helfen.

„Könntest du nicht ...?"

Sie war nach wie vor darauf aus, bei ihrer Rolle der gemaßregelten Prostituierten zu bleiben, doch wenn sie diesen Pete duzte, dann hatte das nichts damit zu tun. Er war nett und zurückhaltend, er hatte ihr geholfen und half ihr immer noch, und sie wollte ihm ihre Dankbarkeit zeigen.

Pete also zog ihr das Kleid aus, und Valerie überließ sich seinen Händen.

„Du machst das prima."

„Ich hab's gelernt. Aber es gibt zuviel Masseure. Da bin ich lieber auf See gegangen."

„Aber du bist doch gut? Und siehst gut aus?"

Erst sagte er nur knapp: „Geschmacksache"; dann, nach einer Pause: „Als Blonder unter Schwarzen fällst du natürlich auf"; und nach wieder einer Pause und mit anderer, verächtlicher Stimme: „Als Masseur kann einer nur im Hotel was werden. Aber die Damen, die sich in unseren Hotels massieren lassen, wollen dazu Schwarze. Wegen denen kommen sie ja auch bloß her."

Ausgerechnet jetzt war er bei den Gesäßmuskeln angelangt. Valerie konnte nicht verhindern, daß sie erschauderte. Die Anspielung war zu deutlich gewesen. Daß sie als Prostituierte angesehen wurde, war ihr unangenehm genug, aber noch weniger wollte sie für eine typische weiße Touristin gehalten werden. Der Drang, zu sagen, wer sie war, war nie zuvor so stark gewesen.

Im letzten Moment noch fiel ihr ein Ausweg ein. Sie fragte: „Wo ist denn das, wovon du redest?"

„Hier in der Gegend. Aber es ist ja in der ganzen Karibik das gleiche. Früher, auf Kuba, da waren's die Amerikanerinnen. Jetzt sind's vor allem die Kanadierinnen."

„Bist du von Kuba?"

„Nein, ich bin nicht von Kuba." Er lachte und gab ihr einen kleinen Klaps. „Aber du bist neugierig."

Valerie sagte nichts mehr, und auch er blieb still.

Erst als er sich zum Abschluß noch einmal ihren Nacken vornahm, sagte er mit halblauter Stimme: „Du mußt nicht so viel fragen. Es ist nicht gut, viel Fragen zu stellen."

„Aber ich will wissen, was ihr mit mir vorhabt."

„Das weiß ich nicht. Und geht mich auch nichts an." Nach einer Pause fuhr er noch leiser fort: „Wir sollen dich übernehmen und an einen sicheren Ort bringen, das ist alles, was ich dir sagen kann. Irgendein hohes Tier scheint großen Wert auf dich zu legen."

Das war alles. Pete fuhr noch einmal mit sanften Fingerspitzen über Valeries Rücken, dann gab es den abschließenden Klaps auf den Hintern, auf den Masseure bei Frauen nicht verzichten mögen, und Valerie richtete sich auf, während Pete nach ihrem Kleid langte.

Es war in diesem Augenblick, da sie sich, eben aufgesetzt, im Kreuz reckte und wohlig seufzte, und er ihr Kleid in Händen hielt, ausgerechnet in diesem dummen, zum Mißverstehen geradezu einladenden Moment, als die Tür aufging.

„Ah, da schau her – unser Schüchterner! Ist sie gut?"

Es war einer von den Schiffsleuten, und er drängte den verdutzten Pete hinaus und machte die Tür hinter sich zu und knöpfte sich die Hose auf.

So klärte sich, wer sie auch für die Männer der *Eagle* war – eine Käufliche aus New Orleans, ein ebenso von der Mafia gesteuertes Rädchen wie sie, welches durch Zufall in eine andere Maschinerie, die ihrige, geraten war und an dem sie sich nun rieben, bis man es wieder daraus entfernte. Die Männer kamen immer wieder. Johnny kam nur einmal, aber Pete gar nicht.

Es war Nacht und stockdunkel, als der Anker fiel und Valerie veranlaßt wurde, in das Beiboot zu steigen. Sie konnte noch den vom Ufer abgesetzten Brandungssaum erkennen und die Schemen von Palmen und Hütten, dann wurden ihr die Augen verbunden.

Die Männer, die sie an Land brachten, waren Johnny und Pete, und dieser war es dann, der sie auf seinen Armen die letzten Meter durchs Wasser trug. Ein Hund fing an zu bellen, eine Anzahl anderer Hunde fiel ein, und ihr Gebell und das Rauschen der Brandung begleiteten sie, bis das Haus, zu dem man, wie sie mitzählte, vom Ufer aus vierundfünfzig Schritte benötigte, sie aufnahm.

Als sie die Binde los war, sah sie im Schein einer Petroleumlampe Johnny und eine ungeheuer dicke, lehmfarbene Frau einander in den Armen liegen. Was gesprochen wurde, war nicht zu verstehen. Nur so viel, daß die Männer es eilig hatten.

An der Tür, die Hand am Riegel, der mehr ein vorzulegender Balken war, blieb Johnny noch einmal stehen. „Sie ist meine Mutter. Mach ihr also keinen Ärger."

Erst gab es Essen, Mais mit Chilisauce, so scharf wie das Zeug rot war, und alles schien gut. Als die Frau in einer Kammer, die nun die ihre sein sollte, darauf bestand, daß Valerie das Kleid ausziehen solle, hatte diese sogar die verrückte Idee, es gegen ein Nachthemd tauschen zu sollen. Doch es ging nur um das Kleid, und es wieder zurückzuerobern war unmöglich. Die Frau erstickte alle Attacken mit ihren enormen Brüsten.

Am nächsten Morgen waren die beiden Burschen wieder da, mit Eiern und Speck und allem möglichem Gebrutzeltem empfangen, dessen würziger Geruch schon seit langem durch das Haus gezogen war, und Valerie erklärte es sich so, daß sie nun offiziell in Erscheinung zu treten wünschten für den Fall, daß die Hunde in der Nacht Verdacht geweckt hatten. Man trank wohl auch, denn die Männer begannen, zur Gitarre zu singen, und das ging dann so bis zur Stunde der Siesta.

Plötzlich war Stille. Dann tappten Schritte heran. Es war Pete. Valerie freute sich nicht, aber sie hatte auch keine Angst. Bei ihm kam ihr der Preis, den sie zu zahlen hatte, nicht zu hoch vor.

Pete war betrunken, doch sein Grinsen war nicht stumpf, sondern irgendwie lausbubenhaft. Er hatte ein T-Shirt und Bermudashorts an und zog erst das T-Shirt und dann die Hose aus. Als er nackt und erregt vor ihr stand, begriff sie, was das Grinsen zu bedeuten hatte. „Das geht nicht", flüsterte sie entsetzt.

„Ich weiß, aber faß mich wenigstens an."

Draußen war Johnny zu hören, als er vom Abtritt kam; er blieb vor der Tür stehen und klopfte und sagte etwas in diesem Spanisch, das kein Mensch sonst verstand.

Pete kam auf das Matratzenlager: „Tu so, als ob! Er darf nichts merken. Er lacht mich sonst aus. Und erzählt's den anderen, und ich werd' zum Gespött."

Valerie zog Pete über sich, und es hätte keine Sekunde später sein dürfen, denn die Tür öffnete sich, ging einen Spalt breit auf und ging wieder zu. Pete stützte sich mit Ellenbogen und Knien ab, um sie nicht zu belasten. Er berührte sie nicht wirklich, und er versuchte es noch nicht einmal. Aber er sah sie verlangend an: „Faß mich an, bitte ...!"

Valerie tat es. Und es tat ihr sogar leid, Pete nicht mehr geben zu können, als er sich auch selbst geben konnte. Denn während sie ihm Entspannung verschaffte, verfestigte sich in ihr eine einzigartige Erkenntnis: Daß sie ein Geheimnis mit ihm teilte; daß dieser Mann hier der erste und bisher einzige war, der nicht absolut auf der anderen Seite stand. Zum ersten Male sah sie eine Chance zur Flucht. Sie streichelte über sein verschwitztes Haar und seinen Rücken bis hinab zu den Lenden. Sie wollte zärtlich sein. Und sie wollte sich auch vergewissern, daß diese Muskeln und Sehnen ihr gehörten.

Als er dann eine Zigarette rauchte, versuchte Valerie, eine Unterhaltung in Gang zu bringen. Eine mühselige Sache, da er allen Fragen, die sie stellte, auswich. Über ihr Kleid kriegte sie so viel heraus, daß es nicht mehr da war.

„Und wo ist es?"

„Es ist weg."

Valerie sah darin eher einen Vorteil. Das Kleid war viel zu teuer, zu elegant, zu bunt, um nicht aufzufallen. In Jeans und T-Shirt, besser vielleicht noch in so einem Kattunfetzen, wie Johnnys Mutter ihn trug, waren ihre Fluchtchancen ungleich größer.

„Aber ich brauch' doch was zum Anziehen!"

„Brauchst du? Find' ich nicht."

Dabei blieb es. Denn Johnny ließ sich aus der Wohnküche hören, Pete solle nicht einschlafen, und er erhob sich.

Er hatte dann Schwierigkeiten mit den engen Shorts und schimpfte: „Alle träumen davon, aber es kann 'ne Last sein, sag' ich dir."

Er trat zu ihr und umfing ihr Gesicht und sah sie an. „Willst du, daß ich wiederkomme?"

Sie nickte. Sie mußte es ja wollen. Sie nickte noch einmal. „Ja."

„Ich bring' uns auch was mit", sagte er, ganz glücklich und aufgeregt.

22

Valerie wußte sofort, daß es sich um Joints handelte, was Pete neben einer Flasche weißen Rum, frischen, duftenden Tortillas und einer Tüte kandierter Blüten auspackte. Er nannte es *reefers.* Aber einerlei ob Joints oder *reefers,* es war, eingerollt in braunem anstatt weißem Zigarettenpapier, Marihuana. Pete wiederum sprach von *pot.*

„Es entspannt", erklärte er ihr, „entspannt sowohl die Nerven als auch den Körper. Du verstehst, was ich meine? Du wirst mich überhaupt nicht spüren. Das heißt doch, sogar noch intensiver, aber ..." Er verhaspelte sich und wurde rot.

„Schon gut, ich habe verstanden."

Erst hatte sie schreckliche Angst, die aber schwand, nachdem sie ihr drittes Glas Rum getrunken hatte. Ohne es zu merken, fing sie an, nervös auf ihrer Unterlippe zu kauen. Es war heiß im Raum. Die scheußlichen Gehölze im Patio knackten in der Sonne.

„Na, hast du Lust?“ fragte Pete.

Aus der Wohnküche war nichts zu hören. Johnny war gleich nach dem Frühstück wieder gegangen. Wie Pete erzählte, hatte er ein Mädchen im Ort. „Gerade erst sechzehn, aber den Teufel im Leib. Wenn Johnny nach einem Landgang an Bord kommt, kann er kein Taschentuch mehr aufspannen, viel weniger ein Segel.“

Valerie streckte ihre Hand aus. Es war beschlossene Sache, daß sie mit ihm schlafen würde, und Zögern bedeutete lediglich einen Aufschub. Pete zündete zwei von den braunen Stäbchen an und gab ihr eines.

„Du mußt es nicht wie eine Zigarette rauchen. Nimm das Ding nicht zwischen die Lippen, sondern halt es so, daß es nur gerade daran stößt – und zieh beim Einatmen die Luft ringsum mit ein. Ich weiß nicht, warum, aber so macht man's halt.“

Der Geschmack war strohig-süßlich, doch da Valerie keine Raucherin war, besagte er ihr nichts. Wirkung zeigte sich keine.

„Zieh dich doch aus“, forderte sie.

Es war kein Verlangen, in ihr regte sich nichts. Sie wollte nur keine Zeit versäumen, an dem Netz, das sie nach Pete ausgeworfen zu haben hoffte, weiterzuspinnen. Und sie wollte es tun, solange sie noch klar denken konnte; der Rum ließ es schon schwer genug werden. Sie dachte an Martin und daß er stolz auf sie sein würde. Wenn ihm etwas imponierte, dann waren es Leute, die auch in heiklen Situationen klaren Kopf behielten. *Mit den Waffen einer Frau,* dachte sie, als sie die Decke, welche ihr immer noch das Kleid ersetzte, von den Schultern gleiten ließ.

Zu ihrer Überraschung legte Pete sich neben sie. Ihren Kopf in seinen Arm gebettet, rauchten sie ohne Hast zu Ende. Nachdem Pete die Stummel auf dem Lehmboden ausgedrückt hatte, stützte er sich auf einem Ellenbogen hoch. Sein Kuß kam für Valerie völlig unerwartet. Sie hielt den Mund geschlossen, doch er sprengte ihn. Seine Lippen saugten sich fest, und seine Zähne preßte und wühlten, bis sie zum Erfolg kamen.

Das Marihuana begann jetzt zu wirken. Zunächst mit aufsteigender Hitze – Wellen, die den gesamten Körper durchfluteten und sich in den Wangen festsetzten. Dann mit Schwaden im Gehirn, grauen zunächst, die aber rasch flirrend wurden und schließlich silberhell-flüssiges Gas. Schließlich mit einem wohligen, wollüstigen Gefühl in jeder Faser des Körpers.

Valerie fühlte Pete steif und hart und riesiggroß, ohne jedoch Angst zu verspüren. Sie hatte immer noch kein direktes Verlangen, war nur erfüllt von sinnlichem Wohlbehagen. Ihr Körper schien federleicht und im Zustand des Schwebens, und sie hätte dem sich mehrenden Drang, sich emporzuschaukeln, gern nachgegeben, mochte aber Petes Küsse nicht missen und nicht die süße Last seines Körpers.

Da ihr zweites Ich neben ihr stand und zusah, konnte sie sich gut kontrollieren. Das zweite Ich sagte, was zu tun und zu lassen war. Und es sagte ihr, daß sie wohl ihren Mund für Pete aufzumachen, die Beine jedoch weiterhin geschlossen zu halten habe.

Pete ließ ab von ihrem Mund, um seine Lippen über ihren Körper wandern zu lassen. Er küßte ihren Hals, die Schultern, ihre Brüste und deren Spitzen, den Magen, den Bauch und die Leistenbeugen, die Innenseiten der Oberschenkel und zu guter Letzt ihren empfindlichsten Punkt. Ihr zweites Ich riet Valerie, sich ja nicht zu bewegen, um nicht auf und davon zu schweben, doch sie konnte nicht anders, und weil Petes pochende Zunge sie festnagelte, blieb, während sie sich diesem wonnevollen Schweben überließ, ihr Schoß auf der Erde zurück.

Plötzlich mußte sie lachen. Es war das Knacken in den dörrenden Pflanzen im Patio, das zum Lachen war. Valerie hatte nicht geahnt, daß es so komisch sein konnte. Überhaupt war alles furchtbar komisch. Das Gefühl, das Pete mit seiner warmen, feuchten, kitzelnden Zunge entfachte, war komisch, und noch komischer waren die zuckenden Bewegungen, mit denen ihr Becken darauf antwortete, und am komischsten, ungeheuer absurd, albern und lächerlich, waren die Anstrengungen, die Pete unternahm, dennoch nicht den Kontakt zu verlieren. Aber sie lachte ihn nicht aus, lachte nicht über ihn. Sie lachte wirklich nur über die Komik, die in diesen synchronen Auf-und-Ab-Bewegungen seines Kopfes und ihres Unterleibs lag.

Das dauerte Stunden so. Schien zu dauern. Denn alles hatte sich gedehnt: der Raum, die Zeit, das Fühlen – das wie ein Perlen und Rieseln war ein endloses heißes Blech entlang – und sogar ihre Gliedmaßen. Ihre Knie waren weit, weit weg, was jedoch, wie sich zeigte, so schlimm nicht war, weil auch ihre Arme sich verlängert hatten, so daß sie dennoch die Hände unter die Kniekehlen legen konnte, als Pete in sie eindrang. Sie spürte keinerlei Schmerz. Was sie spürte, war, wie dies rot glühende Blech, über das es perlte und rieselte, nun auch noch in ein bestimmtes Schaukeln geriet, und nachdem der richtige Rhythmus erst einmal gefunden war, hörte dieses Schaukeln nicht mehr auf.

Irgendwann zog Pete sie hoch. Valerie war eingeschlafen. Jenes rhythmische Schaukeln war in Wellenbewegungen übergegangen, unendlich zart und sanft, weich strömend und schmiegsam – Hügel in einer Abendlandschaft von Caspar David Friedrich, von denen sie selber einer war, bläulich grün: und sie hatte sich als solcher, ein Hügel, mit dem Maler, einem ernst blickenden jungen Mann mit von hellen Locken gerahmtem Gesicht, sehr ernsthaft darüber unterhalten, ob er ihr nicht doch ein bißchen mehr Blau geben sollte, weil doch die Nacht kam ...

„Na, denn komm mal", sagte Pete, sie am Ellenbogen stützend. „Ein bißchen frische Luft wird dir guttun."

Als Valerie auf den Füßen war, blickte sie schaudernd nach unten. Der Lehmboden lag vor der Matratze wie ein Abgrund; wahrscheinlich würde es Jahre brauchen, dort unten anzukommen.

„Na los! Ist doch bloß 'n Schritt."

Es war wirklich ganz einfach – da sie ja bloß zu schweben brauchte. Und so hob sie ihre Arme zur Seite und setzte graziös einen Fuß vor und tat den von ihr verlangten Schritt in die Unendlichkeit, während sie ihre Arme auf die Wolken bettete, die sie rechts und links unterfingen.

„Also, 's geht doch." Pete führte sie in den Patio. „Tief durchatmen, ganz tief durchatmen!" Er gab ihr ein paar leichte Schläge auf die Wangen. „Bist du okay?"

„'türlich."

„Du glaubst, fliegen zu können, hm?"

„Ich kann's. Ich kann fliegen." Sie kicherte. Sie wußte selbst nicht, warum. Sie mußte kichern.

„Glaub nur nicht, daß du auch über dies üble Grünzeug hier fliegen könntest. Das meiste ist giftig, und du würdest dir nur dein hübsches Ärschchen verbrennen."

Wieder mußte sie kichern. Petes Befürchtungen, daß ein paar Kakteen ein Hindernis bilden könnten, wo sie doch eben einen gähnenden Abgrund überwunden hatte, waren aber auch zu komisch.

Ihr zweites Ich, das sich für eigene Wege verabschiedet hatte, kehrte zurück, um sich mit dem anderen Ich zu verbinden, was sich in einem Schmerz äußerte der ihr wie ein Messer durch den Kopf fuhr. Es gab erneute Trennungen und neuerliche Wiederkommen in kürzeren und immer kürzeren Abständen, und jedesmal gab es diesen furchtbaren Stich, und als die beiden Ichs endgültig zusammenfanden, nistete sich dröhnender Kopfschmerz hinter ihrer Stirn ein.

Valerie hatte plötzlich unerträglichen Durst. „Um Gottes Willen – Wasser!"

Pete strich ihr, als er ihr den Krug an den Mund setzte, verliebt das Haar aus der Stirn. „Du bist ganz naß geschwitzt."

„Ich fühl' mich zum Ausspeien. Ist das immer so?"

„Der Stoff war wohl 'n bißchen stark. Aber ich habe den besten nehmen wollen, der zu haben war. Er hat gar nicht so wenig Geld gekostet."

Geld wirkte als Stichwort. Valerie fiel ein, daß sie, wenn sie fliehen wollte, Geld brauchen würde. Aber sie fühlte sich nicht fähig, den Gedanken weiterzuverfolgen. Sie fühlte sich zu überhaupt nichts fähig. Nicht einmal erinnern konnte sie sich. Die Bilder waren wie rasch ziehende Federwolken, einige der Realität entstammend und einige jenem Traumreich, welches sie eben zum erstenmal betreten hatte.

Und ausgerechnet das Wichtigste wollte sich am wenigsten greifen lassen – ob sie mit Pete geschlafen hatte. Es konnte sein, konnte aber auch nicht sein. Sie fühlte sich erregt und unbefriedigt und viel weniger satt, als sie nach einem Beischlaf hätte sein müssen.

Pete stellte alles klar, als er fragte: „War es auch für dich schön?" Sie bejahte, doch die Wahrheit war, daß sie sich an nichts erinnern konnte. Nur eines wußte sie, daß sie ihn brauchte, einmal noch mindestens. Noch nie war sie so geil gewesen.

„Mußt du bald gehen – oder ...?"

Seine Antwort verwirrte sie vollends. Denn er lachte laut: „Aber ich bin doch noch nicht einmal eine Stunde hier."

Eine gute halbe Stunde später hätte sie besser antworten können auf jene typische Männerfrage, wenn vermutlich auch nicht so, wie Pete es sich erhoffte. Es war nicht schön gewesen, und es war auch nicht schlecht gewesen. Es war einfach anders gewesen – denn zum ersten Male seit ihrer Entführung hatte sie einem Mann nicht zu Willen sein müssen.

Doch diesmal fragte Pete nicht. Er schlief. Er wachte auch nicht auf, als sie aufstand.

Im Patio lag Schatten. Auf der Uhr an Petes Handgelenk war es halb vier. Valerie machte an der Stelle, bis zu der der Schatten reichte, einen Ritzer in den Lehm, und dies war der Beginn einer Art Uhr.

Sie zog sich den Stuhl an den Tisch und mühte sich, Pete beobachtend, ihre Gedanken zu ordnen. Daß der Mann nackt und wehrlos war, gab ihr ein Gefühl von Macht, und daß sie wußte, daß sein Körper reagieren würde, wenn sie es darauf anlegte, verstärkte es noch.

Aber es galt, die Zeit zu nutzen. Sie wußte ja nicht, wann Pete wieder einmal auf Landurlaub kommen würde, und sie konnte auch längst noch nicht sicher sein, daß er dann wieder zu ihr kommen würde. Valerie erhob sich, legte sich neben ihn und begann, seinen Körper zu streicheln.

Als Pete wach wurde, wollte er sie über sich ziehen, doch Valerie entwand sich ihm: „Laß uns erst noch ein bißchen reden."

„Über was?"

„Über uns. Erzähl mir von dir. Ich weiß gerade mal deinen Vornamen."

„Und daß ich gelernter Masseur bin."

„Und dreiundzwanzig, wie ich schätze."

„Zweiundzwanzig."

Er steckte sich eine Zigarette an und schob die freie Hand unter den Kopf. „Warum interessiert dich das?"

„Warum sollt' es mich nicht interessieren?"

Er zog den Rauch ein, um ihn in Kringeln entweichen zu lassen. Schließlich sagte er: „Ich dachte immer, eine wie du interessiert sich nicht für solche persönlichen Dinge. Jedenfalls bist du die erste, die fragt."

„Warst du schon öfters in einem Bordell?"

Valerie fragte nur, um Zeit zu gewinnen. Sie rang mit sich, denn es drängte sie, ihre Identität preiszugeben. Aber ihre Vernunft hielt dagegen, daß es unklug, daß es möglicherweise sogar gefährlich war, die Wahrheit zu sagen. Denn wenn Pete nicht wiederkäme, wäre alles umsonst gewesen. Wenn es überhaupt eine Flucht gab, dann gab es sie einzig mit ihm. Sie wußte ja noch nicht einmal, wo sie überhaupt war.

„Nicht gar so oft", lautete die Antwort, die Pete nach ein paar Rauchkringeln gab.

Sie mußte erst überlegen, wovon er sprach, und rief sich zur Ordnung: Ich bin acht Jahre älter; ich bin klüger; ich bin gewohnt zu denken; ich bin für ihn begehrenswert. – Sie hatte eine Handvoll Trümpfe, sie mußte bloß aufpassen.

„Und woher weißt du, daß ich ..." erkundigte sie sich vorsichtig.

„Ich weiß es", sagte er kurzangebunden.

„Aber – woher?"

„Ganz einfach – alles, was dich betrifft, kommt von Paolo Costa, und das ist der Mann, dem in der Karibik die Puffs unterstehen. Aber ich hätt's auch so gewußt ..." Er grinste: „Du trugst keinerlei Wäsche!"

Sie mußte lachen. So einfach war das. Ein dummer Zufall, und man war abgestempelt.

Pete ergriff ihre Hand. „Aber du bist irgendwie anders."

„Es gibt solche und solche ..."

„Nein, nein, du bist anders", beharrte er mit der Weisheit seiner zweiundzwanzig Jahre.

Er begründete es: „Eine Nutte ist durch und durch verlogen. Sowie sie den Mund aufmacht, kommt eine Lüge heraus. Sie erzählt dir, daß ihr Vater sie mit zehn im Suff geschändet hat und daß ihre Mutter sie in die Erziehungsanstalt stecken wollte und daß der Kerl, dem sie alles gegeben hat, sie mit einem Bastard hat sitzen lassen. Sie lügt mit jedem Stöhnen beim Ficken und mit jeder ihrer Bewegungen. Und sie tut so, als wäre sie auf deine paar Kröten angewiesen – dabei macht sie mehr Geld, als unsereins je in einem Leben machen kann. Nein, nein, ich will dir sagen, was eine Nutte wirklich ist – nämlich faul, phlegmatisch und darauf aus, mit dem geringsten Einsatz das größtmögliche Geld zu machen. Ich will nicht sagen, daß es so was unter Männern nicht auch gibt, an Bord jedenfalls würde so einer von den anderen totgeschlagen."

Es war still zwischen ihnen. Valerie glaubte nun zu wissen, warum er nicht wollte, daß sie einander von sich erzählten – er hatte Angst, belogen zu werden. Doch es war noch anders.

Plötzlich langte Pete über sie hinweg und zerquetschte seine Zigarette an der Wand. „Ich will dir sagen, warum ich was habe gegen solche Lügerei – weil ich selbst ein Bastard bin. Mein Vater war ein Kalifornier, der mich meiner Mutter hinterlassen hat, als er hier als Taucher beim Hafenausbau arbeitete. Harry hieß er. Er war blond wie Mais, sagen die Leute, und konnte mit dem, was seine Lungen faßten, ein Segel blähen. Als ich dreizehn war, hat mich meine Mutter in ihr Bett geholt, weil sie mich im Rausch für diesen Harry hielt. Mittlerweile hat sie das bißchen Verstand, das ihr mitgegeben war, völlig versoffen. Sitzt nur noch rum und wartet. Und wenn ich komme, dann sagt sie glatt ‚Harry' zu mir und macht mir schöne Augen. Du wirst's vielleicht schon erraten haben – sie ist eine Farbige."

Er drehte sich auf die Seite, stützte sich auf den Ellenbogen und sah auf Valerie herunter.

„Ich hab' dir doch von den Kanadierinnen erzählt, die immer nur Nigger wollen ... Das wirklich Irre daran ist – ich bin einer."

Er stand auf und ging in den Patio sein Wasser abschlagen. Ein Bild von einem Mann in dem Licht, welches von der Tür her über ihn floß. Valerie ließ sich durch den Kopf gehen, was er über die Welt erzählt hatte, in der er zu Hause war.

Pete ging erst am anderen Morgen. An der Tür umfing er sie, als wollte er sie nie wieder loslassen. „Es kann dauern, bis ich wieder hier bin. Das letzte Mal hat es drei Wochen gedauert." Er fuhr mit den Lippen über den Haaransatz in ihrer Stirn. „Soll ich dir was mitbringen?"

„Irgendwas zum Anziehen. Jeans, ein T-Shirt ... Wäsche!"

„Wäsche? Du meinst, ich soll in so einen Laden gehen und ..."

„Dann einen Bikini."

„Ich kauf so was nicht! Mir würde die Birne platzen vor Verlegenheit."

„Aber Jeans, ein T-Shirt?! Das könnte doch auch für einen Mann sein."

Er schüttelte den Kopf. „Nein, nein, das kann ich nicht. Tut mir leid, aber da krieg' ich Ärger. Johnnys Alte hat dir dein Kleid ja nicht ohne Grund weggenommen. Das war auf Befehl von oben."

„Aber ich kann doch nicht ewig nackt laufen!"

Es ging nicht darum. Kein Mensch sah sie, und sie war nicht prüde. Es ging um die Flucht, die Stück für Stück in Szene gesetzt werden mußte, und als allererstes brauchte sie etwas zum Anziehen.

Valerie hängte sich an seinen Hals: „Ein Tuch, Pete! Ein Tuch, das nicht gerade danach aussieht, sich aber irgendwie um die Hüften schlingen läßt. Und groß genug, daß es auch noch für ein Oberteil reicht."

„Ein Tuch ... Mhm, mal sehen."

Er ging. Von der Küche her hatte Johnny nach ihm gerufen. Aber die Schritte kamen noch einmal zurück, und die Tür flog auf: „Ich wollte bloß ... Mußt du unbedingt wieder nach New Orleans zurück?"

„Nach New Orleans? Nein."

Valerie schloß die Augen und lehnte die Stirn gegen die Tür. Sie war froh, daß sie nicht hatte lügen müssen.

Sie lernte, nur gerade so viel zu rauchen, wie nötig war, um Anwandlungen von Niedergeschlagenheit und Mutlosigkeit zurückzudrängen, und so reichte der Vorrat an Marihuana, den Pete ihr dagelassen hatte, fast für drei Wochen.

Für einen richtigen Trip wie beim erstenmal waren die Dosen zu gering. Auch hatte sie Angst davor, die Kontrolle über sich zu verlieren.

Valerie begnügte sich mit der seidigen Sanftheit, die die ansonsten stickige Luft in ihrem Zimmer annahm, und mit der Möglichkeit, ihre Wünsche und Sehnsüchte auf Reisen zu schicken, mit der Verwandlung des immer ein wenig nach Salz schmeckenden, rostverfärbten Wassers in ihrem Krug in elsäßischen Edelzwicker und der des Blökens, das von einem Schiffshorn stammte, in ein beruhigend sanftes Dunkelblau.

Ungewollt, doch nicht auszuschließen, war der erotisierende Nebeneffekt des Rauschmittels. Zu den Rezeptoren – in ihrer Phantasie rosafarbene zarte Pflanzen, die in einem stillen warmen Wasser hin und her fluteten, um Sinneseindrücke aufzunehmen – gehörten nun mal auch die Nerven ihres Unterleibs. Es blieb ihr nichts anderes übrig, als sich selbst anzufassen, wenn sie sie besänftigen wollte. Dabei träumte sie nie von Pete, sondern immer von Martin, ihrem Mann, und nachdem sie dies herausgefunden hatte, tat sie gern, was sie tun mußte, und auch ohne daß das Marihuana sie dazu drängte – auch dies eine Art Droge, entspannend für Körper wie Seele und die Phantasie beflügelnd, so daß sie die schreckliche Mauer überwand. Langsam, jedesmal ein bißchen mehr, nahm ihre Hoffnung zu, eines Tages vielleicht doch wieder richtig lieben zu können.

Vier Tage nachdem der letzte Joint aufgeraucht war, kam Pete. Er brachte neues Marihuana mit, genau die Art Tuch, die sie sich gewünscht hatte, und sich selber.

Aber er war irgendwie verändert – mißtrauisch, verschlossen, unduldsam und rechthaberisch. Vielleicht hatte er sich Gedanken gemacht. Es mußte ja wohl etwas Außergewöhnliches sein an dieser Dirne, die wochenlang aus dem Verkehr gezogen wurde; denn wenn sie auch kaum etwas kostete, einbringen tat sie nicht einen lumpigen Cent. Vielleicht hatte er aber auch die Wahrheit erfahren und nun Angst, in einen Fall von Menschenraub verwickelt zu werden. Er ließ sich nichts darüber entlocken, und nur soviel wurde klar: Daß die Hoffnung, mit seiner Hilfe frei zu kommen, getrogen hatte.

Als er sie verließ, sagte er: „Würdest du mich heiraten?“ Doch er lachte darüber und ging, ohne die Antwort abzuwarten.

Auch für Valerie selber war die sich hinziehende Verbannung Anlaß zum Nachdenken. Es konnte alles mögliche dahinterstecken, und nicht zuletzt auch dies: Daß Martin lebte – und daß das Schiff in seinem Besitz und der Handel zwischen den Interessenten und ihm noch nicht zustande gekommen war. Denn was sonst konnte der Grund sein, daß man sie am Leben ließ?

Als vier Tage nach Petes Abschied ein geschniegelter Kerl in weißem Anzug und weißem Hut erschien, der aussah wie ein Zuhälter, schien sich alles zusammenzureimen: Man wollte sie in einem Bordell verschwinden lassen!

Valerie hatte schon geahnt, daß etwas auf sie zukam, als sie ein Auto auf der Straßenseite des Hauses herankommen und halten hörte. Der Mann, der ohne anzuklopfen hereinkam, hatte einen Aktenkoffer bei sich. Es war lange her, daß der Anzug wirklich weiß gewesen war. Unter den Achseln zeigten sich große Schweißflecke.

Valerie, auf ihrem Matratzenlager in die Ecke verkrochen, hielt sich Petes Tuch vor, ein Stück Madras, hellgrün und mit roten Schottenkaros. Immer noch hatte sie nichts anzuziehen.

„Fassen Sie mich nicht an!"

„Nun hör mal, Baby ..."

„Ich warne Sie. Ich schreie. Ich geh' Ihnen mit den Fingernägeln ins Gesicht. Oder ich springe, so wie ich bin, in das Giftzeug draußen. Und wenn ich dabei draufgehe – mitkommen tue ich nicht."

Der Mann wandte sich unbeeindruckt dem Koffer zu, den er auf den Tisch gelegt hatte, und brachte einen Fotoapparat zum Vorschein. „Ich will 'n paar Bilder von dir machen, das ist alles."

„Was für Bilder ...?

„Bilder, die zeigen, wie du aussiehst."

„Zu was?"

„Jemand möcht' es wissen. Es soll zu sehen sein, wie du in Schuß bist. Du sollst dich bewegen, hin und her gehen, tanzen und so. Wir machen's am besten im Hof."

Valerie kroch noch tiefer in die Ecke. Sie glaubte zu wissen, wofür sie fotografiert werden sollte. Niemand, und schon gar nicht dieser Puff-Boß Paolo Costa, kaufte gern die Katze im

Sack. Die Angst ließ sie zittern. Sie sehnte sich nach einem bißchen Marihuana, wenigstens ein paar Zügen.

„Los, komm jetzt! Ich sag' ungern was zweimal."

Die Stimme klang keineswegs bedrohlich, das Gesicht war sogar eher freundlich. Doch eben noch mit seinem Fotoapparat hantierend, schwang der Mann urplötzlich herum, riß ihr das Tuch fort und brachte sie mit einem einzigen Ruck auf die Füße.

Valerie zitterte so, daß sie nicht sprechen konnte. Sie konnte sich auch nicht bewegen. Schauer rannen über ihre Haut, ihre fröstelnden Brustwarzen waren steif. Wortlos deutete sie auf das Häufchen ihrer Joints.

„Ach, eh' das wirkt ... Da hab' ich was Besseres." Er holte aus seinem Koffer ein daumennagelgroßes Briefchen, entfaltete es und gab es Valerie zusammen mit einem Strohhalm. „Mit einem Zug einsaugen!"

Das Pulver war weiß, kristallisch und geruchlos. Valerie probierte mit angefeuchteter Fingerkuppe. Der Geschmack erinnerte irgendwie an Arznei.

„Was ist das?"

„*Horse,* mein Gott. Und zwar so gutes, daß du lange danach rennen müßtest. Stell dich nicht so an. Es ist das gleiche wie dein Marihuana, bloß chemisch konzentriert. Derselbe Unterschied wie zwischen 'ner Zigarette und herausdestilliertem Nikotin. Brauchst keine Angst zu haben." Er stieß sie an: „Nun mach schon! Ich will hier nicht Wurzeln schlagen."

Valerie sah keinen Ausweg. Sie wollte die Angst loswerden, die sie lähmte, und noch mehr wollte sie den Mann los werden.

Das Wohlgefühl kam viel schneller als bei einem Joint. Und es kam anders. Sie konnte regelrecht spüren, wie es sich ausbreitete. Es war im Blut, in den Nerven, in jeder einzelnen Körperzelle. Es brachte Vitalität, Mut, Selbstvertrauen, Zuversicht, Glück. Es war der Lebensstrom schlechthin. Valerie spürte, daß ihr nichts mehr passieren konnte, gar nichts mehr, und geriet in Verzückung.

„Okay", sagte der Mann, als er den Glanz in ihren Augen sah. „Und nun zeig Papi mal, was du hast und was du kannst. Los, tanz! Schwing die Beinchen!"

Mit Petes Tuch tanzte Valerie vor dem klickenden Fotoapparat den *Schleiertanz der Salome,* von dem sie spürte, daß er schon immer in ihrem Blut war, zu einer Musik, welche nur sie hörte, und in einem Garten, der dem Paradies glich.

Sie tanzte immer noch, als der Mann schon längst wieder fort war, von Johnnys Mutter nicht aus den Augen gelassen, die aber erst eingriff, als sie von einer Sekunde zur anderen zusammenbrach. Sie schlief zwölf Stunden und wachte mit Kopfschmerzen auf und dem scheußlichen Gefühl, daß ihre Körperzellen taub und leer seien – wie die Waben eines aufgegebenen Bienenstocks. Zum ersten Mal rauchte sie Marihuana nicht, um Unmut zu verjagen, sondern um Wohlgefühl herbeizuführen. Aber noch lieber wäre ihr dieser wunderbare andere Stoff gewesen.

Beim nächsten Mal blieb Pete nur ein paar Stunden. Er war wieder nett und liebevoll und zärtlich. Valerie sah es so: Er wußte inzwischen, was mit ihr los war, und hatte beschlossen, für sich das Beste daraus zu machen. Sie war ihm nicht zu Willen, es war ihr eigenes Verlangen, das gestillt werden wollte. Wenn sie überhaupt noch Fluchtgedanken bewegte, so waren sie nur vage. Sie genoß die vom Marihuana gesteigerte Lust.

Beim Rauchen der üblichen Zigarette hinterher richtete Pete sich plötzlich auf: „Hab' ich dir eigentlich schon das Neueste erzählt?"

„Weiß nicht ..."

Valerie hörte nur halb hin. Sie war erhitzt, zufrieden und träge und hatte Schwierigkeiten, ihre Gedanken zu ordnen.

Pete war von seiner eigenen Begeisterung hingerissen. „Ich hab' einen neuen Job. Auf einer Yacht, die einem ganz berühmten Mann gehört. Einem Filmstar aus Hollywood. – Ellwood Page!"

23

Die *Valmar* kam gut voran. Hirth war sicher, den Termin, den er für seine Ankunft in Culebra genannt hatte, einhalten zu können. Seine Gedanken waren schon vorausgeeilt; vor seinen Augen stand das Bild eines kleinen Hafens mit einer Mole und einer Frau darauf, die Valerie war. Als Stokey meinte, ein Wetter ziehe herauf, wollte er es nicht wahrhaben. Der Himmel war klar, die Sonne nur von dem üblichen Dunst eines heißen Tages umflort.

Aber der Martiniquianer beharrte auf seiner Meinung, und als Hirth schließlich den Barographen in Augenschein nahm, mußte er ihm recht geben. Schon vor einer Stunde war die Kurve steil abgefallen, und sie fiel immer noch.

„Was ist das, zum Teufel?!"

„Wir sagen *Norder* dazu."

„Wir auch. Ein Wind, der sich in den Eiswüsten Kanadas aufmacht, über die Vereinigten Staaten hinwegjagt und bis in den Golf von Mexiko." Hirth rieb sein Stoppelkinn: „Aber ich denke, den gibt's nur in der inneren Karibik?"

„So denken auch die Orangenpflanzer in Florida. Und immer wieder gehen ihnen die Blüten kaputt."

„Was haben wir zu erwarten?"

„Alles! Wind und Wellen, keine Sicht, vielleicht sogar Eisregen."

„Und wann?"

„Schau hinauf, kannst darauf warten."

Aus dem Dunstflor war ein Schleier geworden, die Sonne schon zu schwach, um Schatten werfen zu können. Eine seltsame, bedrückende Stimmung lag über der farblosen See. Plötzlich war der Wind weg.

„Nun aber ran. *An nous allé!* Alles reffen, Sturmfock setzen und nur ein Schnupftuch an den Besan."

Man war gerade fertig, die *Valmar* gewappnet, da verfärbte sich der bisher nur verschleierte Himmel binnen Minuten von Zinngrau zu Dunkelgrau und von Dunkelgrau zu Schwarz, und bildeten sich Wolken, die mit schweren Bäuchen herabsackten – ein so eisiger Nebel, daß das Thermometer um zwanzig Grad fiel. Gleich darauf war der Teufel los. Stokey behielt mit allem recht, was er vorausgesagt hatte, außer mit dem Eisregen – es war schierer Hagel, der das Schiff zudeckte, die Körner groß wie Taubeneier.

„Wie lange“, brüllte Hirth ihm zu, „dauert so etwas?“

„Bis der liebe Gott oben in Kanada die Düse wieder zudreht.“

Bei der Besteckaufnahme um 12.00 Uhr hatte die *Valmar* 48 Seemeilen vor Culebra gestanden. Um 18.00 Uhr hätte sie *Soldier Point* passieren sollen, aber bei einem Nordnordwest von 40 Knoten wäre es Wahnsinn gewesen, Kurs 310 Grad halten zu wollen. Sie konnten von Glück sprechen, wenn sie nicht auf St. Croix zurückgeworfen wurden, mitten in den *Sombrero-Weg* zum Panamakanal.

Es war um Mitternacht, als der Wind zwar nicht nachließ, aber um ein paar Strich drehte. Stokey, dadurch geweckt, daß der arbeitende Schiffsrumpf plötzlich veränderte Laute von sich gab, streckte neugierig seinen Kopf aus der Kajüte. Als er sah, daß die Bänder zum Verkleinern des Besansegels gelöst waren und das Segel zu voller Größe gebläht war, faßte er sich an den Kopf: „Du mußt aber deine Frau verdammt lieben.“

Am Dienstagmorgen waren die Gruppen-Doppelblitze des Leuchtfeuers auf Klein-Culebra zu sehen, die vor den Korallenriffen auf der Luvseite der Hauptinsel warnten.

„Na, Junge, gehen wir rein?“

„Ehrensache“, nickte Stokey. „Wenn wir schon davor sind, dann gehen wir auch rein.“

Die Bucht war wie ein Fjord, der in Ostwestrichtung sich erstreckende Bergrücken mit 200 Metern hoch genug, den Wind abzuhalten. Als die *Valmar* an der Ankertonne lag, war vom Norder nicht mehr übriggeblieben als der eiskalte Regen. Er machte nichts mehr aus. Das Anrennen gegen die Brecher, die sich mit einem Zischen wie ausströmender Dampf übers Deck ergossen und das Cockpit jedesmal zu einem Schaumbad auffüllten, hatte die beiden Männer bis auf die Haut durchnäßt.

Von der Werft her kam ein gedecktes Motorboot herüber. Hirth hatte nicht erwartet, daß Valerie bei solchem Wetter an

Bord sein würde. Doch als er sie dann auch im Direktionsbüro nicht vorfand, wurde er aggressiv: „Bevor wir irgendein Wort reden, Mister – wo ist meine Frau?!"

„Sie konnte nicht kommen ..."

Ohne jedes Wort, ohne das geringste ankündigende Zeichen warf Martin sich mit gestreckten Händen nach vorn, aber der Schreibtisch war zu breit und der Mann dahinter nicht unbehende. Statt nach dessen Kehle griffen Hirths Hände ins Leere.

„Wollen Sie mich für den Norder verantwortlich machen, Mann?'!"

Martin rappelte sich hoch. „Ich ..."

„Ihre Frau konnte nicht kommen, weil die Fähre nicht verkehrt. Die Fährverbindung wird bei Sturm eingestellt."

„Schiff gegen Frau – so hat es mir Mr. Chinaglia zugesagt."

„Mr. Chinaglia konnte nicht ahnen, daß wir Sturm kriegen würden."

Martin sah den Werftchef an. Er machte eigentlich keinen üblen Eindruck. Ein Halbblut mit einem strichschmalen Bärtchen über der Oberlippe, doch mit Händen, die aussahen, als ob sie zupacken könnten. Auch der Eindruck, den die Werft machte, war kein schlechter. Zwei japanische Fischkutter waren eingedockt, *Ishita Maru* und *Poshu Maru,* der eine in einem Schwimm-, der andere in einem Trockendock, und auf einem Aufschleppwagen war eine moderne Kunststoff-Yacht durchaus fachmännisch verkeilt. Etwa zwei Dutzend Männer in Ölzeug waren trotz des Sauwetters zugange. Dies war, was Stokey imponierte – für die Farmarbeiter auf Martinique war, sobald es auch nur zu nieseln anfing, Feierabend.

„Okay", lenkte Martin ein. „Tut mir leid, aber ..."

„Schon gut. Mein Name ist Mendoza – Jesús Mendoza." Der andere erhob sich, um Hirth die Hände über den Schreibtisch entgegenzustrecken. „Meine Sekretärin ist auch nicht gekommen und mein Vormann ebenfalls nicht. Auf der ganzen Welt werden Inselfähren bei Windstärke neun eingestellt, hm?"

Martin überwand sich und reichte dem Mann seine nasse Hand. Es gefiel ihm, daß Mendoza die seine auch Stokey hinhielt. Für gewöhnlich wurde der Neger gern übersehen, besonders von solchen Leuten, die selbst auch Negerblut hatten.

„Ich würd' euch gern einen Rum anbieten, Männer – aber ich glaube, erst mal eine heiße Dusche tut besser. Verschieben wir den Willkommenstrunk also, bis ihr wieder trockenes Zeug am Leibe habt."

Mendoza kam um den Schreibtisch herum. „Wir nennen's *Gästehaus*, aber es ist bloß das berühmte Dach überm Kopf. Ich geh' mal voraus."

Es war der übliche Bungalow der Karibik, aus Holz und kniehoch auf Pfähle gestellt wegen des Viehzeugs und der Durchlüftung, vor ihm eine Veranda, auf ihm ein Wellblechdach.

„Die Ratten halten sich mehr drüben auf der Werft auf, die Cucarachas haben wir erst letzte Woche wieder vergast. Aber hütet euch vor den Moskitos. Wir haben Denguefieber und auch Elephantiasis hier auf der Insel."

Mendoza kam mit hinein. „Wenn ihr euch abends auf die Terrasse setzt, dann also ja ohne Licht. Und diese Räucherhütchen hier" – er nahm eines aus einer Schachtel auf dem Tisch – „immer schön unten zu den Füßen stellen. Es gibt nämlich Biester, die setzen sich mit Vorliebe auf den Rist, wo sie Eier ablegen, die nach Monaten als Würmer herauseitern; 'ne Sache, die scheußlich juckt." Er machte eine Kopfbewegung zu Stokey: „Aber er kennt das ja wohl."

„Aimé Legrand", stellte Hirth ihn vor, „unter Freunden Stokey."

„Also – Stokey", sagte Mendoza herzlich. „Und für euch bin ich natürlich Jesús."

Er ließ sie einen Blick in die Küche tun. „Bekochen müßt ihr euch selber, das ist ja klar. Einen Supermarkt gibt es drüben im Städtchen. Der Kühlschrank, hab' ich mir sagen lassen, soll funktionieren."

Auf der Veranda, seinen Schirm schon aufgespannt, blieb er noch einmal stehen. „Ich lasse dann unterdessen euer Schiff rausholen. Es geht doch nur um diese – diese Innenausbauten, oder?"

„Mir geht es um gar nichts." Martin korrigierte sich: „Oder sagen wir mal so: Worum es mir geht, und zwar einzig und allein, das ist meine Frau. Und darum bleibt das Schiff im Wasser – solange sie nicht hier ist."

„Aber so ein Norder kann Tage dauern ..."

Martin machte nur eine knappe Bewegung mit der Hand.

Mendoza machte ein betretenes Gesicht. Sein Daumen strich nervös nach den Enden des Bärtchens. Dann klappte er den Schirm wieder zu. Er schloß sorgfältig die Tür hinter sich, als er in den Bungalow zurückkam.

„Daß eine Frau im Spiel ist, habe ich erst gestern abend erfahren. Man hat mit mir telefoniert, ich solle dir bestellten, Mrs. Hirth käme nicht – von wegen des Sturms und der Einstellung des Fährbetriebs. Und überhaupt nur, weil der Name derselbe ist, habe ich mir zwei und zwei zusammengerechnet. Aber im Grunde weiß ich von nichts, gar nichts. Und – verdammt noch mal! – ich möchte auch nichts wissen!"

„Es geht um Kidnapping!"

Jesús Mendoza schloß gequält die Augen.

„Seit Februar ist meine Frau in den Händen von ..."

„Nein!" Mendoza preßte die Hände an seine Ohren. „Hör auf!"

„Bastian!" schrie Martin und packte seine Handgelenke und riß die Hände herunter. „Hör dir ruhig an, wie der Mann heißt, und vergiß es nie! B-a-s-t-i-a-n – Victor Bastian."

Mendoza, kalkweiß im Gesicht, starrte ihn mit leerem Blick an.

„Chinaglia ist bloß eine Figur. Und von seiner Sorte gib es wahrscheinlich Dutzende – lauter Figuren, die von oben geschoben werden. Und Bastian ist der Mann, der sie schiebt. Aber vielleicht wird der selber auch geschoben, vielleicht ist er selbst nur 'ne Figur."

„Ich wünschte", sagte Jesús Mendoza mit Emphase, „der Norder hätte euch ersäuft."

„Ja", sagte Martin, „das kann ich dir nachfühlen. Und nicht bloß mich ersäuft – sondern auch dich und deine Werft dazu. Und diesen Chinaglia und Ellwood Page und Harry Mills und Jack Ruben und die *Rainbow* samt Besatzung und vor allem diesen Bastian ... Bloß leider, die Sintflut war bereits."

Schon als er die kleine propere Werft erblickte, hatte Hirth an die Adorno-Werft in Genua denken müssen, wo sein Schiff seetüchtig gemacht worden war, und er erinnerte sich auch jetzt wieder an den alten Giuseppe Adorno, dem Bastians italienische Kumpane die voraussichtliche Fahrtroute der *Val-*

mar abgepreßt hatten. Und er dachte auch an Käpt'n Simoneit daheim am Ammersee, den man mit der Drohung, Feuer bei ihm zu legen, unter Druck gesetzt hatte.

„Sag mal, hat es bei euch auch gebrannt ...?"

Mendoza verstand sofort. „Nein, aber unser erster Schweißer, ein Künstler in seinem Fach, hatte einen bösen Unfall, als ihm unverständlicherweise der Gasentwickler explodierte, und dem Designer, der mit uns zusammen für viel, viel Geld eine Siebenunddreißiger-Kunststoff-Slup entwickelt hat, dem hat man, als er fertig war, seine gesamten Unterlagen geklaut. Aber gebrannt – nein, gebrannt hat 's nicht, jedenfalls nicht häufiger als auf einer Werft üblich."

„Ich nehme an", sagte Hirth und grinste kalt, „ihr habt eine spezielle Feuerversicherung?"

„Oh, nicht nur, Amigo. Wir haben überhaupt eine Versicherung. Gegen praktisch alles, besonders aber gegen Ärger. Du verstehst – hätten wir sie nicht, diese umfassende Versicherung, so hätten wir verdammt viel Ärger."

„Allerdings kostet so eine ‚Versicherung' eine Menge Geld ..."

Mendoza ging auf Hirths sarkastischen Ton ein. „Es hält sich in Grenzen. Aber dafür sind wir ja, nicht wahr, auch zu Gegenleistungen bereit – zum Beispiel zu gewissen Innenausbauten."

„Also – Gefälligkeit gegen Gefälligkeit."

„So ist es, Amigo."

„Ungefähr so dachte ich's mir", sagte Hirth. „Aber was mich betrifft, ich spiel' da nicht mit! Bestell das deinem Chinaglia. Bestell ihm: Dieser Mr. Hirth aus Deutschland ist ein Spielverderber. Und wenn er, dein Chinaglia, meint, daß die Mafia ihre eigenen Gesetze hat, dann wird dieser Mr. Hirth – der als Mathematiker von Gesetzmäßigkeiten etwas versteht – die seinen dagegensetzen."

„Ich werd' es ihm gerne bestellen."

„Das heißt ..."

„Dein Schiff bleibt, wo 's ist."

„Aber kriegst du dann nicht Ärger?"

Jesús Mendoza strich sein Bärtchen. „Ich kann ja doch niemand mit der Pistole dazu zwingen, sein Schiff aus dem Wasser nehmen zu lassen, oder?"

Der Norder hatte sich nach vier Tagen erschöpft. Der Wind schlief ein, der Regen versiegte, die Kälte ließ nach. Am Freitagnachmittag verkehrte die Fähre von Fajardo wieder. Aber sie brachte Martin Hirth nicht seine Frau, sie brachte ihm nur einen Brief.

Hirth, nachdem er ihn gelesen hatte, gab den Brief schweigend an Stokey weiter. Stokey las lange und aufmerksam. „Wie ich dir schon gesagt: Niemand kann denken wie diese Männer, der nicht zu ihnen gehört."

„Was rätst du mir? Was soll ich tun?"

Stokey entschloß sich erst nach längerem Kopfwiegen zu einer Antwort, die auch dann noch diplomatisch ausfiel: „Ich fahre mit dir um die Welt, wenn es sein muß – aber das ist mein Job, nicht wahr. Du bist der *patron,* ich bin der *matelot.* Du bestimmst."

„Komm mit!"

Sie marschierten ins Büro. Mendoza las Zeile für Zeile. Dann gab er im Sekretariat die Anweisung, daß er nicht gestört werden wolle, änderte seinen Entschluß jedoch wieder und ging mit den beiden Männern nach draußen. „Manchmal haben die Wände Ohren."

„Also, Jesús, was ist deine Meinung?"

Sie gingen an der Kaimauer auf und ab, Schulter an Schulter, Hände auf dem Rücken, wie ein Werft-Chef mit seinem Kunden, wenn ein Problem zu besprechen ist, Stokey in ihrem Gefolge.

„Man muß das nüchtern sehen. Diese Leute sind vor allem anderen Rechner. Sie haben die Frau, sie haben das Schiff, oder jedenfalls so gut wie – warum sollten sie, denken sie, sich, nicht auch den Skipper haben können, wenn sich 's machen läßt."

„Aber ich denke ja gar nicht daran, den Schmuggelkapitän zu machen!" Martin drehte sich zu Stokey um: „Ich weiß, ich weiß, ich hab's schon mal getan – aber nur, weil sie versprochen hatten, Valerie freizulassen. Das hier ist etwas ganz anderes. Ich soll als einer der ihren fahren. Als ihr Angestellter. Für Geld! Für Geld, an dem Blut klebt. Sie wollen mich mit reinziehen. Ich soll mich mitschuldig machen. Und bin ich erst mal drin, komme ich nie wieder raus. Dann haben sie mich in der Hand."

Mendoza sagte: „Es war ein Fehler, Amigo, gegen einen Norder hier reinzukommen. Skipper dieses Formats findet man nicht an jeder Straßenecke. In Boston würden sie dich auf einen *Admiral's Cup-Renner* holen, aber die Kerle, mit denen du und ich es zu tun haben, wissen noch zehnmal besser, wer ihnen nützt."

„Dann bist du also ..." Martin blieb stehen und packte Mendozas Arm. „Bist du verrückt?!" Seine Hand in Mendozas Jackenärmel verkrampfte sich. „Ich geh hier nicht weg. Nicht bis ich meine Frau zurückhabe. Oder ich hol' sie mir."

„Wo?"

„Drüben in Puerto Rico! Wenn sie mit der Fähre hätt' kommen sollen, muß sie ja doch drüben sein, oder?"

„Puerto Rico hat vier Millionen Einwohner – und zwar Puertorikaner. Wenn nur ein einziger von denen mit drinsteckt, sind alle andern deine Feinde." Mendoza klopfte beschwichtigend auf Martins Hand: „Du willst deine Frau wiederhaben – aber was hast du denn zu bieten, um wirklich ins Geschäft kommen zu können? Es bleibt dir gar nichts anderes übrig, als dich selbst einzubringen in den Handel. Alle Trümpfe sind auf ihrer Seite. Sie haben deine Frau, sie haben dein Schiff ..."

„Oho, noch nicht!"

„Ach was, machen wir uns doch nichts vor. Daß wir hinausgezögert haben, das Schiff aus dem Wasser zu nehmen, ist doch bloß Spielerei. Das kratzt diese Kerle doch nicht wirklich. Wenn sie wollen, dann erscheint hier morgen ein Gerichtsvollzieher und klebt sein Siegel an deinen Mast – weil irgendein Mr. Soundso eine Forderung an dich hat in Höhe des Wertes deines Schiffes. Aber vielleicht kommt ja auch der Sheriff mit einem Haftbefehl – weil du besagten Mr. Soundso, wie dieser vor einem Richter unter Eid zu Protokoll gegeben hat, an Leib und Leben bedroht hast. Und wenn du 'ne Lippe riskierst, dann sitzt du auch noch wegen Widerstands gegen die Staatsgewalt."

Mendoza war regelrecht ärgerlich. „Du sollst es nüchtern sehen, habe ich gesagt. Und nüchtern heißt, wenn es ums *Syndikat* geht, die Phantasie spielen zu lassen. Die schofelste Sache, die du dir ausdenken kannst, ist gerade richtig – als Ausgangspunkt für weitere niederträchtige Überlegungen."

Er strich sein Bärtchen und begann mit schmalen Lippen zu lächeln. „Du würdest, nehme ich an, bis ans Ende der Welt segeln, um deine Frau wiederzubekommen ..."

„Selbstverständlich."

„Okay, dann tu's! Und bring die Kerle dazu, daß sie hinter dir her segeln. Du verstehst, was ich meine?"

„Nicht ganz ..."

„Du willst etwas von ihnen – aber sie müssen was von dir wollen."

„Also gut", sagte Martin, „nehmen wir mal an, ich tue, was in diesem Scheißbrief von mir verlangt wird. Aus der *Valmar* wird die *Malulani,* aus mir ihr Kapitän ..."

Er berichtete Mendoza von den gefälschten Schiffspapieren und dem Kaufvertrag, den man ihm abpressen wollte.

Mendoza schüttelte den Kopf: „Ein anderer Name ist unter den gegebenen Umständen okay, und okay ist auch, daß als Eigentümer ein karitativer Verein in den USA auftritt. Aber warum dies herrliche Schiff wirklich hergeben? Unterschreib den Vertrag – und laß das Original davon verschwinden, in irgendeinem Banksafe. Ein Hafenpolizist, wenn überhaupt, interessiert sich nur für die Kopie. Und dann gehst du auch noch hin und läßt deine eigenen echten Papiere umschreiben. Nicht mehr *Valmar,* sondern *Malulani* – aber nach wie vor dein Eigentum. Es war'n Fehler von Chinaglia, dir nicht deine Papiere abzunehmen."

„Damit dann dein besagter Gerichtsvollzieher kommt mit seinem Mr. Soundso ..."

„Damit mußt du allerdings rechnen. Du mußt überhaupt mit allem rechnen, wenn du dich mit dem *Syndikat* anlegst. Aber was hast du bisher anderes getan? Der Witz ist bloß, daß nun auch das *Syndikat* mit allem rechnen muß. Und das dürfte diesen Kerlen eine Nuß zu knacken geben, denn das ist ihnen bis heute noch nie passiert. Ihr ganzer Erfolg beruht ja doch darauf, daß die Menschen lammfromm zu Kreuze kriechen."

Mendoza hakte sich geradezu vergnügt bei Hirth unter. Es war ihm anzumerken, daß er selbst gern dessen Rolle übernommen hätte. „Sie haben dich aufs Kreuz gelegt, Amigo – und jetzt fängst du damit an."

Die Arbeiten dauerten nur eine knappe Woche. Die Leute der Mendoza-Werft waren anstellig, fleißig und voller Ideen. Ohne die blutsaugerische Mafia im Nacken, die daran kein Interesse hatte, hätten sie gewiß einen eigenen Seglertyp auf den Markt bringen können.

Hirth tat es weh, sein stolzes Schiff in ein schwimmendes Versteck für Rauschgift umgewandelt zu sehen. Ein Trost war, daß bei dieser Gelegenheit auch alle möglichen technischen Verbesserungen ausgeführt wurden, die sich auf Seetüchtigkeit, Schnelligkeit und Manövrierfähigkeit auswirken sollten. Die Yacht bekam einen neuen, leichteren Ballastkiel – wie ihn auch schon Stokey Legrand vorgeschlagen hatte – und, am Ende einer das Totholz ersetzenden und den Kiel verlängernden Stahlflosse, ein modernes freistehendes Ruder. Auch wurde der Rumpf von Algen- und Muschelbesatz gereinigt und bis in die geheimsten Winkel hinein mit *Antifouling* versiegelt. Am Schluß gab es sogar noch eine neue Maschine – an Stelle des lahmen Dieselmotors einen starken Benzinmotor, der auf Knopfdruck ansprang und für eine Geschwindigkeit von 10 Knoten sorgte, und an Stelle der alten Schraube, welche nur die Fahrt gehemmt hatte, einen modernen Propeller, der sich automatisch zusammenfaltete, wenn die Maschine nicht lief.

Von der Probefahrt waren selbst die Arbeiter, die Hirth eingeladen hatte, begeistert. Das Schiff lag nicht mehr im Wasser, sondern darauf, und es konnte, durch das auf die Mitte konzentrierte Gewicht, um seinen Schwerpunkt drehen wie auf einem Teller.

Als man heimkehrte, wartete wieder einmal ein Brief auf Hirth. Er war unfrankiert und Mendozas Sekretarin von einem Negerjungen im Hafen von Fajardo übergeben worden, als sie auf das Fährschiff wartete. Der Inhalt war von der Art, wie Hirth sie nun schon kannte – nur Datum und Uhrzeit, dazu eine Positionsangabe. Sein erster Auftrag. Und über Valerie nicht ein einziges Wort.

Jesús Mendoza, dem er die Daten zeigte, sagte sofort: „Bluff Island!“

„Woher weißt du?“

„Ich hab’ ’ne Karte, Amigo. Wir hatten nämlich auch mal

ein Flugzeug zur ‚Innenausgestaltung‘ hier, das anscheinend alle diese Punkte anzufliegen und zu kontrollieren hatte – und da war sie in den Pilotensitz gerutscht.“

„Könnte ich sie haben?“

„Gewiß doch.“

Bluff Island, Malulani – Irreführende Insel, Unter dem Schutz Gottes. Wenn Hirth darüber nachdachte, erschien es ihm wie ein Zukunftprogramm. Mendoza hatte recht, wenn er meinte, daß dies der richtige Weg war, um zu Valerie zu kommen. Als er sich von ihm verabschiedete, war ihm bewußt, einen Freund gewonnen zu haben.

„Werden wir uns je wiedersehen ...?“

„Nein, nie! So hoffe ich jedenfalls. Ich hoffe und bete, Amigo, daß du alles glücklich zuende bringen und nie wieder einen Grund sehen mögest, hierher zu kommen.“

Er hatte auch noch ein Abschiedsgeschenk. Das Ding, in braunes Packpapier gewickelt, fühlte sich an wie eine Schußwaffe.

„Ich habe eine Pistole“, sagte Hirth.

„Dies ist ein Revolver.“

Es war wieder schön. Die Sonne strahlte mit aller Kraft vom Himmel. Aber Jesús Mendoza behielt seine Jacke an, als er mit hochgerecktem Daumen der *Malulani* nachsah, bis sie mit vollen Segeln in den Viques-Sound entschwand.

UNSER BELIEBTES ARRANGEMENT »VIER JAHRESZEITEN«

GRÄFRATHER HOF
HOTEL • RESTAURANT
★ ★ ★ ★

HERZLICH WILLKOMMEN IM »GRÄFRATHER HOF«

Joachim Schulz
Gastgebender Hoteldirektor

- Zwei Übernachtungen im komfortablen Doppelzimmer inklusive unseres reichhaltigen Frühstückes vom Buffet
- Ein Obstarrangement auf Ihrem Zimmer bei Anreise
- Ein Überraschungspräsent erwartet unsere Gäste
- Ein Abendmenü in unserem Bistro »Florian« in drei Gängen inklusive eines Aperitifs und aller begleitenden Getränke
- Ein Besuch im deutschlandweit einzigartigen Klingenmuseum in direkter Nachbarschaft
- Diese Leistungen inklusive einer Vielzahl von Informationen über unser wunderschönes Bergisches Land bieten wir Ihnen zu einem Komplettpreis von

320,– EUR

für zwei Personen im Doppelzimmer für ein unvergessliches Wochenende in Solingens schönster Tochter Gräfrath, nahe zu Wuppertal und Düsseldorf.

Hotel Gräfrather Hof GmbH
In der Freiheit 48 · 42653 Solingen
Telefon +49 (0) 212 2 58 00-0
eMail info@hotel-graefratherhof.de
www.hotel-graefratherhof.de

GRÄFRATHER HOF

Fünfter Teil

24

„Hey, *Malulani!*"

„Hey, *Eagle* ...!"

Hirth lag mit seinem Schiff auf der Windseite der kleinen Insel, die von weitem einladend grün wirkte, in Wirklichkeit aber nur ein von Seegras, Moos und Ginster überzogener Tuffsteinfelsen war mit Löchern wie ein Schweizer Käse von unzähligen Generationen nistender Seevögel. Einem Zwölf-Knoten-Passat zugekehrt, brauchte er nur das Steuer herumzuwerfen, um augenblicklich Wind in die Segel und Druck auf das Ruder zu bekommen und binnen Minuten um die Ecke zu sein.

Er verfolgte zwei Absichten mit dieser Maßnahme, die mit Schaukelei und überkommender See bezahlt werden mußte. Erstens wollte er Vorsicht walten lassen, zweitens, daß sich herumsprach, daß der Mann von der *Malulani* ein mißtrauischer Patron war.

Der Kapitän der *Eagle* war der erste, der diesen Eindruck hatte. Er setzte das Megaphon, mit dem er beim Passieren von seinem Schiff herübergegrüßt hatte, zum zweiten Male an: „Ich erwarte Sie drüben auf der Leeseite!"

Hirth nahm seinerseits das Megaphon: „Da werden Sie lange warten müssen. Ich bleibe hier."

„Aber das ist doch albern! Bluff Island liegt elf Meilen außerhalb der Miami-Route."

„Danke für die Nachhilfe im Kartenlesen, aber ich weiß, wo ich bin. Übergeben Sie mir, was Sie mir mitgebracht haben, und dann können Sie fahren, wohin Sie Lust haben."

„Das sind dreißig Säcke!"

„Ja, und?"

„Ich muß auch noch unter vier Augen mit Ihnen sprechen."

„Wenn Sie Angst haben, naß zu werden, wären Sie besser Flieger geworden."

Hirth kannte das Theater – wer größer ist, meint das Sagen zu haben. Auf der *Eagle* fühlte man sich allein dadurch überlegen, daß man Rahsegel hatte, sein Tuch also nicht lotrecht, sondern quer hißte.

Er setzte noch eins drauf, um sich endgültig ins Gerede zu bringen: „Wenn Sie die nötigen Manöver nicht ausführen können, dann komme ich auch gerne meinerseits längsseits."

„Unterstehen Sie sich!" brüllte der andere prompt zurück. Und dann brüllte er nach seinem Maat, einem gewissen Johnny.

Dieser Johnny, wohl ein Puertorikaner, sah aus wie ein Schauspieler mit seinem pompösen Wuschelkopf, entpuppte sich jedoch als glänzender Seemann. Er nahm die *Malulani* in den Windschatten der *Eagle,* und in nicht mehr als zwanzig Minuten waren die 30 Segeltuchsäcke von Bord zu Bord gehievt. Danach kam der Kapitän herüber.

„Das werd' ich Ihnen so bald nicht vergessen – mich vor Ihrem Nigger zum Gespött zu machen."

Hirth fuhr giftig herum: „Ich verbitte mir solche Ausdrükke, solange Sie hier an Bord sind! Beleidigen Sie meinetwegen Ihre Leute, aber nicht einen Mann, der mein Freund ist!"

Der Kapitän der *Eagle* blickte sich nach Stokey um. „Ist das nicht ...? He, du! Bist du nicht der Gehilfe des Hafenmeisters der Marina Pointe du Bout ...?" Er wandte sich warnend an Hirth: „Sie, das ist ein Schlitzohr!"

„Ich weiß. Ich hab' auch schon viel von ihm gelernt."

Der *Eagle-Mann* sah Hirth mit gerunzelten Brauen an.

Sein Tonfall wurde sachlich. „Kommen wir zur Sache. Sie brauchen das Zeug nicht in den Säcken zu lassen, das ist ja wohl klar. Verstauen Sie's, wie es am besten geht. Bloß dürften Sie nichts durcheinanderbringen, die Mengen müssen stimmen. Die Aufteilung ist dann folgende: Jeweils zehn Säkke an drei verschiedene Leute. Zwei werden Sie gar nicht kennenlernen, Sie deponieren das Zeug einfach an einem bestimmten Platz, wo es später abgeholt werden wird. Genaueres über die Örtlichkeiten finden Sie hier in den Umschlägen, die ich Ihnen mitgebracht habe. Der dritte Fall ist – nun, sagen wir – etwas diffizil."

Er senkte die Stimme: „Es ist ein diplomatischer Auftrag, wenn Sie so wollen. Das Oberhaupt eines gewissen Inselstaates soll durch ein Geschenk bewogen werden, sich dem *Tourismus* gegenüber aufgeschlossener zu zeigen ..."

„Im Klartext: Das Treiben in gewissen Nachtclubs nicht durch Polizeistreifen zu stören, nicht jedes Stück Gepäck eines Reisenden zu durchsuchen und fröhliche Yachties in stillen Buchten sich versammeln zu lassen – auch wenn 's dabei verdammt nach Haschisch riecht. Habe ich das so recht verstanden?"

„Kann sein, ich weiß es nicht. Ich hab' mir darüber keine Gedanken gemacht. Unsereins sollte sich grundsätzlich nicht zu viele Gedanken machen."

Hirth behielt für sich, was ihm durch den Kopf ging, und fragte nur: „Wo liegt der Haken?"

„Ein Küstenschutzboot des besagten Staates wird sich mit Ihnen treffen. Aber darüber finden Sie Einzelheiten im dritten Umschlag."

„Das war nicht meine Frage. Ich will wissen, worin das Diplomatische besteht?!"

Der *Eagle*-Kapitän blieb die Antwort schuldig.

Um Hirth nicht die Hand geben zu müssen, tippte er beim Abschied zwei Finger an den Mützenschirm. „Das sind runde zehn Millionen Dollar, mit denen Sie herumschippern, und zwar unter Brüdern – der Endverkaufspreis würde mehr als das Zehnfache betragen."

„Werd' mich schon nicht daran vergreifen", sagte Hirth.

Der erste Umschlag, den Martin öffnete, war der mit den Instruktionen zu dem „diplomatischen Auftrag". Die Schwachstelle in dem Plan war augenfällig: Jenes Küstenschutzboot, mit dem man sich treffen sollte, würde an dem Signal für Laden oder Entladen explosiver Stoffe erkennbar sein, dem roten B, B wie Bravo, und dann, zum Zeichen, daß man die *Malulani* identifiziert habe, das blaue K hissen, das internationale Signal, miteinander in Verbindung zu treten. Das Risiko lag also allein bei der *Malulani*. Der andere konnte sich mit der Identifizierung solange Zeit lassen, wie er wollte, während man selber näher und näher kam und womöglich zu nahe, um noch frei beweglich zu sein – die Gewässer, die für das Rendezvous ausersehen waren, waren mit Korallenriffen gespickt.

Die Absicht, die dahintersteckte, war so durchsichtig, daß Hirth nur lachen konnte. Wenn die faule Sache aufkam, brauchte der Kommandant des Küstenschutzbootes nur so zu tun, als habe er einen Schmuggler gestellt. Und wer sagte, daß er nicht von vornherein darauf ausging? Entweder hatte die Mafia exzellente Verbindungen, wenn sie sich auf sowas einließ – oder aber ein so gutes Geschäft in Aussicht, daß es das Risiko lohnte – nur leider auf seine, Hirths, Kosten.

„Wie sieht's denn dort mit den Hoheitsgewässern aus?"

Stokey wußte es nicht. Auch das Seehandbuch war überfragt. Die Dreimeilenzone, hieß es lakonisch, sei nicht für alle Staaten verbindlich; El Salvador beanspruchte zum Beispiel als Hoheitsgebiet ein Küstenmeer von 200 Seemeilen Breite.

Hirth zog sich an den Kartentisch zurück. Als er fertig war mit seinen Berechnungen, rief er Stokey zu sich. „Jetz versteh' ich gar nichts mehr – der Treffpunkt liegt eindeutig außerhalb der Dreimeilenzone."

„Oh, nein, keineswegs. Siehst du da das Riff? Das ist, worauf es ankommt! Die Amis haben 1969 in Florida angefangen damit, um an der Beute eines Schatztauchers teilhaben zu können, und danach haben es alle anderen nachgemacht – die bekannten drei Meilen zählen nicht mehr ab Land, sie zählen ab Küstenriff!"

„Also können sie uns jederzeit aufbringen, wenn sie wollen?"

Stokey schniefte. „Präsident Raphaèle Morrez ist ein Fuchs wie kein zweiter in der Karibik."

„Weißt du vielleicht zufällig, wie hoch dort die Strafen sind für Rauschgiftschmuggel?"

Stokey lachte. „Strafen? Du denkst doch nicht etwa, daß wir vor ein Gericht kämen? Wir kämen vor ein Revolutionstribunal, weil wir nämlich Saboteure sind oder Konterrevolutionäre oder was weiß ich. Und danach, *allez-hopp,* kämen wir vor ein Erschießungskommando."

„Na, prima. So ungefähr habe ich mir diesen Job vorgestellt."

Hirth nahm sich noch einmal die Seekarte vor. Doch wo er

den Zirkel auch einstach, immer kam das gleiche heraus – es war eine Falle.

„Aber warum schickt man dann nicht die *Eagle?* Sie ist viel schneller, und man könnte sie bewaffnen und mit Leuten bemannen, die einem Kaperer die Suppe versalzen."

„Die *Eagle* hat keinen solchen Kapitän ..."

„Ah!"

„Keinen, der um jeden Preis zurückkommen möchte, weil er eine Frau hat, die er wiedersehen will. Mit der Sache mit dem Norder hast du ja bewiesen, was du dafür riskierst."

Hirth blieb eine ganze Weile wortlos sitzen. Schließlich kam er an Deck: „Schalt um auf die Selbststeuerung. Wir wollen zusehen, daß wir das Zeug aus den Säcken kriegen."

Den ganzen Tag sprach er nur das Nötigste. Immer wieder nahm er sich die Unterlagen über die beiden Depots vor, das eine wie das andere auf unbewohnten Inseln in der Gruppe der Leeward Islands in den Kleinen Antillen. Auf der Karte, die Jesús Mendoza ihm gegeben hatte, trugen sie die Nummern 4 und 9, und Hirth mußte an die Funksprüche denken, die er einmal für Nachrichten eines illegalen Buchmachers gehalten hatte. Jetzt würde es also heißen: „Malulani bringt 10 am Soundsovielten zu Platz 4 beziehungsweise 9." Auf dem Vorschiff an der Reling stehend, starrte er aufs Meer. Obwohl die Stunden verrannen, unterließ er es, einen Kurs zu bestimmen. Sie fuhren, wie der Wind es wollte.

Es war alles nicht so einfach. Bisher war er ein Mann von Recht und Ordnung gewesen. Aber was würde er dann sein? Wie war das, wenn man Schuld auf sich lud? Wenn man ein Verbrechen beging – klaren Kopfes und kalkuliert? Daß er damals den jungen Piraten hatte umbringen müssen, machte ihm schon genug zu schaffen, und da handelte es sich um Notwehr. Er hatte regelrecht Angst.

Als die Sonne sank und immer noch kein Kurs feststand, kam Stokey: *„Zott pas di ayen,* du red'st gar nichts. Ist es wegen mir, wenn du zögerst?"

„Nein. Denn dich betrifft das alles nicht. Du steigst bei nächstbester Gelegenheit aus."

„Was denn? Du willst mich wegschicken? Was habe ich dir getan, Mann?!"

„Nichts, gar nichts. Reg dich doch nicht auf. Aber dies ist jetzt einzig und allein meine Sache."

„Was soll das heißen? Bin ich nicht dein *matelot?* Du sprichst sogar von Freund."

„Eben. Weißt du nicht mehr, was auf der Alligatorfarm passiert ist? Und das war ein Kinderspiel gegen das, was wir vorhaben. Hast doch selbst gesagt, daß man uns an die Wand stellt, wenn wir erwischt werden."

„Wenn ...! Aber wir werden nicht erwischt werden – weil wir nämlich gar nicht hingehen."

Martin starrte ihn an. „Du meinst, wir sollen ...?"

Er mußte völlig umdenken, was nicht so einfach war. Er schüttelte den Kopf. „Das Zeug nehmen und uns dünn machen ...?"

„Ja, meinst du nicht?" Jetzt war es Stokey, der sich perplex zeigte. „Wir haben zehn Millionen Dollar an Bord, Mann! Das ist mehr als genug, um den Spieß umzudrehen, wie Jesús Mendoza in Culebra gesagt hat. Wem sonst würden sie hinterherrennen, diese Männer, welche deine Frau haben, wenn nicht einem Mann mit zehn Millionen?"

„Worauf willst du hinaus?"

Hirth wußte es, aber er fragte trotzdem. Er brauchte noch einen letzten Anstoß.

„Wir behalten das Rauschgift. Aber wir fahren hin zu diesen Plätzen – und machen sie kaputt. Wir machen alles kaputt, was auf Jesús Mendozas Karte ist! Wir machen so lange Terror, bis sie ganz klein ankommen und dich auf Knien bitten, Ruhe zu geben und um Himmels willen deine Frau wiederzunehmen."

Stokeys Gesicht glühte vor innerer Erregung.

„Kannst du mit einer Pistole umgehen?", fragte Martin ihn.

„Nicht sehr gut. Ich war zwar bei der Marine, aber als Kanonier."

„Dann werde ich es dir beibringen. Hol mal die beiden Dinger raus – und irgend etwas, was schön lange schwimmt."

Mendozas Abschiedsgeschenk war ein fabrikneuer Neun-Millimeter-Trommelrevolver *Smith & Wesson,* nicht gerade leicht, aber wie geschaffen für Stokeys Pranke. Sie schossen, solange das Licht reichte.

25

Punkt 4, den sie am späten Vormittag erreichten, entpuppte sich als der äußerste der *Prickly Cays,* eine Kette von Felseninseln westlich von Anguilla. Ein idealer Platz. Sechs Meilen vor der Küste, in Deckung der anderen *Cays* und einer unbestimmbaren Anzahl tückischer Korallenriffe, bot er einem heimlichen Besucher ungesehen Zugang, aber auch gute Möglichkeiten zur Flucht, denn wer sich von See her näherte, kam wie auf einem Präsentierteller daher.

Das Depot, das sie hätten beliefern sollen, war ein Bootsschuppen, der einen derartig verwahrlosten Eindruck machte, daß er gewiß niemand zur Neugier reizte – ein Schuppen, wie ihn Insulaner in hurrikangefährdeten Gebieten anlegen, um im Notfall ihre Boote und sich selbst in Sicherheit bringen zu können. Ohne ihn auch nur zu öffnen, brannten sie ihn mit Hilfe eines Kanisters Benzin nieder.

Auf dem Rückweg den Strand entlang wollte sich Stokey hinter eine Klippe verdrücken. Er sah fahl und verschwitzt aus.

„Was ist mit dir? Geht 's dir nicht gut?"

„Überfressen."

„An zwei Spiegeleiern und einer halben Melone? Das glaubst du doch selber nicht."

Er gab keine Antwort.

Als er zurückkam, war zu sehen, daß er torkelte, auch wenn er sich Mühe gab, sich nichts anmerken zu lassen.

Hirth nahm sein Handgelenk. „Du hast Fieber!" Er zwang ihn stehenzubleiben: „Was ist das? Erkältung? Grippe? Du verstehst, wovon ich rede – Influenza."

„Pé la! Une petite colique."

„Von wegen! Du hast nicht bloß Durchfall, dich hat's erwischt." Hirth zog sein T-Shirt aus. „Zieh dir das über, damit du warm bleibst."

An Bord verabreichte er Chinin und Antibiotikum und packte den Widerstrebenden in die Koje.

Am nächsten Tag ging es dem Kranken zwar besser, aber diese Besserung war mit dem Einsatz schwerster Mittel erkauft. Als die Zäpfchen verbraucht waren, kam das Fieber wieder. Stokey war in Schweiß gebadet und litt an Kopfschmerzen. Alles sah nach einer Virus-Grippe aus. Was Hirth irritierte, war, daß Stokey nicht richtig gehen konnte. Wenn er das WC aufsuchte, bewegte er sich wie eine Gliederpuppe.

Am dritten Tag erschien er nach einem solchen Gang in der Kajütentür und kratzte sich verlegen den Kopf.

„Na, was ist denn?"

„Ich muß dich bitten, daß du pumpen gehst – ich schaff es nicht."

„So schwach?"

Stokey blieb die Antwort schuldig.

Martin betrachtete ihn sich genauer. „Komm doch mal raus, Freund! Was ist'n das für ein Ausschlag." Die Flecken waren rot und linsengroß. „Mensch, weißt du, was du hast? Du hast Masern!"

Stokey schüttelte den Kopf.

„Sondern?"

„Denguefieber."

„Vor dem Mendoza uns gewarnt hat? Ach, du große Scheiße! Was tut man denn dagegen?"

Stokey zuckte die Schultern.

„So hab ich's gerne – abwarten und Tee trinken. Nein, nein, mein Lieber, wir bringen dich zu einem Arzt."

Er drängte Stokey sanft ins Innere der Kajüte: „Komm, leg dich wieder hin."

Nachdem er den Autopiloten eingeschaltet und die Windfahne der Selbststeueranlage auf den Sollkurs gedreht hatte, setzte er sich an die Seekarte.

„Wir müssen nach Redonda", erinnerte ihn Stokey von seiner Koje her. „Dieser Punkt 9, zu dem wir wollen, ist auf Redonda."

„Klar, gehen wir nach Redonda – aber kurz oberhalb vorbei und dann mit Karacho nach Guadeloupe. Ich nehme doch an, daß dir ein Franzose als Arzt lieber ist."

Stokey fuhr hoch: „Du willst nach Guadeloupe?! Mit anderthalb Tonnen Stoff an Bord?!"

„Wer soll den bei uns vermuten? Wir sind nicht mehr die *Valmar* – wir sind die *Malulani*, ein unbescholtenes Schiff aus Hawaii, das einem Wohltätigkeitsverein gehört."

Die 85 Seemeilen waren in 14 Stunden geschafft. Beim ersten Törn bis Montserrat lief das Schiff bei halbem Wind fast 6,5 Knoten, beim zweiten in einer Brise von schräg vorne immer noch gut 4,8. Da es Mittag zu werden drohte, bevor Basse-Terre erreicht war, nahm Hirth auch noch die Maschine zu Hilfe. Das Schiff lief damit wie ein Motorsegler. Es war eine Pracht. Das Einklarieren verlief reibungslos. Der überaus zuvorkommende Beamte riet, nicht erst lange in Basse-Terre nach einem Arzt zu suchen, sondern sich ein Taxi zu nehmen und nach Pointe-à-Pitre hinüber zu fahren und am besten direkt zum Flughafen Le Raizet, wo nicht nur jederzeit ein Arzt, sondern auch eine durchgehend geöffnete Apotheke zu finden sei.

Als man dort anlangte, war es 13.40 Uhr. Der Flughafen machte einen verwunschenen Eindruck. Die Taxifahrer schliefen hinter dem Lenkrad, ganze Familien mit Frauen, Männern und Kindern hielten auf dem Rasen im Schatten der Palmen Siesta – Leute vom flachen Land, die Verwandte abholen wollten. In einer Stunde sollte die erste der drei Frühmaschinen aus Paris landen.

Der Arzt, ein weißer Franzose Ende Zwanzig namens Boucher, untersuchte Stokey gründlich, verschrieb ein Einreibemittel gegen Juckreiz und spritzte ein Kortikoid. Mehr konnte er nicht tun. Es gab noch kein spezifisches Heilmittel, man mußte sich damit begnügen, die Symptome zu bekämpfen. Immerhin war nun sicher: es war Denguefieber und nichts Schlimmeres.

„Muß er wiederkommen?"

„Höchstens zu einer neuen Spritze, falls die Gelenkschmerzen nicht nachlassen."

„Und sonst?"

„Ruhe, Schonung, Ausschlafen. Aber er wird sowieso müde sein durch die Medikamente. Es kann übrigens auch zu Schwindel und Koordinationsschwierigkeiten kommen – ich würde also unsern schwarzen Freund hier in den nächsten Tagen nicht unbedingt den Kurs errechnen lassen."

„Na, dann – schönen Dank, Doktor. Ich zahle gleich in Ihrem Vorzimmer. Und – auf Wiedersehen."

„Lieber nicht, wenn's nicht sein muß." Der junge, dunkelhaarige Mann im weißen Kittel lächelte und winkte ein Lebewohl.

Der Flughafen hatte sich in der Zwischenzeit verwandelt. Die Air-France-Schalter waren geöffnet, Zöllner und Polizisten auf ihren Posten, die Wartenden vor den Glastüren in der Halle zusammengeströmt.

Es war purer Zufall, daß Hirth und Stokey ins Restaurant gerieten. Erst als sie die Apotheke schon wieder verlassen hatten und Stokey seine Tabletten einnehmen wollte, fiel ihnen ein, daß sie vergessen hatten, dort nach einem Glas Wasser zu fragen.

„Bier tut es auch", grinste Stokey.

„Hätt'st du denn Appetit?"

„Immer!"

So stiegen sie also zur *Sores-Bar* hinauf, Stokey Schritt für Schritt mit diesen puppenhaften, gespreizten Bewegungen und der Hand am Treppengeländer.

Die Speisekarte offerierte kreolische Küche, Köstlichkeiten, deren Namen schon auf der Zunge zergingen: *Boudin à cochon, Crabes farçis, Tarte au poisson, Steak de tortue, Beignet de Bananes jaunes* – Schweineblutwurst (eine Vorspeise), gehacktes Krabbenfleisch (im eigenen Panzer überbacken), Fischtorte, Schildkrötensteak, in Fett gebackene grüne Bananen (mehr gemüseartig herb als süß).

„Hau rein. Iß, was dir schmeckt. Und soviel dir schmeckt." Hirth freute sich, daß Stokey endlich wieder Hunger hatte.

Auf dem Flugfeld unten vor den Fenstern begannen die Vorbereitungen zur Abfertigungen eines Jumbos mit über dreihundert Passagieren. Tankwagen und Servicewagen fuhren auf, das gelbe Autochen mit dem *Follow me.* Schwarze Arbeiter in weißen Overalls rollten Gangways herbei – schön langsam und bedächtig, um nicht in Schweiß zu geraten, denn die von den Sümpfen rundum durchfeuchtete Luft siedete vor Hitze.

Dann kam ein Privatflugzeug herunter, und Hirth sah zu, wie es gekonnt aufsetzte und ausrollte und dann in die Rollbahn einschwenkte und auf dem Vorfeld anhielt – eine einmotorige Turbo-Maschine, weißrot lackiert und auf Hochglanz poliert. Ein großer, stämmiger Neger stieg aus und half einer Frau und einem Mann auf den Boden.

Plötzlich spürte Hirth, wie sich sein Herzschlag jäh beschleunigte. Hitze schoß ihm ins Gesicht. Er kannte die

Frau, hätte sie selbst unter Tausenden wiedererkannt – Elaine Prévert!

Gebannt starrte er hinunter, und als jetzt der Mann stehenblieb, um, zum Flugzeug zeigend, den schwarzen Begleiter zurückzuschicken, war es wie ein Schlag in die Magengrube. Er kannte auch den Mann.

„Bastian ...!“ Martin griff nach Stokeys Arm: „Da ist Bastian!“

„Wo?!“

„Da unten! – Da!“

„Ah ... Da ist Elaine Prévert ...“

„Der Dicke neben ihr! – Das ist Bastian.“

Martin war aufgestanden. Sein Griff lag immer noch um Stokeys Arm: „Los! Wenn einer weiß, was mit meiner Frau ist, dann er.“

„Aber du hast keine Waffe!“

„Ich habe meine Hände. Und ich hab’ meine Stimme. Ich gehe ihm an die Gurgel und brülle, daß der Flughafen zusammenrennt.“

„Nein! Stopp! Laß uns erst denken. Der große Nigger ist bestimmt sein Leibwächter.“

Martin beachtete den Einwand nicht. Schon gar nicht achtete er auf das, was die Wirtin hinterherrief. Er zerrte Stokey mit zur Treppe.

Es war in Le Raizet nicht anders als auf allen modernen Flughäfen. Abfertigungsschalter, Büros und Warteräume reihten sich Wand an Wand mit nur ein paar Durchlässen hier und da, die aber durch Polizei, Zoll und Flugpersonal blokkiert wurden. Hilflos mußte Martin zusehen, wie Bastian und die Prévert und der große schwarze Kerl, der inzwischen wieder vom Flugzeug zurückgekommen war, weitergingen, um in irgendeiner Tür, die von drinnen nicht zu sehen war, möglicherweise auf Nimmerwiedersehen zu entschwinden.

Noch einmal blieb Bastian stehen, um zu irgend jemand Bekanntem im Oberstock hinaufzuwinken – feist und glatt und durchschnittlich, so wie Martin ihn von Madeira her in Erinnerung hatte.

„Aber das ist ja *Capitaine Lucky!*“ rief Stokey plötzlich.

„Was? Wer? Das ist Bastian! Der Mann, von dem ich dir erzählt habe.“

„Non, *ce n'est pas possible!* Das ist der Mann, welcher nach dem Krieg der größte Zigarettenschmuggler zwischen Florida und Venezuela war. Ich war damals noch ein klein' *Bébé,* aber man hat es mir erzählt. Und später habe ich ihn oft genug gesehen."

„Bist du sicher? Ich meine, dann ist es vielleicht ..."

„Ts, jeder kennt *Capitaine Lucky, tout' moune.* Aber wenn du es genau wissen willst – ich werde ihn mir ansehen und es dir sagen. Bis gleich."

Stokey war schon unterwegs und im Moment darauf verschwunden. Die Warnschilder *Interdit!* und *Absolument défense d'entrée!,* die Martin, den Deutschen, hatten zurückschrecken lassen, existierten für ihn nicht. Er nahm einfach die nächstbeste Tür.

Gleich darauf, völlig unbehelligt und allein, tauchte er draußen auf. Im Eilschritt hinter der Gruppe herhumpelnd rief er etwas, aber es war durch die Scheiben nicht zu hören. Man konnte nur sehen, was da draußen geschah. Daß Stokey den dreien hastig hinterherhumpelte. Daß Bastian irritiert stehenblieb und etwas sagte. Daß alle stehenblieben. Daß alle sich umdrehten. Daß der schwarze Leibwächter plötzlich eine Pistole in der Hand hatte. Nicht mal der Schuß war zu hören, nur zu sehen, wie aus der Mündung der Pistole Rauch aufstieg.

Stokey Legrand fiel um wie ein Baum. Und keiner von den Schwarzen im weißen Overall, keiner von all den Zöllnern und Polizisten und Beamten der Einwanderungsbehörde, die zur Abfertigung der Pariser Maschine aufmarschiert waren, hatte den Nerv, dem Mörder zu folgen, der, wild um sich schießend, in Richtung auf die Sümpfe davonlief. Von der wabernden Luft mehr und mehr verzerrt, löste sich seine Gestalt im Geflimmer auf, lange bevor er das Ende des Flugfelds erreicht hatte.

Martin war klar, daß er den Mund zu halten hatte. Mit anderthalb Tonnen Rauschgift an Bord wäre es Selbstmord gewesen, irgendwie auf sich aufmerksam zu machen. Er durfte seinen Freund nicht kennen, er durfte seinen Feind nicht kennen. Nicht mal nach der Herkunft von Bastians Privatmaschine durfte er sich erkundigen, wenn er ungeschoren davonkommen wollte.

Er verdrückte sich in der allgemeinen Aufregung und hockte sich mit auf einen Lastwagen, der Arbeiter nach Basse-Terre brachte.

26

Als Bastian ihr sagte, sich etwas Hübsches anzuziehen, wußte Elaine, daß der große Tag gekommen war. Jetzt würde sich herausstellen, wer der hohe Gast war, zu dessen Ergötzen sie Woche um Woche und mittlerweile schon Monate auf St. Barthélemy zurückgehalten wurde. Und es mußte ein sehr hoher Gast sein – Bastian lud sie sogar ein, mitzufliegen, um ihn in Guadeloupe abzuholen. Sie trug ein rosa Minikleid, schenkelkurz und aus dünner Baumwolle, so daß es sich an jede Rundung schmiegte, und dazu ihre hochhackigsten Pumps. Doch der eigentliche Effekt ihrer Aufmachung ging von einer großen, schwerledernen Umhängetasche aus. Selbst Bastian konnte nicht umhin, sie immer wieder anzuschauen.

Der Mann, den man in Le Raizet empfing – mit etlicher Verzögerung wegen des dummen Zwischenfalls –, erwies sich als netter, älterer Herr. Heute ein Sechziger, leicht gebeugt und silberhaarig, verrieten nur noch die kalten Augen und der strichschmale Mund, daß er die Position eines *Don* nicht nur ererbt, sondern erkämpft hatte. Als er sich vorstellte – mit knappem Nicken: „Campi" – sank Elaine unwillkürlich in einen Knicks. Nie wäre sie darauf gekommen, für ihn bestimmt zu sein, den großen *Paten* selber. Es konnte ihr Glück bedeuten – wie ebenso auch ihr Verderben.

Als er nach zehn Minuten Flug, mitten im Gespräch mit Victor Bastian und wie absichtslos, ihre Tasche ergriff und an die Nase hob, spannte sich in ihr jeder Nerv: „Sie mögen Leder?"

„Sehr ..."

Kein Lächeln, kein Wort mehr, nichts. Die Tasche lag wieder in ihrem Schoß. Aber sie hatte begriffen – Don Campi war ein Fetischist, und vielleicht war er sogar noch etwas mehr. Es machte ihr nichts aus. Sie wünschte nur, sie wäre besser vorbereitet gewesen. Wo zum Teufel kriegte sie jetzt Slip und BH oder gar ein Korselett aus Leder her – weich, aber nicht zu sehr, ebenso geschmeidig wie zäh und nach Möglichkeit natürlich SS-schwarz.

Als ihr Blick auf Bastians Piloten Josèphe fiel, wußte sie, was dafür geeignet war – dessen Fliegerjacke, und daß Joséphe sie für sie und seinen obersten Boß würde hergeben müssen, erfüllte sie mit Genugtuung. Das Zwischenspiel mit ihm, den nie mehr interessiert hatte als ihre dunkle Haut, war nun vorbei, und wenn sie es schaffte, von Carlo D. Campi unter die Fittiche genommen zu werden, dann war selbst kein Traum mehr, endlich auch einmal zu einer Hauptrolle zu gelangen und irgendwann auf eine Stufe mit Ellwood Page.

Elaine wurde aus ihren Phantasien gerissen, als der Gesprächston sich plötzlich änderte.

Don Campi schnitt Bastian das Wort ab: „Gut soweit, Vic. Wir werden noch reichlich Gelegenheit haben, über das Geschäftliche zu reden. Jetzt erst mal zurück zum Flughafen! Was war da los? Es hätt' nicht viel gefehlt, und ich wäre da mit reingezogen worden."

„Aber nein, kein Mensch würde gewagt haben, dich zu behelligen. Hast doch gesehen, daß du nicht mal durch den Zoll brauchtest."

Carlo D. Campi ließ eine ganze Minute verstreichen, ehe er wieder sprach. Sein Ton war knapp und kalt. „Es war dein Mann, der geschossen hat. Warum?"

„Irgendeine Privatfehde, meint der Inspektor."

„Das weiß ich. Aber ich mag's nicht glauben. Ein Victor Bastian würde doch nie und nimmer einen Mann um sich dulden, der auf einem Flughafen Privatfehden austrägt."

„Dieser verdammte Narr! Er hätte überhaupt nicht wegzulaufen brauchen. Es war Notwehr. Der Nigger hat uns angegriffen."

„Ein Glück, daß er weglief", korrigierte Carlo D. Campi trocken, „sonst hätte man ihn ausgequetscht. Stell dir mal vor, morgen stünde in allen Zeitungen: ‚Wallstreet-Bankier Carlo D. Campi junior von gesuchtem Killer empfangen!'" Es schüttelte ihn.

„Die Zeitungen werden nichts bringen. Nichts über dich, Carlo. Sie werden den Vorfall kurz melden, und übermorgen ist er wieder vergessen."

„Sie werden deinen Namen bringen. Und einer ganzen Menge von Leuten wird aufstoßen, daß Carlo D. Campi einen Mann besucht, dessen Name im Zusammenhang mit einer Schießerei in der Zeitung steht."

„Der Inspektor wird alles tun, den Namen aus den Zeitungen herauszuhalten. Er hat es mir versprochen."

„Dein Inspektor wird sich fragen, warum, zum Teufel, er ein solches Versprechen hat abgeben sollen!"

„Es tut mir leid", sagte Bastian.

„Hast du je von einem Mitglied der *Familie* gehört, das einfach die Achseln zucken und sagen durfte: ‚Tut mir leid'? Würdest du dir gefallen lassen, wenn Bruno Chinaglia, nachdem er Mist gebaut hat, zu dir sagte: ‚Tut mir leid'? Warum, bitte sehr, nimmst du an, daß ich mir so was bieten lasse?"

„Aber Carlo, ich ..." Bastian brach verwirrt ab. „Ich halte deine Reaktion ... Ich meine, was ist denn schon groß passiert?"

Carlo D. Campi, sich im Sitz zurücklehnend, legte die Fingerspitzen vor der Brust zusammen. Er sagte: „Die Zeiten Al Capones sind vorbei. Daß Carmine Galante letzthin von eigenen Leuten erschossen wurde, war einer von diesen Rückfällen, wie es sie in der *Bonnano-Familie* leider immer noch gibt. Wir von der *Campi-Familie* schießen nicht. Und wir kommen auch nicht in die Zeitung. Unsere Pässe sind echt, unsere Westen sind weiß, und wenn wer unsere Jacken filzen wollte, fände er keine Knarre, sondern ein Buch mit Schecks, und zwar gedeckten." Er schnippte mit den Fingern. „Sicher, irgendwer muß auch die Drecksarbeit machen, aber doch auf der alleruntersten Ebene."

Die Stille, als er schloß, war beklemmend. Doch er war noch nicht fertig.

„Die Campi-Bank ist im Begriff, die Mehrheit der Züricher Hypothekenanstalt zu übernehmen, die ihrerseits mit dem Vatikan zusammenarbeitet – und Mr. Bastian geht hin und knallt einen blöden Nigger übern Haufen!"

„Aber du kannst mich doch nicht verantwortlich ..."

„Nicht?! Ist der Mann, der geschossen hat, etwa nicht dein Gorilla, dein verlängerter Arm, dein Geschöpf? Wo fängt deine Verantwortung an, wo hört sie auf?" Carlo D. Campis Stimme, die immer schärfer geworden war, wurde schneidend: „Bist du sicher, daß der Mann, der uns hier fliegt, überhaupt den Pilotenschein hat? Bist du sicher, daß sie hier nicht vielleicht die Syphilis hat? Was, Victor, erwartet mich in deinem Haus?!"

Bastian atmete tief. Stirn, Kinn und Nacken waren von Schweißperlen bedeckt.

„Na gut, lassen wir das. Da wäre noch etwas – dieser Zehn-Millionen-Transport, mit dem man dir durchgebrannt ist ...“

Bastian fand keine Antwort, und Campi half ihm auch nicht dabei. Freundlich-leutselig, als sei nichts geschehen, ließ er seinen Blick über Elaine gleiten und die Hand über ihren blanken Schenkel. Als sie ihn verstört ansah, die trocken gewordenen Lippen öffnend, um sie mit der Zunge anzufeuchten, nickte er ihr aufmunternd zu.

Es kostete sie Mühe, dem Blick standzuhalten, denn in ihrem Kopf wirbelte es. Bastian schätzte, wie es aussah, den Vorfall auf dem Flughafen völlig falsch ein, wahrscheinlich weil er gar nicht wußte, was wirklich passiert war. Das Ganze war ja keineswegs so zufällig abgelaufen, wie die Zeugen es später schilderten. Der Mann, der ihnen hinterherkam, wußte, was er tat. Er rief in diesem Patois der Kreolen: „He, *Capitaine Lucky*“, und als Bastian reagierte, „Tatsächlich, der alte Zigarettenschieber – und heute ein Mafia-Boß, der die Frauen von Seglern kidnappen läßt! Und wie heißt er? Bast ...“ Der Name blieb unausgesprochen, Vic Bastian hatte seinen Leibwächter angeherrscht: „Kill ihn!“ Das war natürlich eine Lösung, der Mann hätte ja laut werden können, und es schien auch so, als legte er es darauf an. Doch ob es eine gute Lösung war, das stand zu bezweifeln. Denn der Mann war ja nicht irgendwer, sondern Stokey – der Stokey Legrand aus der Marina Pointe du Bout, von dem inzwischen bekanntgeworden war, daß er auf Hirths Yacht als Maat fuhr. Und also konnte Hirth nicht weit weg gewesen sein. Sie hatte Bastian darauf aufmerksam machen wollen, doch so, wie die Dinge sich dann entwickelten, hätte sie sich lieber die Zunge abgebissen. Und das merkwürdige war, daß sie jetzt froh darüber war. Hirth wollte ihr nicht mehr aus dem Kopf.

Campi wandte sich wieder an Victor Bastian: „Wenn du nicht sprichst, will ich es tun.“

Seine Stimme nahm einen belehrenden Ton an. „Es ist nicht so, daß die Campi-Bank Mr. Bastian Geld leiht, damit er damit nach Gutdünken Geschäfte machen kann – mal bessere, mal schlechtere, je nach Geschick und Glück, und auch mal eine Pleite. Vielmehr ist es so: Daß Victor Bastian, ein *Capo* der *Familie,* in deren Auftrag und mit deren Geld das Beste aus den ihm überlassenen Geschäften herauszuholen hat. Stimmst du mir da zu?“

„Aber ja.“

„Nun gut. Einzelheiten interessieren nicht – ich möcht' nur wissen, ob der Fall erledigt ist?“

„So gut wie ...“

„Ja oder nein?“

„Bruno Chinaglia kümmert sich darum.“

„Das tut er schon 'ne ganze Weile. Ich will wissen, verdammt nochmal, mit welchem Erfolg?!“

„Wenn der Stoff bei der Polizei gelandet wäre, hätten wir's erfahren. Also ist er noch auf dem Schiff, und so ist es nur eine Frage der Zeit, bis wir ihn wiederhaben.“

„Was mir Sorgen macht, ist diese Sache mit Präsident Morrez. Wir haben viel Zeit und Mühe investiert, ihn soweit zu kriegen, daß er uns entgegenkommt – und wo wir ihn nun soweit haben, da klappt's nicht. Jetzt werden ihm natürlich Zweifel kommen, ob er es wirklich mit seriösen, verläßlichen Leuten zu tun hat ... Und mit Recht.“

Campi schüttelte seinen Kopf. „Oh, Vic, Vic! Ich hatte gemeint, daß mir solcherlei Sorgen für immer abgenommen seien. Daß ich mein kleines bescheidenes Privatleben führen dürfte mit Golf und mit Rosenzüchten und ab und zu einem Mädel wie ihr hier.“

Er stieß einen Seufzer aus und tätschelte Elaines Knie. Dann hob er die Stimme: „Ich möchte nicht, daß Bruno Chinaglia sich um die Sache kümmert. Ich möchte, daß du dich darum kümmerst.“

„Wenn du es so möchtest ...“

Campis Tonfall wurde wieder leise, verbindlich. „Wo hast du mich untergebracht, Victor?“

„Du kannst im Gästehaus wohnen oder im Haupthaus. Das Gästehaus ist ein Bungalow am Hang mit einer Leiter ins Meer.“

„Da möchte ich wohnen.“

Sich zum Fenster wendend, drückte Campi Elaines Schenkel. „Würden Sie mir freundlicherweise erklären, Kindchen, was das ist, worüber wir jetzt fliegen?“

„St. Kitts, wie die Engländer es nennen. Aber bei uns in der Karibik heißt die Insel Saint Christopher.“

Carlo D. Campi wandte sich an Victor Bastian: „Ich habe das Gefühl, daß du eine glückliche Hand gehabt hast mit dieser jungen Dame hier."

Er lachte fröhlich und schlug dem anderen auf die Schulter: „Vielleicht wär' das ja überhaupt ein Job für dich, hm? Hübsche Mädchen zu beschaffen für die Etablissements von Paolo Costa."

Elaine schloß die Tür der Veranda. Das Rauschen der Brandung direkt vor der Schwelle machte sie nervös. Sie war unsicher, ob sie das, was auf sie zukam, würde bewältigen können. Das Lederkorselett, das sie unters Kleid gezogen hatte, war nicht schlecht gelungen und insofern nichts zu befürchten. Aber es stand so viel auf dem Spiel, ihr ganzes künftiges Leben.

Der Schritt, der sich jetzt näherte, war sacht, fast zögernd. Elaine hätte nicht miterleben müssen, wie dieser Mann Bastian gedemütigt hatte, um nicht sofort alarmiert zu sein, als er zaghaft in der Tür stehenblieb: „Ist's erlaubt ...?"

Aus Unsicherheit antwortete sie nur knapp: „Bitte", doch in Don Campis Blick trat ein eigentümliches Glimmen.

Er trat ein, blieb dann aber stehen und senkte die Augen. Er wartete auf Befehle.

Elaine hätte auflachen mögen über die Absurdität der Situation, doch sie war zu entsetzt. Denn auf alles war sie eingestellt, nur nicht darauf, daß Campi, der gefürchtete Don Campi, ein Masochist war.

Sie konnte verstehen, wenn ein Mensch sich quälen ließ; es war nur eine Fortführung von Necken. Striptease zum Beispiel war in gewisser Weise Quälerei, so jedenfalls hatte sie es gelernt – der Mann am Rande der Beherrschung, während es doch immer nur Tanz war und längst noch keine Hingabe. Auch gefesselt zu sein und mit verbundenen Augen und gespreizten Gliedern hilfslos darum betteln zu müssen, daß das Verlangen gestillt werde, hatte seinen Reiz, und in gewissen Momenten auch ein Biß, ein schmerzhafter Kratzer mit scharfem Fingernagel. Doch etwas anderes, ganz anderes war es, die Dominatrice abzugeben, die *Domme,* wie die Amerikaner es in ihrer Popularisierungssucht nannten. Sie war nun mal keine Herrin. Keine amerikanische Farbige konnte wirklich eine ‚Herrin‘ sein, mit all den Demütigungen, Kränkungen und Entwürdigungen der Sklavenzeit in ihrem Blut. Sie konnte sie höchstens spielen, mal besser, mal schlechter, doch irgendwann kam der Schwindel auf – und spätestens dann, wenn der, der sich ihr unterwarf, sie in seiner Pein ‚Nigger‘ schimpfte.

Der Traum von der großen Rolle, die Carlo D. Campi ihr verschaffen sollte, war, kaum entstanden, schon wieder ausgeträumt. Elaine hätte heulen können, aber das war wohl das letzte, was von ihr erwartet wurde.

„Ziehen Sie sich aus“, sagte sie zu dem zaghaften Mann an der Tür, um wenigstens einen Anfang zu machen. Ihre Stimme klang flach, deprimiert, verräterisch kindlich. Allerdings nicht für Carlo D. Campi. Sein Atem ging rascher, sein Herz klopfte, und in seinen Lenden zog es sich aufregend zusammen.

O Gott, dachte er, was für ein Ton! Nie hat eine Frau dich so spüren lassen, daß du ein Nichts bist für sie. Nicht mal ein ‚Du‘ hat sie für dich übrig! Ihm war klar, daß ihm nie und nimmer erlaubt sein würde, sie seinerseits zu duzen.

„Baronesse ...“ stammelte er. „Ich darf Sie doch Baronesse nennen?“

Elaine dachte an ihr Geburtshaus, eine windschiefe Hütte im Quartier du Mouillage von St. Pierre.

„Baronesse de St. Pierre“, beschied sie ihn mit einem selbstironischen Auflachen.

Campi faltete seine Beinkleider sorgfältig zusammen und legte sie über die Stuhllehne. Sein Körper war blaß und mager. Es war der Körper eines netten älteren Herrn.

„Hinknien!“ sagte Elaine lustlos – und wiederum genau so nebenhin, daß es Carlo D. Campi erzittern ließ, und er gehorchte augenblicklich.

„Möchten Sie sich denn nicht auch ausziehen ...?“

„Nein“, entfuhr es ihr.

„Sehr wohl, Baronesse.“

Er dienerte, er stöhnte. Er lechzte danach, eine Herrin von solcher Erhabenheit, daß sie sich nicht einmal unbekleidet sehen ließ, berühren zu dürfen, und kroch auf den Knien heran.

Elaine setzte sich, kraftlos durch den Schreck, aber auch die glückliche Bestürzung darüber, daß purer Zufall sie hatte unverhofft den richtigen Weg einschlagen lassen. Sie erinnerte sich dunkel, in der *Geschichte der O* oder ähnlichem gelesen zu haben, daß der Ausgangspunkt all der Bizarrheiten eine Szene war, in der jeder Partner seine bestimmte Rolle zu spielen hatte. Doch was für eine Szene? Was für eine Rolle? Eher hätte sie sich zugetraut, eine Nonne zu mimen.

Das Ganze funktionierte logischerweise auf dem Prinzip von Schuld und Sühne. Diese O beispielsweise war pausenlos damit beschäftigt, Schuldgefühle bei sich zu erzeugen, um die Grausamkeiten gegen sie lustvoll zu machen. Aber wie, in drei Teufels Namen, ließ sich ein Don Campi dazu bringen – und ausgerechnet von ihr? Elaine spürte die Angst ihre Kehle austrocknen.

„Ich hab' Durst ..."

Binnen Sekunden befand sich wie von Zauberhand ein Glas Champagner vor ihren Augen – doch es war und blieb die Hand von Don Campi, die es hielt, und alles, was Elaine denken konnte, war: Das wird er dir nie verzeihen, wenn er wieder bei Sinnen ist.

„Nein", stöhnte sie entsetzt, „nein. O, nein!"

Carlo D. Campi, eben versuchsweise die Hände ausstrekkend, um zumindest ihre Schuhe zu berühren, womöglich sogar die perlmuttgrün lackierten Zehen, bezog es auf sich und wich zurück. Nie hätte er gedacht, daß die Herrin so streng mit ihm sein würde – doch es tat wunderbar wohl.

Er versuchte es noch einmal. Da stieß sie mit dem Fuß nach ihm: „Laß mich in Frieden! Rühr mich nicht an!"

Carlo D. Campi sank zusammen. Ein Häufchen wonniges Elend. „Baronesse ..."

Elaine wollte es hinter sich bringen. Sie wollte die Situation retten, und sie wollte ihren Traum retten. Vielleicht war die Mühe, die sie sich mit der Umarbeitung der Pilotenjacke gemacht hatte, doch nicht ganz umsonst.

Es war verrückt. Slapstick. Eine Chaplin-Groteske. Gerade als sie aufstehen wollte, um sich ihm doch vorzuführen, wagte der Mann zu ihren Füßen einen letzten Versuch, und Elaine stolperte über ihn. Es blieb ihr nichts weiter übrig, als auf ihn zu treten, wenn sie auf ihren Stilettabsätzen nicht zu Fall kommen wollte. Der Anblick des Blutergusses in seinem bleichen Fleisch tat ihr selber weh.

Er aber schwamm in Seligkeit. „Ja, Baronesse, treten Sie mich – zertreten Sie den Erdenwurm, der Ihrer nicht würdig ist ..."

Elaine, von Panik ergriffen, schrie ihn an, trat wirklich nach ihm, geriet geradezu außer sich ob der grotesken Situation. Worauf sie herumtrampelte, war der zerstörte Traum.

Doch es war schnell vorbei. Carlo D. Campi war soweit. Als er wieder bei Atem war, entschwand er ins Bad, und sie verstand, als er nicht mehr zum Vorschein kam, und ging.

Als Don Campi vier Tage später wieder abreiste, ließ er ihr bestellen, sie mitnehmen zu wollen. Elaine bildete sich nicht ein, daß er irgend etwas für sie empfände. Vermutlich kannte er Bastians Neugier in diesen Dingen und wollte verhindern, daß sie etwas ausplauderte. Früher oder später und vielleicht sogar schon, bevor Bermuda erreicht war, würde er ihr den Laufpaß geben.

„Sie können im *Watergate* absteigen, Kindchen, ich werde bei Freunden wohnen. Abends habe ich eine Konferenz mit Finanzleuten der Regierung, die sich hinziehen kann. Aber ich hole Sie dann am Morgen zum Weiterflug ab."

Sie saßen auf der Terrasse bei einem Frühstück mit echtem Parmaschinken, Kalbfleischscheiben in Thunfischsauce, schwarzem, bitterem Espresso und *Sambucca con mosca.* Im Nordwesten, auf Amerika zu, waren dicke graue Wolkentürme zu sehen. Der Flug würde turbulent werden. Hier aber duftete und summte und zirpte es und raschelte im Laub von den grünen Leguanen und den Helm-Basilisken, die in der frühen Sonne jagten.

„Brauchst nicht mitzukommen nach Guadeloupe", wandte sich Campi an Bastian. „Du hast Gescheiteres zu tun, als einem alten Mann Lebewohl zuzuwinken." Er blickte vom Teller hoch. „Wie weit bist du übrigens mit dem Mann mit den zehn Millionen?"

„Wir haben die Frau von ihm", wich Bastian aus, weil er einen wirklichen Erfolg noch immer nicht vorzuweisen hatte. Dieser Hirth schien wie vom Erdboden verschwunden.

„Ihr habt die Frau ..." wiederholte Campi sinnend. „Und die will er natürlich zurück haben?"

„Und soll er auch ... Aber nicht bloß so im Tausch. Er ist nämlich verdammt ausgefuchst. Also präparieren wir einen Köder, an dem sich der Fuchs verschlucken wird."

„Wie?"

„Sie ist durch Zufall an Heroin gekommen, aber jetzt wird dafür gesorgt, daß sie Geschmack dran findet."

Carlo D. Campi nickte. So ein Plan gefiel ihm.

„Es gibt unzählige Inseln und Inselchen, wo kein Schwein lebt und wo du dich, wenn du's darauf anlegst, über Jahre verstecken kannst. Ich hab's selbst mal gemacht, als sie nach dem Krieg hinter mir her waren. Aber mit einer Süchtigen ist das unmöglich. Irgendwann mußt du irgendwo auftauchen, um mit ihr einen Arzt zu konsultieren – und den hast du nur auf größeren Inseln, und dort hast du Leute von uns."

Campi nickte noch einmal, dann erlosch sein Interesse. Er rollte sich eine besonders leckere Schinkenscheibe zusammen, die er sich, während er sich erhob, in den Mund stopfte, und wandte sich an Elaine: „So, Kindchen, es ist soweit."

Josèphe flog sie in Bastians Turbo-Cessna nach Guadeloupe, und Campi ließ sich die Inseln erklären. In der First-Class-Lounge des Le-Raizet-Airports sagte er zu Elaine: „Ich kann dich jetzt doch nicht mitnehmen. So gern ich auch wollte – besser nicht. Es kommt in den nächsten Wochen so viel auf mich zu an Besuchen, Geschäftsbesprechungen, Reisen, du würdest nur rumsitzen und dich langweilen."

Elaine schlug die Beine übereinander. Ihre Füße und die hochhackigen Riemchensandaletten daran mußten ihm in die Augen stechen. Es war kein letzter Versuch, sondern eine unbewußte Regung.

„Aber", korrigierte er sich prompt, „du hast ja wohl ein Telefon dort in Hollywood ...?"

Elaine dachte daran, daß sie in Hollywood eine von vielen war. In Martinique wäre das anders.

„Wenn es recht ist", sagte sie, „möchte ich noch nicht nach Hollywood, sondern nach Hause."

„Wo du aber auch telefonisch erreichbar bist?"

„Ich habe einen Bungalow. Die *Villa Gourmette* in der Route de Didier Kilometer eins-fünf in Fort-de-France. Man zählt bei uns nach den Kilometersteinen."

Es war nicht die Antwort auf seine Frage, und sie wußte es. Sie mochte vielleicht keine gute *Herrin* sein, aber in der Kunst, einen Mann zappeln zu lassen, kannte sie sich aus.

„Die Telefonnummer?!" drängte er, während er sein rotes Büchlein hervorholte.

„Schreiben Sie mit?" Elaine bog den oberen Fuß im Spann und bewegte ihre Zehen, und die einfallende Sonne leuchtete sowohl in den Goldriemchen wie im Zehenlack. „Elaine Prévert, siebzig-fünfundzwanzig-fünfzig."

Dann sah sie, daß es gar nicht der Buchstabe P, sondern B war, bei dem er das Register aufgeschlagen hatte: „Nicht Brévert – Prévert, mit hartem P!"

Carlo D. Campi lächelte. „Ich hab' mir erlaubt, es unter ‚Baronesse' einzutragen."

Das Lächeln verschwand wieder. Campi winkte Josèphe, dem er einen Drink spendiert hatte, von der Bar herbei: „Miss Prévert wünscht, nach Martinique geflogen zu werden. Steht dem etwas im Wege?"

„Aber nein, Sir. Immer zu Ihren Diensten."

Die kleine Turbo-Cessan startete eine Viertelstunde, nachdem sich Campis Eastern-Airlines-Maschine zum Flug 978 via Miami nach Washington in die Luft erhoben hatte. Als sie Martinique ansteuerten, wurde auf Lamentin-Airport gerade eine Militärmaschine nach Europa abgefertigt und darum die private F-O CVZ angewiesen, nach Warteraum C auszuweichen, den Luftraum über der vom Morne Constant durchzogenen Halbinsel zwischen Trois Îlets und Diamant.

Elaine konnte die Marina von Pointe du Bout unter sich sehen mit ihren aufgereihten Segelbooten und die Hotels *Méridien* und *Bakoua* mit ihren Stränden voller Menschen und die Bucht von l'Ane mit der aufgegebenen Rum-Destillerie und dem stillen Sandstrand, zu dem die Liebespaare so gern fuhren. Sie konnte auf der Südflanke der Hügel wie aus einer Spielzeugschachtel den schönen alten Herrensitz der Gallets sehen und darunter die Strände mit den aufgehängten Fischernetzen und im Meer draußen den Diamant-Felsen. Versteckt von ihm – und wahrscheinlich überhaupt nur aus der Vogelperspektive auszumachen – erkannte sie einen Zweimaster – keinen anderen als den von Martin Hirth.

Ihr Blick flog zu Josèphe, doch der schaute voraus, die Maschine in eine steile Linkskurve bringend. Lamentin hatte Landeerlaubnis erteilt. Als sie zurückblickte, war die Yacht nicht mehr zu sehen.

27

Als Hirth die Hütte erreichte, zu der man ihm in Sainte Anne den Weg gewiesen hatte, spielten davor zwei nackte schwarze Knirpse, indem sie einem freilaufenden Hausschwein seine Schlammkuhle streitig machten. Über die Büsche rundum war Wäsche zum Trocknen gebreitet, in einem kleinen Lattengeviert gab es einen Gemüsegarten. Ein Anstrich war überfällig, kein Fensterladen ohne Beschädigungen; Stall und Schuppen, die eine Art Hinterhof bildeten, waren in noch traurigerem Zustand.

Hirth hatte noch nie eine *Ajoupa* betreten, und worauf er am wenigsten gefaßt war, waren Fernsehapparat, Kühlschrank und Waschmaschine. Der Schwarze mit dünner weißer Fräse um das Kinn, der mit einer Flasche Bier vor dem Bildschirm saß, war Stokeys Großvater. Er war allein. Stokeys Vater war auf dem Feld, die Mutter mit dem Mittagessen zu ihm unterwegs, die größeren Kinder waren in der Schule, und auch die Mütter der beiden Knirpse – Stokeys Witwen, es gab zwei – waren nicht zu Hause.

Am Abend, als Martin vom Friedhof zurückkam, waren sie alle da. Vor der Legrand-Hütte parkten drei Autos. Einer von Stokeys Brüdern war Taxifahrer, einer im Rechnungsbüro einer Baufirma beschäftigt; das dritte Auto gehörte einer Schwägerin, die bei der Air France arbeitete.

Hirth mußte erzählen, während die Frauen sich daran machten, das Abendessen zuzubereiten. Niemand war bitter, niemand von Haß erfüllt. Und niemand dachte auch nur im entferntesten daran, ihm eine Schuld zu geben.

Stokeys Vater ergriff das Wort. „Es gibt Schlangen auf der

Welt, und es gibt Taranteln. Und es gibt Hurrikane, und es gibt das mordende Meer. In St. Pierre ist es geschehen im Jahre des Herrn 1902, daß dreißigtausend Menschen auf einen Schlag starben, als der Vulkan explodierte. Wir alle sind in Gottes Hand."

Er ließ eine Hand auf Hirths Schulter sinken. „Wir hielten meinem Sohn Aimé die Totenwache, wie es sich schickt. Wir sangen ihm das *Cric-et-crac,* und die Männer erzählten aus seinem Leben, und wir tranken und aßen, und es war eine schöne Totenfeier – und nun schläft er im Herrn."

Die Hand auf Hirths Schulter griff zu. „Sahst du die Blumen auf sein' Grab? Sie sind künstlich, aus Plastik, und werden nie welken. Und wir hängen auch noch eine Lichtergirlande mit roten und grünen und gelben und blauen Birnen auf, damit jeder sehen kann: Dies ist nicht das Grab von irgendwem, sondern von ein' Legrand." Er nahm die Hand weg, um in die Hände zu klatschen. „Tischt auf, Weiber!"

Die anderen tranken aus der Flasche, nur Hirth bekam ein Glas für seinen Rum. Die Schwägerin, die bei der Air France arbeitete, lächelte ihm zu: „Es ist nicht so, daß wir keine Gläser hätten. Es ist wegen der Kinder – sie laufen ewig barfuß, und wenn es Scherben gäbe, zerschnitten sie sich die Füße." Ihr Französisch war makellos. Überhaupt war sie eine außergewöhnlich gut aussehende, gazellenhafte Frau mit langem, schmalem Hals, die aussah wie eine Bantu-Prinzessin. Sie erklärte ihm, warum es zwei Witwen gab: Obwohl mehrmals von ihm geschwängert, hatte sich weder die eine noch die andere dazu entschließen können, Stokey zu heiraten – er war ein Seemann, ein Luftikus; gut im Bett, doch kein Familienoberhaupt.

„Und was wird nun mit ihnen?"

„Kinder rechnen bei uns zur Verwandtschaft der Frau. Wenn die Trauerzeit vorbei ist, werden sie zu ihren Eltern zurückgehen und die Kinder mitnehmen, aber die Legrands werden für sie sorgen." Sie seufzte. „Dann wird es stiller werden hier."

Mit ihren schmalen, grüngelackten Fingern drehte sie Kügelchen aus farciertem Krabbenfleisch und schob sie sich in den Mund. Die Uhr an ihrem Handgelenk war aus Gold.

Hirth erzählte ihr von seinem Problem, jemand zu finden, der im Schaufenster des Büromaschinengeschäfts in Fort-de-

France, das die Funkpartner des Rauschgiftringes verband, den jeweils aktuellen Code-Schlüssel ablas. „Ich käme dann an Informationen, die ungeheuer wichtig für mich sind. Aber, bitte, ersparen Sie mir, aufführlicher werden zu müssen."

„Das macht überhaupt keine Schwierigkeiten. Ich arbeite in unserem Stadtbüro am Bord du Mer und komme jeden Morgen an diesem Laden vorbei."

„Und wie erfahre ich, was Sie rausbekommen haben?"

„Ganz einfach – durch Anrufen oder Funken. Sie haben doch gewiß Funktelefon? Ich sag' meiner zuständigen Kollegin, was ich weiß, und sie wird es, wenn ein ‚Monsieur Hirth' danach fragt, diesem weitersagen."

„Und kein Mensch sonst erfährt davon?"

Sie lächelte. „Die Kollegin ist auch schwarz."

„Das wäre ... Sie ahnen gar nicht, wie dankbar ich Ihnen bin." Sie lächelte wieder. „Nicht ‚Sie', sondern ‚du'! Stokeys Freund gehört zur Familie. Ich heiße Maxienne."

Es war schon nach Mitternacht, als der Bruder mit dem Taxi Martin nach Diamant zurückfuhr. Sie hatten eine Flasche Rum mitgenommen und sangen die ganze Fahrt über – der Mann immer neue selbsterfundene Strophen über den unsterblichen Aimé Stokey Legrand.

Als Martin sein Beiboot, das auf den Strand gezogen war, umdrehte, schlief darunter ein Mann. Es war der Fischer, den er beauftragt hatte, die Yacht mit Wasser, Treibstoff und Proviant zu versorgen. Er klopfte sich den Sand ab und setzte seinen Palmblatthut auf. „Es ist alles an Bord, *Mussjöh.* Es sind vierundvierzig Franc übriggeblieben."

„Aber du lieber Himmel, deswegen hätt'st du doch nicht extra auf mich zu warten brauchen."

Der Schwarze kratzte sich unterm Hut den Kopf. „Du hast Besuch – das ist, weswegen ich warte."

Martin spürte einen ernüchternden Eisguß. „Wer? Wie sieht er aus?"

„Kein Mann! Diese Tänzerin aus St. Pierre, welche in Amerika beim Film ist – Elaine Prévert."

Die Nacht war lau und windstill, doch das Kältegefühl verstärkte sich eher noch. „Was will sie?"

„Sie sagte, sie ist eine gute Freundin von *Mussjöh,* und ich soll sie rüberbringen zum Schiff." Der Mann zuckte die Achseln: „Ist mit viel Gepäck."

Er half noch, den Außenbordmotor am Heck des Boots zu befestigen und das Boot zu Wasser bringen, dann verschwand er in der Nacht.

Martin blieb sitzen in dem sacht schaukelnden Boot. Er wünschte, er hätte nicht getrunken. Das Glücksgefühl, das sich bei den Legrands in ihm aufgebaut hatte, dieses wunderbar wärmende Gefühl, von einer umfassenden Freundschaft geschützt und unangreifbar zu sein, verflüchtigte sich. Zum ersten Male seit Stokeys Tod fühlte er sich wirklich allein.

Er schlief an Deck und wurde davon wach, daß man ihn rüttelte. Der Rum wirkte nach, und er hatte Mühe, sich zurechtzufinden.

„Bonjour! *Jou ouve,* es ist Tag. Aber laß dir Zeit, ich geh' erst mal ins Wasser." Elaine war nackt.

Als sie wieder an Bord kam, hatten ihre dunklen Brustwarzen violette Höfe und waren steif wie Patronen. Sie warf Hirth ein Frottiertuch zu: „Bist du so lieb ..."

Hirth gab das Tuch nicht wieder zurück. Es hatte keinen Sinn, in Sekunden mit einer Antwort auf all das zu hoffen, worauf er in den Stunden in der Nacht keine gefunden hatte.

Sie bewegte den Rücken unter seinen Händen, und als eine Hand von ihm auf ihrer Schulter war, drückte sie die Wange darauf. „Du machst das gut ... Ein Mann mit starken Händen, der trotzdem zärtlich sein kann."

Ihr fester runder Hintern preßte sich fordernd gegen ihn, ihre Hände ergriffen die seinen und führten sie nach vorn zu ihren Brüsten.

Es war diese Frau, die ohne einen Finger zu rühren dabei gestanden hatte, als Bastians Leibwächter Stokey erschoß. Es war sie, die vom ersten Augenblick an falsches Spiel gespielt und, mit Page als Komplizen, Verrat begangen hatte. Es war sie, diese Frau hier, die sich mitschuldig gemacht hatte an dem Handstreich der Piraten und an Valeries Entführung. Sie stand einwandfrei auf der anderen Seite. Eine gottverdammte Hure, ohne Gewissen, ohne Herz. Vielleicht drohte wieder Verrat und lag hinterm Diamant-Felsen schon ein Schiff bereit, die *Malulani* zu kapern! Aber was Martin spürte, war nicht Haß und war nicht Rachsucht, ja, war noch nicht einmal das Bedürfnis, Vorsicht walten zu lassen, sondern einzig und allein sexuelles Begehren.

Er riß Elaine herum und ihren Mund an den seinen, während das Tuch, vom Wind ergriffen, ins Meer wehte. Er hatte nicht geahnt, daß es so köstlich sein könnte, eine Feindin zu umarmen.

Elaine, den Kopf weit zurückgelegt, ihren Körper angepreßt, bewegte sich wie eine Schlange. „Nimm mich! *Lolo moin* ...! Komm!" Sie ließ sich aufs Deck sinken und zog Hirth über sich.

Nie vorher war er auf solche Art mit einer Frau zusammengewesen, nie vorher mit einer wie dieser. Elaine ächzte und stöhnte und jammerte, schien dem Tode nahe, aber lachte dabei. Ihre Augen waren blicklos, der Mund offen, als ringe sie nach Luft, das ganze Gesicht verhärtet und verzerrt, doch der Kampf war nur der um noch mehr Lust und der Mann dabei sowohl Partner wie Gegner. Elaine gab alles, aber sie forderte einem Mann auch alles ab. Als Martin zum zweiten Mal den Gipfel erreichte, hatte sie schon den sechsten oder siebenten Orgasmus und der letzte, gemeinsame währte bei ihr ganze Minuten, in denen sie jede Kontrolle über sich verlor. Ihr Bekken zuckte noch, als Martin schon längst nicht mehr bei ihr war.

„Hol mir eine Zigarette, bitte ..."

Ihr Körper war schweißgebadet, ihr Geruch wie der eines Tieres. Doch wie sie da lag, gelöst und mit leicht geöffneten Beinen, die frühe Sonne auf der braunen Haut, glich sie einer Göttin.

Die Zigarette in der Linken, fuhr sie sich mit der Rechten über ihre Brüste: „Mein Gott, war das schön."

Sie faßte nach Hirths Fußgelenk. „Setz dich! Ich mag nicht, wenn ein Mann gleich danach wegrennt."

Hirth entzog ihr sein Bein. Er blickte auf sie hinunter. „Für wen machst du diesmal den Lockvogel?"

Sie sagte nichts, angelte nach seinem Bein.

„Wo ist Valerie?!"

„Später", sagte sie. „Laß mich doch erst mal zur Ruhe kommen."

„Du weißt, wo sie ist ...?"

Sie preßte ihre Brust. „Bitte ...!"

Hirth sah sie an. Er fühlte sich überfordert. Nach einer Weile ging er davon, um sich an das Verstauen all der Kartons und Kanister, Ballen, Kisten, Säcke und Fässer zu machen, die am Tag zuvor angeliefert worden waren. Sein Kater wurde jetzt, da das Blut ins Hirn zurückkehrte, wieder schlimmer.

Als Elaine mit der Zigarette fertig war, dehnte sie sich wie eine Katze und erhob sich. „Ich helfe dir."

„Du ziehst dich jetzt an!"

„Magst du nicht, was du siehst?"

Hirth schob sie brüsk aus dem Weg: „Sobald ich hiermit fertig bin, bring ich dich an Land."

„Genügt ein Slip?"

„Pack deine Sachen!"

„Martin ... Martin, ich liebe dich."

„Du? Daß ich nicht lache! Du liebst niemand. Außer dich selbst."

Sie vertrat ihm den Weg.

„Ich muß weg, verdammt", schrie er sie an. „Du bringst mich in Gefahr. Wenn du nicht freiwillig verschwindest, gehst du über Bord."

„Aber ich will dir doch nur helfen." Sie ergriff seine Hand. „Du bist allein. Aber du kannst so ein Schiff nicht allein segeln. Du mußt Segel bergen und Segel aufziehen, du mußt essen, und irgendwann mußt du ja auch mal schlafen."

Er wollte sagen, daß er mit seiner Selbststeueranlage ganz gut auch allein zurechtkomme, doch sie legte ihm die Hand auf den Mund. „Ich kann kochen, und ich kann Wache halten, während du schläfst. Ich kann auch mit einem Sextanten umgehen."

Es war etwas Wahres dran an dem, was sie sagte. Es war nur Selbstbetrug, daß einer mit einer fast 14 Meter großen Rennkielyacht allein mit Hilfe der Selbststeueranlage zurechtkam.

Hirth rieb sein Kinn. „Warum bist du hier?" fragte er rauh. „Und erzähl mir jetzt nichts von Liebe!"

„Die freundliche Saison geht zu Ende, Martin, spätestens im Juni beginnt die Zeit der Hurrikane. Wohin willst du dich wenden? Du kannst nicht durch den Panamakanal – weil sie da nur auf dich warten. Du kannst nicht um Kap Hoorn – jedenfalls nicht mit einem Tiefdecker wie diesem –, denn dort kommt jetzt der Winter. Du kannst überhaupt nicht in die Südsee, wie du vorhattest. Du mußt zurück nach Europa. Aber wohin willst du dort gehen – mit Heroin für zehn Millionen Dollar an Bord?"

„Ah, jetzt versteh' ich erst – das ist deine Liebe!"

„Mindestens zehn Millionen", wiederholte sie, ohne seinen zynischen Ton zu beachten. „Wenn man die richtigen Verbindungen hat, können es auch zwanzig oder dreißig Millionen sein."

„Und die hast du?"

Sie machte eine unbestimmte Geste aus dem Handgelenk.

„Und für was für einen Anteil?" Er hob abwehrend die Hand. „Brauchst nicht zu lügen. Da wird sowieso nichts draus. Ob das Zeug zehn Millionen wert ist oder hundert, ist mir völlig egal – was ich dafür haben will, ist Valerie."

„Aber Valerie ist tot."

Er hatte plötzlich rote Schleier vor den Augen, die alles verschwimmen ließen. Er merkte, daß er stürzte und daß auch Elaine stürzte, und er hörte, daß jemand schrie, aber es dauerte eine ganze Weile, bis er erkannte, daß es ein Angstschrei war und daß dieser Angstschrei von ihr, Elaine, kam und daß er seine Finger an ihrer Kehle hatte.

Hirth zog sich mit beiden Händen an der Reling empor. Elaine, auf den Planken auf dem Rücken, betastete schluchzend ihren blutunterlaufenen Hals. Hirth starrte sie an, ohne zu begreifen. Ihm war schlecht, seine Nerven vibrierten, und sein Herz raste.

„Wie ist das passiert – das mit Valerie?" fragte er, als Elaine sich aufsetzte.

„Ich kann es dir nicht sagen. Ich weiß es nicht. Es ist nicht gut, auch nur irgendetwas zu wissen bei diesen Leuten."

„Aber daß ich das Heroin bei mir habe, das weißt du?"

„Und daß man alles daran setzt, es sich wiederzuholen."

„Und trotzdem bist du ...?"

„Moin aimaire." Sie hob ihre Hände an. „Ich gebe zu, es macht es leichter, sich hetzen zu lassen mit dir, wenn man weiß, wofür – aber ich wäre auch so gekommen."

Vielleicht log sie, vielleicht sprach sie die Wahrheit. Martin mußte daran denken, daß sie ihm schon einmal – beim Kostümfest im *Méridien* – zu verstehen gegeben hatte, daß sie ihn liebe. Er mußte daran denken, was Valerie über sie gesagt hatte und über ihre skrupellose Art und Weise, Liebe und Nutzen zu verbinden. Er mußte auch daran denken, was Stokey ihm einmal über Menschen erzählt hatte, die zwei verschiedene Schuhe besaßen für ihre Füße und zum Anziehen nichts als einen Sack mit Löchern für Kopf und Arme. Er mußte daran denken, daß Elaine schwarz war, das achte Kind eines armen Fischers. Vielleicht liebte sie ihn ja wirklich – aber er würde es nie wissen.

Ohne noch etwas zu sagen, warf er die Schoten los, verließ das Cockpit und ging die Bändsel lösen, mit denen das zusammengefaltete Großsegel am Großbaum befestigt war.

„Muß ich packen?“ rief Elaine.

Hirth sagte nichts auf ihre Frage. Rasch, doch ohne Hast führte er das Vorliek in die Mastschiene und zog das Segel auf.

Sie ging nach vorn zur Winsch, um den Anker hochzuziehen, und als sie an ihm vorbeikam, blieb sie stehen: „Muß ich was anziehen?“ Er sagte wieder nichts.

Erst als sie ihn zum dritten Mal fragte, dieses Mal nach dem Kurs, den sie segeln würden, machte er den Mund auf und sagte ihr, daß er begonnen habe, das Rauschgiftnetz zu zerstören – und daß er es fortsetzen wolle, nun erst recht, Depot für Depot, so viel wie er kenne.

„Aber sie kennen sie auch, Martin, und irgendwo wird man dich erwarten!“

„Sie wissen nicht, wann ich auftauche und wo. Ich schleiche mich an, mal hier mal dort – der Fliegende Holländer, der über die Meere geistert.“

„Irgendwo wird man dich erwarten“, beharrte sie.

„Noch kannst du aussteigen ...“

Diesmal war sie es, die nichts sagte.

28

Das Depot Nummer 14 auf Mendozas Geheimkarte war keine Bootshütte oder ähnliches, sondern ein Wrack. Der Trawler war auf ein Korallenriff gerannt und umgekippt. Von der Seeseite aus sah man nur den bulligen rostüberzogenen Rumpf, von der Rückseite dagegen war das Schiff zugänglich. Die Tür zum Brückenhaus war noch vorhanden und in wohlgeölten Scharnieren beweglich. Dahinter befand sich in einer verzinkten Kiste das Versteck.

Hirth hatte nie vorher mit Dynamit gearbeitet. Als die Zündschnur glomm, schaltete er den Außenbordmotor des Beiboots auf Hochtouren, um aus dem Gefahrenbereich zu kommen.

Die Detonation erfolgte urplötzlich und ohne jede Vorankündigung. Es gab eine Stichflamme, verbunden mit einem ohrenbetäubenden Knall, und während dieser noch ausrollte, pufften schon Wolken aus Wasserdampf und Rauch in die Luft. Wrackteile wurden in alle Richtungen geschleudert, und Metall- und Holzsplitter begannen herabzuprassen. Hirth dachte noch daran, sich ins Wasser zu retten, da wurde ihm schon schwarz vor Augen.

Er kam zu sich, weil es ihn würgte. Sein Kopf lag im Wasser, und dieses Wasser füllte das Beiboot schon fast zu einem Drittel – durchzogen von Schwaden roten Bluts.

Auf Händen und Knien mühte er sich, zu sich zu kommen. Sein Kopf tat barbarisch weh, aber sonst spürte er keinen Schmerz. Erst als er nach hinten über seine Schulter tastete, gab es dort einen heftigen Stich. Rasch wurde ein stetes Bohren daraus. Sobald er auch nur den Arm hob, durchfuhr ihn ein aufspießender, durchdringender Schmerz. Irgend etwas schien im Muskel zu stecken.

Er mußte schnellstens an Bord zurück und Elaine um Hilfe bitten. Doch als er sich umsah, war weit und breit nichts zu sehen, das Wrack nicht, das Riff nicht und auch nicht die *Malulani.* Er war allein – in einer Nußschale mit sprudelnden Löchern.

Das Kielwasser zeigte, daß der nach wie vor brav auf Hochtouren laufende Außenborder das Boot schnurgerade vorangetrieben hatte. Die Frage war nur: Wie lange schon? Hirths Armbanduhr war im Wasser verreckt und auf 12.33 Uhr stehengeblieben, fünf Minuten nach dem Anstecken der Zündschnur.

Am gescheitesten war, in der Richtung, welche das Kielwasser zeigte, zurückzufahren – in der Hoffnung, daß das Boot unterwegs nicht absoff.

Es gab nichts, aber auch gar nichts, mit dem sich wenigstens die zwei größten Lecks hätten abdichten lassen. Sein T-Shirt war inzwischen mit der Rückenwunde verklebt, in der nun, da es die Sonne trocknete, das Salz des Meerwassers zu ätzen begann. Nach einigem Probieren fand er heraus, daß das große Loch vorn am wenigstens Wasser aufnahm, wenn er das Heck belastete, und daß das andere sich halbwegs schließen ließ, wenn er die nackte Ferse hineinpreßte. Beides zusammen war nur möglich, wenn er einen riesigen Spreizschritt machte. An Ausschöpfen war gar nicht zu denken – womit auch? Zum Glück hielt die Windstille an, die kurz vor der Ankunft als Vorläufer eines Wetterumsturzes eingesetzt hatte. Schon der geringste Wellengang hätte Vollaufen und Untergang bedeutet.

Lohnte sich das? War es das wert? Valerie war tot, und Elaine saß allein auf der Yacht – ohne Motor, dessen Zündschlüssel mit ihm versaufen würde. In der Nachbarschaft eines Riffs war sie bei Sturm einem Schiffbruch preisgegeben, der nur mit ihrem Tod enden konnte. Vielleicht war sie nur eine Hure und ohne jedes Gewissen. Aber seit sie bei ihm auf dem Boot war, hielt sie, was sie versprochen hatte, war Maat, Kumpel, Geliebte.

Hirth schöpfte sich Wasser ins Gesicht, um einen erneuten Anflug von Ohnmacht zu verjagen. Als er wieder aufblickte, sah er etwas Weißes in der Luft. Kein Segel, denn es fehlten Mast und Schiff dazu, aber vielleicht ein Luftschiff, denn es war länglich. Vielleicht aber auch nur eine Luftspiegelung oder überhaupt eine Sinnestäuschung. Doch dann sah er, daß es ein Bettlaken war – ein weißes Bettlaken, welches an den Antennendrähten zwischen den Masten der *Malulani* hing. Ohne dieses Zeichen wäre er um eine gute Meile vorbeigefahren, ins Nichts. Es war in diesem Moment erst und angesichts des von Elaine aufgehängten Bettlakens, daß ihm aufging, warum die Mafia so wild auf sein Schiff war: Ohne Segel war es praktisch unsichtbar.

Elaine sagte nichts bis auf das allernötigste. Ihre Augen waren rotgerändert; es konnte von Tränen herrühren, aber auch von Pulverrauch. Sie holte Schere und Verbandszeug, schnitt das T-Shirt herunter und machte sich wortlos daran, die Wunde zu verarzten.

In Hirths Rücken steckte ein Stück Blech von Fingernagelgröße, das sich ohne größere Schmerzen mit der Pinzette entfernen ließ. Aber dann mußten die zerrissenen Wundränder ins Gesunde hinein beschnitten werden, und Martin biß die Zähne in den blutverschmierten Lumpen, der einmal sein T-Shirt gewesen war. Nachdem sie zu guter Letzt noch Penicillinpuder und Mull aufgebracht hatte, begann Elaine einen Verband anzulegen, der sich rund um Hirths Brust und T-förmig über seine Schulter wand.

„Danke für das Signal", sagte er zu ihr, „aber warum hast du nicht einfach das Segel hochgezogen?"

„Warum fragst du? Aus Sorge um mich – oder aus Sorge um dein Schiff?" Sie lachte auf. „Dem Schiff ist nichts passiert – nur ausgerechnet das Großsegelfall hat ein verirrter Splitter durchschlagen. Ich habe das Segel schlicht darum nicht hochgezogen, weil es sich nicht mehr hochziehen läßt. Aber dummerweise hab' ich's versucht, und jetzt muß jemand auf den Mast und die Sache reparieren."

Hirth blickte auf seinen Verband. „Machst du das, bitte?"

„Nein", sagte sie und schüttelte energisch den Kopf. „Ich kann es nicht. Ich hab' es vorhin einmal geschafft, aber ich weiß jetzt noch nicht, wie. Ich bin überhaupt nicht schwindelfrei."

„Dann werde ich es machen müssen."

„Nein! Kommt überhaupt nicht in Frage. Kein Mensch mit nur einem gesunden Arm kann auf einen Mast, der fünfzehn Meter hoch ist."

„Ich muß. Wenn das Wetter kommt ..."

„Es ist schon da." Sie zeigte auf das Bettlaken, das plötzlich im Meer lag. Die nächste Bö schon prallte voll auf das Schiff.

Zu spät. Sie konnten von Glück sprechen, wenn es ihnen gelang, noch rechtzeitig vom Riff freizukommen. In den Böen war der Wind dreimal so schnell wie die zehn Knoten des Motors.

„Was ist denn das nun wieder für eine Teufelei?" stöhnte Hirth. „Es ist so schwül, so heiß ..."

Aber dem war nicht so. Das Thermometer zeigte gerade nur noch 15 Grad. Was Hirth glühen ließ, war Fieber.

„Wie sieht es aus?"

„Besser. Viel besser. Es eitert nicht mehr."

Hirth lag auf dem Bauch, während Elaine ihn verarztete. Er hatte sich mit Händen und Füßen in der Koje verklammert, um das Schlingern des Schiffes auszugleichen.

„Und draußen?" wollte er wissen. „Es muß doch, verdammt noch mal, endlich Tag werden."

„Es ist Tag. Elf Uhr mittags."

Hirth horchte auf das Prasseln des Regens, das Heulen und Jaulen des Sturms. „Ach, so."

Er hörte auch die Maschine gehen, wunderte sich und war schon versucht zu fragen, als ihm einfiel, daß sie ja nicht segeln konnten.

„Haben wir noch Sprit?"

„Massig."

Man konnte riechen, daß das Boot lange nicht mehr richtig gelüfttet worden war. Elaine trug eine Trainingshose und ein langärmeliges, schmuddeliges T-Shirt.

„Wie lange war ich weg?"

„Heute den vierten Tag. Aber leider nicht ständig. Ich habe dir Schlafmittel geben müssen, damit du auf dem Bauch bliebst. Bei der Schaukelei hätte es dir den Verband abgerissen."

Er fragte nicht, ob sie nach dem Heroin gesucht hatte. Es stand zu vermuten. Zwar war es, in Einzelportionen aufgeteilt, gut versteckt, aber in vier Tagen ließ sich schon einiges aufstöbern.

„Ich hab' einen Wahnsinnshunger."

„Wunderbar. Darauf habe ich nur gewartet. Ein Topf Brühe steht bereit. Magst du ein Ei dazu?"

„Auch zwei. Alles, was Kraft gibt." Als sie sich zum Gehen wandte, faßte er nach ihrem Bein.

„Ja ...?"

„Ich – ich wollte dir nur sagen: Wir machen Schluß. Ich meine, *ich* mache Schluß – Schluß mit diesem selbstmörderischen Kampf gegen eine Hydra. Ich geh' weg, vielleicht nach

Europa. Ich weiß noch nicht, es zieht mich nichts. Ich habe die Zelte hinter mir abgebrochen, ich kann überall hingehen."

„Wie du willst. Es ist deine Entscheidung."

„Du fragst gar nicht, was aus dem Heroin werden soll?"

„Was soll daraus werden?"

„Ich kippe es ins Meer. Ich will kein Geld. Nicht einen einzigen Centime. Ich will, daß Ruhe ist. Und – ich will mein Schiff behalten."

Elaine sagte nichts, ging jedoch auch nicht weg. Ihr Bein fühlte sich sehr fest und warm an. Hirth hätte seinen Griff gern verstärkt, fand aber nicht den Mut dazu. „Du sagst ja gar nichts?"

„Was soll ich sagen? Du würdest's ja doch nicht verstehen."

„Ob du mitkommst?!"

„Vielleicht." Sie machte eine Bewegung. „Das hat nichts mit Liebe zu tun. Jedenfalls nicht mit dem, was man bei euch darunter versteht. Ich mag dich. Und ganz gewiß mehr als du mich. Ich schlafe gern mit dir, denn du kannst eine Frau glücklich machen. Aber ich glaube nicht, daß ich mit dir leben möchte. Unsere Welten sind grundverschieden. Wenn ich mitkäme, würde ich dich eines Tages wieder verlassen – einfach zur Selbsterhaltung, um mich nicht zu verlieren. Ich habe mich immer verkauft, du aber bist stolz darauf, es niemals zu tun, nicht einmal um den Preis von zehn Millionen Dollar. Ich könnte auf die Dauer diese Arroganz nicht vertragen, mit der du bestimmst, was Moral ist – nur weil du zufällig auf der Sonnenseite geboren wurdest. Wenn du schwarz wärest wie ich, wäre das Ganze keine Frage. Ich würde dir um die ganze Welt folgen und jeden Morgen deine Füße küssen."

„Es ist Blutgeld, verdammt noch mal! Tausende von Junkies wurden dafür an Geist und Körper zugrunde gerichtet."

„Wem willst du erzählen, was Blutgeld ist?! Die ganze Karibik, ganz Amerika ist mit Blutgeld aufgebaut. Auf den Knochen erschlagener Indios, auf den Knochen von Millionen an Geist und Körper kaputtgemachter Vorfahren von mir."

„Du willst also nicht auf das Geld verzichten?"

„O nein! Und du solltest 's auch nicht, wenn du willst, daß ich bei dir bleibe. Es müssen gar nicht die ganzen zehn Millionen sein, ein Teil davon genügt ..."

„Um mich zu korrumpieren?“

Elaines Tonfall blieb leicht. „Um mir das Gefühl zu geben, daß du mich verstehst.“

Martin sagte nichts darauf, er mußte plötzlich an Stokey denken und so manches, was er gesagt hatte. Auch Elaine schwieg. Als er ihr Bein losließ, ging sie.

Nachdem er gegessen und sich gewaschen hatte, setzte sich Hirth ans Funkgerät. Seine Ahnung bestätigte sich. Sein Ruf wurde schon sehnsüchtig erwartet.

„Es hat nämlich jemand angerufen für dich ...“, sagte Maxienne.

„Wer?“

„Ein Mann. Er hat seinen Namen nicht genannt. Er wußte, daß ich Stokeys Schwägerin bin. Er wollte wissen, ob ich wüßte, wo du bist und ob ich dir eine Nachricht zukommen lassen könne. Ich habe gesagt, ich würde es versuchen. War das richtig?“

„Ja, ja, wenn es nicht mit Gefahr für dich verbunden ist. Worum geht's?“

„Auf der Air France zwo-dreiundreißig von Paris sitzt eine Madame Hirth.“

Martin schloß die Augen, eine Eisenklammer um den Hals. Er konnte kaum atmen. „Hirth? Eine Frau? Und kommt aus Paris?“

„Nein. Ich habe mir sofort die Passagierliste angesehen. Sie kommt von Guadeloupe, steigt erst bei der Zwischenlandung zu.“

„Gibt 's – gibt 's auch einen Vornamen?“

„Nein. Nur ‚Madame‘, *Classe vacances.* Zwo-dreiunddreißig ist ein Touristen-Flug.“

„Maxienne, würdest du – könntest du ihr eine Nachricht zukommen lassen?“

„Aber selbstverständlich. Die Maschine kommt erst um 18.15 Uhr. Was soll ich ausrichten?“

Vergebens versuchte sich Hirth zu konzentrieren. Es blieb ihm nichts anderes übrig, als vorerst Schluß zu machen. In seinem Schädel hämmerte es, und seine Hände zitterten. Dabei kam es jetzt auf klares Denken an. Denn natürlich war dies eine Falle; es konnte gar nichts anderes als eine Falle sein. Worauf es ankam, war also, sich den Köder zu holen, ohne daß sie zuschnappte.

Die Legrands waren die einzigen, denen er vertrauen konnte, aber die waren in Sainte Anne zu Hause, wo die Küste so flach war, daß er weit davor würde ankern müssen, und ohne die geringste Möglichkeit, sich zu verstecken. Er kam auf Diamant. Der Diamant-Felsen war ein ideales Versteck, der Automechaniker im Ort, der ihm damals seinen Hilfs-Diesel wieder in Ordnung gebracht hatte, ein guter Freund. Auch bei den Fischern war gewiß noch nicht vergessen, daß er sie nach dem Hurrikan hatte Geld verdienen lassen.

Er setzte sich mit Maxienne in Verbindung. Obwohl 430 Meilen weit weg, war sie gut zu verstehen. Das Risiko war, daß ein Lauscher mithörte, doch wenn es ohnedies eine Falle war, kam es darauf auch nicht mehr an.

„Paß auf! Schick deinen Schwager zum Flughafen. Den mit dem Taxi, der mich letzthin zum Schiff zurückgefahren hat – er weiß, wo das war. Er soll diese Madame Hirth dorthin bringen und bei dem Mann, der die Autowerkstatt betreibt, einquartieren. Um Mitternacht in vier Tagen werd' ich am Pier sein – es sei denn, daß man meint, daß es nicht ratsam wäre, du verstehst. In dem Fall soll man am Strand ein Feuer anmachen."

„Gut, wird erledigt. Und was soll ich ihr bestellen? Du sprachst vorhin von einer Nachricht."

„Keine Nachricht, nur ... Ach Gott, was ...? Daß sie Vertrauen haben soll. Daß alles gut wird. Daß ... Küß sie für mich, Maxienne! Sie heißt Valerie."

Nichts deutete daraufhin, daß Elaine mitgehört hatte, nicht einmal ihre Stimme, als sie, noch ehe Hirth den Mund öffnen konnte, sagte: „Dein Verband ist durchgeblutet. Wir müssen ihn wechseln."

29

Ohne Fernglas war es nur ein roter Punkt, doch mit ihm war deutlich zu sehen, daß es sich um ein Feuer handelte. Merkwürdig war allerdings, daß es nicht größer war. Hirth hätte erwartet, daß ein Warnzeichen, auf der Hut zu sein, ein weithin lodernder Scheiterhaufen sein würde. Dieses Feuer hier wirkte eher zufällig. Es konnte auch das Grillfeuer von Nachtschwärmern sein oder das Feuerchen eines Fischers, der zum Kalfatern seines Einbaums Pech kochte.

Doch dies war nicht der Haken. Das Problem war vielmehr, daß er nun umdisponieren mußte. Das Schiff mußte auslauffertig sein, in der Lage, von einem Moment zum anderen Fahrt aufzunehmen. Es durfte also auf gar keinen Fall ankern und mußte daher den Schwell, der in die Diamant-Bucht hineindrückte, mit laufender Maschine ausmanövrieren. Dies wiederum hieß, daß Elaine an Bord zu bleiben hatte – allein mit den zehn Millionen Dollar, auf die all ihr Sinnen und Trachten gerichtet war. Er konnte sie nicht, wie geplant, aussetzen, sondern mußte ihr vertrauen – ausgerechnet ihr, die ihn wie kein anderer verraten hatte.

Er sagte ihr nicht, was seinen Entschluß umgestoßen hatte, nur daß sie an Bord zu bleiben und was sie zu tun habe. Er nahm sowohl die Pistole als auch den Revolver mit, ließ aber das Fernglas da. „Vor zwei Stunden komme ich nicht wieder – wenn ich überhaupt wiederkomme ...“

Sie schwieg. Hirth hätte gern ihr Gesicht gesehen, aber es war zu dunkel. Für eine Weile noch ein schmaler, fahler Fleck, verschwand sie im nächtlichen Dunst, der auch das Boot schluckte.

Ohne Motor dauerte es über eine halbe Stunde, bis das Ufer erreicht war. Das Rudern hatte keine Schmerzen gemacht, die Rückenwunde sich nicht gemeldet. Nachdem Martin das Dingi auf den Strand gezogen hatte, machte er sich auf den Weg.

Um nicht frontal auf das Ufer zu stoßen und womöglich direkt in die Hände von Häschern zu rennen, die schon darauf warteten, ihn in Empfang zu nehmen, war er am Pointe du Diamant an Land gegangen. Die zwei Kilometer bis zur Ortschaft führten am Steilhang des Berges Larcher vorbei, zunächst durch Buschwald, dann durch Zuckerrohr, welches schließlich von Gemüsegärten abgelöst wurde. Dahinter begann der Fischerstrand mit Palmen, Schuppen und Booten sowie vor allem den zum Trocknen aufgehängten Netzen. Hirth war Meter für Meter in bester Deckung.

Nichts Verdächtiges war zu sehen, nichts zu hören. Die Grillen zirpten wie immer, ein Schein am Waldrand, der ihn irritiert hatte, entpuppte sich als eine Wolke von tanzenden Leuchtkäfern. In einigen Bungalows an der Flanke des Larcher-Berges brannte noch Licht, das Dorf selber aber schlief.

Hirth blieb in Deckung der Netze, bis er in ungefährer Höhe der Autowerkstatt war, wo man sich um Valerie kümmern sollte. Genau in dem Moment, da er die Deckung verlassen und zur Hauptstraße hinauf wollte, hörte er jemand singen. Es war eine Frau, und was sie sang, ein Lied in Deutsch – und zwar Marlene Dietrichs „Ich bin von Kopf bis Fuß auf Liebe eingestellt", das Lied, das Valerie auch auf der Île du Levant vor dem kleinen Hotel gesungen hatte.

Sie fand sich am Feuer. Die Hände unterm Kopf, lag sie auf dem Rücken im weichen Sand, eine Reisetasche neben sich.

In der Deckung eines auf den Strand gezogenen Einbaums, die Pistole in der Hand, den Smith & Wesson-Revolver griffbereit, rief Martin sie leise: „Pst ...! Val ...!"

Das Lied brach ab. „Hallo, Schatz! Da bist du ja endlich. Ich warte schon und warte ..." Valerie stand auf, klopfte sich den Sand ab. „Wo steckst du?"

Martin hielt still, mit fliegendem Puls, den Finger am Abzugsbügel. Wenn es eine Falle war, mußte dies das Stichwort sein, sie zuschnappen zu lassen. Doch alles blieb still und dunkel wie bisher.

„Hier", rief er, „hier hinter dem umgekippten Boot."

Sie kam heran.

„Bist du allein?" Er hob den Kopf aus der Deckung.

„Bis vorhin waren noch ein paar Jungen aus dem Dorf da, aber die sind schlafen gegangen."

„Das Feuer ...?"

„Haben sie gemacht. Wir haben uns Fisch am Spieß gebraten."

„Und sonst? Niemand? – Du weißt, was ich meine?"

„Kein Mensch. Du meinst, ob mir jemand gefolgt sei? Nein, nein, ich bin wirklich frei, und niemand hat sich an meine Fersen geheftet, soweit ich es beurteilen kann. Kannst ruhig hervorkommen."

Sie war nur ein Schemen, rötlich angehaucht vom letzten

Schein des erlöschenden Feuers hinter ihr, und von ihrem Gesicht nichts zu erkennen. Martin schob die Waffen in den Hosenbund und streckte ihr die Hand entgegen. Sie schmiegte ihr Gesicht hinein.

„Val ...! Mein Gott, Valerie! Ich kann's noch gar nicht glauben."

Wenn Martin sie nicht aufgefangen hätte, wäre sie vornübergefallen, ihre Beine gaben plötzlich nach. Sie umklammerte ihn, als wollte sie ihn nie wieder loslassen.

Martin hatte ein merkwürdiges Gefühl. Irgendwas stimmte nicht. Valeries Worte klangen papieren, irgendwie aufgesagt. Fast so als freute sie sich gar nicht richtig, sondern führte nur den Auftrag von jemand aus, der ihr gesagt hatte, sich zu freuen. Oder war es nur der Schock, und sie konnte sich nach Monaten des Wartens und der Vorfreude nicht mehr freuen? Auch er spürte eine seltsame Leere. Eine Stimme in ihm sagte: Dies ist das Ende. Aber eine andere: Noch lange nicht. In der Rechten hielt er vorsichtshalber die Pistole.

„Wie geht es dir?"

Sie machte sich brüsk los. „Warum willst du das wissen?"

„Du bist gut ..." Er war wie vor den Kopf geschlagen.

Sie ließ sich an seine Schulter sinken. „Ich – ich bin kaputt ..."

Martin erschrak. Das Wort kam sonst in ihrem Wortschatz nicht vor.

„Komm", sagte er. „Es wird alles wieder gut." Aber das gleiche, fiel ihm ein, hatte er auch zu ihr gesagt, als damals die beiden Killer sie überfielen.

„Es geht mir gut", sagte Valerie unvermittelt, „jetzt geht es mir wieder gut. Geh'n wir zur *Valmar?*"

„Ja, aber sie heißt nicht mehr so. Sie heißt jetzt *Malulani.* Doch das ist eine lange Geschichte."

„Malulani", wiederholte sie. „Ein schönes Wort."

„Es ist jemand an Bord, den du kennst ..."

„Mutter?!"

„Nein. Wie kommst du denn darauf?"

„Wenn man nach Hause kommt, erwartet einen die Mutter."

„Es ist jemand, den du kennst", antwortete er behutsam, „eine Frau. Frag mich nicht, warum sie da ist. Aber ohne sie wäre ich nicht mehr am Leben. Es ist Elaine."

„Soso", sagte Valerie, und das blieb dann alles.

Wieder blieb sie stehen. Wieder ließ sie sich gegen ihn sinken: „Du mußt viel Geduld haben mit mir, Martin." Sie weinte, aber nur kurz, drehte sich dann unvermittelt um und entfloh ins Dunkel. „Fang mich! Wo bin ich?"

Martin schoß das Blut in den Kopf. Das durfte doch nicht wahr sein! Er schleppte zwei Schießprügel mit sich herum und in seinen Hosentaschen pfundweise Munition, seine Nerven vibrierten – und sie wollte Fangen spielen. Das war nicht Valerie. Und wiederum war sie's doch. Es war ihre sprunghafte, zwischen Extremen schwankende Art – nur ins Maßlose übersteigert. Was hatten diese Schweine mit ihr gemacht? Er dachte an Chinaglia, Victor Bastian und all die anderen Burschen, mit denen er schon zu tun gehabt hatte, und wurde ruhiger, denn jene Eiseskälte überkam ihn, die er jetzt immer häufiger spürte in diesem Zusammenhang. Vielleicht war dies noch nicht das Ende – aber er hatte Valerie wieder, und das war die Hauptsache.

„Ich kann dich ja sehen", rief er ins Dunkel. Nur ein Scherz, die Nacht war völlig undurchdringlich.

„Du schwindelst, du kannst mich überhaupt nicht sehen."

„Doch – mit den Augen der Liebe. Du bist nämlich ... Du bist ein Glühwürmchen."

Vor ihm raschelte es. Valeries Stimme klang schelmisch entzückt. „Man sieht es, nicht wahr? Ich glühe, ich leuchte. Aber ich bin kein Glühwürmchen. Ich bin einfach Licht."

Unterwegs im Beiboot war sie wieder ganz vernünftig. Sie merkte am Klang sogar, daß der Außenbordmotor ein anderer war und auch das Boot nicht mehr das alte.

Plötzlich sagte sie: „Bis ich vorm Flughafen stand, wußte ich nicht, wo ich war. Ich hatte fünftausend Franc, ein Flugticket nach Martinique, diese Tasche hier und einen Paß, falsch, aber mit den richtigen Daten, und meine Hoffnung ..."

Martin wartete. Vielleicht wollte sie sich aussprechen, aber eigentlich war es dafür noch zu früh. Ihre Munterkeit war viel zu groß.

„Weißt du, worin Psychoterror wirklich besteht, die Isolierhaft, die berühmte Gehirnwäsche? Sie nehmen dir die Hoffnung! Ich hatte nichts zum Anziehen, nicht mal Wäsche –

halb so schlimm. Ich hatte eine Zelle, die einen grausen machen konnte – alles Sache der Gewohnheit. Aber wenn ich keine Hoffnung gehabt hätte ...“

Die Stimme klang aus.

„Ein Mann war meine Hoffnung. Oder richtiger: nicht er, sondern die Idee, die sich mit ihm verband – daß er mich retten könne.“

Für eine ganze Weile surrte nur der Motor. Plötzlich sagte Valerie bekümmert: „Das Glühen läßt nach. Ich leuchte nicht mehr. Schade, jetzt kannst du mich nicht mehr sehen. Mich fröstelt.“

Ein paar Minuten später waren sie da. Das Schiff schien sich um keinen Zentimeter bewegt zu haben. Elaine hatte vorsorglich die Badeleiter ausgebracht, um das Anbordkommen zu erleichtern. Der Dunst war nicht mehr so stark wie bei Hirths Abfahrt. Man konnte die Sterne und den im Sinken begriffenen Mond sehen. Es konnte also nicht an der Dunkelheit liegen, wenn Valerie nicht erkannte, wer sie empfing, und zumindest hätte sie ja die Stimme wiedererkennen müssen.

„Das ist Elaine! Ich hab' dir doch gesagt, daß sie an Bord ist.“

„Sehr angenehm – Valerie Hirth. *Comment allez vous?*“

„Et vous? Couman ou yé?“

„Ihr duzt euch doch“, sagte Martin hilflos.

Valerie hatte aufgehorcht, als sie Elaine Kreolisch reden hörte, doch schon war das Erkennen wieder aus ihrem Gesicht gelöscht.

„Sie schlafen also mit meinem Mann?“ Es klang absolut sachlich. „Ich bin Maat, ich bin Koch, ich bin der Chinese für die Wäsche – und ich schlafe auch mit ihm.“

Valerie seufzte lachend. „O Gott, erzählen Sie mir nichts, ich kenne das. Wie sagt man dazu? Sexualproviant.“

„Ach, das will ich nicht sagen.“ Auch Elaine lachte. „Da wäre ich wohl auch kaum der Typ dafür. Ich hole mir schon, was ich brauche.“

Martin fühlte sich hoffnungslos überfordert. Alles in ihm kribbelte, und er stand kurz vor der Explosion.

„Na, dann komm mal“, nahm Elaine Valerie um die Schulter. „Die Koje ist bereit. Aber du kannst auch noch was zu essen haben, wenn du Hunger hast.“

„Ich habe gerade gegessen. Fliegenden Fisch. Die Schuppen sind ekelhaft hart, aber das Fleisch ist köstlich." Valerie blieb stehen. „Wissen Sie, daß ich auch fliegen kann?"

Mechanisch machte Martin sich daran, das Schiff in Fahrt zu bringen. Als Elaine wiederkam, lag der Diamant-Felsen schon weit zurück.

„Geh mal zu ihr. Sie kann nicht schlafen. Sie mag nicht schlafen."

„Was ist mit ihr los, zum Teufel?! Ich glaub', sie hat dich gar nicht erkannt. Und was soll das idiotische Gerede?!"

Ungeduldig zog ihn Elaine vom Steuerrad weg: „Geh!"

Valerie lag halb entkleidet auf der Koje in der Eignerkabine. Seltsamerweise hatte sie ihre Bluse anbehalten. Mit den nackten Zehen spielte sie an der Kabinenwand.

„Entschuldige, aber ich wollt' dir etwas zeigen ..."

„Was?"

„Ja, siehst du's denn nicht?"

„Was soll ich sehen, Val?"

„Daß ich leuchte! Ich glühe wieder, also leucht' ich."

Irgendwie leuchtete sie wirklich. Auf ihrem Gesicht war ein drängender Glanz, ein feuriges Glänzen auch in ihren Augen. Der ganze Körper schien zu glänzen vor drängendem, pulsierendem Leben.

Als Martin die offene Reisetasche auf der Ablage neben dem Kopfende sah, begriff er endlich. Auf Unterwäsche, Zahnpasta, Reiseutensilien lag eine leere Spritze.

Er ging hinaus und nach oben. „Hast du es gewußt?"

Elaine antwortete mit einer weitausholenden Geste.

„Sprich! Ich tu dir nichts."

„Nicht gewußt", sagte sie, „aber geahnt. Ich habe dir gesagt, daß man besser von nichts weiß in diesen Kreisen, und so verdrängt man's, wenn man das Gefühl hat, zuviel zu wissen. Erst als ich sie jetzt erlebt habe, ist es mir wieder eingefallen."

„Und als du mir sagtest, daß sie tot sei ..."

„Es war mir klar, was auf sie zukommen würde – und daß es für sie besser wäre, zu sterben."

Martin grub die Fingernägel in das Rückenpolster des Cockpit-Sitzes. Erst als er das Resultat sah, merkte er, daß er das grobe Segeltuch zerrissen hatte.

Er war davon ausgegangen, daß Valerie der Köder wäre in einer Falle. Aber es war noch perfider. Sie selber war die Falle.

„Die letzten vierzehn Tage", wiederholte Valerie, nachdem sie ihre Erzählung beendet hatte, „die waren wirklich schlimm. Als ich ohne Hoffnung war. Mag sein, daß es nur ein Hirngespinst war – er könnte mich entführen, könnte sich bestechen lassen, irgendwas in der Art –, so war es doch stark genug, mir einen Halt zu geben. Als Pete nicht mehr wiederkam, war es damit aus. Er fährt jetzt bei Ellwood Page."

Martin, der ihre Hand hielt, hatte Mühe, sie sein Zusammenzucken nicht merken zu lassen. Aber sie war mit den Gedanken woanders.

„Sie brauchten mich nicht dazu zu prügeln, das Zeug zu spritzen. Sie brauchten mir nur zu sagen, daß es *horse* sei. Ich kannte ja die Wirkung durch den Mann, der es mir gegeben hatte, damit ich vor seiner Kamera tanzte."

Nach einer Pause fuhr sie fort: „Ich hatte eigentlich nur die eine Angst – daß ich meiner Einbildung, fliegen zu können, nachgeben könnte. Ich hätt' nicht in diesen Stachelgewächsen im Patio landen wollen. Aber Gott sei Dank paßte ja diese Maria auf mich auf."

„Dann weißt du also, daß es nur Einbildung ist, wenn du meinst, fliegen zu können – und zu leuchten?"

„Ja und nein. Das ist nicht so einfach zu erklären. Selbstverständlich ist es nur Einbildung, wenn du es mit der Wirklichkeit vergleichst. Aber da erhebt sich die Frage: Was ist Wirklichkeit? Nur das, was du sehen, hören, riechen, anfassen kannst? Es gibt ja doch auch so etwas wie die Wirklichkeit der Phantasie und der Gefühle. Liebe zum Beispiel – kannst du sie sehen oder anfassen? Und so ähnlich ist das. Ich fühle, daß ich fliege. Ich habe das Gefühl, zu leuchten –, von innen heraus zu strahlen."

„Aber bloß wegen dieses Gefühls ..."

„Pscht! Ich weiß, was du sagen willst. Und natürlich sind's nicht diese Albernheiten, auf die du aus bist, wenn du das Zeug nimmst. *Horse* ist der Lebensstrom schlechthin. Und darum kommst du ja auch nicht wieder los davon. Ohne *horse* lebst du nicht."

Martin betrachtete sie. Brüste und Hüften waren voller geworden, das Haar länger, die Sonnenbräune noch dunkler. Unübersehbar waren die Spuren im Gesicht. Es sah teigig und aufgeschwemmt aus. Die Augen tränten, die Nase lief. Obwohl es brütend heiß war an Deck, war Valerie pausenlos mit einem Taschentuch zugange.

„Jetzt bist du aber klar?" fragte er sie.

„Völlig", nickte sie. „Es ist ja auch nicht so, daß der Mensch geistig wegtritt, daß er nicht mehr weiß, wer und wo er ist. Das kannst du natürlich haben – brauchst dich bloß fallenzulassen. Und die Versuchung dazu ist groß. Wozu diese herrlichen Ströme, die dich durchfluten, mit dem nichtigen Zeug befrachten, das die Welt für wichtig hält? Dazu ist der Stoff ja auch viel zu teuer. Aber wenn du willst, bist du tipptopp. Das Zeug schafft ja nicht Unordnung wie Alkohol, sondern im Gegenteil. Alles ist klar, sauber, abgegrenzt. Nie könnt'st du eine Rose besser beschreiben – ganz einfach weil du die Rose selber bist."

Sie legte ihre Hand auf die seine. „Um dir ein Beispiel zu geben, wie klar ich bin: Was ist mit ihr, mit Elaine?"

„Sie hat mir viel geholfen, und sie hat einiges dabei riskiert ..."

„Jag sie fort!"

„Ich bin auf sie angewiesen. Seit dem Umbau ist das Schiff nicht mehr von einem allein zu fahren. Du bist noch längst nicht soweit."

„Jag sie fort ...!"

„Ich kann nicht. Es geht nicht. Ich hab' es vorgehabt in der Nacht, als ich dich abholte, aber ich bin froh, daß ich es nicht getan habe. Du bist krank, Val!"

„Ich bin nicht krank! Nur weil man 'n bißchen *horse* spritzt, ist man noch nicht krank. Ich bin okay. Was sie kann, kann ich auch – nur daß ich vielleicht nicht so gut mit dem Hintern wackele. Ich bestehe darauf, daß du sie fortjagst!" Die Stimme wurde peinigend grell.

„Und am besten gleich, nicht wahr ...?" Elaine lehnte übers Kajütdach, und auch ihre Stimme klang nicht so wie sonst.

„Ja", giftete Valerie sie an. „ja, am besten gleich. Spring ins Meer! Du wirst nicht mehr gebraucht." Sie lachte schrill: „Der Mohr hat seine Schuldigkeit getan ..."

„Valerie!“

Elaine winkte Martin ab, sich nicht einzumischen. Sie selber ging auf die Beleidigung gar nicht ein.

„Warum hast du noch kein einziges Mal gekocht?“ fragte sie statt dessen Valerie ruhig. „Warum in den vier Tagen, die du schon an Bord bist, noch nicht einmal mitgeholfen beim Segelaufziehen?“ Sie gab selber die Antwort. „Weil du Angst hast, preiszugeben, wie es wirklich um dich steht. Du hast Angst, die Leinen zu verwechseln. Du hast Angst, dich an den Herd zu stellen – weil 's dir glatt passieren könnte, mit dem Finger zu probieren, ob das Wasser schon kocht.“

Elaine wandte sich von ihr ab und an Hirth: „Ich habe alles mit angehört, Wort für Wort – es ist eine einzige, große Lüge!“

„Nein!“ empörte sich Valerie, fuhr hoch und wie eine Furie auf Elaine los. „Sie ist es, die lügt. Diese dreckige Niggerin lügt.“

Elaine holte zum Schlag aus, ließ aber die Hand wieder sinken und schluckte auch dies. „Es stimmt, was sie über die Welt sagt, von der die Junkies sich abkehren. Aber nicht weil sie sie verachten – sondern weil sie in ihr nicht mehr zurechtkommen.“

„Sie lügt, sie lügt!“ Valerie war wie von Sinnen.

„Ich weiß, wovon ich rede“, sagte Elaine zu Hirth, Valeries Angriff mit einer Hand lässig abwehrend, „denn ich habe mit einer Süchtigen zusammengelebt. Als sie bei einem neuen Bikini ihr üppiges Schamhaar störte, wollte sie es glätten – mit einem heißen Bügeleisen!“

„Jag sie fort! Jag sie fort!“ Die Schreie, pausenlos wiederholt, gingen in ein Wimmern über.

„Jag sie fort ...“ Valerie schniefte und nieste, die Tränen rannen ihr, und ihre Nase lief. „Sie hat uns verraten, sie war vom ersten Tag an auf nichts anderes aus, als darauf, uns einzuwickeln und dahin zu bringen, wo wir jetzt sind. Kannst du ihr mehr glauben als deiner eigenen Frau, die du liebst? *Wenn* du sie noch liebst ...“

„Er liebt dich“, sagte Elaine und lachte auf, „keine Angst.“

Sie haschte nach Valeries rechter Hand, die noch immer mechanisch, aber ohne jede Kraft, nach ihr schlug, und hielt sie fest: „Er liebt dich so sehr, dein Martin, daß er will, daß du von diesem Zeug loskommst. Also, wie steht's?“

„Eine Entziehung, meinst du? Aber gern. Damit bin ich einverstanden. Nur wird's nicht gehen ..."

„Warum nicht?" fragte Martin.

Sie stupfte ihm den Finger auf die Nase. „Weil man bei einer Entziehung ganz langsam und allmählich mehr und mehr absetzt, Schätzchen, und zwar in einer Umgebung, die absolut clean ist. Der ganze Erfolg hängt nämlich davon ab, daß der, der sich der Entziehung unterwirft, weiß, daß es keine Chance zu einem Ausweg gibt, sondern nur ein Hindurch. Wie willst du mir dies Bewußtsein geben – auf einem Schiff, das vollgepfropft ist mit Heroin?!"

„Du – weißt das ...?"

„Man hat es mir gesagt. Oder richtiger: man hat es mir versprochen."

„Also – keine Entziehung?"

„Keine Entziehung." Valerie zog eine bekümmerte Grimasse. „Tut mir leid."

Als der dritte Tag kam, riß Valerie den Messingbehälter aus der Wandvertäfelung, der dem kleinen Einbauwaschbecken in der Eignerkabine Wasser spendete. Der Behälter war voller Heroin. Und nicht nur dieser Messingbehälter, die gesamte Anlage einschließlich des Beckens und seiner Holzverkleidung, in der sich der Abfluß und ein auswechselbarer Schmutzwasserkübel befand, war ein einziges wohlgefülltes Versteck. Seit dem Umbau auf der Mendoza-Werft floß das Wasser durch geheime Leitungen. Doch Valerie kam nicht auf den Schwindel. Das Pulver, das bei ihrem Gewaltakt verstreut worden war, interessierte sie gar nicht.

Sie hatte sich die Hand aufgerissen und nun die fixe Idee, das Blut aus der Wunde lutschen zu müssen, um an die darin enthaltenen Heroinreste zu gelangen. Sie wollte sich nicht verbinden lassen, sie wollte an das Blut. Zu zweit mußten sie sie an Händen und Füßen fesseln.

Martin nahm Elaine mit hinaus. Er hatte es immer gehaßt, wenn Ärzte im Beisein von Kranken sprachen, als seien sie Gegenstände. „Wird sie's durchhalten?"

„Sie muß. Was bleibt ihr denn übrig. Die Frage ist, ob wir es durchhalten und nicht vorzeitig weich werden."

Hirth wandte den Blick zum Wasser. Alle Pläne, alle Ziele waren fallengelassen oder, besser, diesem einen untergeordnet worden: Valerie von ihrer Sucht zu erlösen.

Die *Malulani* lag vor jener Insel der *Prickly Cays,* wo Stokey zum ersten Mal von den Symptomen des Denguefiebers heimgesucht worden war, diesem idealen Unterschlupf, der sowohl Deckung als auch die Chance zu augenblicklichem Rückzug bot. Es regnete heftig. Ein Tropenguß, warm und mit Nebel durchsetzt.

„Wir hätten sie nicht dazu überreden sollen", sagte er zweifelnd.

„Sie war einverstanden."

„Weil sie nicht anders konnte. Valerie glaubt, daß sie mich zurückerobern muß. Es ist ihre Art, um mich zu kämpfen." Martin sah Elaine an. „Alle Vorteile liegen bei dir, das sieht selbst ein Kranker."

Elaine ging nicht darauf ein. „Ohne psychologischen Druck geht es nun mal nicht", sagte sie sachlich.

„Aber es gehört ein Arzt dazu. Ständige Aufsicht. An einem Ort, der absolut clean ist. Man heilt doch auch Alkoholismus nicht in der Destille!"

„Und genau das ist, worauf sie nur warten – daß du mit ihr in einer Klinik auftauchst! Zehn Minuten später bist du dein Schiff los. Und dein Leben und ihr Leben sind keinen Pfifferling mehr wert." Elaine legte ihm die Hand auf die Schulter: „Martin, es geht, wenn überhaupt, nur so. Und du weißt es auch."

Martin sagte nichts. Der Schauer war vorübergezogen; das Wasser dampfte. Langsam drehte er sich um: „Dieses Mädchen da, von dem du erzählt hast – was ist aus ihm geworden?"

„Es ist tot."

Elaine hob die Schultern. „Sie hat es durchgestanden – mit meiner Hilfe. Sie hat sogar in ihren Job als Tänzerin zurückgefunden. Aber ein halbes Jahr darauf ist sie auf einen Zuhälter reingefallen, der sie an die Spritze zurückbrachte, um sie gefügig zu machen. Da hat sie sich dann den goldenen Schuß gesetzt, eine dreifache Dosis. Es kam zu einer gerichtlichen Untersuchung – und ich in die Kartei der Drogenpolizei. Sie war meine beste Freundin."

Martin sah Elaine lange an. Dann stieg er aus dem Cockpit, um in die Kajüte zu gehen.

In der Kabine war es still, und er öffnete die Tür in der Hoffnung, Valerie möge Schlaf gefunden haben. Doch sie schlief nicht. Sie war schweißgebadet, zugleich aber von einem Schüttelfrost gepackt, der ihre Zähne aufeinanderschlagen ließ.

„Gib mir etwas, wenigstens etwas. Ihr habt es zu rasch abgesetzt, viel zu rasch. Es muß ganz allmählich gemacht werden. In einer Klinik machen sie es ganz allmählich."

„Wir haben es allmählich gemacht."

„Aber ihr seid keine Experten. Ihr versteht nichts davon."

„Elaine ist Expertin, glaube mir."

„Sie ist eine Hure, eine dreckige Lügnerin, eine Verräterin! Ich hasse sie. O Gott, wie ich sie hasse." Valerie schlug entsetzt die Hand vor den Mund. „Aber sag es ihr nicht, hörst du?! Sag es ihr nicht."

Martin wischte ihr den Schweiß ab, der in Bächen rann; Laken und Matratze waren durchnäßt. Durch die ständigen Regengüsse war die Luft so feucht, daß nichts mehr trocknen wollte.

Valerie zitterte nach wie vor, doch ihre Stimme war klar. „Das schlimmste ist die Unruhe. Ich möcht' aufstehen, aber auch liegenbleiben, doch dann weiß ich wieder nicht, ob auf der rechten oder der linken Seite, auf dem Bauch oder auf dem Rücken. Es ist, als ob Ameisen unter der Haut herumkrabbelten. Bind mich los, damit ich mich wenigstens kratzen kann."

Er tat ihr den Gefallen, sie hatte vernünftig und einsichtig geklungen. Und so strich er ihr übers Haar: „Es ist ja schon der dritte Tag, und bald ist es ausgestanden."

„Liebst du mich noch?"

„Ich liebe dich."

„Warum zeigst du 's mir dann nicht ...?"

Martin schüttelte lächelnd den Kopf. „Ich zeige es dir ja eben dadurch, daß ich dir nichts gebe."

„Nein, das meine ich nicht. Tu 's mit mir!" Sie schlang die Arme um seinen Hals. „Komm ...! Jetzt! Sofort!"

Sie strampelte das Laken herunter, das sie davor bewahren

sollte, sich an Zugluft zu erkälten, und bot sich ihm an: „Ich mache alles, was du willst – für eine Spritze, nur eine einzige!"

Martin stürzte an Deck, er brauchte Luft. „Ich schnappe bald selber über. Stell dir vor, sie wollt' mich erpressen. Sie wollt' mit mir schlafen, um an eine Spritze zu kommen."

Elaine sah ihn an. „Nicht nur mit dir."

Der fünfte Tag. Die Tropengüsse waren in Dauerregen übergegangen. Kein Windhauch regte sich. Die Luft im Schiffsinnern war feucht und abgestanden, dick wie Brei und von dem Gestank geschwängert, der aus der Eignerkabine drang. Valerie war zu einem Säugling geworden, der seine Körperverschlüsse nicht mehr beherrschen konnte. Doch anders als ein Säugling wußte sie, was geschah. Wußte es, und konnte es dennoch nicht ändern.

Martin quälte sich mit Selbstvorwürfen. „Wir hätten es nicht tun dürfen. Es ist nicht erlaubt, einen Menschen seine Würde verlieren zu sehen." Er wandte sich gegen Elaine: „Das wird sie mir nie verzeihen. Und du hast es gewußt, hast damit gerechnet, gib es zu!"

Er fuhr sie an: „Und zieh dir etwas an, zum Teufel! Willst du sie denn noch zusätzlich peinigen mit deiner ständigen Nacktheit? Sie ist nicht so weggetreten, daß sie nicht wüßte, was für ein Wrack sie ist, ein Nichts gegen dich und ohne jede Chance."

Elaine antwortete überraschend ernst: „Mir liegt nichts dran, Valerie ihre Würde verlieren zu sehen, ganz und gar nicht. Bei dir – bei dir wäre das was anderes ..."

„So sehr haßt du mich?"

„Idiot! So sehr liebe ich dich."

„Und würdest mich so kaputt sehen wollen?"

„So kaputt, wie ich es schon öfters war. Denn wenn du es hinter dir hättest, wärest du mir ähnlich, und wir hätten eine Basis."

Martin machte eine Verlegenheitsgeste. Vielleicht stimmte, was sie sagte, vielleicht auch nicht. Sie war undurchschaubar. Insgeheim war er froh, verheiratet zu sein, denn es gewährte ihm einen gewissen Schutz. Er konnte sich nicht vorstellen, eine Frau wie Elaine zu lieben – so zu lieben, wie er

Valerie liebte. Sehr wohl aber konnte er sich vorstellen, ihr verfallen zu sein. Er mußte an die ersten Kolonisatoren denken, die eine Sklavin zur Favoritin gemacht, mit ihr Kinder gezeugt und sie mit Geschenken überhäuft hatten. Sie verloren schließlich nicht nur all ihr Hab und Gut, sondern auch noch den Verstand, ihre Ehre, das Leben. Somerset Maugham und Joseph Conrad fielen ihm ein, die Erzählungen darüber geschrieben hatten. Und Maxienne in Martinique fiel ihm ein, die „Bantu-Prinzessin".

„Du weißt natürlich, wo das Heroin ist?" fragte er Elaine.

Sie nickte. „So ziemlich."

Es war sinnlos, hinter ihrer glatten Stirn forschen zu wollen. Ihm blieb nur die Angst, daß sie Valerie die Spritze, nach der sie so verlangte, doch geben könnte, und vielleicht sogar die letzte, endgültige, tödliche Dosis.

Valerie lag in Erbrochenem. Sie hatte sich selbst zu helfen versucht, aber alles nur noch schlimmer gemacht. Elaine bugsierte sie unter die Dusche, doch Valerie war nicht imstande, die Seife festzuhalten, und auch das Handtuch entglitt ihr. Elaine mußte sie waschen und abtrocknen wie ein kleines Kind. Bei alledem blieb die Kranke bei klarem Verstand.

„Warum läßt du mich nicht schwimmen gehen? Das wäre doch das einfachste."

„Es regnet."

„Aber es ist warm. Also gibt's einen anderen Grund."

„Es gibt gefährliche Strömungen und Strudel durch die vielen Klippen rundum, und du bist völlig entkräftet."

„Dir könnte es doch bloß recht sein, wenn mir was passierte."

„Könnte – aber ist nicht. Ich möchte, daß du es schaffst."

„Warum?"

Elaine ließ sich Zeit mit ihrer Antwort. „Ich hatte mal eine Freundin ..."

„Du meinst ..."

„Wir schliefen miteinander, ja. Du weißt, daß ich keinen Unterschied mache zwischen Mann und Frau."

„Ich weiß. Ich weiß auch noch, wann du es mir gesagt hast. Es war, als du mir im Apartment das Blätterkostüm für das Fest im *Méridien* anpaßtest."

Valerie, eben erst trockengerieben, war schon wieder schweißgebadet und zitterte. Aber sie war erstaunlicherweise fähig, das Gespräch zu steuern, und ihre Stimme klang klar. „So elend mir ist, aber ich habe ein ungeheueres Zärtlichkeitsbedürfnis. Ich möchte in den Arm genommen werden. Aber nicht nur wie ein Kind. Ich brauche Sex. Es ist wirklich wahr. Ich mache dir nichts vor."

„Ich weiß."

„Ich möchte nicht zu Martin gehen damit. Ich glaube, ein Mann kann das nicht verstehen." Valerie preßte sich an Elaine: „Faß mich an! Lieb mich! Faß mich an wie damals im Apartment."

Es war in diesem Augenblick, als Hirth nach unten kam. Er sah die Frauen in ihrer Umarmung und dachte, er habe begriffen. Aber er hatte nicht begriffen. Erst als Valerie nach einer Weile zu sprechen begann und er, obwohl sie flüsterte, jedes ihrer Worte verstehen konnte, wurde ihm alles klar.

„Du kannst Martin haben", sagte sie, „ich lasse ihn dir – für nur zehn Spritzen." Und fing, als sie ohne Antwort blieb, auch noch an zu handeln: „Für fünf, für drei ..." Sank schließlich in die Knie und umschlang Elaines Beine: „Für eine Spritze ...!"

Es war diese heimlich beobachtete Szene, die den Keim legte zu Hirths Plan.

Es sollte Schluß sein, Schluß und ein Ende. So oder so.

30

Es war weniger ein Plan als einfach eine Idee ohne alles Raffinement, und eigentlich konnte auch nichts schief gehen. Hirth wollte der Rauschgiftmafia die Heroin-Fracht zurückerstatten – allerdings unter den Augen der Polizei. Er hoffte, Bastian persönlich dazu anlocken zu können.

Als die Sendezeit herangerückt war, schaltete Hirth sich in den Mafia-Funkverkehr ein.

„*Roger.* Hoffen wir nur, daß das Wetter sich hält. Der Satellit meldet ein Sturmtief vor Venezuela, das zu drehen beginnt. Die Wetterfrösche suchen schon nach einem hübschen Mädchennamen für einen Hurrikan."

„Mein Barometer sagt aber nichts darüber."

„Unseres auch noch nicht. Deswegen sag' ich es Ihnen."

Es war ein Denkfehler, so grob und simpel, daß er im Nachhinein unbegreiflich wirkte: Hirth hatte nicht damit gerechnet, zwei Schiffe am Treffpunkt erscheinen zu sehen. Das eine war die *Rainbow,* das zweite jene elegante Bermuda-Ketsch aus blankem Aluminium, die er sein Lebtag nicht mehr vergessen würde.

Er verließ den Ausguck im Mast. „Die *Moana II* ist da."

Elaine sagte nichts, verzog nur kurz das Gesicht. Hirth faßte ihre Schulter: „Wie sieht es unten aus?"

„Sie schläft."

Der Gegner stand taktisch klug gestaffelt. Die *Malulani* sollte in die Zange genommen und auf das Riff zugetrieben werden - in eine Sackgasse, aus der es kein Entrinnen gab. Es ging nicht mehr um das Heroin. Die Mafia hatte die Liquidierung der Angelegenheit beschlossen.

Und noch ein Fehler. Hirth war davon ausgegangen, daß es erst noch zu Verhandlungen über die Modalitäten des Umladens kommen würde, zu Zeitverlust bei dessen Abwicklung und so weiter, doch das war ein Irrtum. Ehe die Amerikaner kämen, würde längst alles vorbei sein. Er dachte an Funken, an Flucht mit Motorkraft, und verwarf beides. Im Grunde war es das Ende, das er gewollt hatte - so oder so.

Hirth hieß Elaine, sich Valeries anzunehmen, und legte Waffen und Munition bereit. Sich mit der Übermacht anlegen zu wollen, war sinnlos. Aber vielleicht konnte er wenigstens den einen oder anderen Halunken mitnehmen zu den Haien. Die Eiseskälte überkam ihn, die er seit einiger Zeit immer dann spürte, wenn er sich mit Bastian beschäftigte.

Die *Rainbow* kümmerte ihn dabei nicht. Auch wenn sie ihn nicht der *Moana II* zugetrieben hätte, hätte er diesen Kurs genommen. Wenn Bastian überhaupt gekommen war, dann würde er bei Ellwood Page sein. Nur so ergab dessen überraschendes Auftauchen einen Sinn.

Er hörte die Frauen unten miteinander sprechen. Es hörte sich an, als hätte Valerie Hunger – zum ersten Male nach zehn Tagen. Mein Gott, dachte er erschüttert, vielleicht hat sie es wirklich geschafft! Und wozu? Bloß um zu sterben! Er verjagte die Gedanken, um sich zu konzentrieren. Er wollte sich so teuer wie möglich verkaufen.

Als ein Flugzeug hörbar wurde, schöpfte er noch einmal Hoffnung. Aber das Flugzeug, das da im Tiefflug heranbrauste, war die weißrote einmotorige Turbo-Maschine, die damals Bastian, Elaine und Stokeys Mörder nach Guadeloupe gebracht hatte. Das Dröhnen des Triebwerks schwoll zu einem ohrenbetäubenden Donnern mit pfeifenden schrillen Obertönen an, und Hirth duckte sich ins Cockpit, weil es aussah, als wollte ihm dieser Verrückte da oben die Masten abrasieren. Aber schon war die Maschine vorbei. Nur der Gestank von verbranntem Kerosin war zurückgeblieben.

Zum zweiten Mal kam das Flugzeug zu einem Angriff herunter. Der Turbinenschub brachte den Segler zum Schwanken. Ein dritter Anflug wurde abgebrochen – die *Malulani* war der *Moana II* bereits zu nahe gekommen.

Hirth entdeckte Ellwood Page, auch heute ganz in Weiß, und einen braunen jungen Mann mit hellblondem Haar am Steuerrad, einen zweiten Matrosen, welcher gerade die Winsch des Vorsegels betätigte, und im Mittelcockpit einen vierten Mann, bei dem es sich sehr wohl um Victor Bastian handeln konnte. Er war nicht zu erkennen, sein gelber Südwester war tief ins Gesicht gezogen.

Hirth langte sich das Megaphon: „Ich habe ausdrücklich gesagt, ich übergebe den Stoff nur an Mr. Bastian selber ...!"

Der Mann mit dem Südwester legte die Hände als Schalltrichter an den Mund: „Ich bin Bastian."

„Ich kann Sie nicht erkennen. – Aber schön: Was haben wir zu Silvester im *Reid's* zusammen getrunken?"

„Poncha."

Er war es. Er mußte es sein. Wenn Hirth tötete, würde es den Richtigen treffen. Er bückte sich nach der Pistole.

Das war sein Glück, denn im gleichen Moment ratterte

drüben eine Maschinenpistole los, und die Geschoßgarbe rasierte haarscharf über Hirths Kopf hinweg. Danach war es unheimlich still. Als Hirth den Kopf hob, entdeckte er einen fünften Mann, der neben Bastian im Mittelcockpit versteckt gewesen war. Sofort ging dessen Waffe wieder hoch, doch Page rief etwas nach vorn, und Bastian selber drückte den Lauf der MP beiseite.

Hirth sah, daß der Matrose, der an Deck arbeitete, sich bückte, um die Genua, die die *Moana II* als Vorsegel fuhr, auf der Leitschiene dichter zu holen, und begriff sofort. Er sollte ohne Waffe erledigt werden – und Page selber wollte es tun. Er hielt sich für den besseren Segler, und dies war seine einzige und letzte Chance, es zu beweisen.

Es war eine Regatta um Leben und Tod. Denn Ziellinie war das Riff, an dem die *Malulani* zerschellen mußte – so sie nicht vorher die Segel strich und dann zu einer bloßen Schießscheibe für die Killer wurde. Hirth dachte daran, mit wieviel Hoffnung, Enthusiasmus und Lebensmut sie vor acht Monaten aufgebrochen waren, und Traurigkeit wollte ihn übermannen. Ade, Südsee! Sie würden sie nie zu sehen kriegen.

Selbst der Himmel hatte sich gegen ihn verschworen, denn ausgerechnet jetzt kam der Wetterumschwung. Und er kam schnell. Noch schien die Sonne, doch die Kimm im Süden war schon dunkel verhängt, und hinter Pages *Moana II* zeigten sich Flecken gekräuselten Wassers, die verrieten, daß es bereits Fallböen gab.

Ein Zurück gab es nicht, nur ein Voran – wie für einen gefangenen Fisch in der Reuse. Hirth schob die Pistole in den Gürtel zurück.

In diesem Moment tauchte Valerie aus dem Niedergang auf.

„Bleib unten, um Himmels willen!"

Aber schon war sie im Cockpit. Sie sah zum Erbarmen aus, ihr Gesicht war eingefallen, gelb und spitz. Aber dieser verdammte künstliche Glanz war fort, ihr „inneres Leuchten". In ihrem Blick lag Angst und nichts anderes.

„Nicht schießen!" flehte sie. „Ich will nicht sterben! Ich will leben!"

Sie mochte eine klägliche, mitgenommene Valerie sein – aber sie war wieder die Valerie, die Martin kannte.

„Weißt du noch, warum wir losgefahren sind?“ sagte sie.

„Weißt du es denn?“

Eine überflüssige Frage, die mit Recht unbeantwortet blieb. Valerie wußte es. Sie wußte alles.

Erschüttert legte Martin die Hand gegen ihre Wange. Zu spät! Nur um es sie nicht merken zu lassen, sagte er: „Wenn du dich nützlich machen willst, dann achte auf den Wind.“

Die Schiffe liefen Seite an Seite in einem Abstand von höchstens dreißig Metern, und die Fahrt wurde schneller und schneller. Die *Rainbow* lief mit, aber abgesetzt, um der *Malulani* ein Ausbrechen zu verwehren.

Plötzlich ging ein leichter Ruck durch das Schiff. Das merkwürdige, singende Vibrieren, mit dem das Holz arbeitete, riß sekundenlang ab. Aber es war nicht das Schiff, das bockte, sondern es war der Wind. Er hatte für einen kurzen Moment ausgesetzt.

Page drüben schien davon nichts mitbekommen zu haben. Die heraufziehende Wolkenbank war in seinem Rücken, sein Augenmerk einzig und allein darauf gerichtet, die *Malulani* nicht so dicht heranzulassen, daß sie der *Moana II* den Wind wegnahm. Und so rassig, schmuck und schnell sein Aluminiumboot auch sein mochte – es „sang“ nicht, verriet nicht, was der Wind mit ihm tat.

Bis zum Riff konnte es höchstens noch eine Seemeile sein. Die Brandung war bereits zu hören.

Martin blickte voraus, ob die Korallenstöcke, die sich tischförmig bis dicht unter die Wasseroberfläche erhoben, auszumachen waren, konnte aber in der silbrig flirrenden Gischt nichts entdecken. Und es waren höchstens noch tausend Meter, ganze sechs Minuten.

Die *Rainbow* lief immer noch mit. Für sie war es am leichtesten – sie brauchte, um das Risiko auszuschalten, lediglich in den Wind zu gehen. Für die *Moana II* war dies schon schwieriger, denn sie würde mit dem Heck durch den Wind müssen, und eine solche Halse, bei der der Bug sich vom Wind abwendet, und für ihn angreifbar wird, war nie ungefährlich, zumal in der chaotischen Strömung vor einem Riff. Der *Malulani* aber, zwischen den andern beiden eingekeilt, würde nur die Wahl bleiben, entweder die Segel fallen zu lassen oder frontal draufloszurennen, und Fallenlassen und sich den Killern als Schießscheibe anbieten, kam für Martin nicht in Frage. Der Tod am Riff war würdiger.

Und nun war es für solche Überlegungen sowieso zu spät, die Riffkante keine fünfzig Meter mehr entfernt.

„Obacht! Der Wind ...!"

Während Valerie noch aufschrie, spürte Martin schon selber, was da geschah, und er ergriff die winzige, buchstäblich vom Himmel fallende Chance und machte nun selbst die Halse, die Page drüben in seiner arroganten Verbissenheit bis jetzt hinausgezögert hatte, und schnitt, zum Greifen dicht an deren Heck vorbei, das Kielwasser der *Moana II* und befand sich einen Augenblick später statt auf ihrer Steuerbord- auf der Backbordseite.

Page war es plötzlich, der zu manövrieren hatte. Und da ihm der beabsichtigte Weg westwärts an der Riffkante entlang ins freie Wasser jetzt durch die *Malulani* versperrt war, blieb keine andere Wahl, als stark anzuluven, auf die Gefahr hin, daß das Schiff direkt gegen die Windrichtung stand, in diesem Moment hilf- und kraftlos. Aber es war sowieso nur eine theoretische Frage, denn diesen Wind gab es nicht mehr – jedenfalls nicht dort, wo er bis eben noch geweht hatte. Inzwischen auf Süd umgesprungen, fand er keine Angriffsfläche in den völlig falsch stehenden Segeln der *Moana II.* Torkelnd lief die Yacht ein paar Meter aus, war aber schon vom Schwell ergriffen und an die Brandung weitergereicht. Mit dumpfem Knall prallte das Schiff breitseits auf einen Korallenstock.

Die *Malulani* aber fuhr. Fuhr mit ihrem vollen Tuch stracks auf das Riff zu, querte dessen Kante haarscharf am Korallenstock vorbei, schrammte mit jämmerlich knirschendem Kiel über den Boden, kam jedoch wieder los und schwamm sich im ruhigen Wasser der Saba-Bank frei.

Hätte es die *Malulani* erwischt, so würde es ihr die Planken aufgerissen haben. Jede neue Welle hätte sie ein Stück mehr zerstört. Dies hätte mit einigem Glück lange genug gedauert, daß die Besatzung sich, mit den Schwimmwesten oder sogar dem Beiboot, hätte retten können; zumindest hätte sie eine Chance gehabt.

Die metallene *Moana II* aber kippte um wie ein Eimer, und in Sekundenschnelle – die brechenden Masten, die Segel und Taue, die sich verhaspelnden Wanten nur noch ein einziges Tohuwabohu – wurden die Männer ins Meer gespült. Die Brandungswellen, die am Riff tobten, verschluckten sie und ihre Schreie.

Es war nichts zu tun, eine Rettung unmöglich. Martin, Valerie und Elaine standen im Cockpit und starrten übers Heck der davonziehenden *Malulani* zur Unglücksstelle zurück. Der einzige, der wieder auftauchte, war Ellwood Pages blonder Steuermann, und es gelang ihm sogar, sich mit schier unmenschlichen Kräften auf den schaukelnden Rumpf hinaufzuziehen. Valerie konnte nicht den Blick wenden von ihm, und Martin war drauf und dran, sie zu fragen, ob der Mann ihr bekannt sei. Aber dies war noch nicht die Zeit für Fragen, und vielleicht würde diese Zeit auch nie kommen.

Als wiederum ein Flugzeug hörbar wurde, war es die US-Küstenwache. Die Maschine kam aus der inzwischen schon dicht verschleierten Sonne, und mit ihr kam ihr Funkruf. Man werde sich kümmern, doch sei Eile geboten – im übrigen auch für die davongekommene *Malulani,* denn was da heraufziehe, sei tatsächlich ein Hurrikan.

„Wer von euch Burschen hat denn nun das Heroin? Hoffentlich nicht der, der zerschellt ist."

„Sie werden lachen, aber das hab' immer noch ich. Doch keine Sorge, ich behalte es nicht. Ich werde damit Kommissar Haeberlin eine Freude machen."

Martin wollte abschalten, aber Elaine hinderte ihn daran, indem sie plötzlich über seine Schulter hinweggriff. Sie nahm das Mikrophon und sagte klar und deutlich und scheinbar ohne jede Emotion: „Es wird noch jemand geben, um den Sie sich kümmern müssen – jemand, der im Kielwasser dieses Schiffes in einem Rettungsfloß sitzt."

„Nein!" Martin riß ihr entsetzt das Mikrophon weg. „Das kommt überhaupt nicht in Frage!"

„In einem gelben Rettungsfloß!" schrie Elaine, und dann war, bevor Martin abschalten konnte, vom Flugzeugfunker das bestätigende *Roger* zu vernehmen.

„Nein", sagte Martin, „das lasse ich nicht zu!"

„Doch“, sagte Elaine, schon wieder ganz ruhig, „doch.“

Sie fuhr ihm nicht eigentlich über sein Haar, sondern berührte es nur. „Wenn ich überhaupt eine Chance habe, dann jetzt. Und keine Bange, daß ich vielleicht keine Antwort wüßte über das Warum und Wieso. Ich bin gut im Geschichtenerfinden.“

Sie wandte sich ab. „Mach das Floß fertig.“

Martin rief nach Valerie: „Hilf mir, sie festhalten.“

„Tu ’s nicht“, sagte Elaine zu ihr. „Ich habe dir geholfen – jetzt hilfst du mir.“

Niemand sprach mehr ein Wort, bis das gelbe dicke Kapokfloß zu Wasser gelassen war. Martin gab ihm einen Stoß mit dem Bootshaken, damit es sich von der Bordwand freischwamm.

„Paß auf dich auf“, sagte Valerie inbrünstig.

Elaines Tonfall war eher leicht. „Unkraut vergeht nicht.“

Martin sagte nichts. An der Reling stehend, sah er dem davontreibenden Floß nach, aber Elaine drehte sich nicht mehr um. Schließlich war das Floß nicht mehr zu sehen, nur noch das Flugzeug, wie es aufs Wasser herunterkam, um die Insassin aufzunehmen.

Es war erst 16.00 Uhr, aber dunkel wie sonst am Abend, denn die Sonne war weg. Hirth packte das Steuer fester, weil als Vorreiter der Naturgewalten eine Bö ins Tuch fiel. Die richtige Zeit zum Reffen, sagte ein Seglersprichwort, war die, wenn das Gefühl es einem sagte. Sie hatten es schon einmal geschafft, und vielleicht würden sie es auch diesmal schaffen. Vielleicht würden sie es überhaupt schaffen. Der Himmel im Süden war schwarz wie Teer, aber Martin Hirth sah einen Hoffnungsschimmer.

Er hatte nun das Gefühl, daß es zum Reffen Zeit sei, und machte sich an die Arbeit.

Weitere Klassiker aus unserer Karl-Müller-Bibliothek

Bauer, Josef Martin **So weit die Füße tragen**
ISBN 978-3-940984-23-4

Bergius, C.C. **Das Medaillon**
ISBN 978-3-940984-18-0

Berthold, Will **Auf dem Rücken des Tigers**
ISBN 978-3-940984-81-4

Blobel, Brigitte **Die Hörigen**
ISBN 978-3-940984-84-5

Bulwer-Lytton, Edward **Die letzten Tage von Pompeji**
ISBN 978-3-940984-90-6

Burk, Michael **Keine Stunde ist zuviel**
ISBN 978-3-940984-20-3

Conrad, Michael **Die Tänzerin**
ISBN 978-3-940984-19-7

Dahn, Felix **Ein Kampf um Rom**
ISBN 978-3-940984-92-0

Danella, Utta **Der Maulbeerbaum**
ISBN 978-3-940984-94-4

Danella, Utta **Tanz auf dem Regenbogen**
ISBN 978-3-940984-93-7

Danella, Utta **Vergiss, wenn Du leben willst**
ISBN 978-3-940984-71-5

Doyle, Arthur Conan **Die Fälle des Sherlock Holmes**
ISBN 978-3-940984-75-3

Duncker, Dora **Die Geliebte des Sonnenkönigs**
ISBN 978-3-940984-87-6

Engel, Georg **Klaus Störtebeker**
ISBN 978-3-940984-73-9

Fischer, Marie-Louise **Alles was uns glücklich macht**
ISBN 978-3-940984-98-2

Fischer, Marie-Louise **Als wäre nichts geschehen**
ISBN 978-3-940984-70-8

Herlin, Hans **Das Erbe**
ISBN 978-3-940984-82-1

Hohlbein, Wolfgang **Der Inquisitor**
ISBN 978-3-940984-22-7

Hohlbein, Wolfgang **Die Moorhexe**
ISBN 978-3-940984-21-0

Horster, Hans-Ulrich **Die Toteninsel**
ISBN 978-3-940984-17-3

Hugo, Victor **Der Glöckner von Notre-Dame**
ISBN 978-3-940984-74-6

Konsalik, Heinz G. / Scheibler, Susanne **Das wilde Land**
ISBN 978-3-940984-97-5

Konsalik, Heinz G. **Heiß wie der Steppenwind**
ISBN 978-3-940984-95-1

Konsalik, Heinz G. **Im Auftrag des Tigers**
ISBN 978-3-940984-68-5

Konsalik, Heinz G. **Liebesnächte in der Taiga**
ISBN 978-3-940984-96-8

Konsalik, Heinz G. **Wer sich nicht wehrt …**
ISBN 978-3-940984-69-2

Lehnhoff, Joachim **Karibikfieber**
ISBN 978-3-940984-86-9

Leroux, Gaston **Das Phantom der Oper**
ISBN 978-3-940984-77-7

Meyrink, Gustav **Walpurgisnacht**
ISBN 978-3-940984-76-0

Palmer, Lilli **Wenn der Nachtvogel schreit**
ISBN 978-3-940984-83-8

Paretti, Sandra **Der Winter, der ein Sommer war**
ISBN 978-3-940984-99-9

Paretti, Sandra **Die Pächter der Erde**
ISBN 978-3-940984-54-8

Poe, Edgar Allan **Die Abenteuer des Arthur Gordon Pym**
ISBN 978-3-940984-72-2

Quast-Peregrin, Hellmuth **Der letzte Gladiator**
ISBN 978-3-940984-80-7

Scheibler, Susanne **Mazurka in St. Petersburg**
Die Lasarows – Eine russische Familien-Saga
ISBN 978-3-940984-85-2

Shelley, Mary **Frankenstein**
ISBN 978-3-940984-79-1

Sienkiewicz, Henryk **Quo vadis?**
ISBN 978-3-940984-88-3

Stoker, Bram **Dracula**
ISBN 978-3-940984-91-3

Wahl, Rudolph **Karl der Große**
ISBN 978-3-940984-78-4

Wallace, Lewis **Ben Hur**
ISBN 978-3-940984-89-0